Ancora

Die Zeit ist gegen dich

Mehr über unsere Bücher, Autor*innen und Illustrator*innen auf:
www.planet-verlag.de

COLIN HADLER

ANCORA

DIE ZEIT IST GEGEN DICH

PLANET!

für Papa,
für immer

Prolog

Wenn er diese Fahrt überstehen will, ohne wahnsinnig zu werden, *muss* er an eine Tiefkühlpizza denken. Dessen ist sich Erik völlig im Klaren. Worüber er sich auch im Klaren ist, ist die Tatsache, dass er auf sich allein gestellt ist. Kein Funksignal. Kein Handyempfang. Keine beleuchteten Gasthäuser, die den Straßenrand zieren. Nur Wald und Einöde. So weit das Auge reicht.

Vor einer guten Stunde hat er die Autobahn verlassen und rattert nun mit dem alten Lkw seiner Firma über die beschädigte Landstraße. Gedankenversunken starrt er ins Nichts. In die alles verschlingende Schwärze, die sich für ihn fast schon lebendig anfühlt. Um sich die Monotonie der Strecke erträglicher zu machen, fantasiert er über eine Tiefkühlpizza. Zu Hause wartet eine auf ihn. Eine mit dünnem Boden und extra Käse. Daran, dass seine Frau bestimmt auch auf ihn wartet, will er nicht denken. Das würde seine Gehirnkapazität definitiv sprengen. Eine Sache genügt. Und sich zwischen einer Salami-Pizza und seiner scheiternden Ehe zu entscheiden, fällt ihm nicht sonderlich schwer. Seine Frau hat nie verstanden, warum …

Erik wird jäh aus seinen Gedanken gerissen. Er zuckt zusammen, verreißt das Steuer. Das Fahrzeug kommt so stark ins Schwanken, dass Erik es nur mit Mühe wieder unter Kontrolle bringt. Währenddessen hört er ihn. Den lang gezogenen, schmerzerfüllten Schrei aus der Dunkelheit. So hilflos und intensiv, dass sich der Ton regelrecht durch die Schwärze frisst.

Nicht einmal vor der verriegelten Tür des Lkws macht er Halt, bohrt sich so tief in Eriks Verstand, dass er Gänsehaut bekommt. Ohne groß darüber nachzudenken, drückt er auf die Bremse, fährt rechts ran und bringt sein Fahrzeug zum Stehen.

Stille.

Sein Atem geht schnell, seine Hände schwitzen. Erik wendet den Blick zum Seitenspiegel und späht hinaus.

Nichts.

Hat er sich den Schrei nur eingebildet?

Nein. Ausgeschlossen. Er ist zwar übermüdet und hat einen langen Arbeitstag hinter sich, aber so einen Laut könnte er sich nicht einmal in seinen kühnsten Träumen ausdenken. Erik weiß, dass da etwas sein muss. Da draußen, in der Dunkelheit.

Erneut blickt er nach vorne, fokussiert den Straßenabschnitt im Wald, der vom künstlichen Licht des Wagens beleuchtet wird. Noch immer ist nichts zu hören. Es ist sogar so ruhig, dass Erik das Pochen seines eigenen Herzschlags in den Ohren spürt. Am liebsten würde er verschwinden – das Gaspedal durchdrücken und einfach losfahren. Doch er kann nicht. Irgendetwas hindert ihn daran.

Ein Gefühl? Eine Vorahnung?

Erik greift mit der linken Hand zur Tür, entriegelt das Schloss und drückt sie auf. Mit einem Quietschen öffnet sie sich. Ein weiterer Blick in die Dunkelheit.

Was, wenn sich jemand verletzt hat und Hilfe benötigt?

Je länger er sich diese Frage durch den Kopf gehen lässt, desto abstruser wirkt sie. *Verletzt? Wer sollte hier mitten in der Nacht unterwegs sein?*

Seit mindestens einer halben Stunde hat ihn kein Auto mehr

überholt – niemand ist ihm entgegengekommen. Die Straße war wie leer gefegt.

Erik schnappt sich seine Jacke vom Beifahrersitz und knipst die Lampe der Fahrerkabine an. Anschließend kramt er im Handschuhfach, bis er eine Warnweste findet. Er zieht sich beides über und steigt aus dem Lkw. Es ist frisch. Erik kann seinen eigenen Atem nicht nur fühlen, sondern auch sehen. Ein Nebelschleier bildet sich vor seinem Gesicht. Nur kurz, denn im nächsten Moment verschluckt die Finsternis auch dieses Lebenszeichen. Die anwachsende Spannung lässt seine Nerven verrücktspielen.

Erik glaubt, eine Bewegung in der Dunkelheit wahrzunehmen. Reflexartig macht er einen Schritt zurück, stößt mit dem Rücken gegen das kalte Metall seines Lasters.

Da ist tatsächlich etwas. Direkt vor ihm. Etwas, das sich aus der Finsternis schält. Eine Gestalt, ein Schatten. Ein schwarzer Umriss in der noch schwärzeren Nacht. Eriks Körper ist wie versteinert, presst sich gegen den Wagen.

Und dann kann er die Gestalt erkennen.

Es ist ein Mädchen. Siebzehn, vielleicht achtzehn Jahre alt. Sie trägt ein zerfetztes, weißes Kleid. Eingetrocknete Blutspritzer sind darauf zu sehen. Ihre langen, dunkelblonden Haare kleben teilweise an ihrem verweinten Gesicht und vermischen sich mit den Tränen. Knapp vor Erik bleibt sie stehen. In ihren kastanienbraunen Augen spiegelt sich Angst.

»Hilf mir«, flüstert sie. Dann sackt sie zusammen.

Eriks Körper füllt sich rasend schnell mit Adrenalin. Er eilt zum Beifahrersitz des Lkws und packt sich die zusammengefaltete Stoffdecke, die darunter verstaut ist. Dann legt er sie über das verschreckte Mädchen und kniet sich zu ihr auf den Asphalt.

»Hey, alles ist gut. Du brauchst keine Angst zu haben«, murmelt er, weil es das Einzige ist, was ihm einfällt. Solche Situationen kennt Erik sonst nur aus Filmen. Doch das ist kein Film, das ist real. Alles davon. Das Mädchen, die Tränen – und auch das eingetrocknete Blut. »Was ist denn passiert?«

Das Mädchen gibt keine Antwort, rappelt sich stattdessen auf und bewegt sich zitternd auf den Wagen zu. Dann dreht sie sich noch einmal um: »Wir müssen fahren! Hörst du? Wir müssen unbedingt einsteigen! Jetzt!«

»Okay, okay. Ist ja gut«, entgegnet Erik und versucht dabei, beruhigend zu klingen. Sie hat eindeutig einen Schock. Noch mehr Panik kann sie nicht gebrauchen. Es wird Zeit, dass sie in die Wärme der Fahrerkabine kommt. Dort kann er dann die Polizei rufen. Vorausgesetzt, sein Handy hat diesmal Empfang.

Erik greift ihr helfend unter die Arme und gemeinsam umrunden sie das Fahrzeug. Mit letzter Kraft zieht sich das Mädchen hoch, sie setzt sich auf den Beifahrersitz.

»Bist du gestürzt?«, fragt Erik und mustert die blutigen Flecken am Kleid. Sie schüttelt den Kopf. »Wohnst du hier in der Nähe?«, bohrt er nach.

»Nein. Ich habe kein Zuhause. Nicht mehr.«

Erik beschließt, sie vorerst nicht weiter zu befragen. Er macht sich auf den Weg zur Fahrerseite, hievt sich auf den Sitz und schließt die Tür. In der Zwischenzeit hat auch das Mädchen die Beifahrertür geschlossen. Geschlossen und verriegelt. Mit einem drängenden Blick fixiert sie Erik.

»Fahr los! Bitte! Wenn du noch länger wartest, werden wir hier draußen sterben«, wispert sie und klammert sich an den Haltegriff. »Die Autotür wird sie nicht aufhalten.«

»Wen aufhalten?«

Keine Antwort.

Erik verliert die Geduld. »So läuft das nicht, okay? Ich weiß weder, wo du herkommst, noch, wie du heißt. Geschweige denn, was mit dir passiert ist.«

Das Mädchen scheint abwesend. Sie achtet nicht mehr auf ihn, sie achtet bloß auf die Finsternis. Schaut, ob sich in der Schwärze etwas regt.

»Ignis. Nenn mich einfach Ignis«, flüstert sie.

»Gut. Gut, das ist ein Anfang. Bist du verletzt, Ignis?«

»Nein.«

»Und das Blut?«

»Nicht meins.«

Erik gibt nach und umgreift mit beiden Händen das Lenkrad. Er will es nicht wahrhaben. Diese ganze Situation. Vor ein paar Minuten ist er noch seelenruhig die Landstraße entlanggefahren. *Und jetzt?* Jetzt sitzt ein verstörtes Mädchen neben ihm, völlig aufgelöst und verwirrt.

Was macht ihr solche Angst?

»Du musst mir sagen, wovor du weggerannt bist, okay?«

Die Augen des Mädchens huschen zwischen Erik und dem Fenster hin und her. Immer und immer wieder.

»Vor der Dunkelheit«, haucht sie. »Sie lebt. Die Dunkelheit lebt. Und sie wartet nur darauf, dass man unvorsichtig wird und einen Fehler macht. Ich erkläre es dir auf der Fahrt. Aber bitte, starte den Motor! Wir müssen hier weg.«

Erik seufzt, dreht den Schlüssel um und steigt aufs Gas. Er weiß, dass er die Polizei rufen sollte. Aber das Mädchen hat irgendetwas an sich. Etwas, weswegen er damit noch wartet. Außerdem hat er sie auch gespürt. Die Dunkelheit. Diese lebendige Dunkelheit.

***

Als die glühenden Rückleuchten des Lkws in der Ferne erlöschen, löst sich ein weiterer Umriss aus dem Schatten der Bäume.

Ignis ist entkommen. Sie ist entkommen, nachdem sie das Gleichgewicht ins Schwanken gebracht, die Regeln missachtet und ihre Prinzipien verraten hat. Und so schwört die Gestalt, dass sie das Mädchen eines Tages wiedersehen wird. Wo und auf welche Art, ist noch ungewiss. Aber es wird passieren.

Und dann wird das Gleichgewicht wiederhergestellt werden. Dann wird die Dunkelheit wieder etwas zum Fressen bekommen.

Ignis muss sterben.

Ignis muss sterben.

ERSTE STROPHE

»Das Dorf«

Wir bewegen uns stetig, meist nur im Kreis,
und laufen wir rückwärts, zahlen wir den Preis.
Durchbrich mal die Grenzen, hör auf zu warten,
der Preis ist zu hoch, die Reise kann starten.

Romy

1

Der Rabe fliegt nicht.

Kein Flügelschlag, kein Atemzug.

Er trotzt allen Naturgesetzen, jeglicher Logik.

Der Vogel ist eingefroren, nur etwa hundert Meter vor mir, mitten in der Luft. Ein pechschwarzer Fleck am wolkenlosen Himmel. Seine kleinen, diebischen Pupillen starren förmlich in meine Richtung. Und als ich den Blick erwidere, überkommt mich das vertraute Gefühl der Schwerelosigkeit. Mein Kopf pulsiert. Meine Hände kribbeln. Es ist, als würden sich meine Sinne verschärfen, während die Zeit – und somit auch die Welt um mich herum – stehen geblieben ist. Es gibt kein Leben, keinen Tod. Es gibt einfach nichts. Als hätte jemand den Stecker gezogen, der das Universum im Gleichgewicht hält.

Ich streiche mir meine verschwitzten, dunkelblonden Haare aus dem Gesicht und knie mich hin. Dann grabe ich meine Hände in die trockene Erde, die sich wie Sand anfühlt. Die Sonne knallt mir dabei in den Nacken.

Es ist nicht das erste Mal, dass die Zeit stehen bleibt. Meist passiert es unerwartet, ohne Vorwarnung. Der letzte Stillstand ist aber schon Monate her. Ich hätte nicht gedacht, dass es mir hier passiert. Mitten im nirgendwo, in dieser Einöde. Hinter der einzigen Tankstelle weit und breit.

»Hey, Puppe«, grölt plötzlich eine tiefe Stimme neben mir. Ich schrecke zusammen, drehe mich zur Seite und sehe den Tankwart, der sich an eine Betonwand lehnt.

Hey, Arschloch, begrüße ich ihn in Gedanken und verdrehe die Augen. Danach wende ich mich dem Raben zu, der wieder zu flattern begonnen hat. Durch die trockene Luft, begleitet von der stechenden Mittagshitze. Die Zeiger drehen sich weiter.

»Verirrt ans Ende der Welt, was?«, fragt der übel riechende Verkäufer und kratzt sich seinen Bierbauch, der nur mühevoll von seinem Unterhemd verdeckt wird.

Ich ignoriere seine Frage, gebe ihm aber still und heimlich recht. Diese Tankstelle befindet sich wirklich am Ende der Welt. Aber anscheinend ist das noch nicht weit genug, wenn man vor sexistischen Kommentaren fliehen will.

Es ist knapp eine halbe Stunde her, seit wir von der Fernstraße abgebogen sind. Mittlerweile begegnen wir kaum jemandem. Und das im Zentrum von Europa. Kaum Autos, kaum Menschen, kaum Tiere. Nur eine Ansammlung heruntergekommener Bauernhöfe, denen man die Armut schon von Weitem ansieht.

Den Grund dafür hat mir mein bester Freund Jannis erzählt. Nachdem in den 70er-Jahren ein nahe gelegenes Chemiewerk explodiert ist, wurde die ganze Gegend für längere Zeit zur Sperrzone erklärt. Dutzende Mitarbeiter sollen bei der Explosion ihr Leben verloren haben. Der Boden war über Jahre hinweg verseucht. Dass sich danach niemand darum riss, dort seine Kinder aufzuziehen, kann ich verstehen. Ich frage mich nur, ob es Absicht war, dass Ancora ausgerechnet hier in der Nähe gegründet wurde. Ging es ihnen darum, billiges Land zu kaufen? Oder gab es einen anderen Grund?

»Für eine Frau bist du ganz schön still«, brummt der ekelhafte Typ und reißt mich erneut aus meinen Gedanken.

Ich zucke mit den Schultern. »Puppen reden nicht«, sage

ich, ohne ihn eines weiteren Blickes zu würdigen. Teilnahmslos kehre ich ihm den Rücken zu und umkreise die Tankstelle.

In den Fingerspitzen immer noch ein leichtes Kribbeln.

Als ich mich unserem Auto nähere, tritt Aurel hinter der geöffneten Motorhaube hervor und strahlt mich an. Sein T-Shirt ist ölverschmiert, auf seinen Wangen glitzern Schweißperlen. In der Hand hält er einen Schraubenschlüssel.

»Und? Konntest du dir ein wenig die Beine vertreten?«, fragt er.

»Gib's doch zu«, sage ich grinsend. »Du willst nur wissen, ob ich es genieße, rein gar nichts zu tun, während du hier schuftest.« Mein Freund setzt zu einer Antwort an, aber ich unterbreche ihn. »Könnte mich dran gewöhnen«, sage ich und tupfe ihm mit einem Stofffetzen über die Wangen, wobei ich das Öl nur noch mehr verschmiere.

»Der Wagen läuft wieder«, verkündet er stolz und schließt die Motorhaube. Dann nimmt er mir den Lappen ab und wischt sich damit die Hände sauber.

»Jannis wird dir die Füße küssen«, behaupte ich. Insgeheim habe ich nie daran gezweifelt, dass Aurel das hinbekommt. Seine technische Begabung habe ich schon bewundert, bevor ich mit ihm zusammengekommen bin.

Wenn man Aurel mit einem Haufen Schrott alleine lässt, hat man am nächsten Tag eine *Mona Lisa* mit Roboterarmen im Garten stehen. Technik hat ihn schon immer interessiert. Während andere Kinder im Park mit den Rutschen gespielt haben, stand er mit seinem Werkzeugkasten darunter und zerlegte sie in ihre Einzelteile. Viele weinende Kinder später, war er einen Haufen Blechteile reicher.

»Wir sollten weiterfahren«, sage ich und schaue zum Dach der Tankstelle, wo sich der Rabe niedergelassen hat. »Ich will keine Sekunde länger an diesem Ort bleiben, als unbedingt nötig.«

»Du suchst doch das Abenteuer«, sagt Aurel lächelnd. Als er jedoch merkt, dass ich weiterhin wie gebannt auf den Vogel starre, wird auch er ernst. Vorsichtig kommt er näher – streicht mir über den Arm, als wäre ich zerbrechlich. »Hey, Romy«, flüstert er. »Wir können immer noch umkehren. Woanders hinfahren. Ans Meer vielleicht?«

»Nein«, sage ich und drehe mich zu ihm. »So meine ich das nicht.«

»Aber *ich* meine es so. Vielleicht war die ganze Idee –«

»Aurel, bitte«, würge ich ihn ab und lege meinen rechten Zeigefinger auf seine Lippen. »Wir hatten das Thema schon oft genug. Ich will das hier. Ich will das hier *wirklich*. Und du wolltest mir doch beweisen, dass du Spaß haben kannst, ohne alles durchzuplanen.« Ich zwinge mich zu einem Lächeln, sage: »Mach dich locker«, und schiebe mit meinen Fingern seine Mundwinkel hoch. Aurel fängt an zu grinsen.

»Lass das«, fordert er mich amüsiert auf und drückt meine Hand weg. »Du bist ja schlimmer als meine Mutter.«

Dann ist es kurz still.

Unser Blickkontakt fühlt sich elektrisierend an, ich spüre seinen Atem. Mein Freund hebt eine Augenbraue.

»Was?«, frage ich herausfordernd.

»Krieg ich einen Kuss?«, will er wissen.

Aber noch bevor ich mich zu ihm nach vorne beugen kann, ertönt eine tiefe Stimme hinter mir: »Das Einzige, was du kriegst, ist die Rechnung«, grunzt der Tankwart.

Großartig! Der schon wieder.

Wobei ich ehrlich gesagt überrascht bin, dass es in dieser Einöde sogar Rechnungen gibt und man nicht mit Tierfellen, Goldmünzen oder Stierhoden handeln muss.

»Eine Rechnung?«, erkundigt sich Aurel. »Wir haben doch nichts gekauft.«

»Ihr nicht«, sagt der Typ und zeigt auf die Glastür seines Geschäfts, die im nächsten Moment aufschwingt. »Aber euer Freund da!«

Jannis.

Mit drei Wasserflaschen im Arm torkelt er uns entgegen, auf dem Gesicht ein breites Grinsen. Als er bei uns ankommt, klopft er gegen das Autodach. »Na, wer sagt's denn! Alles wieder repariert?«

Aurel nickt angespannt, während er dem Tankwart dabei zusieht, wie er im Gebäude verschwindet und zur Kasse trottet.

»Hier!«, sagt Jannis und drückt jedem von uns eine Wasserflasche in die Hand. Drei verschiedene Marken.

Fragend kneife ich die Augen zusammen. »Bitte sag mir, dass du keine Angst hattest, irgendjemanden zu diskriminieren, wenn du drei Flaschen von der gleichen Marke genommen hättest.«

Mein bester Freund lacht auf. »Hey, Diskriminierung gibt es nicht nur bei Menschen. Die gibt es auch bei … bei …«

»Bei Wasserflaschen?«, hake ich nach.

»Bingo! Bei Wasserflaschen«, erwidert Jannis, öffnet den Verschluss und trinkt mehrere Schlucke. Dann wischt er sich mit dem Ärmel über den Mund. »Zugegeben, in meiner Vorstellung klang das irgendwie heldenhafter.«

»Hast du sie bezahlt?«, fragt Aurel.

»Gut, dass du das erwähnst. Ich wollte euch eben fragen, ob ihr Kleingeld habt.«

Aurel kratzt sich ungläubig am Kopf. »Hast … hast nicht *du* gesagt, dass wir kein Bargeld mitnehmen sollen?«

Wieder herrscht kurz Stille.

Jannis hebt den Zeigefinger, öffnet den Mund – schließt ihn wieder. »Ah!«, stößt er nach einiger Zeit aus. »Ich wusste, da war was!«

»Oh mein Gott«, ächze ich und lasse meinen Kopf in den Nacken fallen. Als ich wieder zu Jannis schaue, bemerke ich seinen gewieften Gesichtsausdruck, den er sonst nur aufsetzt, wenn er etwas Dummes im Sinn hat. Also fast immer.

Ich will ihn noch aufhalten, da wirft mir Jannis schon seine halb leer getrunkene Wasserflasche zu, die ich nur um Haaresbreite fange. Eilig rennt er zum Auto, lässt einen Freudenschrei los und ruft: »Los, rein da!«

»Verdammt!«, flucht Aurel und quetscht sich auf den Beifahrersitz. Und bevor mein Kopf reagieren kann, tragen mich meine Beine zur hinteren Autotür. Als Jannis die Tankstelle mit quietschenden Reifen verlässt, stürmt der Tankwart aus seinem Laden. Er brüllt uns zornig nach.

»Das ist Freiheit!«, johlt Jannis und blickt begeistert zwischen Aurel und mir hin und her.

»Oder Diebstahl«, erwidert Aurel. »Aber ich verstehe, warum dir das Wort Freiheit lieber ist.«

Und ehe wirs uns versehen, sind wir wieder auf der Landstraße.

Dem Horizont entgegen, Richtung Ancora.

Aurel streckt nach ein paar Minuten seine Hand nach hinten und ich ergreife sie. Sein Puls ist hoch. Ich weiß, dass ihm diese Aktion zu spontan war. Mein Freund will immer auf alles vorbereitet sein. Erst dann kann er sich auf die verrückten Dinge einlassen, die das Leben für uns bereithält. Aber wegen seiner ruhigen, gelassenen Art schätze ich ihn auch. Sein Streben nach Logik, wenn ich mal wieder etwas überstürzen will.

Verträumt mustere ich seine schwarzen, zerzausten Haare, die mit den Sitzen verschmelzen. Es wirkt, als wäre er ein Teil davon. Im Kontrast dazu steht seine Augenfarbe. Hellblau. So intensiv, dass man sich darin verlieren kann.

Ein Paar sind Aurel und ich schon seit fast einem Jahr. Wir waren in der gleichen Klasse und haben deswegen auch zusammen den Abschluss gemacht.

»Ich hoffe, du fühlst dich wenigstens ein bisschen schlecht«, sagt Aurel, als er sich einigermaßen beruhigt hat und bricht damit das Schweigen. Er legt die Füße aufs Armaturenbrett. Die Klimaanlage pustet inzwischen kalte Luft durchs Auto – kühlt den Schweiß auf unserer Haut. Aurels Haar weht im Takt der Brise. Es ist schon spät, aber draußen ist es noch genauso heiß wie vor ein paar Stunden. Die Sonne steht tief.

Jannis schnaubt. »Der Typ hat eine Lektion verdient. Außerdem finde ich, dass Wasser ein Grundrecht sein sollte. Ja! Das ist es! Wir haben nicht gestohlen, sondern demonstriert.«

Zärtlich lege ich eine Hand auf Aurels Schulter. »Das war ein Idiot«, flüstere ich ihm zu. »Vielleicht war es wichtig, dass eine Puppe und zwei Teddybären ihm mal zeigen, wo's langgeht.«

»Teddybären?«, fragt Aurel, nickt dann aber und sagt: »Klar. Wer denn auch sonst?« Anschließend dreht er sich zu Jannis: »Wie lange fahren wie denn noch?«

»Knapp eine Stunde, glaube ich«, antwortet er und dreht Musik auf. Wir haben für die Reise eine eigene Playlist erstellt. Eingespeichert unter dem kreativen Titel: *Ancora.*

Anker.

Der Ort, an dem wir unseren Sommer verbringen werden.

Und nicht zum ersten Mal frage ich mich, wer eigentlich auf diesen Namen gekommen ist und was er zu bedeuten hat. Ich frage mich, wie die Leute dort sein werden und wie sie leben.

Abgeschieden von der Zivilisation.

Da mein kleiner Notizblock griffbereit neben meinem Rucksack auf der Rückbank liegt, löse ich mich von Aurel, ziehe ihn zu mir heran und fange an zu schreiben:

An einem Ort, wo jeder jeden kennt,
gibt es einen Platz, der ist manchen Leuten fremd.
Ein Rabe fliegt über die Mauern, fliegt über den Wald,
er spürt, dass neue Menschen kommen,
er spürt, sie kommen bald.
Und seien sie auch noch so furchtlos,
niemand weiß, wie ihm geschieht,
er spürt, dass neue Menschen kommen,
sie treten ein, ins Jagdgebiet.

Ich dichte, um mich abzulenken. Das Stillstehen der Zeit wirkt noch in mir nach. Normalerweise geschieht es immer dann, wenn Gefahr droht. Ein zu schnell fahrendes Auto, ein herumliegendes Messer. Aber vorhin – da war nichts.

Oder doch?

2

Es gibt Tage, da kann ich nicht schlafen. Mit offenen Augen liege ich im Bett, den Blick auf die Zimmerdecke gerichtet, meine Gedanken drehen sich im Kreis. Ich male mir aus, wie es wäre, wenn meine Freunde oder meine Familie über diesen Teil meines Lebens Bescheid wüssten. Über mein Geheimnis, meinen Fluch.

Als ich zehn Jahre alt war, ist es das erste Mal passiert. Ich saß in der hintersten Sitzreihe meiner Klasse und war so in ein Gedicht vertieft, dass ich das Sirren der Deckenleuchte nicht wahrgenommen habe – das Knistern –, bevor das Kabel gerissen und sie abgebrochen ist. Dann blieb die Zeit stehen. Die Lampe schwebte in der Luft, nur wenige Zentimeter über meinem Kopf. Und als ich ausgewichen bin, krachte sie so heftig auf den Stuhl, dass die Splitter durch den ganzen Raum flogen.

Völlig verstört habe ich mich damals meiner ehemals besten Freundin anvertraut. Doch abgesehen davon, dass sie mir nicht geglaubt hat, stempelte sie mich auch noch als verrückt ab und lachte mich aus. Meine Mutter hatte zu diesem Zeitpunkt andere Probleme, ich wollte keine zusätzliche Last für sie sein. Also erzählte ich ihr nichts.

Irgendwann habe ich gelernt, es für mich zu behalten. Ich konnte es niemandem verübeln, meine Geschichte für eine Lüge zu halten, wo ich sie doch selbst kaum glauben konnte. Stattdessen habe ich begriffen, dass man alleine stark sein muss.

Dieser Tag vor acht Jahren, diese lebensgefährliche Situation, hat mich aber noch eine ganz andere Sache gelehrt: Wenn ich jemals sterben sollte, dann nicht in der hintersten Sitzreihe meiner Schule.

Ich versuche mich wieder auf das Hier und Jetzt zu konzentrieren und schaue aus dem Fenster. Die Hitze des Sommerabends spiegelt sich im Licht der tiefstehenden Sonne. Sie lässt den Asphalt förmlich schmelzen. Um uns herum vereinzelte Baumgruppen, junge Birken, Gehölz und blütenlose Sträucher. Die Landschaft ist karg.

Es scheint, als würde man in eine andere Zeit katapultiert werden. In eine Zukunft, in der die Menschen gänzlich von der Erde verschwunden sind, ausgerottet von den Launen der Natur. In eine Zukunft, in der nur Schutt und Asche von uns übrig geblieben ist.

Beim Vorbeifahren schmecke ich die rissige Erde auf meinen Lippen, stelle mir vor, wie die brennend heiße Luft durch meine Lunge strömt. Ein einsamer Industrieschornstein ragt wie ein Grabstein aus dem trockenen Boden. Er ist das einzige Überbleibsel, das an Zivilisation erinnert. Der Dreck brutzelt in der Sonne. Fast schon majestätisch. Man könnte meinen, dass die Wildnis zu glänzen beginnt.

Doch je weiter wir kommen, desto mehr Bäume, mehr Gras schießt aus der Erde. Die Risse werden gefüllt, die Sträucher bekommen Blüten. Vergangenes gerät in Vergessenheit.

»Und, Romy? Hat dich die Fahrt schon inspiriert?«, meldet sich Jannis zwischen zwei Songs zu Wort und deutet auf meinen Notizblock.

Aurel schüttelt fassungslos den Kopf. »Inspiriert? Durch diese Landschaft? Hier gibt es doch nur Dreck, Schlamm und … ja, eigentlich gibt es hier nur Dreck und Schlamm.«

Einen genauen Standort vom Dorf hat selbst Jannis nicht, der die Organisation unserer Reise übernommen hat. Nur eine Wegbeschreibung. Vorhin hat er gemeint, dass das letzte Stück über einen unbefestigten Waldweg führt. Die Ancoraner verlassen ihr Dorf bloß, wenn es zwingend notwendig ist. Etwa für bestimmte Besorgungen oder um zu telefonieren. Im gesamten Tal gibt es keinen Telefonmast, infolgedessen auch keinen Empfang.

»Ihr werdet schon sehen. Dieser Ort ist genau das, wonach Romy gesucht hat. Kein Großstadttrubel, keine Ablenkung, bloß Natur. Ich bin mir sicher, sie wird ihren Gedichtband hier fertigstellen können«, sagt Jannis und wirft mir einen kurzen Blick im Rückspiegel zu. »Für sechs Wochen fast gänzlich autark zu leben, wird eine unvergessliche Erfahrung sein. Solche Dörfer gibt es sonst kaum mehr.«

Ich lehne mich nach vorne und drehe die Musik ein wenig leiser, damit ich Jannis besser verstehen kann. Währenddessen fährt er unbeirrt fort: »Deswegen ist ihnen die Geheimhaltung auch so wichtig. Sie wissen, dass ein solcher Ort Touristen oder die Presse regelrecht anziehen würde.«

Jannis hat sich in Rage geredet. Wie immer, wenn er für etwas Feuer gefangen hat. So auch hier. Vor ein paar Wochen hat er das Dorf durch ein obskures Internetforum entdeckt und Kontakt mit der Gründerin aufgenommen. Ancora gewährt nämlich jedes Jahr ein paar Freiwilligen, in seine Welt einzutauchen. Dank Jannis' Engagement war es für mich kaum verwunderlich, dass dieses Jahr wir eingeladen wurden.

»Müssen wir dort auch jagen? Tiere töten?«, fragt Aurel.

»Wohl kaum«, sagt Jannis. »Wir sind Stadtkinder. Die Bewohner von Ancora sind bestimmt schon froh, wenn wir mit ein paar wildgewachsenen Kartoffeln fertigwerden.«

Aurel nimmt seine Füße vom Armaturenbrett. »Hoffen wir's. Laut Statistik habe ich noch ungefähr 60,4 Lebensjahre vor mir. Und zu sterben, ohne ein Tier mit meinen eigenen Händen umgebracht zu haben, klingt für mich durchaus reizvoll.«

»Wäre das nicht ein schöner Titel für deinen Gedichtband?«, schlägt Jannis belustigt vor. *»60,4 Lebensjahre ohne Mord – Gedichte über die Partnerschaft.«*

Ich schmunzle. »Ob ich *ohne* oder *mit* Mord schreibe, weiß ich noch nicht.«

So wie meine Mutter Ria schreibe ich, seit ich denken kann. Dafür musste sie mir nur einen Notizblock und einen Stift kaufen, was gerade so drin war. Geld hatten wir nie viel. Als andere Kinder aus meiner Klasse ins Kino gingen, habe ich mich in den Park gelegt und darüber geschrieben, wie es wäre, auch dort zu sein. Ich wurde verspottet, aber mich hat das kaltgelassen. Es mag sein, dass mir das Geld gefehlt hat – aber den anderen fehlte es an Fantasie. Und das fand ich viel schlimmer.

Meine Mutter hat mir damals eine Weisheit mit auf den Weg gegeben, die ich mir bis heute verinnerlicht habe: *Man darf das Gedicht nicht schreiben, man muss das Gedicht sein.* Deswegen wollte ich meine Texte nicht an irgendeinem Partystrand verfassen, sondern an einem besonderen Ort. An einem Ort wie Ancora.

Und doch sind es nicht ausschließlich der Gedichtband und meine Suche nach Abenteuer, die mich diesen Sommer hierhertreiben. Als Jannis mir davon erzählt hat – und möglicherweise habe ich es mir auch nur eingebildet –, da haben meine Finger angefangen zu kribbeln, mein Kopf hat pulsiert. Mich durchströmte das Gefühl, das ich sonst nur von den Momenten kenne, in denen die Zeit stehen bleibt. Ich weiß nicht, was es ausgelöst hat. Vielleicht der Name des Dorfes. Oder die Erzählungen vom Chemieunfall. Aber irgendein verborgener Teil von mir will – und davon bin ich überzeugt –, dass ich nach Ancora fahre.

Während unseres Gesprächs sind wir dem Wald immer näher gekommen. Bald schon ragen seitlich von uns die ersten Bäume aus der Erde. Wie in der Wegbeschreibung skizziert, entdecke ich rechts von uns einen geschotterten Forstweg, der von der Landstraße abzweigt und ins Tal führen muss. Die Dämmerung hat bereits eingesetzt. Das fahle Licht tanzt zwischen den Bäumen – im Auto ist die Unterhaltung verklungen.

Die dürre Landschaft, die mir vorhin die Sprache verschlagen hat, scheint Dutzende Kilometer entfernt. Wo zuvor Einöde war, ist jetzt moosbedeckter Waldboden. Er strahlt ein solch gesättigtes Grün aus, dass ich mich fühle, als würde er uns willkommen heißen. Als wären wir gar keine Fremdkörper. Ich denke an die unzähligen Wassermarken von der Tankstelle, daran, wie leicht uns die Natur versorgt und wie kompliziert wir sie verpacken.

Nach einiger Zeit geht es bergauf. Immer steiler, immer kurviger. Mein Kopf möchte mich glauben lassen, dass wir dem Himmel entgegenfahren. Ich warte nur darauf, von einer Wolke verschluckt zu werden – rein in das intensive Farbenspiel des Sonnenuntergangs. Doch statt der Wolken bekommen wir noch mehr Steine, noch mehr Erdlöcher, die uns ordentlich durchrütteln. Erst als wir die Anhöhe erreichen, wird der Waldweg fester. Links von uns kommt ein Plateau zum Vorschein.

»Halt mal an«, bitte ich und deute auf ein Auto, das neben ein paar Bäumen parkt.

Mit einem letzten Ruckler bringt Jannis den Wagen zum Stehen. Er schaltet den Motor ab. Als ich aussteige, weiten sich meine Augen.

Diese Aussicht!

Gemeinsam überqueren wir die Straße und schreiten zum Abhang. Ich atme tief ein, merke, dass die Luft hier eine andere ist. Wir sind auf einer Hochebene, so weit oben, dass wir die umliegende Gegend überblicken können. Die Aussicht raubt mir den eben geholten Atem.

Die Sonne ist fast untergegangen, aber ein letztes Glühen erhellt die weite, trockene Fläche, durch die wir eben noch gefahren sind. Ich sehe den Wald, der sich auf die Anhöhe zieht. Und auf der anderen Seite, da sehe ich tief unter uns vielleicht drei Dutzend Hausdächer.

Ancora. Das Dorf.

Es liegt in einem kleinen Tal, umgeben von Bergen und Wäldern. So idyllisch, so ruhig. Die Natur zeichnet uns ein Gemälde. Ich erkenne Rauch, der aus einigen Kaminen aufsteigt. Sehe kleine Punkte, die sich zwischen den Häusern tummeln. Menschen.

Aurel ist neben mich getreten. Er legt seinen Arm um mich und ich meinen Kopf auf seine Schulter. Zusammen bewundern wir den Ausblick.

»Es sieht friedlich aus«, sage ich.

Aurel seufzt. »Vergiss nicht, dass ich das für dich mache. Für uns.«

»Es wird dir gefallen«, antworte ich. »Du musst dich nur darauf einlassen.«

Jannis räuspert sich. »Noch mehr Kitsch und ich muss trotz der schönen Aussicht kotzen.« Er tritt von einem Fuß auf den anderen. »Bereit, euch von euren Smartphones zu trennen?«, fragt er und hält sein iPhone theatralisch in die Höhe. Dann schaltet er es ab. Kurz darauf hole auch ich mein Handy hervor.

Kein Empfang.

Genau wie Jannis es uns prophezeit hat. Aber jetzt, wo es allmählich Wirklichkeit wird, fühlt es sich doch komisch an.

Aurel sieht als Letzter auf sein Display. »Ich kann immer noch nicht glauben, dass wir das durchziehen. Kein Netz, keine Updates, keine Nachrichten mehr.«

»Glaub mir, die Natur hat genug Nachrichten für dich. Du musst nur hinhören«, sagt Jannis leise. Dann dreht er sich um. »Kommt, lasst uns ins Dorf fahren, bevor es finster wird.«

Während er sich auf den Weg zum Auto macht, bleiben Aurel und ich noch kurz stehen.

Es ist gut, dass wir hier sind. Dass wir zusammen hier sind. Von sich aus wäre Aurel vermutlich nie auf die Idee gekommen, nach Ancora zu fahren. Keine Umfrage und keine Statistik hätten ihm dazu geraten. Aber er hat gespürt, dass diese Reise eine einmalige Chance ist, uns gegenseitig zu beweisen, dass unsere bröckelnde Beziehung einen Sinn hat. Dass wir uns auf etwas einlassen können – gemeinsam.

Auf diesen Ort.

Auf diesen Moment.

Träumerisch betrachte ich das Dorf, schweigend, aber mit der Gewissheit, dass Aurel bei mir ist. Ich bin voller Vorfreude auf das, was dieser Sommer zu bieten hat. Und habe die leise Hoffnung, ein fehlendes Puzzleteil meiner selbst zu finden.

Jannis' Fluchen unterbricht unsere Zweisamkeit.

Irritiert drehe ich mich um.

Mein bester Freund funkelt mich über die Straße hinweg misstrauisch an. »Sehr lustig, Romy!«, ruft er. »Wirklich sehr lustig. Wo ist er?«

Ich ziehe Aurel mit mir zum Auto. »Wo ist wer?«, frage ich verdutzt.

»Tu nicht so. Du bist die Letzte, die aus dem Auto gestiegen ist.«

Aurel mischt sich ein: »Was ist denn los?«

Jannis wirkt perplex. »Du schwörst, dass du es nicht warst?«

»Ich weiß doch noch nicht einmal, was du meinst«, sage ich.

Jannis' Blick huscht von mir zu Aurel, sein hellbraunes, gewelltes Haar hängt ihm ins Gesicht. Dann schüttelt er ungläubig den Kopf. »Also ich … ich habe den Schlüssel ganz sicher stecken lassen, aber jetzt …«

»Der Autoschlüssel ist weg?!«, fällt ihm Aurel bestürzt ins Wort.

»Ist er.«

3

Jannis geht ein paar Schritte in den Wald, dann wieder zurück. Er durchwühlt seine Hosentaschen, seinen Rucksack, das Auto. Nichts.

Wir helfen ihm suchen, schauen unter den Fußmatten, im Handschuhfach. Immer noch nichts. Mir fällt auf, wie kalt es geworden ist. Die Temperaturen sind in der kurzen Zeit bestimmt um einige Grad gefallen. Ein frischer Wind braust über die Anhöhe, ich fröstle.

Irgendwie seltsam. Ich habe zwar schon gehört, dass es Temperaturstürze dieser Art geben soll, aber nur in der Wüste. Nicht hier. Nicht in Europa.

Jannis blickt hoch. »Merkwürdig«, flüstert er. Dann dreht er sich zum Wald um, starrt in die Dunkelheit. Als würde er nur darauf warten, dass plötzlich jemand aus dem Unterholz gesprungen kommt.

»Ist vielleicht Karma. Wegen den gestohlenen Wasserflaschen«, sage ich, um der Stille keinen allzu großen Raum zu geben.

»Drei Wasserflaschen gegen ein Auto?«, fragt Jannis. »Also entweder, Gott ist der größte Umweltaktivist, den ich kenne, oder er hat einen verdammt schlechten Humor.«

Aurel reibt unterdessen die Hände aneinander. »Gehen wir ins Dorf«, sagt er. »Ich habe keine Lust, die ganze Nacht hier draußen zu verbringen. Und um den Schlüssel können wir uns auch noch morgen kümmern.«

»Morgen? Du spinnst ja«, giftet Jannis. »Ist schließlich nicht dein Auto, richtig?«

Mein bester Freund ist wütend, weil er es sein möchte. Er war von Anfang an nicht begeistert davon, dass Aurel mitkommt. Um das Auto geht es ihm gar nicht. Jannis' Eltern haben Geld – eine Menge davon. Er müsste sich nur bei ihnen melden und würde ein neues bekommen. Dennoch verabscheut er diese Lebensweise, hasst seine Privilegien. Sein Vater ist Immobilienmakler und seine Mutter Anwältin. Beide kompensieren die fehlende Liebe mit Geld.

»Schau mal«, versuche ich ihn zu beruhigen. »Sieh es positiv. Den meisten Menschen wird kein Schlüssel gestohlen. Du bist gerade total gegen den Mainstream.«

Das ist auch so eine Sache mit Jannis. Er tut immer das, was andere nicht tun. Als meine Jahrgangsstufe die Abschlussprüfungen geschrieben hat, ist er von der Schule gegangen, um ein halbes Jahr um die Welt zu reisen. Und da die meisten Achtzehnjährigen auf Alkohol und Partys aus sind, pilgerte er von einem Schweigekloster in Rumänien zu einem Lachyoga-Kurs in Indien. Selbst Jannis' Augenfarbe weicht von der Norm ab. Wobei ich bezweifle, dass das schon von Geburt an so war. Ich würde ihm ohne Weiteres zutrauen, dass er seit Jahren mit *einer* farbigen Kontaktlinse herumläuft, nur um aus der Masse herauszustechen.

Jannis muss ungewollt schmunzeln. »Das ist die schlechteste Aufmunterung, die ich je gehört habe.«

»Wenigstens ist der Rest des Autos noch da«, fügt Aurel hinzu.

»Oh! Die Aufmunterungen werden ja immer besser«, antwortet er und schaut dabei nachdenklich zu dem anderen Wagen hinüber. Die Wut in seinen Augen ist abgeflaut.

»Denk nicht einmal dran«, mahnt Aurel. »Du stiehlst kein Auto!«

Jannis beginnt zu lachen. »Für wen hältst du mich?«, fragt er, geht zum Kofferraum und reicht uns kurzerhand das Gepäck. »Wobei der Gedanke schon was hat. Romy kann über Schwerverbrecher schreiben – und wir können die Schwerverbrecher sein!«

Als sich Jannis anschließend zu Fuß auf den Weg ins Tal macht, frage ich: »Jetzt doch nicht mehr weitersuchen?«, und folge ihm zusammen mit Aurel.

»Wir haben keine andere Wahl. Und vermutlich bringt es bei dieser Dunkelheit wirklich nichts.« Während wir also den unbeleuchteten Feldweg hinunterstapfen, reimt Jannis vor sich hin: »Wenn dich tausend Ängste quälen, musst du nur ein Auto stehlen.« Dann dreht er sich zu mir um. »Na? Glaubst du, ich habe das Zeug zum Dichter?«

Ich hole auf – achte dabei, dass ich nicht über einen Stein oder Ast stolpere. Es ist dunkel, *zu* dunkel. Mit der Zeit ändert sich aber nicht nur die Helligkeit, sondern auch der Weg. Immer schmaler wird er, immer mehr Zweige und Wurzeln, die den Boden bedecken. Die Bäume rücken näher. So, als würden sie uns am Ende des Weges zerquetschen wollen.

»Ja. Ich finde schon, dass du das Zeug zum Dichter hast«, antworte ich nach kurzem Überlegen.

»Echt?«, fragt Jannis stutzig.

»Zu einem einsamen, arbeitslosen und verzweifelten Dichter.«

»Na, immerhin«, sagt er. »Tut mir leid, Romy, dass ich vorher so aufgebracht war. Ich hätte euch nicht beschuldigen dürfen. Keine Ahnung, was da in mich gefahren ist.« Jannis sieht sich um. »Weißt du eigentlich, wo wir sind? Das ist doch kein richtiger Weg mehr.«

Angestrengt versuche ich durch die Baumreihen zu spähen. Inzwischen ist es stockfinster geworden. Ich erkenne nichts, keine Häuser, keine Menschen, kein Dorf. Aurel, der natürlich darauf vorbereitet ist, packt seine Taschenlampe aus und leuchtet uns den Weg.

Ich hake mich bei Jannis ein. »Du bist der Letzte, der sich entschuldigen muss. Und sieh es mal so: Mit dem Auto hätten wir hier sowieso nicht langfahren können.«

Jannis freut sich seit Wochen auf diesen Sommer – und kaum hat er gestartet, geht alles schief.

Ich leide mit ihm. Durch das Stillstehen der Zeit weiß ich, wie es sich anfühlt, nicht verstanden zu werden. Man sucht und sucht, aber die Antworten scheinen trotz aller Bemühungen weit entfernt.

Oft finden wir aber nur deshalb keine Antworten, weil wir uns die falschen Fragen stellen.

»Halt«, wispert Aurel so plötzlich, dass ich jäh aus meinem Gedankengang gerissen werde. Ich erstarre.

»Was ist denn los?«, haucht Jannis und zieht mich instinktiv näher an sich.

Statt zu antworten, bewegt Aurel das Licht der Taschenlampe ein Stück weit nach oben. Der Lichtkegel trifft auf eine junge Frau. Sie steht abseits des Weges im Dickicht, trägt einen weißen Umhang und eine Blumenkette mit den ausgefallensten Farben. Ihre kurzen, braunen Haare hat sie sich auf die Seite gekämmt.

»Seid ihr Jannis, Aurel und Romy?«, ruft sie uns zu.

Ich drücke Aurels Taschenlampe etwas runter, flüstere: »Du

blendest sie ja«, und wende mich dann der Frau zu. »Ja! Ja, das sind wir.«

Unser Gegenüber kommt uns mit einem Grinsen entgegen. »Wie schön. Kurz dachte ich, ihr wärt zu Hause geblieben.« Bevor ich ihr zur Begrüßung die Hand geben kann, umarmt sie mich. Dann Aurel. Dann Jannis. »Hier«, sagt sie und reicht Aurel eine Öllampe. »Mit der Taschenlampe scheuchst du die Tiere auf.« Sie mustert uns aufmerksam. »Tut mir wirklich leid, wenn ich euch einen Schrecken eingejagt habe. Ich bin Avanda, die Wortführerin von Ancora. Ihr könnt mich aber auch Ava nennen. Der Name Avanda macht mich älter, als ich mich fühle.« Noch immer ist ihr strahlendes Lachen nicht verblasst, sodass sie inmitten von Schwärze eine eigenartige Form von Wärme vermittelt. Ich persönlich wäre wohl nicht so begeistert, wenn ich drei zerzauste und übermüdete Teenager einsammeln müsste, die viel später eintreffen als geplant.

»Uns tut es auch leid«, sagt Jannis. »Wir haben den Weg zum Tal völlig unterschätzt.«

»Besser spät als nie, oder? Ich kann mir vorstellen, dass ihr nach dieser Reise ziemlich erschöpft seid. Kommt mit, ich führe euch ins Dorf.« Sie läuft los – ohne zu zögern, so schnell und zielgerichtet, dass wir kaum hinterherkommen. Man könnte meinen, sie würde jeden Stein, jeden Ast und jede Wurzel hier kennen.

Obwohl es nun ziemlich steil bergab geht, bin ich außer Atem. Ich pralle sogar fast gegen Jannis, als Ava vor uns abrupt zum Stehen kommt. Neugierig blicke ich am Rücken meines besten Freundes vorbei und sehe, wie sich der Wald zum Tal hin geöffnet hat.

»Willkommen«, sagt Ava und zeigt auf eine Ansammlung von

Gebäuden unter uns, die sich um einen großen Platz schmiegen und sich länglich hinein ins Becken ziehen. »Willkommen in Ancora.«

Staunend betrachten wir die Holzhäuser. Ava hat uns auf einem gewundenen Weg ins Dorf geführt, das mittlerweile wie ausgestorben wirkt. Bloß das schwache Licht, das aus einigen Fenstern schimmert, verrät, dass hier Menschen leben.

»Eigenartig«, flüstert mir Aurel zu. »Als ich das letzte Mal auf meine Uhr geschaut habe, war es erst halb zehn. Ist die Zeit so schnell vergangen? Müssten da nicht noch Leute draußen sein?«

Ich nicke, beuge mich zu ihm. »Wach sind sie zumindest«, sage ich. »Sieh nur.«

Verhuschte Gestalten, Schatten, flackernde Kerzen. Umrisse auf dem beschlagenen Glas. Auch Jannis schaut sich wie hypnotisiert um, ihm stockt der Atem.

Das Dorf fühlt sich bedrückend an – und gleichzeitig vertraut. So, als würde ich im Labyrinth des Lebens das erste Mal den Ausgang erkennen, nach dem ich mich schon immer gesehnt habe. Dabei kenne ich diesen Ort nicht. Ich war noch nie hier.

Ava läuft unbeirrt voran, gut sichtbar im Mondschein, der uns die Richtung vorgibt. Ich bin mir ziemlich sicher, dass sie unser Tuscheln mitbekommt, dass sie genau hört, was wir sagen.

Es geht vorbei an Häusern und Gärten, über einen Platz mit einem Steinbrunnen und durch eine Gasse, die direkt am anderen Ende des Dorfes mündet. Dort liegt, im Schatten eines dicht bewaldeten Hangs, ein größeres Gebäude. Fast schon eine Villa. Es scheint – wie die anderen Häuser –, fast komplett aus Holz zu bestehen. Ein massiver Balkon zieht sich darum. Daneben befindet sich noch eine kleinere Hütte. Ava hält uns lächelnd die Tür auf und wir treten ein.

»Ihr wohnt bei mir, so wie alle Freiwilligen die Jahre davor. Fühlt euch also wie zu Hause«, sagt sie und deutet auf eine Treppe, die sich rechts vom Eingang nach oben schlängelt. »Eure Zimmer sind einen Stock höher. Habt ihr Hunger?«

Aurel winkt ab. »Ich glaube, wir sind froh, wenn wir ins Bett kommen.«

»Dachte ich mir«, antwortet Ava und begleitet uns ins obere Stockwerk. Im Flur zeigt sie auf drei Türen, zwei nebeneinander, eine gegenüber. »Das Klo ist außerhalb des Hauses. In dem kleinen, grünen Häuschen – ihr habt es sicher gesehen, als wir reingegangen sind. Außerdem habe ich euch allen drei eine Wasserflasche ans Bett gestellt. Wenn ihr sonst was braucht, ruft mich einfach.«

»Und wenn du schon schläfst?«, frage ich.

»Dann ruft lauter«, sagt Ava, während sie die Treppe hinuntergeht.

Jannis wirft ihr noch ein schnelles »Danke« hinterher. Und so plötzlich Ava gekommen ist, so schnell ist sie auch verschwunden.

Das obere Stockwerk ist schlicht, aber durchaus liebevoll eingerichtet. Mehrere Öllampen hängen an den Wänden. Die einzigen Lichtquellen. An jeder Seite des Ganges ist zudem ein großes Fenster, das das Haus am Tag mit Sonnenlicht durchfluten dürfte. Jetzt wartet dort draußen die Nacht.

»Ich muss schlafen, Jungs«, gähne ich, überwältigt von den vielen Eindrücken. »Ich hätte nie gedacht, dass wir so lange brauchen werden, um herzukommen.«

»Ich auch nicht«, erwidert Jannis. »Allerdings könnte ich weitaus besser einschlafen, wenn das mit dem Autoschlüssel nicht passiert wäre. Vielleicht hat sich ja eines der Dorfkinder einen Scherz erlaubt?«

»Hast du hier irgendwo Kinder gesehen?«, fragt Aurel.

Jannis zuckt mit den Schultern und sagt nichts.

Ich lehne mich gegen den Holzrahmen einer geöffneten Zimmertür, blicke fragend zu meinem Freund. »Ziemlich schmale Betten. Ist es okay für dich, wenn wir heute in getrennten Zimmern schlafen? Morgen können wir Ava fragen, ob es noch irgendwo ein Doppelbett gibt.«

Aurel nickt. Er weiß, dass ich ab und zu meine Ruhe brauche und allein sein muss. Wahrscheinlich sehnt auch er sich gerade mehr nach einem weichen Kopfkissen als nach meiner Nähe.

Nachdem wir alle kurz auf dem Klo waren und die Zimmer verteilt haben, gebe ich Aurel einen Kuss und verschwinde hinter meiner Tür. Auf dem Nachtschrank steht, wie von Ava versprochen, eine Glasflasche mit Wasser. *Direkt aus der Quelle*, ist in schnörkeliger Schrift auf einem Zettel daneben notiert. Durch das Fenster ist wenig zu erkennen. Offenbar geht mein Zimmer nach hinten raus. Ich erspähe den Wald, die mächtigen Baumschatten.

Völlig erledigt krieche ich ins Bett.

Als ich mitten in der Nacht die Augen aufschlage, fühlt sich meine Decke kalt an. Die Wärme, die mir vor dem Einschlafen das Gefühl von Sicherheit vermittelt hat, ist gänzlich gewichen. Ich zittere.

Warum, um alles in der Welt, bin ich aufgewacht?

Verschlafen hebe ich meinen Kopf, schaue mich im finsteren Raum um.

Nichts.

Das Zimmer hat sich nicht verändert.

Oder doch?

Es ist heller geworden. Der Mond scheint nun durch das Glas – ein fahles, bleiches Licht.

Vermutlich hatte ich einen schlechten Traum, denke ich und will mich wieder hinlegen, als ich es höre: das Knacken.

Reflexartig drehe ich mich zum Fenster. Horche, ob sich das Geräusch wiederholt.

Und das tut es. Alle paar Sekunden ist es zu hören. Zu hören und zu sehen. Allmählich realisiere ich, was sich hier abspielt. Steine. Kleine Steine, die gegen das Fenster geworfen werden. Zögernd richte ich mich auf und schleiche barfuß über den kalten Holzboden. Am Fenster angekommen, fällt mein Blick auf den Waldrand.

Da steht jemand.

Eine Gestalt, die im Antlitz des Mondes zwischen den Bäumen hervorgetreten ist. Schwarze, eng anliegende Kleidung. Um den Kopf hat sie sich eine hölzerne Maske geschnallt. Ihr Blick ruht auf dem Fenster.

Auf *meinem* Fenster.

Der Schock hält mich gefangen, lässt mich nicht los.

Ein weiteres Geräusch. Direkt hinter mir.

Es ist das Ächzen der sich öffnenden Zimmertür. Schritte. Eine Hand, die sich auf meine Schulter legt.

Und zupackt.

4

Panisch reiße ich mich los und presse mich gegen die Fensterscheibe. Erst als sich meine Augen halbwegs an die Dunkelheit des Zimmers gewöhnt haben, beruhige ich mich.

»Verdammt, Jannis! Du hast mich fast zu Tode erschreckt«, keuche ich.

Jannis streicht sich die Haare aus dem Gesicht. »Tut mir leid«, sagt er. »Ich wollte nur sichergehen, dass bei dir alles okay ist. Und so wie es aussieht, hast du es schon selbst entdeckt.«

»Jemand wirft Steine gegen mein Fenster.«

Jannis nickt. »Ich komme gerade vom Klo. Auf dem Rückweg habe ich ihn durchs Fenster gesehen. Bin dann sofort zu dir ins Zimmer. Weißt du, wer das ist?«

Ich schüttle den Kopf, sage nicht, was mir beim Anblick der Maske durch den Kopf geschossen ist.

Kann es sein, dass …?

Ich reiße mich zusammen und schaue ein weiteres Mal in die Nacht. Die Person mit der Maske steht immer noch dort, fixiert uns. Wie ferngesteuert hebt sie die rechte Hand und winkt uns zu sich.

Ich bleibe konzentriert, präge mir die ausgefallene Maske gut ein. Die Augenlöcher wurden mit roter Farbe umkreist. Darunter sieht man aufgemalte Tränen. *Rote* Tränen.

Ruckartig senkt die Gestalt ihre Hand und rennt in den Wald.

Ich löse mich vom Fenster.

»Ist Aurel wach geworden?«, frage ich und trete – ohne auf eine Antwort zu warten – auf den Flur. Aurels Zimmertür steht offen.

Es ist nur ein kleiner Spalt, aber dennoch.

Ich stoße sie ganz auf. Ein kurzer Blick aufs Bett, dann schließe ich die Augen, öffne sie erneut.

Dieser verdammte Mistkerl!

Aurel ist weg.

Zielstrebig gehe ich in mein Zimmer, ziehe mir meine Jacke an und schlüpfe in meine Schuhe. Jannis steht irritiert daneben.

»Lass mich raten«, sage ich. »Du hast Aurel nicht zufällig auf dem Weg vom Klo hierher gesehen, oder?«

»Nein, warum?«

»Dacht ich's mir.«

Jannis ist verunsichert, folgt mir aber zur Treppe. »Bitte sag mir, dass du da nicht rausgehen willst«, murmelt er.

»Aurel ist nicht hier.«

»Wie?«

»Er ist nicht in seinem Bett. Und auf dem Weg zum Klo hast du ihn auch nicht gesehen.«

Entschlossen gehe ich zur Haustür und reiße sie mit einem Ruck auf. Die kalte Nachtluft strömt mir entgegen, lässt mich frieren. Am Nachmittag war da noch diese unerträgliche Hitze – jetzt bloß eisige Kälte.

»Was zur Hölle hast du vor?«, will Jannis wissen.

»Nicht so laut! Sonst wecken wir noch jemanden auf«, sage ich und trete ins Freie. Jannis folgt mir.

Die Stille der Nacht dröhnt in meinen Ohren. Da ist das Zirpen der Grillen, das gelegentliche Schaben von Ästen, die sich aneinanderreiben. Ich spüre die Feuchtigkeit. Über mir sehe ich jetzt nicht nur den Mond, sondern auch Sterne. Abertausende. So viele habe ich in der Stadt noch nie gesehen.

»Romy! Bitte rede mit mir«, fleht Jannis und schaut sich hektisch um.

»Aurel glaubt, dass er ein Spiel mit mir spielen kann«, antworte ich. »Das mit dem Autoschlüssel – das war sicher er. Da hätte ich auch früher draufkommen können. Und jetzt probiert er uns mit dieser dämlichen Maske zu erschrecken.«

Aurel und ich hatten einen Streit. Kurz vor der Abreise.

Schon vor zwei Monaten haben wir gespürt, dass sich unsere Beziehung nicht mehr so locker und gut anfühlt, wie noch am Anfang. Das hat ihn gestresst. Als Reaktion hat sich Aurel in Statistiken und Berichte eingelesen, die ihn zu dem absurden Schluss geführt haben, dass er mit mir Abenteuer erleben muss, um unsere Liebe neu zu entfachen. Und obwohl ich ihm immer wieder sage, dass das nicht der Grund für die Spannungen in unserer Beziehung ist, lässt er sich fast jede Woche etwas Neues einfallen. Etwas Verrücktes. Aurel bucht Kanutrips, verschleppt mich auf geheime Untergrundpartys oder bricht mit mir in verlassene Gebäude ein.

Das Problem dabei ist nur: Ich bin bei seinen Aktionen zwar unwissend, er aber bestens vorbereitet. Er plant alles, bis ins letzte Detail. Tut nur so, als ob er abenteuerlich wäre. Nur diesmal treibt er es zu weit.

»Bist du dir ganz sicher, Romy?« Mit seiner Frage holt mich Jannis in die Realität zurück.

»Wer sollte es denn sonst sein?«

»Keine Ahnung. Aber ich schätze Aurel ehrlich gesagt nicht so ein, als dass er sich in der ersten Nacht hier mit einer Maske in den Wald schleicht und Kieselsteine gegen dein Fenster wirft.«

Dabei weiß Jannis doch ganz genau, welche verrückten Aktionen sich Aurel in letzter Zeit für mich ausgedacht hat.

»Vertrau mir«, zische ich und will gerade losgehen, als Jannis mich am Arm packt.

»Was, wenn er es nicht ist? Wenn du dich irrst und da jemand anderes auf uns wartet?«

Ich halte inne. Mir wurde schon oft nachgesagt, dass ich zu voreilig handle. Nur war das Bett von Aurel ganz sicher leer. Und wer würde uns denn bitte sonst einen solchen Streich spielen wollen?

»Du kannst hier warten, ich suche ihn alleine«, gebe ich zurück, wobei mir inzwischen selbst etwas mulmig zumute ist. Meine Entschlossenheit, geboren aus Empörung, verblasst allmählich.

»Nein! Auf keinen Fall. Wir suchen gemeinsam nach ihm.« Jannis holt sein Handy hervor und öffnet die Taschenlampenfunktion. »Ich gehe vor.« Im Mondlicht sehe ich, dass seine Hand bebt. Seine Atmung geht kurz und schnell.

»Ganz sicher?« Ich klinge mutiger, als ich mich fühle.

Er nickt.

Der erste Schritt in den Wald wirft uns in eine andere Welt. Das knirschende Laub unter unseren Schuhen, der Ruf einer Eule aus den Baumkronen – alles fühlt sich so bedrohlich an. Das gesättigte Grün des Waldes ist zu einem schwarzen Klumpen geworden.

Wir gehen eng beieinander, Meter für Meter, schauen, dass wir in einer geraden Linie bleiben, damit wir uns nicht verlaufen. Immer wieder blicke ich zurück. Von hier aus kann man mein Fenster gut erkennen, auch wenn es bloß eine Frage der

Zeit ist, bis es aus meinem Sichtfeld verschwindet. Von der maskierten Gestalt fehlt jede Spur.

Aurel spielt mit uns Verstecken. Und wir steigen voll drauf ein.

Je tiefer wir kommen, desto unsicherer werde ich. In jedem Baum glaube ich einen Menschen zu sehen. Arme und Beine. Dabei stehen die Bäume nur still in der Dunkelheit, sind Umrisse im Schatten der Nacht. Die Kälte hat sich in der Zwischenzeit durch meine dünne Jacke gefressen und nagt an meiner Haut. Mein Verstand scheint regelrecht eingefroren. Da ist nur der Wald. Der Wald und ich.

»Aurel? Wir wissen, dass du hier irgendwo bist«, rufe ich gedämpft ins Nichts.

Keine Antwort.

»Du kannst jetzt rauskommen.«

Keine Antwort.

»Hör auf damit. Bitte.«

Keine Antwort.

»Verflucht! Sag doch was.«

Ein Knacksen.

Es kommt von einem Baum, der sich nur ein paar Meter vor uns befindet. Ich bleibe stehen.

Nein! Das da vorne ist kein Baum.

Es ist die Gestalt.

Die Gestalt mit der Holzmaske.

Noch bevor ich irgendwie reagieren kann, dreht sich der Schatten um und läuft los. Verschwindet von jetzt auf gleich in der Dunkelheit. Noch tiefer ins Herz des Waldes.

»Leuchte mir mal«, bitte ich Jannis und knie mich dorthin, wo die Person gerade eben noch gestanden hat. Was ich zuerst nur erahnen konnte, sehe ich im körnigen Lichtstrahl des Handys klar vor mir: Steine. Sie wurden blutrot angemalt – so positioniert, dass sie ein Wort ergeben.

»Was soll das?«, flüstert Jannis. Als ich nicht antworte, schaut er mich eindringlich an. »Romy? Kannst du dir das erklären?«

Ich schüttle den Kopf. »Nein«, sage ich schließlich. »Nein, kann ich nicht.«

Noch immer wie gebannt starre ich auf den Waldboden. Auf das Wort.

HILFE.

Nicht einmal in meinen Träumen komme ich zur Ruhe. Die Schatten der Realität sind zu Schatten in meinem Kopf geworden.

Als ich heute zum zweiten Mal die Augen öffne, scheint Tageslicht durchs Fenster. Die Sonnenstrahlen wärmen mich, von innen und von außen, versorgen meinen müden Körper mit neuer Energie. Gerade als ich aufstehen will, um mir den restlichen Schlaf aus den Augen zu reiben, entdecke ich das Tablett auf dem Nachtschrank. Frisches Brot, ein offenbar selbst gemachter Aufstrich und ein Schälchen himmlisch aussehender Brombeeren. Wieder liegt ein kleiner Zettel daneben, auf dem *Direkt aus dem Garten* steht.

Ava war wohl so aufmerksam und hat mir Essen ans Bett gebracht. Würde ich meinen momentanen Gefühlszustand mit so einem Zettel beschreiben müssen, würde ich aber eher den Satz *Direkt aus der Hölle* oder *Direkt aus der Zitronenpresse* wählen. Ich fühle mich erschöpft und ausgequetscht.

Auch wenn ich es gewohnt bin, dass Aurel verrückte Dinge

macht, hat mich das gestern Nacht überfordert. Warum schleicht er sich im Stockdunklen aus dem Haus? Und warum stülpt er sich eine Maske über, um mich zu dieser kryptischen Botschaft zu führen? Was sollte das?

Wenn er glaubt, er könnte mir damit imponieren, dann liegt er falsch. Sein ganzer Plan ist komplett nach hinten losgegangen. Ich habe Jannis jedenfalls versprochen, dass ich das schnellstmöglich mit Aurel kläre. Mein bester Freund hat Angst, dass wir schlussendlich noch Ava oder den anderen Dorfbewohnern zur Last fallen.

Es klopft an der Tür.

»Ja?«, frage ich.

Aurels Kopf kommt zum Vorschein. »Hey, Guten Morgen. Jannis hat gemeint, dass du mit mir reden willst.«

»Komm rein«, sage ich und deute auf mein Bett. Als er sich hinsetzt, schaue ich ihn energisch an.

»Romy? Ist alles gut?«, fragt er mich.

»Warte«, erwidere ich, gehe zur Tür und kontrolliere, ob wir ungestört sind. Niemand auf dem Flur. »Mach das nie wieder!«, verlange ich.

Aurel sieht verwirrt aus. »Was soll ich nicht machen?«

»Die Aktion gestern Nacht.«

»Gestern Nacht?«

Ich ziehe die Augenbrauen hoch. »Bitte, Aurel! Ich habe es kapiert. Du hattest deinen Spaß, als du uns mit dieser Maske erschreckt hast. Hat nicht funktioniert, okay?«

Aurel rutscht an die Bettkante. »Wovon redest du? Ich hab euch nicht erschreckt …«

»Und warum warst du dann nicht in deinem Zimmer, als jemand Steine gegen mein Fenster geworfen hat? Niemand sonst hat gewusst, wo ich schlafe!« Meine Stimme ist unwillkürlich lauter geworden.

Aurel sieht mich verunsichert, fast schon verstört an. »Was zum Teufel meinst du, Romy? Ich habe mein Zimmer kein einziges Mal verlassen, kein einziges Mal. Ich habe geschlafen wie ein Toter.«

5

Habe ich mir nur eingebildet, dass Aurels Bett leer war? Oder hat er geschlafwandelt und kann sich vielleicht nicht mehr daran erinnern?

Grübelnd sitze ich in der großen Küche des Holzhauses und schaue in meine Tasse, die mit gelbem Tee befüllt ist. Ein Blatt schwimmt darin.

Seitlich von mir sitzt Ava. Um den Hals hat sie sich abermals eine Blumenkette gehängt, die im Luftzug des geöffneten Fensters flattert. Die Blumen sind jedoch nicht mehr bunt gemischt, sondern haben alle dieselbe Farbe: Gelb. Genau wie mein Tee.

Ich bin frustriert. Die Reise nach Ancora sollte die Beziehung zwischen Aurel und mir eigentlich stärken – jetzt habe ich auch noch das Gefühl, dass er mich anlügt. Es ist oft so schwer, seine Gedankengänge nachzuvollziehen, die nur für ihn Sinn ergeben.

Ich nehme den Holzlöffel, der neben mir liegt, rühre lustlos in meinem Tee herum und fokussiere mich auf Ava, um mich abzulenken. Die Bluse und die Leinenhose der jungen Frau sind weiß, so wie gestern. Und langsam kommt in mir der Verdacht auf, dass ich damit schon ihren gesamten Kleiderschrank kenne.

»Ich weiß, worüber du dir gerade den Kopf zerbrichst«, sagt Ava sanft und lehnt sich in ihrem Stuhl zurück.

»Wirklich?«, frage ich erstaunt. Ich hätte nicht gedacht, dass Aurel und ich so durchschaubar sind.

»Ja, wirklich.« Ava zeigt auf ihre Blumenkette. »Du fragst dich, warum ich ständig Blumen um den Hals trage.«

»Ertappt«, sage ich schmunzelnd und trinke einen Schluck Tee.

Ava erhebt sich. Sie geht zum Herd, der sich am anderen Ende des Raums befindet und mit Holz beheizt wird. »Blumen sind für mich wie Worte«, erklärt sie und öffnet ein Stoffsäckchen mit Gewürzen, um eine weitere Kanne Tee aufzusetzen. »Ich passe die Farbe der Blumen meiner Gefühlslage an.«

Ich überlege. Was Gelb wohl für eine Gefühlslage ausdrückt? Freude? Motivation? Oder … Übelkeit?

»Deswegen trägst du die Blumen? Weil du damit deine Gefühle widerspiegelst?«

»Ja, richtig.« Die Teekanne beginnt zu pfeifen. »Abgesehen davon, dass es vermutlich zu makaber wäre, mir abgetrennte Finger oder tote Frösche um den Hals zu hängen.« Ava zwinkert mir zu. Kurz wundere ich mich, was eine so junge und attraktive Frau an einen so weltfremden Ort verschlagen hat. Sie dürfte nicht älter als Ende zwanzig sein. »Ich beschäftige mich einfach viel mit der Flora und Fauna«, meint Ava. »Jede Person aus Ancora bekommt sogar eine persönliche Schutzpflanze von mir zugeordnet.«

Interessiert beuge ich mich nach vorne. »Und? Welche wäre meine?«

Ava zögert, nickt dann aber entschlossen. »Ein Veilchen. Das habe ich mir schon gedacht, als ich dich im Wald gesehen habe.« Sie nimmt die Kanne vom Herd, geht zur Haustür und schaut mir zufrieden dabei zu, wie ich an der Tasse nippe. »Es freut mich, dass du wieder hier bist, Romy.«

Ich verschlucke mich.

»Wieder?«, frage ich, muss dann aber husten. »Wie meinst du das?«

Ava lächelt. »Ich warte draußen auf euch«, sagt sie und lässt mich in der Küche allein.

Jannis bemerkt meinen nachdenklichen Gesichtsausdruck sofort, als er nach unten kommt und mich zur Begrüßung umarmt. »Konntest du alles mit Aurel klären?«

»Ja«, sage ich, ein wenig zu schnell, als dass es natürlich gewirkt hätte. »Ja, alles gut.« Im Augenwinkel sehe ich meinen Freund die Treppe hinunterkommen. Aurel stellt sich zu uns.

»Dann kann der Sommer unseres Lebens endlich starten, was?«, fragt Jannis und öffnet schwungvoll die Tür.

Wir tauchen ein, in Ancora.

Als ich in den Schein der vor Kurzem aufgegangenen Sonne blinzele, die sich über den Baumwipfeln bricht und das Dorf mit glänzendem Licht durchflutet, spüre ich das Kribbeln in meinen Fingerspitzen. Tau liegt über der Wiese. Einzelne Nebelschwaden verdunsten am Waldrand und geben die Sicht auf mächtige Baumriesen frei, die von Efeu überwuchert aus dem Boden wachsen. Mein Kopf fängt an zu pulsieren. Aber trotz des leichten Gefühls der Schwerelosigkeit, bleibt die Zeit nicht stehen. Genau so habe ich mich gefühlt, als Jannis mir von diesem Ort erzählt hat. Und nun passiert es wieder. Die Vertrautheit, die mich auch gestern Nacht überkommen hat, beflügelt mich.

Das Dorf selbst umfasst etwa drei Dutzend Gebäude, von einfachen Holzschuppen bis zu mehrstöckigen Familienhäusern. Aus den meisten Schornsteinen quillt Rauch, der würzige Geruch von Brennholz und gebratenem Fisch liegt in der Luft. Mein Blick gleitet über die Hausdächer hinweg zu fruchtbaren Feldern und grünen Wiesen, die sich hinter dem Dorf zwischen den bewaldeten Höhen entlangziehen. In der Ferne sehe ich massive Felswände, die das Tal von der Außenwelt abschirmen.

Zwei Kinder in kurzen Hosen und T-Shirts laufen fröhlich glucksend an mir vorbei. Sie jagen einem Schmetterling nach, der im Lichtspiel der Sonne mehrere Loopings vollführt. Ein paar Männer und Frauen in hellen Hemden und luftigen Leinenhosen winken Ava zu. Sie arbeiten in den Gärten, die neben den Häusern angelegt sind, stehen in kleinen Grüppchen zusammen oder sind mit altertümlichen Sensen und Hacken ausgestattet, offenbar auf dem Weg zu den Feldern.

Ava gibt uns Zeit, die Eindrücke zu verarbeiten. Sie hat sich ihre Schuhe ausgezogen und lässt ihre nackten Zehen über den feuchten Boden streifen. Die aufgeweckte Frau strahlt eine Ruhe und Gelassenheit aus, die auf mich abfärbt.

Aurel, der zu mir getreten ist, rümpft die Nase. Er betrachtet die bewaldeten Hänge gegenüber.

»Ava hat mir eine Pflanze zugeordnet«, flüstere ich ihm zu, um ein Gespräch zu beginnen. »Ein Veilchen. Ziemlich schräg, was?« Ich will ihm nicht böse sein. Egal, ob er mich angelogen hat oder nicht.

»Die meinen es mit der Naturverbundenheit wirklich ernst«, sagt Aurel. Gerade so laut, dass nur ich ihn hören kann. »Und ich dachte, selbst Höhlenmenschen hätten heutzutage Notebooks.«

Ich stöhne auf. »Was hast du erwartet? Tarzan, der sich auf Ladekabeln durch die Gegend schwingt?«

»Ein Ladekabel hätte mir gereicht.«

»Dieser Ort ist einzigartig, Technik hin oder her«, sage ich. »Es wirkt, als würden hier alle ein gutes Leben führen. Selbst die Pflanzen.«

Aurel deutet mit einem Kopfnicken zu Avas Blumenkette.

»Weiß nicht recht. Als Pflanze könnte ich mir schon etwas Schöneres vorstellen, als einsam, tot und zusammengepresst am Hals einer Teetrinkerin zu hängen.«

Ich lächle. Irgendwie bin ich erleichtert, dass er mir meine Anschuldigung von heute Morgen nicht übel nimmt. Ich bin mir nämlich nicht mehr ganz so sicher, ob die Gestalt mit der Maske tatsächlich Aurel gewesen ist.

»Du hast nicht zu viel versprochen, als wir uns geschrieben haben, Ava«, sagt Jannis und zieht damit die Aufmerksamkeit auf sich. »Es ist wunderschön.«

Ava schlüpft in ihre Schuhe. »Es ist aber auch harte Arbeit«, sagt sie. »Das werdet ihr noch merken. Ihr habt eine aufregende Zeit ausgewählt, unsere Gemeinschaft zu besuchen.«

»Eine aufregende Zeit?«, wiederhole ich fragend, bekomme aber erneut keine Antwort von ihr. Stattdessen winkt uns Ava mit sich und führt uns über einen festgetretenen, breiten Weg in Richtung Dorfmitte.

Um uns herum wuselt es. Die Ancoraner grüßen und nicken uns zu, beobachten die Neuankömmlinge. Ein Huhn stürzt uns laut gackernd entgegen. Von Weitem höre ich das Bellen eines Hundes und das Zwitschern von Vögeln.

Wie ich es vom Stillstehen der Zeit kenne, verschärfen sich aber auch meine Sinne. Und so kommt es, dass nicht nur *die* Dorfbewohner in mein Blickfeld geraten, die uns freundlich empfangen. Ein Mann in dunkler Kleidung folgt uns – der Erste, den ich nicht in Weiß sehe. Die wenigen grauen Haare, die ihm geblieben sind, verteilen sich nur spärlich auf seinem Kopf. Selbst sein Bart sieht ungepflegt aus. Erst stand er noch zwischen den Baumreihen, jetzt geht er am Waldrand neben uns her. Seine Miene ist finster.

Ich versuche, mich zu entspannen.

Wir sind noch nicht einmal einen ganzen Tag hier und schon neige ich dazu, überall Gefahren zu sehen. Ich bin es gewohnt, mich auf meine Instinkte zu verlassen. Als wäre mein gesamtes Leben ein Gedicht und ich müsste mir nach jeder Zeile überlegen, wie ich die nächste schreibe, damit sich die Worte reimen.

Ich lasse von dem mysteriösen Mann ab und schaue mir die Gärten genauer an. Sie werden von niedrigen Holzzäunen geschützt. Tomaten, Zucchini, Salate – jede Familie baut etwas anderes an.

»Den Hühnern werden die Flügel gestutzt«, erläutert Ava und begutachtet dabei eines der Tiere. »Damit sie nicht über den Zaun fliegen und das Gemüse fressen.«

Ich stupse Aurel in die Seite. »Na? Muss ich dir auch die Flügel stutzen, damit du nicht doch ans Meer fährst?«

Aurel grinst etwas gequält.

Ich weiß, was mit ihm los ist. Je mehr er vom Dorf sieht, desto unsicherer wird er. Aurel kann Ancora nicht einschätzen – ist nicht mehr Herr der Lage. Und das passt ihm so gar nicht.

Schlagartig muss ich an letzte Nacht denken.

Angenommen, Aurel sagt die Wahrheit: Wer war es dann? Könnte es der dunkel angezogene Mann gewesen sein, der uns folgt? Und was haben diese roten Steine zu bedeuten?

»Habt ihr nur Hühner?«, frage ich Ava, um nicht völlig abzuschweifen.

»Wir haben noch Schafherden und Ziegen. Die sind aber momentan weiter hinten im Tal, zusammen mit unserem Schäfer. Nützliche Tiere. Selbst den Kot können wir als Dünger verwenden.«

Als sich Jannis räuspert, drehe ich mich zu ihm um. »Schau

mal«, flüstert er. »Einige der wilden Tiere erwähnt sie gar nicht.« Er zeigt auf ein paar Kinder, die um einen selbst gebauten Steinhaufen herumtollen. »Und weißt du, was sie bestimmt genauso interessant finden, wie ein paar Steine?«

Ich ahne es.

»Autoschlüssel?«

Er zuckt mit den Schultern. »Ich werde später jedenfalls noch mit Ava reden. So schnell ist die Sache für mich nicht gegessen.«

Die Straße ist in einen weitläufigen Platz übergegangen, den ich gestern Abend schon gesehen habe. Im Gegensatz zu den vorwiegend unbefestigten Wegen, die sich zwischen den Häusern in alle Richtungen winden, ist er mit Natursteinen gepflastert. In der Mitte steht ein gemauerter Brunnen. Dahinter erkenne ich eine Art Pavillon mit Rauchabzug, in dem es eine Feuerstelle gibt. Große Kochtöpfe hängen darüber, dampfen und blubbern. Der Geruch nach gebratenem Fisch wird stärker.

»Hier treibt sich meist unsere Medizinerin herum«, sagt Ava. »Cinda ist nicht nur studierte Ärztin, sondern auch eine exzellente Köchin. Einmal in der Woche und zu großen Festen wie der Feuerprüfung essen wir alle gemeinsam.«

»Und das, wo wir gerade stehen, ist der zentrale Platz, oder?«, fragt Jannis.

»Nicht nur.« Ava tritt ein paar Schritte vor, bis sie den kreisrunden Brunnen erreicht. »Dieser Brunnen ist das Heiligtum unserer Gemeinschaft. Man erzählt sich, dass er alles hört und alles sieht, was in Ancora vor sich geht. Und dass er Geheimnisse liebt.«

Aurel schnaubt. »Wie albern«, kommentiert er leise und blickt kurz darauf in den schwarzen Schacht.

Ava macht eine gleichgültige Geste. »Mag sein«, sagt sie gelassen. »Wenn man darüber nachdenkt, entwickelt aber jede Gesellschaft ihre eigenen Rituale und Bräuche. Oft gibt es Symbole, die eine Bedeutung haben. Bei den einen sind es Kirchen, bei den anderen goldene Schweine – bei uns ist es eben ein Brunnen. Wenn ihr hier abends also jemanden stehen seht, der mit dem Brunnen spricht, respektiert das bitte und stört nicht. Und wer weiß …« Sie setzt ein verschmitztes Lächeln auf. »Vielleicht seid ihr eines Tages selbst so weit, um diese Erfahrung machen zu wollen?«

Ich bin mir nicht sicher, was ich davon halten soll. Das klingt schon alles ziemlich abgefahren und esoterisch, aber auf der anderen Seite hat man auch mir nicht geglaubt, als ich vom Stillstehen der Zeit erzählt habe. Wenn also jemand an etwas Übernatürliches glauben sollte, dann ich. Und was die anderen angeht: Mit ein paar Steinen zu sprechen ist bestimmt weniger albern, als darüber zu diskutieren, ob die Erde nun eine Scheibe, ein Dreieck oder der Bauchnabel Gottes ist.

Ich trete einen Schritt nach vorne, neben Aurel, und sehe ebenfalls in den Brunnen. Meine Neugierde wird von Verwirrung abgelöst.

Der Brunnen ist tief, auch wenn man von hier oben den Grund schemenhaft erkennen kann. Kein Wasser. Nicht einmal ein Kübel hängt an dem Querbalken, der über dem Brunnen befestigt wurde. Stattdessen ist da ein Anker. Ein großer, rostiger Anker, der an einem Seil im Schacht baumelt.

»Kommt weiter!«, sagt Ava beschwingt und wir folgen ihr. Sie biegt auf einen schmalen Weg ab, der zwischen weiteren Häusern hindurchführt. Hinter dem letzten Garten erstreckt sich eine Wiese, auf der sich – im Schutz der hochgewachsenen Grashalme – Bienen tummeln. »Ich möchte dir jemanden vorstellen, Romy«, verkündet die junge Frau und deutet auf ein Mädchen, das zwischen den Gräsern hockt und augenscheinlich auf jemanden wartet. »Das ist Kira. Sie ist in deinem Alter und wird dir den Rest von Ancora zeigen.« Ava wendet sich an Jannis und Aurel: »Und euch beide bringe ich zu Sam. Er ist ein bisschen jünger als ihr und ebenso wie Kira in Ancora aufgewachsen. Gemeinsam geht ihr dann zu Damian, der euch die Felder zeigen wird.«

Was sich Ava wohl bei dieser Aufteilung gedacht hat? Jungs zu Jungs, Mädchen zu Mädchen? Ist Ancora auch in dieser Einstellung vom letzten Jahrhundert?

Kurz spiele ich mit dem Gedanken, schon aus Prinzip zu verneinen. Und doch kann ich unmöglich von Aurel verlangen, dass er offen ist, wenn nicht einmal ich mich auf diese spezielle Erfahrung einlasse.

Ich gebe meinem Freund einen flüchtigen Kuss und löse mich von den anderen. Gehe auf die Wiese, zu dem Mädchen. Und als ich nur noch ein paar Meter entfernt bin, sehe ich, dass sie etwas in der Hand hält.

Ein Veilchen.

6

Kira steckt sich die Blume hinters Ohr und legt ihren Zeigefinger auf ihre verschlossenen Lippen. Anschließend bedeutet sie mir mit einer Handbewegung, dass ich sie begleiten soll.

Wir verlassen das hohe Gras. Nahe dem Dorfrand geht es an ein paar Hütten und Scheunen vorbei, die landwirtschaftliche Geräte lagern: Pflüge, Äxte, Spaten, Heugabeln und Ackerwalzen. Verfolgt werde ich noch immer. Der ältere Mann lässt nicht locker, verschwindet hinter Hauswänden und taucht woanders wieder auf. Er ist wie ein Schatten, sorgt dafür, dass ich am ganzen Körper Gänsehaut bekomme.

Wir biegen auf einen Trampelpfad ab, der sich durch den Wald auf eine Anhöhe schlängelt. Eine Brise zieht auf. Kiras schulterlange, fast schwarze Haare fangen förmlich an zu tanzen. So wie der Schmetterling am Morgen. So wie eine Welle im Meer, die zur Melodie des Windes zu beben beginnt. Sie kitzeln Kiras gebräunte Haut. Den Mann habe ich aus meinem Blickfeld verloren.

Als sich der Wald vor uns öffnet – plötzlich, völlig übergangslos –, tut sich ein Abgrund auf. Es geht so tief runter, dass mich ein leichtes Schwindelgefühl überkommt.

Eine Schlucht.

Ganz unten ein reißender Fluss, der sich seinen Weg durch das Gestein bahnt. Eine unaufhaltsame Strömung, ein mächtiges Brummen, ein Zusammenspiel aus Erde und Wasser.

»Die meisten Menschen hätten schon längst etwas gesagt«,

murmelt Kira, nachdem wir einige Sekunden still vor dem Abgrund gestanden haben. »Sie ertragen die Stille nicht.«

Ich gehe gefährlich nahe ran und zeige auf den Fluss. »Still ist es ja nicht«, sage ich, merke aber, dass der Stein unter mir zu bröckeln beginnt. Ich verliere das Gleichgewicht.

Das Mädchen macht einen schnellen Schritt auf mich zu, packt mich am Arm und zieht mich ein Stück weit von der Schlucht weg. »Ich hätte echt nichts dagegen ...«, wispert sie. »Wenn du dir bei unserem ersten Treffen nicht gleich das Genick brichst.«

Etwas überfordert blicke ich auf ihre Finger, die mich noch immer festhalten. Zu ihrer Hand, auf der etliche Schrammen zu sehen sind. Kira lässt mich los und schlendert flussabwärts. Die Stelle, an der sie mich berührt hat, fühlt sich sonderbar an.

»Danke«, sage ich, als ich den Schock verdaut habe. Ich folge ihr. »Du bist Kira, oder?«

»Endlich«, antwortet sie. »Das ist die richtige Reihenfolge. Erst der Name, dann rette ich dein Leben.« Das Mädchen blickt zurück, schaut, wo ich bleibe – dabei steigt sie so geschickt über den Waldboden, als wäre sie eins mit der Natur. »Aber ja, ich bin Kira. Und du musst Romy sein. Hergekommen, weil du die Wildnis liebst, was? Das Abenteuer?«

»So in etwa«, sage ich und verschweige den wahren Grund. »Ich kann meinen Sommer einfach nicht damit verbringen, auf den immer gleichen Partys rumzuhängen und in Freibäder einzubrechen. Zwischen mehreren Kisten Bier und einem Kinderschwimmbecken voller halbnackter Klassenkameraden. Das bin ich nicht.«

»Bier?«, fragt Kira und bleibt stehen. »Ist das ein Werkzeug?«

Ich werde verlegen, beginne zu stammeln: »Nein, nein … Bier kann man … kann man trinken.«

»Oh.« Kira grinst. »Keine gute Voraussetzung, um Häuser zu bauen.« Sie zwinkert. »War bloß ein Scherz«, sagt sie und beißt auf ihre Unterlippe. »Nur weil ich in Ancora aufgewachsen bin, heißt das noch lange nicht, dass ich hinterm Mond lebe.«

Ohne auf eine Antwort zu warten, geht sie weiter.

Relativ bald erreichen wir einen Weg, der in steilen Serpentinen in die Schlucht hinunterführt. Ich muss all meine Konzentration aufwenden, um mit Kira mithalten zu können. Sie ist kleiner als ich, zierlicher. Aber ihre Bewegungen sind präzise, ihre Handgriffe flink – sie weiß genau, was sie tut.

Je tiefer wir kommen, desto lauter wird das Rauschen. Und erst nach weiteren, mühsamen Metern wird mir klar, wieso. Hinter der nächsten Böschung taucht ein Wasserfall auf.

»Unsere Dusche«, sagt Kira und springt dabei über die Steine bis zum Wasser.

Der reißende Fluss gleicht weiter vorn eher einem Bach. Die Strömung ist noch nicht so stark und ich kann mir durchaus vorstellen, dass man sich hier waschen kann.

Als könnte Kira meine Gedanken lesen, zieht sie ihre Stiefel aus und lässt ihre Beine in das Nass gleiten. Auch ich schlüpfe aus meinen Schuhen und setze mich zu ihr. Das Wasser verschluckt meine Füße regelrecht. Ein kurzer Blick zum Wald. Niemand da.

»Du hast vorher gesagt, dass die meisten Menschen keine Stille ertragen«, merke ich an. »Aber du hast nicht die Schlucht oder die Geräusche aus dem Wald gemeint, oder?«

Kira lächelt. »Die Stille in einem selbst, Romy. Das ist es.«

Ich fixiere ihre Sommersprossen, die ihre Wangen sprenkeln. Das Muttermal neben ihrer Nase. Und als wäre es Kira unangenehm – als hätte jede Stelle ihres Körpers eine Geschichte, die sie mir nicht erzählen möchte –, dreht sie sich weg. »Und? Wie kommst du da draußen so zurecht?«, will sie wissen.

»Du meinst, im Vergleich zu hier? Das ist schwer zu sagen.«

»Wir haben Zeit«, flüstert Kira, schließt die Augen und wendet sich der Sonne zu. Ihre Klamotten duften nach Lavendel.

Ich überlege einen Moment, antworte dann mit: »Dazu müsste ich noch mehr über Ancora erfahren, wie ihr so lebt. Aber was mir an meinem Leben in der Stadt gefällt, sind vor allem die vielen Chancen und Möglichkeiten.«

»Komisch«, sagt Kira.

»Was denn?«

Sie öffnet die Augen, fährt mit ihrem Blick meine Lippen nach. »Na, dass du mich anlügst.«

»Ich …«

Verflucht. Wie lange kennt sie mich? Zehn Minuten?

»Bekomm … bekomm ich einen zweiten Versuch?«, frage ich.

»Wenn es ein ehrlicher ist«, erwidert sie.

Ich atme tief ein und aus, lasse meinen Gedanken freien Lauf. Versetze mich zurück in die letzten paar Wochen.

»Ja, unsere Gesellschaft bietet uns viele Chancen, das war keine Lüge. Allerdings habe ich immer öfter den Eindruck, dass die Menschen die Chancen gar nicht ergreifen wollen, wenn sie selbst keinen Vorteil daraus ziehen. Sie schmücken sich mit fremden Federn, während sie die Vögel einfach sterben lassen. Es geht um Selbstdarstellung. Wie man aussieht, ob man anderen gefällt – so was halt. Sie kümmern sich um ihre Fassade, damit ihre tiefgreifenden Sorgen nicht mehr so greifbar wirken.«

Stille.

Habe ich das eben wirklich gesagt?

Als ich zu Kira schaue, sehe ich, dass sie grinst. Mal wieder. »Ancora ist auch kein Paradies, falls du das glaubst«, sagt sie. »Weißt du denn, ob …« Kira unterbricht sich mitten im Satz und lässt sich weiter von der Sonne wärmen.

»Hm?«, frage ich.

Sie runzelt die Stirn. »Was denn?«

»Du wolltest mich doch gerade was fragen?«

»Wollte ich das?«

Ich schüttle fassungslos den Kopf, versuche aber mitzuspielen und wechsle das Thema. »Hast du echt nie woanders gelebt?«

»Meine Mutter ist kurz vor meiner Geburt nach Ancora gezogen, sie stammt aus der Gegend. Meine Großeltern haben in dem Chemiewerk gearbeitet. Also nein.«

»Das Chemiewerk, in dem es diesen schrecklichen Unfall gab?« Sie nickt knapp, will aber offenbar nicht näher auf das Thema eingehen. Nach einem weiteren Kontrollblick zum Wald erkundige ich mich: »Wie ist es, wenn man an einem Ort wie diesem aufwächst?« Es ist eine Frage, die mir schon unter den Fingernägeln brennt, seit mir Jannis von Ancora erzählt hat. Erwachsene, die aus dem System fliehen wollen, können für sich selbst entscheiden. Aber Kinder?

Kira spannt ihre Kiefermuskeln an und beobachtet mich. Ich bekomme das Gefühl, dass sie mich analysiert. Sie will wissen, wohin meine Blicke gehen, wie ich mich bewege. Meine Fragen hingegen amüsieren sie nur. »Ich kenne nichts anderes«, sagt sie. »Und was man nicht kennt, kann man nicht vermissen. So einfach ist das. Ich hab mir als Kind nie vorstellen können, in der Stadt zu leben.«

»Und jetzt?« Ich weiß nicht, was mich dazu bringt, sie das zu fragen. Nur schwingt in Kiras Stimme etwas mit, das ich nur allzu gut kenne. Zweifel.

»Die Feuerprüfung wird es mir zeigen«, antwortet sie.

»Was ist die Feuerprüfung?« Kira macht keine Anstalten, mir die Frage zu beantworten. »Du schweigst ganz schön gern, was?«, meine ich.

»Für mein Leben gern«, sagt sie. »Und du bist ganz schön gern nervös, was?«

Ich blinzle überrascht.

Kira blickt zum Waldrand, dann wieder zu mir. Ich verstehe.

»Da war ein Mann«, erkläre ich. »Dunkle Kleidung, etwas älter, grauer Bart. Ich denke, er verfolgt mich.«

Kira zieht ihre Füße aus dem Wasser und ein paar Tropfen landen auf meiner Haut – sie berühren mich, wie zuvor das Mädchen.

»Das war Nathan«, sagt Kira. »Er ist einer der Gründer von Ancora. Eigentlich ist er ganz nett. Nur Veränderungen kann er nicht leiden. Je näher die Zeremonie rückt, umso seltsamer verhält er sich. Das ist jedes Jahr so. Und euch … Er hat es nicht gern, dass ihr hier seid.«

»Was hat er gesagt?«, frage ich.

»Dass ich mich besser von dir fernhalten soll.« Kira seufzt. »Funktioniert nur nicht.« Sie legt den Kopf schief. Ich schaue weg, spüre aber, dass sie lächelt. Kira spielt mit mir.

Und dann ist da das Kribbeln in meinen Händen. Es kommt aus dem Nichts, unerwartet. Mein Kopf pulsiert.

»Kira?«, frage ich, aber die Welt ist ruhig geworden. Ich stehe auf – drehe mich im Kreis.

Kira ist erstarrt.

Das Wasser fließt nicht, kein Wind, kein Vogelgezwitscher. Alles ist still, alles ist eingefroren. Nur in meinem Kopf, da passiert wahnsinnig viel.

Zwischen den Stillständen der Zeit liegen sonst immer Monate, wenn nicht Jahre. Aber nur eine Nacht – das ist noch nie vorgekommen.

Erst war es an der Tankstelle, in der Steppe. Und dann überkam mich das Gefühl der Schwerelosigkeit, als wir vorhin durch Ancora marschiert sind. Die Zeit ist dort das erste Mal nicht stehen geblieben, trotz des Kribbelns in meinen Fingern.

Ich weiß nicht wieso, aber dieses Dorf, dieses Tal, macht etwas mit mir. Obwohl ich noch nie in Ancora war, ist diese Gegend auf irgendeine Weise mit mir verbunden.

Es war kein Zufall, dass ich hierhergekommen bin.

Und das macht mir Angst.

7

Das Mittagessen besteht aus Wasser, Brot, frischen Tomaten und streng riechendem Ziegenkäse in Avas Küche. Von Ava selbst haben wir seit heute Morgen nichts mehr gesehen oder gehört.

Als die Uhren wieder angefangen haben zu ticken, hat mich Kira ins Dorf zurückgebracht. Sie hat meinen aufgelösten Gesichtsausdruck bemerkt, meine verwirrten Blicke. Darauf angesprochen hat sie mich aber nicht.

Nathan – der rätselhafte, schwarz gekleidete Mann – ist auf dem Rückweg nicht mehr aufgetaucht. Verfolgt und beobachtet fühle ich mich aber nach wie vor. Selbst hier, in Avas Holzhaus.

Im Gegensatz zu mir haben die Jungs schon ein bisschen Alltag in Ancora kennengelernt. Sam, ein arrogant wirkender Sechzehnjähriger, hat sie herumgeführt und ihnen ein paar Dorfbewohner vorgestellt.

Jannis quetscht mich beim Essen über Kira aus. Ich erzähle von der Schlucht, dem Wasserfall und unserem Gespräch. Nur Nathan lasse ich aus. Ich muss an gestern Nacht denken – an die roten Steine – und an seinen abwertenden Blick. Nathan hat Kira vor uns gewarnt. So merkwürdig, wie ich den alten Mann bis jetzt erlebt habe, würde ich ihm zweifellos zutrauen, dass er es war, der mich mit der Maske erschreckt hat.

Nach dem Essen bringt mich Aurel zu Damian, damit er für mich die Tour zu den Feldern wiederholt. Er wohnt mit seiner Frau Silvia und seinen beiden Kindern Sommer und Winter in einem der größeren Häuser, nahe der beiden Lagerhallen, die das Dorf auf der einen Seite begrenzen. Ich frage mich, ob die Namen ihrer Kinder dem Fanatismus von Damian gegenüber der Natur geschuldet ist, oder der Einfallslosigkeit von Silvia. Im Grunde genommen bin ich aber froh, dass sie sich Jahreszeiten und keine landwirtschaftlichen Geräte ausgesucht haben. Ich könnte mir nichts Schlimmeres vorstellen, als *Ballenpresse* oder *Miststreuer* genannt zu werden.

Alles an Damian ist riesig. Seine kantige Nase, seine rauen Hände, seine gemusterten Stiefel, die ihm fast bis zu den Knien gehen, und seine Lederjacke. Wegen seines kahl geschorenen Kopfes und seinem langen, braunen Bart muss ich ungewollt an einen Neandertaler denken.

Ich bin ein bisschen eingeschüchtert, lasse mir das aber nicht anmerken. Auch Damian scheint keinen engeren Kontakt zu suchen. Ich kann mir aber vorstellen, dass das keine Absicht ist, wo die Ancoraner doch im Allgemeinen nicht so gesprächig sind.

Damian führt mich auf die andere Seite des Dorfes – weg von der Schlucht – auf einen breiten Wanderweg. Nach ein paar Minuten geht es ein Stück durch den Wald.

Allmählich kann ich die Felder und Wiesen sehen. Es ist ein helles Meer aus Weizen- und Dinkelhalmen, die sich der Kraft des Windes hingeben und dabei zu einer Einheit, zu einem Gesamtwerk verschmelzen. Die Kulisse ist bunt: Obstbäume, die wie eine schützende Mauer am Rand des Feldes wachsen. Kirschen, Pfirsiche, Äpfel, ja sogar Orangen kann ich an den Ästen erkennen.

»Das … das ist beeindruckend«, sage ich und durchbreche damit die Stille. Unwillkürlich muss ich an Kira denken.

»Freut mich zu hören«, raunt er. »Ist schließlich schon ein

paar Jahre her, seit ich die letzten Freiwilligen zu den Feldern geführt habe.«

»Ein paar?«, frage ich. »Ich dachte, jedes Jahr kommen Freiwillige ins Dorf?«

Damian sagt nichts, geht zu einem der Orangenbäume und betrachtet die Blätter. Über sein Gesicht huscht ein Schatten – so wie ich es zuvor bei Ava gesehen habe.

»Orange?«, will Damian wissen und drückt mir im nächsten Augenblick eine in die Hand. Die Frucht schmeckt gut, wobei es mich erstaunt, dass sie bei den Minustemperaturen, wie es sie gestern Nacht gegeben hat, überhaupt gewachsen ist.

»Arbeitet ihr alle auf den Feldern?«, hake ich nach.

»Nein. Stell dir Ancora einfach wie einen Kreislauf vor«, sagt mein Begleiter und lehnt sich dabei auf seine mitgebrachte Schaufel. »Alles und jeder hat seine persönliche Aufgabe. In der Wäscherei, beim Gemeinschaftskochen, beim Handwerken oder in der Viehzucht. Falls jemand ausfällt, springt jemand anderes ein. Der Kreislauf darf nie ins Stocken geraten.« Er mustert mich nachdenklich. »Am Anfang wird es ungewohnt für dich sein. Glaub mir, ich kenne das. Ich war auch mal in der Welt da draußen, dort, wo du herkommst. Ist gar nicht so lange her. Wir in Ancora glauben aber nicht an unbegrenztes Wachstum, an ein Leben auf Reserve. Bei uns gibt es Grenzen, kein Ablaufdatum.«

»Und wenn ein Schaf oder eine Ziege alt wird?«

»Dann gibt es einen Bolzen«, antwortet Damian und tritt näher an mich heran. »Einen Bolzen mit einer Feder, einem Eisenpfeil und einem Schalter.« Er legt seinen verschwitzten Zeigefinger auf meine Stirn. »Und wenn man den Schalter betätigt, dann springt der –«

»Ich kann es mir vorstellen, danke«, sage ich und drehe mich weg. Von wegen kein Ablaufdatum. Sie geben das Datum sogar selbst vor.

Gedankenversunken achte ich auf den Wind, der mittlerweile zur Ruhe gekommen ist. Schaue auf das Getreide, das still und mächtig die Fläche beherrscht.

Die Worte in meinem Kopf kommen schlagartig.

Wir bewegen uns ständig, meist nur im Kreis –

und laufen wir rückwärts, zahlen wir den Preis.

Ein Bussard fliegt über das Feld. Der tiefbraune Raubvogel gleitet über die leuchtenden Farben, verfolgt von meinem wachsamen Blick.

Durchbrich mal die Grenzen, hör auf zu warten,

der Preis ist zu hoch, die Reise kann starten.

Die Reise nach Ancora.

Ich denke noch einmal über Damians Erklärung nach. Überlege, was passiert, wenn doch jemand aus der Reihe tanzt? Wenn der Lauf der Dinge unterbrochen wird? Droht dann ganz Ancora einzustürzen?

Als ich meinen Blick ein weiteres Mal schweifen lasse, mit den Gedanken noch immer woanders, sehe ich das Kind. Den Jungen. Nicht älter als zehn Jahre. Seine leichten Augenringe erkenne ich von hier, seinen hellbraunen Wuschelkopf. Er trägt eine beige Strickjacke und eine graue Hose, die ihm zu groß ist. Breitbeinig steht er am Feld, dicht an dicht mit mehr als tausend Weizenhalmen. Doch anders als Nathan, der mich beobachtet hat, starrt der Junge ins Leere.

Weit und breit kein Erwachsener. Keine anderen Kinder, die mit ihm spielen. Er ist mutterseelenallein. Nur ein pechschwarzer Rabe hat sich auf seiner rechten Schulter festgekrallt. Ich könnte schwören, dass es der Vogel von der Tankstelle ist.

»Was macht das Kind dort?«, frage ich Damian.

»Kind?«

»Ja, das Kind dort drüben.« Ich zeige auf den Jungen.

»Am Nachmittag versammeln sich alle Kinder im Pavillon. Zum Lernen«, sagt er trocken.

»Ich bin doch nicht blind.« Erneut deute ich mit dem Finger auf das Feld.

Widerwillig folgt Damian meinem Blick. Dann zuckt er mit den Schultern. »Was soll da sein?«

Ich seufze verärgert. »Das meinst du doch nicht ernst?!«, gifte ich in einem Tonfall, den ich sofort bereue. »Da drüben steht doch ganz sicher ein –«

Als ich wieder zum Feld schaue, stocke ich.

Das Kind ist verschwunden.

8

Zurück in Ancora verabschiede ich mich von Damian und gehe unverzüglich zum Dorfplatz, von wo ich gut auf den Pavillon sehen kann. Tatsächlich sitzen dort etwa ein Dutzend Kinder im Kreis – in der Mitte eine hellblau gekleidete Frau, die verschiedene Werkzeuge vor sich aufgereiht hat und etwas erklärt. Nach Jannis' Beschreibungen muss es sich wohl um Linda handeln, die Lehrerin von Ancora. Der Junge vom Feld ist aber nirgends zu sehen. Dabei habe ich ihn noch so gut vor Augen, diesen seelenlosen Blick, diesen kleinen, mageren Körper auf der weiten Fläche.

Jetzt, da ich das Dorf im Groben kenne, fallen mir die Kleinigkeiten auf. Die Ankersymbole, die in einige Holzwände geritzt wurden. Bestickte Tücher, die in den verschiedensten Farben und Verzierungen von den Hausdächern hängen. Und darüber hinaus ein niedergeschlagener Aurel, der allein an einem Zaun lehnt und mit düsterer Miene in den Wald stiert.

Inzwischen ist es früher Nachmittag. Der Trubel von heute Morgen hat sich gelegt und die Bewohner scheinen alle ihren Aufgaben nachzugehen. Von irgendwoher höre ich das Kreischen einer Säge, das Schlagen einer Axt. Aus dem Haus neben mir ertönt das gedämpfte Weinen eines Babys.

Ich schleiche mich an, umarme Aurel von hinten und lege meinen Kopf auf seine Schulter. Er nimmt meine Hand, streichelt sie. Der Wind wird stärker und ich grabe mein Gesicht in sein Shirt.

»Ist alles okay?«, frage ich ihn leise. Sein Geruch fühlt sich, an einem Ort wie diesem, überraschend fremd an. Aurel nickt. Ich löse mich von der Umarmung und fange seinen wehmütigen Blick auf. »Und das soll ich dir jetzt glauben?«

»Ich will nicht schon wieder streiten.« Mein Freund atmet laut aus. »In einer Umfrage habe ich gelesen, dass –«

»Nein, keine Umfrage. Bitte auch keine Studie.« Ich hebe sein Kinn mit meinen Fingerspitzen an. »Wie soll uns dieser Sommer näher bringen, wenn wir uns nicht einmal die Wahrheit sagen können?«

»Ja, schon. Aber –«

»Aber was?«

»Was ist, wenn gerade die Wahrheit der Grund ist, weswegen wir uns voneinander entfernen? «

»Aurel …« Ich verschränke die Arme. »Wir sind noch keinen ganzen Tag hier. Fällt es dir denn so schwer, dich darauf einzulassen?«

»Keine Ahnung«, sagt er. »Es ist nur … alles. Es ist einfach alles. Vermutlich brauche ich noch mehr Zeit.«

In diesem Dorf prasseln viele Eindrücke auf uns ein – da hat er recht. In dieser für uns neuen Welt. Bei den Menschen, die alle so verschieden sind und doch dieselben Fragen scheuen. Hier wird es sich zeigen, ob Aurel bereit ist, einen Schritt in meine Richtung zu machen.

»Romy?«

»Ja?«

»Du hast mich gerade über siebzig Sekunden lang angeschwiegen.«

»Du hast mitgezählt?«, frage ich.

Aurel lächelt mich an. »Was hätte ich denn sonst tun sollen?«

»Nun ja … nichts?«

»Siebzig Sekunden lang nichts tun?«

»Ist doch nicht ungewöhnlich«, sage ich. »Denk an den Tag, an dem wir uns kennengelernt haben.«

Ich rufe ihm dieses Bild ins Gedächtnis, damit er wenigstens kurz mit den Gedanken woanders ist. Weg von Ancora.

Wenn wir wieder enger zueinander finden wollen, müssen wir vielleicht an unsere Anfänge denken. An das Café, das in einem der Außenbezirke unserer Stadt liegt. Ich war damals mit ein paar Freundinnen unterwegs – Aurel hingegen hat allein an einem Ecktisch gesessen und ein Buch gelesen. Die ganze Zeit haben wir uns Blicke zugeworfen. Ich habe kein Wort von dem mitbekommen, was meine Freundinnen gesagt haben. Und Aurel hat kein einziges Wort in seinem Buch gelesen. Wir waren zwei Menschen, die sofort gespürt haben, dass da eine Verbindung zwischen ihnen ist. Die ihre Blicke nicht voneinander lassen konnten.

»Stimmt nicht ganz«, sagt Aurel. »Dort habe ich nämlich auch gezählt. Einen Countdown von zehn runter. Ich habe mir geschworen, wenn ich bei null ankomme, stehe ich auf und spreche dich an. Als ich dann tatsächlich bei null war, habe ich einfach noch einmal von vorne begonnen. Immer und immer wieder.«

»Weil du dich nicht getraut hast«, bemerke ich.

»Ja, weil ich mich nicht getraut habe. Genau wie jetzt.«

Ich schaue zum Dorfplatz. »Du kannst ja mit dem Brunnen reden. Er hört und sieht alles.«

Wir grinsen uns an, doch Aurels Miene wird relativ schnell wieder ernst. »Die Leute hier in Ancora …«, sagt er, »… sie jagen doch einer Utopie hinterher. Das Rad der Zeit kann man nun einmal nicht zurückdrehen. Die Menschheit ist schon zu weit fortgeschritten, es ist falsch, sich einfach auszuklinken. Wir sind alle Teil derselben Zukunft. Streng genommen stecken sie einfach nur den Kopf in den Sand und entziehen sich ihrer Verantwortung.«

Stimmt das denn? Ich denke an die Worte, die mir auf dem Feld gekommen sind.

Laufen wir rückwärts, zahlen wir den Preis.

»Egal, genug gejammert«, sagt Aurel und zieht mich in seine Arme. »Ava ist von ihren Besorgungen zurück«, flüstert er an meinem Hals. »Ich hab mit ihr geredet und sie hat gemeint, dass es kein Doppelbett gibt. Leider.«

»Ich dachte, du hast genug gejammert?«, frage ich schmunzelnd.

»Das war eine Feststellung.«

»Ja«, entgegne ich. »Du hast etwas festgestellt und anschließend darüber gejammert.«

Aurel lacht. »Wie gesagt, das Rad der Zeit kann man nicht zurückdrehen. Also tue ich einfach so, als wüsste ich nicht mehr, was ich gesagt habe. Voilà! Somit gibt es nur mehr eine Zeugin. Und der wird man wohl kaum Glauben schenken.«

»Ach, so ist das«, sage ich amüsiert. »Dem Gefängnis kannst du vielleicht entgehen, Aurel, aber deiner Freundin entkommst du nicht.« Ich runzle die Stirn. »Weißt du was? Scheiß auf deine Feststellung. Und scheiß auf das kleine Bett. Wir verknoten uns einfach, wenn es sein muss.«

Aurel nimmt mein Gesicht in beide Hände und küsst mich. Erst einmal, dann noch einmal, dann will er gar nicht mehr damit aufhören. Als ich mich an seine Brust schmiege, durchströmt mich ein Gefühl, das ich schwer beschreiben kann. Ich will unbedingt, dass das zwischen mir und Aurel funktioniert – aber da ist eine Barriere. Irgendwas hemmt mich. So, wie sich dieses Dorf vertraut anfühlt, fühlt sich Aurels Nähe distanziert an.

Als wir gemeinsam ins Haus gehen, überholt er mich. »Was ich dir noch sagen wollte«, erwähnt Aurel im Vorbeigehen. »Pass auf, wenn du mit Damian unterwegs bist.«

»Wieso?«

Wir erreichen das Zimmer.

»Na, der hat sie nicht mehr alle«, erwidert er. »Während du mit Kira unterwegs warst, hat er mit mir geredet. Er hat total wirres Zeug erzählt.«

Aus meinem Fenster sehe ich, dass ein Großteil der Sonne hinter einem der Gipfel versunken ist.

So früh? Ist es nicht erst Nachmittag?

»Was genau hat er gesagt?«

Aurel schaut sich um, vergewissert sich, dass uns niemand belauscht. »Dass Ancora ein besonderer Ort ist. Dass es hier Dinge gibt, über die man besser schweigt. Und …« Er wirft einen kurzen Blick aus dem Fenster. »… und dass man Ancora nicht mehr so schnell verlassen kann, wenn man es erst einmal betreten hat.«

9

Am nächsten Morgen werden wir von Damian abgeholt, der uns in unsere Aufgaben einweist. Aurel bleibt dabei sichtlich auf Abstand und lässt ihn keine Sekunde aus den Augen. Er vertraut ihm nicht.

Es ist das erste Mal, dass ich wirklich hart arbeiten muss. Abgesehen von einigen Stunden Babysitten, die ich während meiner Schulzeit abgeleistet habe. Irgendwann bin ich aber zu dem Schluss gekommen, dass fremde Babys nur dann süß sind, wenn man keine Zeit mit ihnen verbringen muss.

Auch die Kinder aus Ancora starren uns mit großen Augen an, machen sich allerdings aus dem Staub, wenn man sich ihnen nähert. Die meisten Bewohner begegnen uns freundlich. Sie sind einladend und zuvorkommend, aber auch schweigsam – zumindest so lange, bis wir ihnen den Rücken zukehren. Dann höre ich sie flüstern. Es ist, als würden uns die Ancoraner tief in die Seele schauen. Und nicht jedem gefällt, was er zu sehen bekommt.

Bis auf Kira und den braun gelockten Jungen namens Sam gibt es nur wenige in unserem Alter. Aurel hat – als er von der Arbeit am Feld völlig außer Puste war – die böse Behauptung aufgestellt, Ancora wäre ein kompostierbares Altenheim. Nur merkt man kaum jemandem sein hohes Alter an. So hart, wie im Dorf und auf den Feldern geschuftet wird.

Ava ist definitiv die Jüngste unter den Erwachsenen. Ich bin immer wieder überrascht, welche natürliche Autorität sie innehat. Sie trifft Entscheidungen, delegiert Aufgaben und scheint alles und jeden immer im Blick zu haben. Außerdem achtet sie darauf, wer sich uns Freiwilligen nähert. Sogar Nathan, der ja laut Kira der Gründer von Ancora ist, legt viel Wert auf ihre Meinung. Ab und zu sehe ich sie, wie sie sich in einem heruntergekommenen Haus nahe dem Wald treffen.

Den Jungen vom Feld bekomme ich nicht mehr zu Gesicht. Mittlerweile gehe ich davon aus, dass ich ihn mir eingebildet habe. Ausgelöst durch einen Hitzestich, den man hier leicht bekommen kann. Die Tage in Ancora sind heiß. Kaum eine Wolke, die über den strahlend blauen Himmel zieht und Schatten bietet. Kaum Regen, der über die Landschaft prasselt und die Erde kühlt.

Die kräfteraubende Arbeit fühlt sich jedoch befreiend an. Da der Rhythmus der Sonne unseren Tagesablauf regelt, gewöhne ich mich schnell an das besondere Klima. Wir gehen viel früher ins Bett als sonst. Jeder Atemzug ist ein kleines Abenteuer. Und auch wenn ich es mir vorher schwer vorstellen konnte, gefällt mir dieses archaische Leben mit jedem Moment mehr. Wäre da nicht das Stillstehen der Zeit, an das ich immerzu denken muss. Ich warte auf ein Zeichen, auf irgendetwas, das mich verstehen lässt, warum mich dieser Ort wie magisch anzieht.

Trotz meines Gefühlschaos bin ich meinem Zuhause und meiner Mutter nahe. Wenn schon nicht über das Telefon, dann über einen ihrer unveröffentlichten Gedichtbände, den ich mit ins Dorf genommen habe und in dem ich in meinen freien Minuten blättere.

Mit jedem Tag ohne Netz sehe, schmecke, fühle, rieche und höre ich die Welt deutlicher. Immer mehr Worte formen sich in meinem Kopf, zu Sätzen, zu Strophen. Was mein kreatives

Schreiben angeht, macht Ancora genau das, was ich mir erhofft habe.

Die Geschehnisse der ersten Nacht sind dagegen unschöne Erinnerungen. Sie tauchen in meinen Träumen auf, in meinen Gedanken. Ich halte weiterhin daran fest, dass entweder der alte Nathan oder Sam dahinterstecken muss.

Ernsthafte Sorgen mache ich mir um Aurel. Im Gegensatz zu Jannis, der jeden Tag mit voller Leidenschaft dabei ist, wird Aurels Laune von Tag zu Tag schlechter. Erst war es nur der Kaffee, den er vermisst. Dann war es eine vernünftige Dusche. Anschließend eine Mikrowelle. Inzwischen vermisst er sogar schon die Plastikverpackung seiner Zahnbürste und den Massagesessel seiner Oma, in den er sich noch kein einziges Mal gesetzt hat. Aurel vermisst sein normales Leben, die Macht über seinen Alltag. Die Lebensweise in Ancora ist ihm ein Dorn im Auge. Ich hatte die Hoffnung, dass er sich ändert. Und das tut er auch. Nur bin ich mir nicht sicher, ob ich in der Richtung, die er einschlägt, auch einen Platz habe – und ob ich den überhaupt will.

Am fünften Tag im Dorf weigert sich Aurel morgens aufzustehen. Er behauptet, er hätte Kopfschmerzen und könne nicht arbeiten, was eine glatte Lüge ist. Nicht einmal mit mir will er reden.

Ich ziehe also mit Jannis los. An diesem Vormittag sind wir dafür eingeteilt, Saatgut in den Acker zu säen. Die Arbeit erfordert meine gebündelte Kraft – die Schürfwunden und Blasen, die ich mir an den vergangenen Tagen zugezogen habe, brennen. Jannis steckt die körperliche Arbeit deutlich besser weg. Das Strahlen in seinen Augen vergeht selbst heute nicht.

Als die Sonne hoch am Himmel steht, flüchten wir uns für eine Pause in den Wald und machen es uns auf einem umgefallenen Baumstamm gemütlich. Die Lichtung, die wir uns ausgesucht haben, wird nur spärlich von der Sonne beleuchtet. Dagegen sind die Vogelgeräusche präsenter denn je.

Wie immer in den letzten Tagen nutze ich die freie Zeit, um ein bisschen an meinen Gedichten zu arbeiten. Mit dabei habe ich das Notizbuch meiner Mutter. Ihre Werke inspirieren mich, sind mir ein Vorbild. Ich kritzle ein paar Zeilen:

Wie die Sonne scheinen wir,
über dir, mein Kind –
machen dich glücklich,
machen blind.
Wie die Sonne brennen wir,
im Schatten weißt du nicht,
welcher Mensch gleich innen böse,
welcher Mensch gleich Licht.

Unerwartet lehnt sich Jannis an mich. Ich höre ihn seufzen.

»Ich liebe es hier«, sagt er. Sein Herzschlag fügt sich in die Geräuschkulisse des Waldes ein. »Ob du mir glaubst oder nicht, aber auf meiner gesamten Weltreise konnte ich keinen Ort finden, an dem ein so starker Zusammenhalt herrscht. Wo die Menschen so reif sind.«

»So *reif*?« Ich versuche erst gar nicht, mein Schmunzeln zu unterdrücken. »Vielleicht liegt das daran, dass fast alle Ancoraner steinalt sind.«

Jannis schüttelt den Kopf. »Ach was. Der Altersdurchschnitt liegt bestimmt nicht über dreißig.«

»Nicht über dreißig?«, frage ich ungläubig. »Aber nur, wenn du die Hühner mitrechnest.«

Jannis gibt sich geschlagen. »Wahrscheinlich hast du recht«, sagt er. »Die Kinder bleiben mir aber trotzdem viel stärker im Gedächtnis.«

»Weil du denkst, dass sie deinen Autoschlüssel gestohlen haben?«

»Weil ich denke, dass sie glücklich sind.« Er überlegt kurz. »*Und* weil ich denke, dass sie meinen Autoschlüssel gestohlen haben.«

»Vor ein paar Tagen hast du sie noch als Tiere bezeichnet«, erinnere ich ihn und stupse ihn liebevoll in die Seite.

Jannis richtet sich auf, verknotet seine Füße mit meinen. »Neid. Ich habe das nur gesagt, weil ich neidisch bin. Sie können sich hier entfalten, fernab von jedem Konkurrenzkampf, von all den Illusionen und Lügen, die uns durch Social Media aufgetischt werden.«

Ich weiß, was er meint. Die Kinder in Ancora bekommen einen höheren Stellenwert zugeschrieben als in anderen Gemeinschaften. Ava hat mir erzählt, dass sie sich bemühen, möglichst viel von den Kindern zu lernen.

Wenn Ehrlichkeit und Vorurteile noch nicht definiert sind, ist das Leben am echtesten, hat sie beteuert. Im Erwachsenenalter könne man sich nur mehr daran annähern, es aber nie erreichen.

Zudem spielt da in Jannis' Kopf – glaube ich zumindest – eine andere Kindheitsgeschichte mit. Seine eigene.

Sanft lege ich eine Hand auf sein Bein, schaue ihn aufmunternd an. »Du musst an deine Eltern denken, oder?«

An die Eltern, die ihm nie Raum gegeben haben. Einen Raum zum Entfalten, wie er es hier erlebt.

Jannis nickt schwer. »Aber nicht nur …«, flüstert er.

»Was noch?«

Er lächelt. »Ich bin froh, dass ich dich habe, Romy.«

Dann entwirrt er sich aus unserer Sitzposition und steht auf. Bricht das Gespräch ab.

Ich akzeptiere seine Entscheidung und stecke das Notizbuch meiner Mutter in meine Hosentasche. »Lass uns weitermachen«, sage ich. »Wir können ja später ...« Ich verstumme.

Was ist das? Dort, zwischen dem Geäst?

Noch bevor ich Genaueres erkennen kann, spüre ich das Kribbeln in meinen Fingerspitzen. Die letzten Tage ist das Gefühl der Schwerelosigkeit nicht wieder aufgetaucht – jetzt trifft es mich umso stärker.

»Warte kurz«, sage ich und knie mich hin, im Hinterkopf eine böse Vorahnung. Auf allen vieren krieche ich über das Moos, nervös, angespannt. Ich mache erst halt, als ich zu einer größeren Wurzel komme, die aus der Erde ragt. Meine Sinne verschärfen sich.

»Also wenn ich dich so am Boden sehe, kann ich mir gut vorstellen, warum man die Hühner dazuzählt«, sagt Jannis grinsend, bekommt aber keine Reaktion von mir. Ich beuge mich bloß vor und hebe etwas Schimmerndes vom Boden auf.

Einen Kieselstein.

Einen knallroten Kieselstein.

Sofort überkommt mich der Anblick der Maske, die aufgemalten, roten Tränen und der Hilferuf, der mit Steinen auf die Erde gelegt wurde. Nur habe ich beim letzten Mal kein Kribbeln gespürt. Kein Gefühl der Schwerelosigkeit.

»Ist es wieder eine Botschaft?«, fragt mich Jannis, der neben mich getreten ist und den Stein in meiner Hand sieht.

Ich zucke mit den Schultern, schaue mich aber zeitgleich in

der Gegend um. Und finde den nächsten Stein. Klein, fast völlig überdeckt von Erde. Dann ist da noch einer, noch zwei, noch drei – immer mehr rote Kieselsteine liegen auf dem Waldboden.

»Wie haben wir die vorher nur übersehen können?«, wispere ich mehr zu mir selbst als zu Jannis. Es kommt mir wie eine Spur vor. Eine Kieselsteinspur. Sie führt tiefer in den Wald, in Richtung der Berghänge.

»Ich dachte, du hättest das mit Aurel geklärt?«

Ich sage nichts.

»Komm schon, Romy«, drängt er. »Lass uns wieder an die Arbeit gehen.«

Ehe ich reagieren kann, schieben sich links von mir Blätter auseinander.

Kira.

Sie muss sich fast lautlos durch den Wald geschlichen haben.

»Hier seid ihr«, merkt sie an.

Rasch stehe ich auf und putze mir den Dreck von der Hose. »Kira! Oh, hey!«, sage ich. »Schön dich zu sehen.«

Kira lächelt. »Wer braucht schon Komplimente, wenn man eine helfende Hand haben kann?« Sie deutet zum Wald. »Lust, mir auf dem Acker zu helfen? Ich bin spät dran und Cinda benötigt für heute Abend Kartoffeln.«

Ich schaue zu meinem besten Freund, der mir mit »Geh ruhig, den Rest schaff ich allein« antwortet.

Und so begleite ich Kira.

Mit dem Wissen, dass ich später zu der Lichtung zurückkehren werde.

Der Kieselstein in meiner Hosentasche fühlt sich wie eine dunkle Prophezeiung an.

Der Kartoffelacker liegt hinter einer der großen Scheunen, aus der Kira zwei Spitzhacken holt. Sie zeigt mir die Furchen, in denen die Frühkartoffeln begraben liegen. Ich buddle die Erde auf, hacke mich durch Steine und Wurzeln. Nach nur ein paar Minuten Arbeit bin ich schweißgebadet. Die Sonne knallt – anders als auf der Lichtung – mit einer solchen Wucht herab, dass sich meine Augen zu Schlitzen verengen. Meine Haare glühen, meine Haut brennt. Ab und zu landet eine Fliege auf mir, die ich mit einer schnellen Handbewegung verscheuche. Als ich bei einer besonders hartnäckigen Stelle zu keuchen beginne, hört Kira auf zu arbeiten. Sie schaut mir zu, in ihren Augen liegt Skepsis. Dann verschwindet sie und kommt einige Zeit später mit zwei Strohhüten wieder.

»Nie im Leben setze ich so einen auf«, warne ich.

»Sterben oder Strohhut tragen«, erwidert Kira nüchtern. »Deine Entscheidung.«

Trotzig, aber weil ich weiß, dass es notwendig ist, nehme ich einen entgegen. Prompt fühle ich mich wie die billige Kopie eines Bauernmädchens, aus einer x-beliebigen Liebesschnulze. Ich warte nur darauf, dass Aurel auf einem Pferd angeritten kommt, im Mund eine Rose, die Hand nach mir ausgestreckt. Nur bin ich der festen Überzeugung, dass Aurel nicht einmal ein Pony reiten könnte. Und sich an den Dornen der Rose die Lippen blutig wetzen würde.

»Was ist eigentlich mit deinem Unterricht?«, frage ich Kira, um nicht in meinem Kopfkino zu versinken. »Ich sehe Linda immer nur mit kleineren Kindern zusammensitzen. Aber was ist mit denen, die schon älter sind? Was ist mit dir?«

Kira blickt unter ihrem Strohhut hervor. »Wir erarbeiten uns alles selbst.«

»Und wer erklärt es euch?«

»Warum sollte es uns jemand erklären?«

»Keine … keine Ahnung«, wieder komme ich ins Stottern. Kira lässt mich am seidenen Faden baumeln.

»Du hältst uns für dumm, was?«, fragt das Mädchen und zerhackt im nächsten Atemzug einen großen Brocken Erde. Dreckspritzer landen auf meinem Oberteil.

»Nein, überhaupt nicht«, sage ich. »Aber bei uns ist das üblich, deswegen habe ich gefragt. Habt ihr denn keine Prüfungen?«

»Nicht wirklich.« Kira reicht mir eine Wasserflasche, aus der ich gierig einige Schlucke trinke. »Bei uns geht es nicht darum, möglichst viel zu lernen. Es geht darum, möglichst viel zu leben. Das Lernen passiert dann automatisch. Aber keine Sorge, unseren Namen müssen wir nicht tanzen.« Sie macht eine kurze Pause. »Nur unser Geburtsdatum.« Als ich belämmert dreinblicke, grinst Kira. »Du darfst mir nicht alles glauben, was ich sage«, meint sie und trinkt selbst aus der Flasche. »*Das* solltet ihr in der Schule lernen.«

Bevor mich ihre Euphorie ansteckt, kommt mir etwas in den Sinn, von dem schon am ersten Tag die Rede war. Ein Wort, das die Ancoraner meiden.

»Die Feuerprüfung ist etwas ganz anderes, oder?«, frage ich. Ava hat sie gestern Abend wieder beiläufig erwähnt, ist mir aber erneut ausgewichen, als ich sie darauf angesprochen habe.

Kiras Mundwinkel zucken. »Du bist neugierig, Romy.«

Ich schaue mich um – über den Acker, zur Scheune. Wir sind allein. »Erzähl mir mehr davon. Bitte!«

Kira zögert.

»Warum macht ihr so ein Geheimnis daraus?«, bohre ich nach.

»Es ist kompliziert«, murmelt sie und hält inne, lehnt sich an ihre Hacke. »Du weißt ja inzwischen, wie anders die Kinder und Jugendlichen in Ancora aufwachsen.« Ich nicke, horche gebannt zu. Kira muss merken, wie wichtig es mir ist, alles zu erfahren. Dass da mehr dahintersteckt als bloße Neugierde. »Ava und Nathan legen großen Wert darauf, dass die Menschen freiwillig hier sind. Das Gleiche gilt für uns Heranwachsende. Es kommt der Zeitpunkt, an dem wir uns entscheiden müssen, ob wir uns eine Zukunft in Ancora vorstellen können oder nicht. Um das herauszufinden, gibt es die Feuerprüfung.«

»Sie ist also eine Art Orientierungshilfe? Oder doch ein Test?«

Wieder dieses Schweigen.

»Es ist keine Hilfe, auch kein Test. Es ist eine Erfahrung«, sagt sie schließlich. »Die Prüfung dauert mehrere Tage, manchmal Wochen. Dir wird bewusst gemacht, was es heißt, in einer Gemeinschaft außerhalb von Ancora zu leben.« Kiras Stimme klingt nicht mehr so selbstsicher, wie sie es sonst immer tut.

»Das ist eine große Sache für euch«, stelle ich fest.

»Das ist es«, sagt sie. »Es geht immerhin um Verlust. Wenn sich Jugendliche dazu entscheiden, dieses Dorf zu verlassen, dann lässt das niemanden kalt, weißt du? Wir sind nicht so viele. Aber die meisten … die meisten bleiben hier, wenn sie die Feuerprüfung erst einmal hinter sich gebracht haben.«

Ich kneife die Augen noch enger zusammen, diesmal nicht wegen der Sonne. »Warum bleiben sie?«

»Das weiß ich nicht«, flüstert Kira und macht sich wieder an die Arbeit. Versunken schaue ich ihr dabei zu, verharre in meiner Position. Und als würde sie spüren, dass mich ihre Worte nachträglich beschäftigen, fügt das Mädchen noch etwas hinzu: »Glaub mir, Ava und Nathan wissen genau, was sie tun. Sie haben diese Gemeinschaft gegründet. Und die Regeln, die sie aufgestellt haben, funktionieren.«

Ich wische mir aus Versehen mit meinen erdigen Händen durchs Gesicht. »Gibt es Ancora nicht schon seit dreißig, vierzig Jahren?«, frage ich irritiert. Genau genommen weiß ich es nicht, aber ich meine, dass Jannis so etwas erzählt hat. »Ava ist doch höchstens Ende zwanzig. Sie kann das Dorf gar nicht gegründet haben.«

Kira widmet sich ihren Kartoffeln. Keine Antwort. Plötzlich verspüre ich den Drang, mich zu setzen. Ich bin durstig, die Wasserflasche ist leer und meine Kehle schreit förmlich nach Wasser. Doch alles, was ich bekomme, ist stickige, warme Luft, die mich auszutrocknen droht.

Taumelnd nehme ich im Schatten des nächstgelegenen Baumes Platz, um Verschnaufen zu können. Ich nehme mir den Strohhut ab.

Kira setzt sich neben mich. Zärtlich tippt sie mit ihrer Fußspitze gegen meine. »Du machst dir viele Gedanken. Pass nur auf, dass du dich in manche Geschichten nicht zu sehr reinsteigerst. Sonst verlierst du noch den Bezug zur Realität.« Sie lächelt und streicht mir eine Haarsträhne hinters Ohr. »Du bist hübsch. Hat dir das schon mal wer gesagt?«

Ich bin unschlüssig, was ich denken, was ich fühlen soll. Meine Beine sind schwer, mein Kopf träge. Mich verwirren Kiras Aussagen, ihre anziehende, geheimnisvolle Art.

Oder ist das alles nur Show?

Ich will etwas sagen, doch Kira kommt mir zuvor. »Wieder eine Frage, auf die man besser keine Antwort gibt«, sagt sie.

Wir schweigen.

Wir schweigen beide.

Vielleicht hat Kira recht und ich verliere mich in Details. Ich rufe mir ins Gedächtnis, wie Ava und Nathan miteinander umgehen. Ihre gelegentlichen Treffen – das beidseitige Vertrauen, das sie zu haben scheinen. Möglicherweise sind sie verwandt. Ava muss vor Kurzem in seine Fußstapfen getreten sein und die Führung des Dorfes übernommen haben.

Das würde auch erklären, warum der alte Mann so griesgrämig ist und uns Fremde ablehnt, während Ava das Dorf für uns öffnen will. Ein typischer Fall von Generationenkonflikt. Mir leuchtet nur nicht ein, warum uns niemand einweiht und es uns überlassen wird, die Zusammenhänge herauszufinden. Andererseits geht es womöglich genau darum: nicht alles vor die Füße gelegt zu bekommen, sondern den Schritt selbst zu wagen.

Still machen wir uns zurück an die Arbeit. Reißen eine Kartoffel nach der anderen aus der Erde, bis nach einer Stunde ein voller Korb zwischen uns steht.

»Okay, das reicht«, entscheidet Kira. »Danke für deine Hilfe. Lass uns die Kartoffeln ins Dorf bringen.«

Wir greifen jede nach einem Henkel und laufen los, kommen aber nicht weit. Denn genau in diesem Moment höre ich den Schrei. Markerschütternd – so voller Schmerz und Angst, dass sich meine Nackenhaare aufstellen.

Ich wirble herum, meine Finger rutschen vom Griff und die Kartoffeln kullern auf den Boden. Hektisch versuche ich zu orten, woher der qualvolle, nicht enden wollende Laut stammt. Und dann wird es mir klar.

Der Schrei kommt aus dem Wald.

10

Die Energie durchfährt mich wie ein Blitzschlag. Adrenalin pumpt durch meinen Körper, erweckt ihn mit neuem Leben. Meine Umgebung zerrinnt. Da gibt es nur mehr den Wald, der in aller Schärfe vor mir liegt.

Ein schneller Blick zu Kira. Das Mädchen formt mit ihren Lippen ein einziges Wort, das in der schwülen Hitze untergeht. »Nicht.«

Doch es ist zu spät.

Ich überlege keine weitere Sekunde, renne los. Hinüber zum Waldrand, zwischen die Bäume. In die Richtung, von wo der Schrei gekommen ist.

Zweige brechen unter meinen Füßen, Laub, das aufgewirbelt durch die Lüfte fliegt. Es ist ein Zick-Zack-Rennen, ein Ausweichen vor Ästen und Sträuchern, die undurchdringbar wirken. Vor Dornen, die sich wie lange Finger strecken, durstig danach, sich in meine Haut zu bohren.

Irgendjemand braucht Hilfe!

So wie in der ersten Nacht, in der ich in den Wald gestürmt bin, fühle ich mich, als wäre ich in einem endlosen Tunnel, dessen Wände hinter mir einbrechen. Ich kann nicht zurück, nicht nach rechts oder links – ich muss nach vorne.

Hat Jannis geschrien? Oder sogar Aurel? Hat sich jemand verletzt?

Ich höre, dass mir Kira eine Zeit lang folgt, bis sie irgendwann zurückfällt. Kein Blick nach hinten, keine Ablenkung.

Ich kann nicht riskieren, dass ich stolpere. Fast beiläufig nehme ich wahr, dass ich an der Lichtung von eben vorbeirenne. Der Lichtung, wo Jannis und ich eine Pause gemacht haben und bei der er sich an mich gelehnt hat. Und dann sehe ich auch die Kieselsteine. Bemerke, dass ich der roten Spur nachlaufe, dass der Schrei genau dort seinen Ursprung hat. Mein Kopf beginnt zu pulsieren.

Als der Wald enger wird, halte ich mir die Hände vors Gesicht. Ich schütze mich vor dürren, tiefhängenden Ästen. Ein Stechen im Fuß, ein Brennen im Handgelenk. Ich renne weiter.

Unter mir verwandelt sich der Waldboden immer mehr in einen Weg aus roten Steinen. Sie überdecken fast den kompletten Boden. Der Weg ist schmal, aber nicht zu übersehen – da ist kaum Erde, die durch die Steine blitzt.

Ich höre jemanden weinen.

Nicht mehr weit!

Nicht mehr weit, dann bin ich da.

Auf einmal, ohne schnell genug reagieren zu können, packt mich jemand. Fängt mich mit kraftvollen Armen ab. Völlig außer Atem bleibe ich stehen, mein Schädel schwirrt, meine Gelenke schmerzen. Ich schaue auf. Und blicke in das Gesicht des Mannes, der mich am ersten Tag verfolgt hat. Der Gründer von Ancora. Nathan.

»Los, wir müssen uns beeilen«, keuche ich. »Da braucht jemand unsere Hilfe!«

»Du kannst nicht helfen«, sagt Nathan kühl. Das Schluchzen im Hintergrund ist leiser geworden. »Ich habe alles unter Kontrolle. Geh zurück ins Dorf.«

»Aber ich –«

»Nein.« Nathans Miene ist ausdruckslos, er spuckt mir die

Worte förmlich entgegen. Seine Augen voller Wut. »Nein, kannst du nicht.« Er zeigt auf einen Trampelpfad, der in die andere Richtung verläuft. »Da geht es lang.«

Wortlos und völlig überfordert mit der Situation gebe ich nach und drehe mich um. Verschwinde zwischen den Stämmen wie ein kleines Kind, das von seinen Eltern ermahnt wurde.

Aber ich habe nicht vor, zurück ins Dorf zu gehen.

Als ich mir sicher bin, dass ich mich außerhalb von Nathans Sichtfeld befinde, kehre ich um – halte mich weiter links, um dem alten Mann kein zweites Mal über den Weg zu laufen. Nathan vertraut mir nicht. Also vertraue ich ihm auch nicht.

Dennoch sind meine Gedanken wie eingefroren. Ich stapfe mit der gleichen Leere durch den Wald, die ich auch im Blick des Jungen auf dem Feld gesehen habe.

Das Wimmern ist kaum noch zu hören. Auch die roten Kieselsteine sind nirgends mehr zu sehen. Stattdessen habe ich das Gefühl, dass sich die Baumstämme bewegen, sobald ich meinen Blick abwende. Jeder meiner Schritte fühlt sich falsch an.

Abrupt bleibe ich stehen.

Vor mir, nur etwa fünfzig Meter entfernt, kauert etwas am Waldboden. Umringt von Bäumen und Gestrüpp. Die Gestalt wippt hin und her.

Vorsichtig mache ich einen weiteren Schritt.

Ich höre das Weinen deutlicher, das Schluchzen.

Noch ein Schritt.

Und dann taucht neben mir ein Schatten auf.

Ich fahre herum, doch es ist nur Aurel. Er ist bleich, seine Hand zittert.

»Ist alles okay?«, fragt er. »Ich hab dich in den Wald rennen sehen.«

»Ja, ich …« Ein Blick nach vorne. Die Gestalt ist weg. »Ja, ich bin okay. Und du? Was machst du hier?«

Aurel ignoriert meine Fragen und schaut zum Dorf. »Lass uns zurückgehen, Romy. Jannis macht sich Sorgen um dich.«

»Aurel!« Ich greife nach seiner Schulter, die sich kalt anfühlt. »Was ist los?«

»Meine … meine Uhr«, sagt er nach kurzem Zögern und hebt sein Handgelenk. »Sie ist stehen geblieben. Einfach so. Als der Schrei aus dem Wald kam, haben die Zeiger aufgehört zu schlagen.«

Wir finden Jannis in seinem Zimmer. Mein bester Freund starrt mich an. Bestimmt will er mich fragen, ob ich den Schrei auch gehört habe. Nur kennt er die Antwort bereits. Das ganze Dorf muss ihn gehört haben.

Mein Kopf rattert, ich versuche herauszufinden, was oder wen ich da im Wald gesehen habe.

»Hat jemand mitbekommen, was passiert ist?«, fragt Jannis und stützt sich gegen eine der Holzwände. »Dieser Schrei klang wie –«

»Ein Kind, das mal wieder nicht aufgepasst hat.« Wir schauen alle drei überrascht zur Tür. Bea, die Mutter von Kira, betritt den Raum. Ich kenne sie vom gemeinsamen Mittagessen. Sie muss mir und Aurel gefolgt sein.

Die klein gewachsene Frau ist ihrer Tochter wie aus dem Gesicht geschnitten. Sie hat kurze, gewellte Haare, kryptische Bemalungen am Oberarm und leicht gebräunte Haut und eine Brandwunde, die sich über ihren Hals erstreckt.

Bea lächelt. »Nathan schickt mich. Ich soll euch erklären, was es mit dem Schrei auf sich hat.«

»Wir sind ganz Ohr«, sagt Aurel. Mein Freund sitzt neben mir auf dem Bett.

»Ihr habt einen Schock, das verstehe ich, aber ihr müsst euch keine Sorgen machen. Das müsst ihr euch in Ancora nie.« Ihr beruhigender Tonfall kann meine Anspannung nicht mindern. Der Schrei. Es ist, als würde er sich ein weiteres Mal in mein Gehirn bohren, als wäre er nie verklungen. »Eines der Kinder hat sich verletzt«, sagt Bea. »Hat sich beim Spielen am Donnerfelsen den Kopf angeschlagen.«

Der Felsen, von dem Kiras Mutter spricht, ist mit seinen Spalten und abgelegenen Stollen durchaus gefährlich. Ich kenne ihn, da sich die Kinder in Ancora oft in dieser Gegend herumtreiben und ich schon Aufpasser habe spielen müssen. Aber der Donnerfelsen liegt viel weiter südlich.

»So ein Sturz kann vorkommen, wenn man unvorsichtig ist«, führt Bea weiter aus. »Auch die Natur hat ihre Ecken und Kanten.« Sie macht einen Schritt zur Seite, wendet sich zum Gehen. »Wir haben das Kind zu Cinda gebracht. Sie beobachtet es, falls es eine Gehirnerschütterung hat.«

Aurel steht auf. »Sollte es nicht besser in ein Krankenhaus?«, fragt er.

Bea lacht und sagt: »Bei Cinda ist man in wesentlich besseren Händen.« Dann geht sie.

Erst redet niemand – wie vorhin, als wir zusammengekommen sind. Ich weiß nicht, was ich von Beas Auftritt halten soll. Selbst Jannis, der schon öfter mit ihr zu tun hatte, knetet nachdenklich den Stoff seiner Hose.

»Lügen«, sagt Aurel unerwartet und schaut uns dabei abwechselnd in die Augen. »Die lügen uns an. Von vorne bis hinten.«

»Das wissen wir nicht«, hält Jannis dagegen.

Aurel geht zum Fenster, dann wieder zurück. »Das ist doch alles scheiße!«, flucht er. Seine Stimme wird spöttisch. »*Auch die Natur hat ihre Ecken und Kanten*«, äfft er Bea nach. »Wo sind wir hier? Bei Malen nach Zahlen?«

»Du warst nicht dabei«, sagt Jannis und bemüht sich zu schlichten.

»Mir geht es nicht nur darum, was heute passiert ist. Die Leute in Ancora verkaufen uns doch alle für dumm!«

Jannis löst sich von der Wand. »Das ist nicht fair, Aurel«, sagt er. »Du gibst ihnen gar keine Chance. Dieses Tal ist besonders, das solltest du in der Zwischenzeit gemerkt haben.«

Aurel verschränkt die Arme vor der Brust – seine Venen treten hervor. Er versucht, sich zu beherrschen. »Hier gibt es nichts Besonderes«, sagt er trocken.

Jannis schüttelt ungläubig den Kopf. »Und die Temperaturabstürze? Die Pflanzen, die hier wachsen? Die Stimmen aus den Bäumen? Deine … deine Uhr?«

»Nicht nur die Leute in Ancora sind verrückt geworden«, wütet Aurel. »Du jetzt anscheinend auch!« Mein Freund nimmt die Uhr von seinem Handgelenk und hält sie Jannis vors Gesicht. »Das hat eine logische Erklärung, hörst du? Alles hier hat eine logische Erklärung! Und das werde ich dir beweisen.«

»Ach ja?« Jannis ist laut geworden. »Ist es das, was du machst, wenn alle schlafen? Schleichst du dich dann aus deinem Zimmer und suchst Beweise? Oder tust du doch etwas ganz anderes, hm?«

Ratlos schaue ich zu Aurel. »Stimmt das?«, frage ich kleinlaut.

Mein Freund dreht sich nur flüchtig zu mir, sagt: »Du hältst dich da raus, okay?«, und widmet sich wieder Jannis.

So kenne ich ihn gar nicht. So aufgebracht, so zornig. Eigentlich ist Aurel jemand, der alles logisch und faktisch abwägt, niemand, der im Affekt handelt. Außer er verliert die Kontrolle.

»Wegen deinem blöden Einfall, in dieses Dorf zu fahren«, geht er nun Jannis an. »Muss ich mich seit Tagen mit irgendwelchem Aberglauben und Idealen herumschlagen, die realitätsferner nicht sein könnten. Sie besitzen keine Maschinen, stattdessen müssen wir uns die Hände schmutzig machen. Die Arbeit ist anstrengend, das Essen ist mickrig und wir haben nicht einmal ein vernünftiges Bad!«

»Das war der Deal!«, faucht Jannis. »Niemand hat dich gezwungen, mitzukommen.«

Mittlerweile schreien sich die zwei beinahe an – beide so geladen, dass man annehmen könnte, sie würden sich jeden Moment die Köpfe einschlagen.

»Ich habe damit gerechnet, dass die Ancoraner anders sein werden«, entgegnet Aurel. »Aber nicht, dass sie dermaßen auf Drogen sind.«

»Du lässt dich auch nicht darauf ein!«, brüllt Jannis.

»Auf was soll ich mich deiner Meinung nach denn einlassen?! Auf einen verhexten Brunnen, verwunschene Wesen und Zauberpflanzen? Das ist Bullshit!«

»Dann hau doch ab!«

Aurel deutet mit dem Zeigefinger auf mich, ohne den Blickkontakt mit Jannis zu unterbrechen. »Ich lasse meine Freundin ganz sicher nicht mit euch Irren allein! Dieses Dorf ist nicht magisch, Jannis! Krieg das endlich in deinen Kopf!«

»Verdammt, es reicht!«, gehe ich dazwischen und drücke sie auseinander.

»Spiel jetzt nicht die Heilige, Romy«, zischt Aurel und beißt die Backenzähne aufeinander. »Ich organisiere die coolsten Ausflüge für dich, sorge für die besten Erlebnisse! Und wenn du mal an der Reihe bist, eine Entscheidung zu treffen, bringst du mich in dieses Loch hier! Damit willst du unsere Beziehung retten? Ernsthaft?«

»Okay, das war's«, sage ich und drehe mich von beiden weg. Keinen Augenblick länger halte ich es in diesem Raum aus. Ich verlasse das Zimmer, das Stockwerk, das Haus. Rein in die abendliche Stimmung, die über Ancora liegt.

Aurel und Jannis haben sich wie Idioten aufgeführt und dabei das Wichtigste außen vor gelassen: *den Schrei.*

Meine Gedanken fahren wieder Karussell, sie bewegen sich im Kreis – so lange, bis plötzlich alles mit einem Schlag stillsteht. Eine Erkenntnis macht sich in mir breit.

Der Schrei war vieles.

Aber definitiv nicht von einem Kind.

Es wäre alles einfacher gewesen, wenn der Schrei kindlich geklungen hätte. Dann hätten mich Beas Worte beruhigen können. Dann hätte die ganze Sache keinen bitteren Beigeschmack gehabt.

Ich laufe durch Ancora, komme zu dem Brunnen, an dem ich kurz halte. Einsam und verlassen steht er in der Mitte des Dorfes.

Aurel hat sich über ihn lustig gemacht. Nur habe ich die letzten Tage tatsächlich das ein oder andere Mal Ancoraner gesehen, die sich dort die Sorgen von der Seele geredet haben. *Es hat eine reinigende Wirkung*, hat Ava erklärt.

Am ersten Tag war mir der Anker wie ein schönes Symbol für das vorgekommen, was dieses Dorf ausmacht. Doch heute ist er von winzigen Rissen übersät.

Ich kehre dem Brunnen den Rücken zu und nähere mich dem Haus von Cinda, der Ärztin. Wachsam spähe ich durchs hell erleuchtete Fenster. Nathan, Damian und Cinda sitzen am Küchentisch. Sie wirken vertraut. Nathan spricht auf die Ärztin ein, die mit den Gedanken woanders zu sein scheint.

Wo ist das verletzte Kind? Und wo die Eltern?

Ich fasse all meinen Mut zusammen, trete zur Tür und klopfe. Drei harte Schläge. Dann warte ich.

Nichts.

Als ich ein zweites Mal durch das Fenster schaue, ist das Licht erloschen. Die Küche hüllt sich in Dunkelheit. Von Nathan, Damian und Cinda keine Spur mehr.

Ich muss den Kopf frei bekommen und den Schrei vergessen – sonst werde ich diese Nacht nicht schlafen können. Aufgewühlt schlendere ich zum Ortsausgang und dort weiter auf den engen Waldweg, über den wir am ersten Tag ins Dorf gekommen sind. Wie lange ist das jetzt her? Fünf Tage? Sechs? Es kommt mir länger vor.

Bevor ich die Autos erreiche, biege ich auf einen Pfad ab, der mich zu einer Anhöhe führt. Noch höher geht es hinauf, noch steiler. Ich lasse sogar das Plateau hinter mir, auf dem wir standen, als wir das erste Mal auf Ancora geblickt haben.

Erst als ich zu einer Felsklippe komme, bleibe ich stehen. Ein großer Stein thront darauf. Mit dem Rücken zum Abgrund lehne ich mich an ihn und schaue in den Wald, der sich anmutig vor mir ausbreitet. Die Bäume stehen dort, fest verwurzelt, in der Erde. Sie trotzen den Launen der Natur. Wie Anker, die das Tal zusammenhalten.

Auch Aurel und ich haben einen Anker in unserer Beziehung. Eine Liste mit Gründen, Gefühlen und Erlebnissen, weswegen wir zusammen sind. Und so wie der Anker im Dorf hat auch dieser Risse bekommen. Seine Worte und seine kalte Art haben mich tief getroffen. Aber da gab es noch einen anderen Grund, wieso ich nicht früher in den Streit eingegriffen habe. Mit einem Mal ist mir klar geworden, woher der Keil stammt, der sich zwischen unsere Beziehung geschoben hat. Bis jetzt konnte ich es schwer in Worte fassen, dabei ist es doch so offensichtlich.

Aurel ist ein Verfechter der Logik. Er sucht in allem eine wissenschaftliche Erklärung, ist fest davon überzeugt, dass die Menschen und die Natur bestimmten Schemen und Regeln folgen. Nur bin ich der lebende Beweis, dass seine Annahmen falsch sind. Aurel leugnet damit nicht nur das Übernatürliche – nein, er leugnet mich. Seine Freundin.

Vielleicht ist das auch einer der Gründe, wieso ich mich ihm nie anvertraut habe. Unsere Beziehung fühlt sich wie ein Einzelkampf an.

Das Stillstehen der Zeit folgt keinen logischen Gesetzen – Ancora tut es auch nicht. Irgendetwas geht in diesem Dorf vor sich, von dem ich noch nicht die leiseste Ahnung habe. Aber ich werde es herausfinden.

Ich blicke zur Seite, sehe, dass knapp neben dem großen Stein ein paar Veilchen wachsen. Behutsam streiche ich über eine der Blüten. Und hier, auf der Felsklippe, nahe dem Wald, fühle ich mich irgendwie getröstet.

Ich hole tief Luft, atme die Bergluft ein, nähre mich förmlich von der Ruhe und Gelassenheit, die hier herrscht. Dann schmunzle ich. Und nach diesem merkwürdigen Tag fühlt sich das gut an.

Andere Menschen haben Therapeuten oder Eltern, die einem zur Seite stehen. Ich habe einen Stein.

Na großartig!

Ich greife in meine Hosentasche. Hole den kleinen, roten Kieselstein heraus, den ich noch immer bei mir trage. Dann halte ich ihn gegen das Licht der untergehenden Sonne, drehe ihn in meiner Hand in alle Richtungen.

Ich vergesse die Zeit. Realisiere erst spät, dass schon die Sterne den Horizont für sich beansprucht haben. Entgegen meinen Erwartungen ist es jedoch nicht so kalt wie sonst. Die Temperaturen spielen verrückt und ich nehme es inzwischen schon ganz gelassen.

Meine Augen werden schwer, mein Körper sackt in sich zusammen. Ich weiß, dass ich einschlafen werde. An Ort und Stelle. Irgendwo über den Dächern von Ancora. Kurz bevor sich meine Augen schließen, ist mir hingegen, als ob ich eine Gestalt sehe. Dünn, klein und flink huscht das Kind hinter einen Baumstamm und ich bin mir nicht sicher, ob ich schon träume.

Es ist der Junge vom Feld.

11

Am nächsten Morgen habe ich fürchterliche Rückenschmerzen. Als hätte ich nicht neben, sondern unter dem Stein geschlafen.

Mitgenommen öffne ich die Augen. Mit der einen Hand stütze ich mich am rauen Felsen ab, die andere halte ich mir vors Gesicht, um nicht geblendet zu werden.

»Hier, zum Frühstück«, ertönt eine Stimme aus dem Nichts. Perplex drehe ich mich zur Seite. Ava.

Woher hat sie gewusst, dass ich hier bin?

Die junge Frau ist dicht neben mir. Sie hat sich an den Felsen gelehnt, die Beine im Schneidersitz. In den Händen hält sie ein Sandwich und eine Flasche Wasser, in der eine Zitronenscheibe schwimmt. Dankend nehme ich das Essen entgegen. Und mit jedem Schluck, mit jedem Bissen merke ich, dass ich wacher und wacher werde. Als ich Avas Grinsen sehe, höre ich auf zu kauen. Mit halb vollem Mund schaue ich sie an.

»Was?«, frage ich.

»Na, wenn noch jemand sagt, die Ancoraner wären für die Wildnis geschaffen, dann haben sie dich noch nicht gesehen«, sagt sie. »Du bist nicht *für* die Wildnis geschaffen, du *bist* die Wildnis.«

»Bin eingeschlafen«, nuschle ich und denke an die Pflanze, die sie mir zugeordnet hat. Unkraut wäre jetzt passender.

»Du hast dich schon gut eingelebt.« Ava lehnt ihren Kopf gegen den Stein. »Als wärst du noch nie woanders gewesen.«

»Nur, weil ich mitten im Nirgendwo eingeschlafen bin?«

»Nein. Weil du dich dazu entschieden hast, dich mitten im Nirgendwo hinzulegen.« Ava seufzt, in ihrem Blick liegt etwas Verträumtes. »Ich liebe es, wie du die Leute hier anschaust, Romy«, sagt sie. »Oder den Wald. Du bist so aufmerksam, studierst die Kleinigkeiten, als wären sie etwas ganz Besonderes. Es war richtig, dich einzuladen.«

Ich nehme einen Schluck Wasser und lächle. Ava kennt nur die halbe Wahrheit. Sie weiß nicht, was dieser Ort mit mir macht – warum ich so vehement dahinter her bin, alles zu erfahren. Und doch kann ich spüren, dass nicht nur ich ein Geheimnis habe. Ava verschweigt mir etwas.

Ich stelle die Wasserflasche vor mir ab, sage: »Also in meiner Heimatstadt hätte ich nicht so viele lobende Worte bekommen, wenn ich auf der Straße eingepennt wäre«, und setze mich aufrecht hin. »Aber danke dir, Ava. Ich weiß das zu schätzen.«

Als sich unsere Blicke treffen, habe ich das Verlangen, sie nach dem gestrigen Vorfall zu befragen, doch ich halte mich zurück. Im Kopf die Stimme von Kira: *Lass es sein. Antworten kommen, wenn die Fragen es wert sind.*

Ava fährt mit ihrer Hand einen Riss im Felsen nach. Als würde sie sich mit der Natur verbinden wollen. Es ist das erste Mal, dass ich die zwei Holzringe an ihren Fingern sehe. »Heute ist ein guter Tag, um zu beginnen«, offenbart sie. In ihrer Stimme schwingt auf einmal etwas Bedrohliches mit.

»Um was zu beginnen?«

Sie blickt auf, mustert mich. »Die Feuerprüfung.« Dann konzentriert sie sich wieder auf den Riss. »Ich bin mir sicher, dass Kira dir schon davon erzählt hat. Sie kann ihren Mund nie halten, wenn sie jemanden mag«, sagt sie. »Aber das ist schon okay.«

»Kira hat mir davon erzählt, das stimmt«, gebe ich zu. »Nur werde ich daraus nicht schlau.«

Ava hält inne – und als hätte sie der Felsen dazu gebracht, dass sie ihre Prinzipien über Bord wirft, fragt sie: »Was willst du wissen?«

»Warum heißt es Feuerprüfung?« Die Worte kommen mir schnell über die Lippen, sie sprudeln nur so aus mir heraus. Ava ist mir bei dem Thema oft ausgewichen. Ich will nicht riskieren, dass sie es sich doch noch anders überlegt.

»Es heißt Feuerprüfung, weil die Flamme in einem selbst entzündet werden soll«, erklärt sie. »Weil Feuer dich retten, aber auch töten kann.«

»Und wie läuft das Ganze ab?«

Ava macht eine Kopfbewegung runter nach Ancora. »Wir stellen eine Holzschüssel am Brunnen auf. Jeder Jugendliche, der das Dorf verlassen und sich prüfen möchte, hat den Tag über Zeit, einen Zettel mit seinem Namen reinzuwerfen. Am Abend feiern wir dann das Feuerfest – und im Rahmen dessen werden die Namen verlesen. Damit ist die Feuerprüfung eröffnet.«

»Sie entscheiden das also selbst?« Bisher hatte ich den Eindruck, dass die Prüfung all jene betrifft, die ein gewisses Alter erreicht haben.

»Ja. Hier in Ancora wird niemand zu etwas gezwungen«, sagt sie. »Nicht jeder will sich dieser Prüfung stellen.«

Wieder habe ich das Gefühl, dass Ava einen entscheidenden Teil auslässt. Aber wenn sie spielen will, dann bitte. »Das sind doch alles Feiglinge«, antworte ich. »Ein paar Tage im Wald, ein paar Aufgaben – was soll da schon groß dabei sein?«

Avas Gesichtsausdruck versteift sich. Ich habe mit meiner Aussage direkt ins Schwarze getroffen. Die junge Frau schluckt, wird leiser. »Es ist nicht nur das«, sagt sie, zögert kurz, redet weiter: »Nathan und ich wissen nicht alles, was da draußen passiert. Ich habe … ich habe schon seltsame Geschichten gehört. Dass manche Jugendliche Dinge sehen, die nicht existieren. Und dass … dass die Uhren anders schlagen, als sie sollten.« Ava schließt einen Moment die Augen, öffnet sie wieder. Dann strahlt sie mich an, wie sie es zuvor getan hat. »Aber das sind nur Geschichten. Du musst dir keine Sorgen machen.« Ava steht auf, streckt ihre Glieder. Ihre Blumenkette baumelt dabei in der Luft. Diesmal ist sie grün. »Wir sehen uns beim Fest«, sagt sie.

»Wir sehen uns beim Fest«, wiederhole ich abwesend.

In Gedanken schaue ich Ava dabei zu, wie sie im Wald verschwindet. Die junge Frau hat mir etwas Essenzielles verraten: In der Feuerprüfung soll die Zeit verrücktspielen.

Das muss es sein!

Die häufigen Stillstände, das Gefühl der Schwerelosigkeit. All das muss mit dieser Prüfung zusammenhängen, über die niemand so recht reden will.

Und heute soll die Zeremonie stattfinden.

Noch vor dem Essen treffe ich Aurel, der sich im riesigen Garten von Avas Anwesen befindet. Zwischen einer hochgewachsenen Tomatenstaude und knalligen Kürbissen sitzt er auf einer Holzbank.

Als ich ihn sehe, kommt mir der gestrige Streit wieder hoch. Ich lasse mich auf das wackelige Brett nieder. »Wir müssen reden«, sage ich, ohne Aurel richtig anzusehen.

»Das müssen wir wahrscheinlich«, antwortet er.

Aurel kann nichts dafür, dass ich ihm so wenig Beachtung schenke. Es ist wichtiger für mich, den übernatürlichen Hinweisen nachzugehen, als an unserer Beziehung zu arbeiten. Er kennt meinen Gewissenskonflikt nicht.

»Gibt es denn gar nichts, was dir hier Spaß machen würde?« Ich muss verzweifelt klingen, so ratlos wie ich bin. »Du kannst doch experimentieren? Oder deine eigene Studie schreiben?«

»Ich komme in diesem Tal einfach nicht zur Ruhe«, sagt er. »Ich habe es probiert, ehrlich. Als mich eines der Kinder genervt hat, habe ich versucht, innerlich bis zehn zu zählen, um mich zu beruhigen. So, wie ich es sonst immer tue.«

»Und?«

»Bis zwei bin ich gekommen, dann hat mich das Kind mit Schlamm beworfen.«

Ich stöhne auf. »So kenne ich dich gar nicht.«

»Wie denn? Mit Schlamm im Gesicht?«

»Aurel«, sage ich, diesmal mit einem strengeren Unterton. Ich schaue ihn an, und er mich. »Du hast mich gestern ziemlich verletzt.«

»Ja. Und das tut mir auch leid. Nur wollte ich von Anfang an nicht hierher.«

»Das ist kein Grund, mich so anzuschnauzen. Du kannst doch nach Hause fahren«, meine ich. »Ich zwinge dich zu nichts.«

»Und dann was? Dann sind wir zwei Monate getrennt und ich kann dich nicht einmal anrufen?«

»Vielleicht würde uns das guttun …«, flüstere ich. »Vielleicht war es ein Fehler, dich mitzunehmen. Ich dachte wirklich, das könnte klappen. Aber es macht alles nur noch schlimmer.« Mir kommen keine Tränen, aber es fühlt sich bedeutsam an. Unser Blickkontakt ist so voller Spannung, dass es mir schwerfällt, ihn zu halten.

»Ich werde nicht fahren«, sagt er. »Einerseits wegen dir – und andererseits, weil mir die Leute hier weismachen wollen, dass dieses Tal magisch ist. Ich werde euch alle vom Gegenteil überzeugen.«

»Deine Entscheidung. Aber … aber dann lass uns die nächsten Wochen ein wenig Abstand halten. Eine Pause, verstehst du?« Ich kann selbst nicht glauben, was ich da sage.

»Ist wohl das Beste«, murmelt er. »Eine Pause.« Aurel steht ohne einen weiteren Kommentar auf.

»Wohin gehst du?«, frage ich.

»Ins Haus. Ich bringe meine Schlafsachen wieder in mein Zimmer.«

Dann ist er weg.

Nach dem Mittagessen gehe ich zum Fluss, um allein zu sein. Schwermütig von dem Ausgang, den das Gespräch mit Aurel genommen hat. Die gewünschte Einsamkeit hält aber nicht lange an. Als Kira und Jannis dazustoßen, kippt die Stimmung und ich merke, dass es mir guttut, unter Leuten zu sein. Trotzdem muss ich an die Zeremonie denken. Es sollte nicht mehr lange dauern, bis sie beginnt. Mich lässt das Gefühl nicht los, dass sie meinen Aufenthalt mit einem Schlag verändern wird. Auch wenn ich selbst gar kein Teil davon sein werde.

Die Zeit am Wasserfall hüllt mich ein. So warm sind die Sonnenstrahlen, die auf das Ufer scheinen. Ich kann mich endlich wieder fallen lassen – genießen. Bis auf die Unterwäsche ziehen wir uns aus, treiben in dem eiskalten Fluss. Die Strömung reißt uns von den Füßen und Kira bespritzt mich mit Wasser. Sie lächelt, taucht unter, taucht auf, lächelt wieder. Ihre gekräuselten Haare bleiben an ihrer nassen Stirn kleben, ihr Körper gleitet elegant durchs Nass. Die Steine, die den Fluss ebnen, sind rutschig und glatt. Einmal drohe ich auszurutschen, doch Kira fängt mich auf und hält mich ein wenig länger im Arm, als es nötig gewesen wäre.

Das Gespräch mit Aurel habe ich schon beinahe vergessen.

Auch Jannis tollt durchs Wasser. Er quietscht, als ein Fisch sein nacktes Bein streift und im tiefen Blau verschwindet. Und doch ist da Misstrauen in seinem Blick, wenn er mich und Kira beobachtet. Fast würde ich behaupten, er ist eifersüchtig.

Hinter mir kreischt Kira auf und Jannis' tiefes Lachen hallt über die Wasseroberfläche. Ich lasse mich zurücksinken und sehe in den weiten Himmel über den Baumkronen.

Bereite mich innerlich vor, auf das Feuerfest.

Die Musik startet plötzlich, ohne Vorwarnung. Ich lege den Gedichtband meiner Mutter beiseite und richte mich im Bett auf. Jannis erscheint nur wenig später im Türrahmen.

»Es geht los«, sagt er.

Wir warten nicht auf Aurel. Er war nach dem Schwimmen bei mir und hat gemeint, dass er in seinem Zimmer bleiben wird.

Etwas hibbelig verlasse ich mit Jannis das Haus. Es ist dunkel. Man hört die Melodie einer Gitarre und die Schläge einer Trommel. Der Rhythmus pulsiert in meiner Brust.

Doch auch Ancora pulsiert. In den verschiedensten Ecken leuchten die unterschiedlichsten Farben. Runde Papierlaternen, bunt und über das ganze Dorf verteilt. In jeder von ihnen brennt eine Kerze. Die Laternen lassen das Tal erglühen – die Grenzen von Ancora sind allerdings stockfinster.

Ich gehe weiter, sehe das Feuer, das in der Mitte des Pavillons brennt. Funken sprühen, das Holz knistert. Kinder, die um den Feuerkreis tanzen. Sie lachen und rennen mit vollgefüllten

Bechern durch die Gegend. Essen wird herumgereicht. Schalen voll mit Eintopf, der nach frischen Kartoffeln und Fleisch duftet.

Zu den Musikinstrumenten mischt sich eine Frauenstimme. Aus ihrem Mund erklingen keine Wörter, bloß lang gezogene Töne, die den Platz erfüllen. Der Gesang ist anziehend, fesselnd. Die Frau, die da singt, ist Tonja. Sie lebt allein in einem Haus in der Nähe des Wasserfalls, kümmert sich um den Fischfang. Ich habe ihr am dritten Tag in Ancora geholfen und fand, dass sie eher unscheinbar aussah, verhuscht, klein und mit farblosem Haar. Ihre Stimme ist aber das Gegenteil – voll und dunkel, als würde eine unbekannte Macht in ihr hausen.

Direkt am Feuer steht Damian, der Neandertaler. Ich bin mir sicher, wenn er noch Haare auf dem Kopf hätte, hätte er sie an diesem besonderen Abend hergerichtet. Seine Hände umfassen eine Schale Eintopf und er schaut wie gebannt ins Feuer. Seine jüngere Tochter Sommer schmiegt sich an sein Bein. Die Flammen sind in der Zwischenzeit noch höher geworden. Sie flackern in der Nacht, in der Schwärze, die uns umgibt.

Ein paar Meter von ihm entfernt lehnt Kira an einer Holzstange, ganz für sich. Als würde sie die anderen Dorfbewohner meiden. Der Versuch, ihr ein liebevolles Lächeln zuzuwerfen, scheitert.

Am Kochtopf steht Cinda, die mit einem großen Kochlöffel den Eintopf verteilt. Jannis und ich holen uns etwas, stellen uns am Rande des Pavillons hin und lauschen der Musik. Als ich mich umschaue, entdecke ich Aurel, der im Schatten von Cindas Haus steht. Hat er seine Meinung etwa geändert?

Mit der Zeit kommen noch mehr Menschen aus den Häusern und Hütten, gesellen sich zu dem Lichtspiel der Laternen, zum Feuer, zu Tonjas Stimme. Es ist wie ein Rausch.

Es *ist* ein Rausch.

Gelächter. Musik. Funken. Ein weinendes Kind. Der Geruch von Fleisch. Lauteres Gelächter. Noch mehr Funken. Leere Becher. Volle Becher. Vertraute Gesichter. Schatten. Lichter. Farben.

Musik. Musik. Musik.

Und dann … nichts.

Als hätte jemand ein geheimes Zeichen gegeben, verstummt die Gemeinschaft.

Ich sehe Ava und Nathan, die aus der Nacht heraustreten, ins Licht des Feuers. Nathan hält die Holzschüssel in der Hand, von der Ava gesprochen hat. In der Schüssel liegen drei Zettel.

Wer wohl an der Prüfung teilnehmen wird?

Bevor ich mir darüber den Kopf zerbrechen kann, ist auch schon Nathans tiefe Stimme zu hören: »Schön, dass wir uns zu solch später Stunde hier zusammengefunden haben«, sagt er in die Stille. »Bis jetzt war es ein guter Sommer. Unsere Pflanzen gedeihen, unser Vieh vermehrt sich. Manche würden sich bestimmt wünschen, es würde für die Ewigkeit halten. Doch wie wir wissen, folgt auf jedes Hoch ein Tief. Und wie jedes Jahr ist es für uns an der Zeit, unsere Heranwachsenden auf ihrem Weg zu begleiten.« Er hebt die Holzschüssel in die Höhe. Ein Raunen geht durch die Meute. »Seit vierzig Jahren werden in Ancora Kinder geboren. Sie kommen nicht in einer Gesellschaft voller Lügen und Selbstbeweihräucherung zur Welt, in einem ständigen Wettkampf und als Zerstörer der Natur. Nein, sie werden in eine heile Welt hineingeboren. In eine Welt im Einklang. So zumindest sehen wir das, die Ältesten, diejenigen, die Ancora gegründet haben oder die zu unserer Gemeinschaft gestoßen sind, weil sie die Welt dort draußen enttäuscht hat. Aber ein jeder muss die Entscheidung selbst treffen, ob er geht oder bleibt. Und unsere Aufgabe ist es, sie dabei zu unterstützen.« Nathan nimmt einen Zettel aus der Schüssel und schaut in die Runde. Das Feuer flackert bedrohlich, erhellt den Platz, der plötzlich wie ausgestorben wirkt. Trotz der Menschen. Trotz der Musik, die leise in mir nachklingt. »Sam«, ruft Nathan aus. Der Name hallt durch die Nacht.

Der braun gelockte Junge tritt aus der Masse – und selbst im Licht des Feuers sieht man, dass er rot angelaufen ist, weil sich die geballte Aufmerksamkeit auf ihn richtet.

Wieder geht ein Raunen durch die Menschen, doch Nathan hebt eine Hand und alle verstummen.

Er nimmt den zweiten Zettel.

Faltet ihn auf.

Liest.

Macht eine Pause.

Dann schaut er eine Person an, die ich nicht recht erkenne. Sie steht etwas außerhalb des Kreises. Nathan scheint getroffen zu sein – von der Entscheidung. Von der Entscheidung, dass gerade diese Person überlegt, Ancora zu verlassen.

»Kira«, sagt er laut und deutlich. Und doch ist seine Stimme nicht mehr so sicher, wie sie es bei Sam war.

Ich schaue zu ihr, und auch wenn sie von der Menschenmenge halb verdeckt ist, füllt Kira das erste Mal nicht nur die Stille, sondern das ganze Tal aus.

Nathan fängt sich und nimmt den letzten Zettel aus der Schüssel. Sichtlich bemüht, das Prozedere schnell hinter sich zu bringen. Doch mit dem dritten Namen entweicht auch die restliche Farbe, die seinem Gesicht noch geblieben ist.

Die Bewohner rundherum bemerken seine Unruhe, tuscheln

nervös miteinander. Nathan zeigt Ava den Zettel. Auch ihre Augen weiten sich, sie stockt. Und in der Sekunde, in der Nathan den Namen in die Nacht ruft, blicken beide in eine bestimmte Richtung.

Zu derselben Person.

Zu mir.

»Romy«, ruft Nathan.

Und für eine Millisekunde vergesse ich, dass das mein Name ist.

12

Die Zeit bleibt stehen.

Der Trubel endet, die Welt friert ein. Ich sehe in ungläubige, verwirrte Gesichter. Sie sind mir zugewandt. Ihre Fassade bröckelt.

Ich habe keine Ahnung, wer meinen Namen in die Schale geworfen hat. Aber es trifft mich nicht so hart, wie es mich hätte treffen sollen. Unterbewusst muss ich es geahnt haben. *So* muss sich Schicksal anfühlen.

Als sich Jannis an seinem Getränk verschluckt, merke ich, dass die Zeit weiterläuft. Er fängt an zu husten. Bewegung kommt in die Masse. Manche murmeln, manche zeigen auf mich. Dann geht alles relativ schnell: Ava löst sich von ihrem Platz und eilt zu mir, um mich am Oberarm zu packen und in die Dunkelheit zu zerren. Weg vom Licht. An den Rand des Waldes. Dorthin, wo uns niemand hören kann, außer den Geschöpfen der Nacht. Nathan redet in der Zwischenzeit weiter, seine Stimme klingt dumpf.

»Ich muss nur eines wissen«, sagt Ava in gedrosselter Lautstärke. »Hast du dich selbst nominiert?« Sie legt ihre Hände auf meine Schultern. Trotz der schwachen Beleuchtung sehe ich Avas zweifelnden, aber verständnisvollen Blick.

Ich schüttle den Kopf. »Nein«, sage ich. »Habe ich nicht.«

Ava nickt. »Keine Sorge, ja? Wir werden dich nicht zwingen, mitzumachen.«

»Aber ich könnte, oder?«, frage ich.

Die junge Frau lächelt. Es ist, als ob ihre gesamte Anspannung mit einem Mal abfällt. »Natürlich könntest du. Es steht nirgendwo geschrieben, dass das nicht geht.« Ava pausiert kurz, sagt dann: »Du musst dich jedenfalls nicht sofort entscheiden. Es ist wichtig, dass du es dir –«

»Ich mache es.«

»Was?«

»Ich nehme teil«, sage ich. »Ich mache bei der Prüfung mit.«

Es ist eine Entscheidung aus dem Bauch heraus. Ava hat mir am Felsen verraten, dass die Zeit in der Feuerprüfung verrücktspielt. Dass die Jugendlichen seltsame Geschichten erzählen. Wenn es dafür eine Erklärung gibt – wenn meine Fähigkeit wirklich mit diesem Dorf verbunden ist –, muss die Lösung in dieser Prüfung liegen. Seit über acht Jahren trage ich diesen Fluch bei mir, so nah wie heute war ich der Auflösung noch nie.

Und außerdem, denke ich. *Will ich Kira nicht alleine lassen.*

Warum mir gerade das durch den Kopf geht, verstehe ich selbst nicht.

Allmählich wird mir auch klar, dass Jannis meinen Namen in die Schale geworfen haben muss. Für meinen besten Freund wäre das typisch. Der Wink zu einem neuen Abenteuer. Doch trotz aller Euphorie ist mir flau im Magen.

Ja, es ist ein Abenteuer. Aber ein Abenteuer, dessen Grenzen ich mir nicht einmal im Entferntesten vorstellen kann.

Ich habe keine Ahnung, auf was ich mich da einlasse.

Avas Lächeln ist noch herzlicher geworden. Aus dem Affekt heraus nimmt sie mich in den Arm. »Du bist wahrlich außergewöhnlich, Romy«, sagt sie, bevor sie sich von mir löst. »Du wirst

Ancora kennenlernen, wie kein anderer Freiwilliger es je getan hat. Aber jetzt schnell, lass uns zu den anderen gehen.«

Während wir weg waren, hat jemand kleine Windlichter rund um den Brunnen aufgestellt. Nicht bunt, nicht grell, sondern dezent, matt und warmweiß.

Mit Ava an der Spitze streife ich durch die Grüppchen. Sie verstummen, wenn ich in ihre Nähe komme. Es ist ihnen allen anzusehen, wie sehr es sie befremdet, dass mein Name in der Schale gelandet ist. Besonders Nathan, unter dessen ernster Miene es brodelt. Ich bin für ihn eine Außenstehende. Jemand, der sich in eins seiner Rituale eingemischt hat. Avas Meinung scheint jedoch schwerer zu wiegen.

Im schimmernden Licht spähe ich über den Platz und sehe Kira, wie sie vom Pavillon auf mich zukommt. Die Ereignisse haben sie augenscheinlich aus dem Konzept gebracht. Verängstigt sieht sie mich an, ihre Hand berührt ganz kurz meine, als wolle sie mich beschützen.

Nathan baut sich neben dem Brunnen auf und ergreift das Wort. Diesmal spricht er nur Kira, mich und Sam an, der nicht weit von uns bei seinem Vater steht: »In den nächsten Wochen werdet ihr viel über menschliche Charakterzüge lernen«, sagt er. »Über Konsum, Disziplin und Vertrauen. Das sind eure drei Prüfungen. Und ihr könnt viel daraus mitnehmen, vorausgesetzt, ihr lasst euch darauf ein. Eure erste Prüfung beginnt übermorgen.«

Ava stößt dazu, stellt sich neben Nathan – der alte Mann und die strahlende junge Frau. Ich suche ihre Gesichter nach Gemeinsamkeiten ab, kann aber keine finden.

»Für die Prüfungen bekommt ihr einen Schutznamen«,

übernimmt sie. »Er ist ein Symbol, das euch auf eurem Weg begleiten soll. Nicht nur auf dem Weg durch dieses Dorf, sondern auch auf eurem Weg da draußen. Der Name ist nur für euch bestimmt.« Ava schaut in die Ferne. »Wenn die Feuerprüfung zu Ende geht, werdet ihr eine Entscheidung getroffen haben. Und es wird die richtige Entscheidung sein.« Sie schaut einen nach dem anderen in die Augen, zuletzt mir. »Habt ihr Fragen?«

»Ja, habe ich.« Die Stimme kommt von Sam. Mit seinem schwarzen Pulli verschmilzt er beinahe mit der Finsternis. »Was ist, wenn wir früher abbrechen wollen?«

Ava und Nathan werfen sich einen Blick zu. Kurz ist es ruhig. Im Hintergrund das Knistern des Feuers, vor uns das Züngeln der Windlichter.

»Wir werden sehen«, sagt Nathan. »Wir werden sehen.«

Mein Bett fühlt sich an diesem Abend anders an. Fremd. Im Halbschlaf wälze ich mich hin und her und vermisse die Nähe von Aurel. So feierlich die Zeremonie auch war, so rasch ging sie zu Ende.

Mir ist heiß, es ist stickig. Und doch bin ich zu erschöpft, um aufzustehen und das Fenster zu öffnen. Ich kralle mich in meine Bettdecke. Mache die Augen zu.

Kalt.

Es ist das erste Wort, das mir in den Sinn kommt.

Mir ist kalt. Ganz plötzlich.

War es nicht eben noch unerträglich warm?

Ich kralle mich noch fester in die Decke.

Nein.

Da ist keine Decke mehr, kein warmer Stoff. Ich reiße die

Augen auf – und schaue auf meine Hände, meinen Arm. Er ist vollständig mit Dreck überzogen.

Ich bin nicht in meinem Bett.

Zitternd stehe ich auf und reibe die Hände aneinander, puste dagegen. Dann versuche ich, den Dreck abzuklopfen. Vergeblich. Frierend hebe ich meinen Kopf und blicke in ein Meer aus Bäumen. Ein Wald.

Das ist nicht echt! Das muss ein Traum sein!

Nur fühlt sich der Traum unheimlich real an. Ich spüre sogar den Wind, der durch die Blätter rauscht und mein Shirt zum Flattern bringt. Das Knacken eines Astes. Das Heulen eines Tiers. Ein rotes Licht, das sich ein paar Meter vor mir über den Waldboden schlängelt.

Es ist ein schmaler Weg, der unnatürlich leuchtet.

Ich gehe ein paar Schritte, knie mich hin. Kieselsteine. Rote Kieselsteine. Die, die ich zuvor mit Jannis entdeckt habe. Denen ich gefolgt bin, bis Nathan mich aufgehalten hat. Sie führen mich in pure Dunkelheit.

Und dann sehe ich das Kind. Den Jungen, der auch auf dem Feld und bei der Klippe gestanden hat, der spurlos verschwunden ist. Niemand hat ihn gesehen – außer mir.

Er kommt auf mich zu und nimmt mich bei der Hand. Führt mich den Weg entlang. Ich lasse mich von seinen kurzen, zarten Kinderhänden über den roten Kieselsteinweg ziehen. Es fühlt sich so an, als würde ich über glühende Kohle laufen, über brennendes Wasser.

Der Wind ist mittlerweile stärker geworden. Er prescht durch die Äste, die Blätter, das Laub. Ich höre jemanden flüstern.

Ist es das Kind?

Nein, es hat den Mund geschlossen. Die ganze Zeit schon.

Es muss der Wind sein. Der Wind flüstert, zischt, saust, begleitet mich durch den Wald.

»*Wir haben auf dich gewartet*«, kommt es leise von allen Seiten. »*Und jetzt bist du da, Romy. Du bist da.*«

Als ich meinen Namen höre, bekomme ich Gänsehaut. Ich ringe nach Luft, folge dem Jungen, der mich immer weiter zieht. Immer schneller. Der Wind zischt meinen Namen nun häufiger. Verschiedene Stimmen, die sich über den ganzen Wald verteilen.

»*Romy. Romy. Endlich bist du da. Wir haben gewartet, hörst du? Hörst du uns?*«

Ein Kichern aus der Dunkelheit, ein Rascheln.

Der Junge bleibt stehen.

Er blickt nach vorne, ich tue es ihm gleich.

Und sehe in einen Schlund.

Von Moos umgeben, mitten im Berg, da ist der Eingang einer Höhle. Dahinter ist alles schwarz. Völlig schwarz. Der Junge lässt meine Hand los und schaut mich kurz darauf erwartungsvoll an.

»Weißt du, was das ist?«, fragt er mich mit piepsiger Stimme.

Ich antworte nicht. Bin unfähig, etwas zu sagen. Unfähig, auch nur einen weiteren Schritt zu gehen.

Vor der Höhle sitzt der Rabe von der Tankstelle. Seine diebischen Pupillen sind unverkennbar.

»Das ist mein Zuhause«, sagt der Junge. »Da lebe ich.«

Der Wind geht in einen Sturm über.

»Du bekommst jetzt einen Namen«, flüstert mein Begleiter.

Ein lautes Geräusch. Ich reiße meinen Kopf nach hinten, schaue mich um. Doch da ist nichts.

Der rot schimmernde Wald liegt verlassen da.

Ich träume, rede ich mir immer wieder ein. *Es ist ein Traum, bloß ein verfluchter Traum.*

Der Junge vor mir lächelt. »Ja, es ist ein Traum«, wispert er. »Aber ein Traum, aus dem man nicht erwachen kann.«

»Was …?«, stammle ich.

Ich habe doch nicht laut gesprochen.

Oder doch?

Aufgelöst schaue ich in die Höhle, in den Abgrund. Ich bekomme das Gefühl, dass nicht nur ich rein-, sondern noch jemand anderes rausschaut.

Dann zischt der Wind.

Gibt mir einen Namen.

Einen Namen, der sich mir in den Kopf brennt.

»*Ignis*«, flüstert es durch die Nacht. »*Dein Name ist Ignis.*«

13

Verschwitzt fahre ich hoch.

Sofort realisiere ich, dass mich etwas geweckt hat.

»Schlecht geträumt?«, fragt eine Männerstimme, vor der ich erschrocken zusammenzucke. Ich kauere mich in meine Decke.

Es ist Aurel, der gegenüber von meinem Bett am Schrank lehnt. Er muss sich ins Zimmer geschlichen haben, als ich geschlafen habe.

»Was machst du hier?« Ich wische mir über die Stirn, die sich heiß anfühlt.

Mein Freund sieht schuldbewusst aus. Sein brauner, zu großer Pulli hängt an seinem Körper wie ein nasser Sack. Aurel hat Augenringe. »Ich hab ein Geräusch gehört, ein Wimmern«, sagt er. »Da habe ich mir Sorgen gemacht.«

Ich krieche aus dem Bett und öffne das Fenster, um frische Luft reinzulassen. Dann drehe ich mich zu meinem Freund um. Ich weiß nicht, was ich ihm sagen soll. Mein Hals schmerzt. Ich fühle mich, als wäre ich heute Nacht wirklich in diesem Wald gewesen. Bei dieser Höhle. Ich kann mich noch an jede Sekunde erinnern, an jedes Wort, das mir das Kind zugeworfen hat. Und besonders an den Namen: *Ignis.*

Mich lässt das Gefühl nicht los, dass ich ihn kenne. Dass ich den Namen schon irgendwo gelesen habe. Hier, in Ancora.

Nur wo?

Aurel schaut durch das Fenster, an mir vorbei auf den Wald.

»Du solltest das nicht machen«, sagt er schließlich. »Ich habe Angst um dich. Die Ancoraner wollen dir mit allen Mitteln einreden, dass das Leben, so wie wir es kennen, schlecht ist. Du hast Nathans Ansprache gehört. Sie behaupten zwar, dass sie keine Sekte sind, aber genauso kommt es mir vor. Diese Prüfung ist gefährlich, Romy.«

»Aurel –«, beginne ich, doch er hebt die Hand.

»Lass mich ausreden«, sagt er. »Ich habe gestern noch mit Ava gesprochen. Sie hat mir nichts Näheres über die Prüfung verraten. Nur, dass sie euch in die Wildnis schicken.« Aurel sieht mich eindringlich an. »Du hast nicht einmal ein Handy. Keine Möglichkeit, im Notfall Hilfe zu rufen. Abgesehen davon, dass du mit zwei Menschen unterwegs bist, die womöglich nie einen Erste-Hilfe-Kurs hatten. Keine richtige Ausbildung!«

»Früher gab es doch auch keine Handys«, argumentiere ich. Meine Finger krallen sich in das hölzerne Fensterbrett.

»Früher sind die Menschen auch gestorben wie die Fliegen«, sagt er. »Und du willst keine Fliege sein, glaub mir.«

Ich lenke ab: »Den Erste-Hilfe-Kurs müssen sie hier gar nicht machen, weil …«, setze ich an.

»Weil *was*?«, fragt Aurel provokant.

»Weil es für sie schon selbstverständlich ist, dass sie sich mit ihrem Körper und der Natur auskennen.«

»Meditieren hilft nicht, wenn man eine Klippe hinunterstürzt.« Aurel kommt näher.

»Wenn man eine Klippe hinunterstürzt, dann hilft gar nichts mehr«, entgegne ich. »Und laut dir bin ich doch eine Fliege, oder? Da sollte so ein bisschen Luft kein Problem für mich sein.«

»Du bist keine Fliege, Romy, du bist blind.«

Verzweifelt ringe ich um seine Unterstützung. »Wolltest du nicht immer hinter mir stehen?«

»Ja«, antwortet er. »Aber nicht, wenn du nach vorne fällst.«

Am liebsten würde ich schreien. Ihm all das sagen, was mich beschäftigt. Das Stillstehen der Zeit, der Traum, die Hinweise. Und seine Versessenheit. Ja, ich möchte schreien, aber gleichzeitig in den Arm genommen werden. Vielleicht ist das zu viel verlangt.

»Können wir es nicht bei gestern belassen?«, frage ich. »Die Prüfung ist unsere Chance. Eine Auszeit, das ist es doch, was wir wollten.«

Es klopft an der Tür. Als sie aufschwingt, steht Jannis davor – in kurzer Jeans und leichtem Sweatshirt.

Aurel schnaubt und stürmt an ihm vorbei.

»Was hat er denn jetzt schon wieder?« Jannis sieht Aurel hinterher.

»Vergiss es.«

Den restlichen Vormittag bin ich nicht ganz bei der Sache. Meine Gedanken schweifen immer wieder zu meinem Traum ab, zu dem Namen. Erst als ich mich ein paar Stunden später mit Kira im Wald verabrede, kann ich ein wenig abschalten.

Wir legen uns auf den Rücken, nebeneinander, schauen in den Himmel, den Wolken zugewandt. Sie ziehen in den verschiedensten Formen und Größen über uns her.

Kira und ich reden – aber nicht über die Feuerprüfung. Als wolle sie nicht wahrhaben, dass ich ein Teil davon bin. Kira erzählt mir von ihrer Kindheit. Davon, wie es war, in Ancora aufzuwachsen.

Ich lausche ihren Erzählungen, die fern und doch paradiesisch klingen. Von den pompösen Festen, dem ersten erlegten Tier, den Unterrichtsstunden im Wald, der Begegnung mit einem Adler und dem Tag, als ihnen der halbe Essensvorrat abgebrannt ist.

»Und wie seid ihr durchgekommen?«, frage ich scherzhaft. »Habt ihr etwa die Arme der Ältesten gegessen? Später dann die Beine?«

»Nein, das machen wir nicht.«

»War nur Spaß«, sage ich.

Kira zuckt mit den Schultern. »Erst die Beine, dann die Arme. Sonst hätten sie ja noch wegrennen können.«

Ich sehe sie an, sie mich. Dann lachen wir los.

Es tut gut, sich mit Kira zu unterhalten. Bei der Zeremonie habe ich gemerkt, dass auch sie eine Einzelkämpferin ist. So weit, wie sie von den anderen entfernt gestanden hat.

Kira zeigt auf das Moos neben sich. »Das hier ist mein Rückzugsort«, gesteht sie.

»Ist das so etwas wie dein Brunnen?« Kira bleibt still, lächelt – und ich kenne sie schon gut genug, um zu wissen, dass ich darauf keine Antwort bekommen werde. Stattdessen frage ich: »Hattest du heute auch so einen seltsamen Traum?«

»Nein«, sagt Kira und malt mit den Fingern eine der Wolken nach, als müsse sie sich konzentrieren, nicht zu viel von sich preiszugeben.

»Irgendwie habe ich das Gefühl«, rede ich weiter, »dass mir in der Nacht der Name gegeben wurde, von dem Ava gesprochen hat. Auch wenn das völlig verrückt klingt. Hast du denn deinen schon bekommen?«

Kira dreht den Kopf zu mir, unsere Schultern berühren sich leicht. »Ja, habe ich. Aber nicht in einem Traum.«

»Wie dann?«

»Durch eine Karte«, sagt Kira. »Das ist so üblich. Sie lag heute Morgen vor meiner Tür.«

Eine Karte? Wieso habe ich keine bekommen?

»Und? Wie lautet dein Name?«, will ich neugierig wissen. Ich spüre dabei Kiras warmen Atem auf meiner Haut. Leise höre ich ihren Herzschlag, er geht schnell.

»Das dürfen wir nicht verraten«, sagt sie.

»Oh … das wusste ich nicht. Tut mir leid, wenn ich –«

»Silere.«

»Silere?«, hake ich nach.

»Ja«, sagt sie. »Mein Name. Kommt aus dem Lateinischen. Bedeutet so viel wie *Schweigen*.«

Wie sie nur auf diesen Namen gekommen sind, frage ich mich und grinse. Dann erzähle ich ihr von meinem.

»Ich heiße Ignis.«

»Ignis«, spricht mir Kira nach. »*Das Feuer*. Ganz sicher, dass du geträumt hast?«

Nein, denke ich und sage »Ja.«

Dann herrscht kurz Stille, Kira schaut wieder zum Himmel. Zu den Wolken.

»Für was sind diese Namen eigentlich gut?«, frage ich und beobachte einen blau schimmernden Käfer, der seitlich von mir über das Moos krabbelt.

»Sie sollen uns ein Anker sein«, meint sie. »So wie auch alles andere in diesem Dorf ein Anker sein soll.«

»Und trotzdem willst du weg«, sage ich.

Keine Frage, eine Feststellung.

»Ja, das will ich.« Kira richtet sich auf und setzt sich gerade hin. Die Sonnenstrahlen umhüllen ihr dunkles Haar. Sie lassen es glänzen. Sorgfältig betrachte ich ihr Gesicht, jede einzelne Stelle. Wieder fallen mir die Narben auf, die Schürfwunden. Das Leben in Ancora hat sie geprägt. »Es ist widersprüchlich, ich weiß«, beginnt sie. »Hier in Ancora habe ich alles: Freunde, Familie, Natur und ein Dach über dem Kopf.« Mit ihrem Zeigefinger streicht sie über eine der größeren Narben auf ihrem Arm. »Aber ich bin trotzdem nicht erfüllt. Jede Zelle meines Körpers schreit, Romy. Sie schreien mir zu, dass es da noch mehr gibt. Da draußen. Ich kann mich nicht mit dem zufriedengeben, was ich habe, wenn es in der Welt so viel mehr gibt, das ich bis dato nicht kenne.«

»Du willst Freiheit?«

»Nein, frei bin ich auch hier«, sagt sie, wobei der Klang ihrer Stimme eine ungewohnte Verletzlichkeit angenommen hat. »Ich sehne mich einfach nach der vollen Bandbreite des Lebens. Ja, ich möchte meine Sehnsucht stillen und weiß nicht einmal wie.« Das Mädchen kaut angespannt auf ihrer Unterlippe herum. »Und eigentlich sollte keine Feuerprüfung nötig sein, um diese Entscheidung treffen zu können.«

Vor ein paar Tagen hat Kira mir gesagt, dass Ava und Nathan wissen, was sie tun. Jetzt kritisiert sie die Prüfung. Als hätte sie ihre Meinung in *der* Sekunde geändert, in der Nathan meinen Namen vorgelesen hat.

»Ich dachte, die Feuerprüfung ist wichtig?«, äußere ich leise.

Kira nickt. »Sie ist wichtig. Das ist sie wirklich. Die Frage ist nur, für wen. Für die, die im Dorf bleiben? Für die, die gehen? Oder doch für diejenigen, die mit ihrer Entscheidung warten?«

Es läuft mir kalt den Rücken hinunter.

Für diejenigen, die mit ihrer Entscheidung warten, wiederhole ich in meinem Kopf.

Ich muss an den Traum denken. An die Stimmen, die mir gesagt haben, dass auch sie gewartet haben. Auf mich. Sie haben auf mich gewartet.

Was hat dieser verfluchte Traum zu bedeuten?

Ich frage Kira, wie sie das mit dem Warten meint, merke aber, dass das wieder eine Frage ist, auf die ich keine Antwort bekomme. Sie ist schweigsam wie immer. Und auch jetzt habe ich den Eindruck, dass mir etwas verheimlicht wird. Ich glaube, dass es noch einen anderen Grund gibt, weswegen sie aus dem Dorf wegwill – und dass sie mehr über die Feuerprüfung weiß, als sie zugibt.

»Wie läuft es mit deinen Gedichten?«, fragt Kira nach einer gefühlten Ewigkeit.

»Gut«, sage ich trocken. Angefressen darüber, dass sie das vorige Thema so rasch fallengelassen hat.

»Ich sehe dich oft mit diesem alten Notizbuch«, stellt Kira fest.

»Es gehört meiner Mutter«, erläutere ich. »Ich habe es mitgenommen, damit …«

Und dann trifft es mich wie ein Pfeil.

Ignis.

Der Name.

Verdammt! Warum ist mir das nicht früher eingefallen?

»Sorry, ich muss los«, sage ich und raffe mich auf. Ich taumle durch den Wald, gefolgt von Kiras fragendem Blick.

Ich werde schneller, fange an zu laufen.

Kiras Worte haben meine Erinnerungen förmlich mit neuem Leben erweckt. Meine Erinnerungen an die letzte Woche.

Auf einmal habe ich es bildlich vor mir, wo ich den Namen Ignis schon einmal gelesen habe.

Im Notizbuch meiner Mutter.

In meinem Zimmer angelangt, schnappe ich mir ohne Umschweife das Buch, verlasse das Haus und verstecke mich zwischen den Bäumen hinter Avas Garten. Ich setze mich auf eine herausstehende Wurzel und schaue mir eine Seite nach der anderen an. Blättere wie wild durch die Kritzeleien und Notizen.

Es muss doch hier irgendwo sein!

Ich denke nicht, dass ich mich geirrt habe. Irgendjemand im Dorf muss sich einen Scherz erlaubt haben und in mein Zimmer gegangen sein, um ein neues Gedicht zu schreiben – und zwar mit dem Namen, der mir für die Feuerprüfung gegeben wurde. Erst vor einigen Tagen habe ich mir die Zeit genommen, das gesamte Buch zu lesen.

In Ancora hat es sich bestimmt schon rumgesprochen, dass ich Gedichte schreibe. Bis auf Kira habe ich meinen Schutznamen aber niemandem verraten. Vielleicht hat jemand …

Ich stocke.

Hier ist es.

Ich habe das Gedicht gefunden.

Wenn dein Name wird gerufen, in der Nacht, in der sie schweigen,
wird sich nach den Festlichkeiten, niemand dir erkenntlich zeigen.
Hoffnung auf ein gutes Ende, deine Angst so schmerzhaft groß,

doch erst nach der letzten Prüfung,
dieser Ort, er lässt dich los.
Die Kinder, die nur Ignis sieht, sie flehen in der Nacht,
die Mutter hat sie hier geboren, maskiert zur Welt
gebracht.
Liebe, Tränen, Feuertänze,
der Rabe dort, er schreit.
Hast du eine Frage, Ignis?
Der Brunnen steht bereit.
Ihn gibt es schon seit Jahren, ernährt sich nur von Licht,
Dinge verschwinden, tauchen auf,
du schwimmst – ertrinkst in Gift.
Allein, verlassen, die Seelen voller Wut,
in der Wildnis flackert des Menschen Geist und Blut.
Steine überm Horizont, sie liegen rot im Wald,
die Höhle ist die Ewigkeit, die Uhr ist längst verhallt.
Bei dir ein vertrauter Mensch, der Abgrund wird sich
färben,
dein Herz wird brechen,
Ignis muss sterben.

Als ich fertig bin, lese ich es ein weiteres Mal. Und dann noch einmal.

Ich kann nicht glauben, was dort steht.

Ich *will* es nicht glauben.

Dort – in den Zeilen – geht es um Ancora. Da geht es um all die Dinge, die ich gerade erlebe. Die Maske, der Schrei, das Kind und die Feuerprüfung. Erfahrungen, die ich meistens allein erlebt habe.

Von manchen Dingen *kann* gar niemand wissen.

Und dann sind da natürlich Zeilen, die etwas beschreiben, das ich noch nicht erlebt habe. Aber laut diesem Gedicht erleben werde.

Es ist, als wäre ich in diesen Versen gefangen.

Als würde dieser Text meine Vergangenheit, meine Gegenwart und meine Zukunft kennen.

Ich schlucke.

Meine Zukunft.

Das Gedicht endet mit dem Tod von Ignis.

Mit *meinem* Tod.

14

Ich warte, bis die letzten Sonnenstrahlen vom Gebirge rund um Ancora verschluckt werden. Die vergangenen Stunden waren zäh – und doch kommt die Dunkelheit jetzt schneller und intensiver, als mir lieb ist.

Nach meinem Fund bin ich unmittelbar zu Jannis geeilt und habe ihm das Gedicht gezeigt. Mein bester Freund wusste nicht so recht, was er davon halten soll. Ich kann es ihm nicht verübeln. Schließlich wurde mir der Name in einem Traum gegeben. Faktisch gesehen gibt es keinen handfesten Beweis, dass ich Ignis bin.

Da ich den Namen schon vor dem Traum kannte, wäre es jedenfalls möglich, dass ihn mein Unterbewusstsein auf diese Weise verarbeitet hat. Was aber nicht erklärt, wie oder warum das Gedicht in dem Notizbuch gelandet ist.

Anfangs habe ich mich gefragt, ob es nicht auch ein Teil der Feuerprüfung sein könnte. Nathan hat angedeutet, dass wir nicht nur körperlich, sondern auch mental gefordert werden.

Konfrontiert mit dem eigenen Schicksal.

Aber da niemand aus dem Dorf wusste, dass mein Name in der Schale landet, habe ich den Gedanken wieder verworfen.

Jannis und Aurel haben mir hoch und heilig versprechen müssen, dass nicht einer von ihnen hinter dem Gedicht steckt. Und ich glaube ihnen. Leider. Wäre es bloß ein dummer, aber harmloser Streich gewesen, sähe die Sache ganz anders aus.

Ich fühle mich wie die zehnjährige Romy, kurz nach dem

ersten Zeitstillstand. Alleingelassen, nicht verstanden. Am wenigsten von mir selbst.

Ich will meinen Schock mit realistischen Ansätzen beruhigen. Die Strophen werden wohl kaum meine Zukunft voraussagen können – geschweige denn meinen Tod. Nur hat dieser Ort immer wieder bewiesen, dass die Realität keine Grenzen kennt.

Erneut habe ich das Gefühl, dass mit mir gespielt wird. Und ich werde alles daransetzen, dieses Spiel zu durchkreuzen. Im Gedicht steht klar und deutlich, dass der Brunnen im Tal Antworten auf meine Fragen liefert. Ich stelle einfach beides auf die Probe. Das Gedicht *und* den Brunnen.

Als ich mich dem Dorfplatz nähere, spüre ich die Anwesenheit der Ancoraner. Ich sehe die angelaufenen Fensterscheiben, durch die sie mich beobachten. Ihre Blicke, die an mir haften. Die Menschen in Ancora haben es eilig, wenn die Nacht hereinbricht. Das ist mir schon ein paarmal aufgefallen. Als lauere in der Dunkelheit etwas Böses. Etwas, das nur darauf wartet, dass sie sich zu lange im Schatten aufhalten.

Ich schaue mich um, kann gerade noch einen älteren Mann am Waldrand erkennen.

Nathan?

Ich widme mich dem Brunnen.

Die ganze Zeit habe ich mir überlegt, was ich erzählen, was ich fragen soll. Und jetzt – da ich hier stehe – kommt es mir noch bescheuerter vor.

Ich rede mit einem Brunnen. Mit einem verfluchten Brunnen.

Immerhin muss ich mir zugutehalten, dass sich mein Niveau diesbezüglich verbessert hat. Vor ein paar Tagen war es noch ein

Stein, bei dem ich Zuflucht gesucht habe. Nun sind es wenigstens *viele* Steine, die aufeinandergestapelt und zementiert auf der Erde stehen. Und ein Anker.

Ich will keinen Rückzieher machen.

Mit den Fingerspitzen berühre ich einen der obersten Steine, beuge mich vor und schaue in den schwarzen Schacht. Irgendwo scheint es zu tropfen, allerdings ist der Brunnen längst ausgetrocknet.

»Könnte es …«, sage ich, stoppe aber gleich wieder. Ich sammle mich. Versuche mich zu konzentrieren.

Und dann kann ich mich nicht mehr zurückhalten. Ich weiß gar nicht, woher die Worte kommen, aber das stört mich nicht. Kreuz und quer erzähle ich von meinem Leben, von dem Traum und von dem Gedicht. Bald schon spreche ich über Aurel. Über unseren Streit. Über das, was er über dieses Dorf gesagt hat. Und über mein Dilemma. Dass ich nicht weiß, ob ich ihn liebe. Ich erzähle von meinem letzten Jahr. Von meiner Mutter und von Jannis, der seine verletzliche Art hinter seiner strahlenden Miene verbirgt. Ich stelle Fragen – viele Fragen. Alles, was mir im Kopf umherschwirrt.

»Gib mir eine Antwort«, sage ich. »Mir reicht schon eine einzige Antwort.«

Ich schaue in den Brunnen. Der Brunnen schaut zurück. Genau wie die Höhle in meinem Traum. Doch im Gegensatz dazu ist da kein Zischen, kein Flüstern. Da ist nichts. Bloß Stille.

Was habe ich erwartet?

Es ist ein Brunnen, denke ich beschämt. *Es sind ein paar Steine, mit denen du da sprichst.*

Der Himmel ist schwarz geworden. Ich gehe ein paar Schritte.

Wenn mir der Brunnen keine Antworten geben will, dann hole ich sie mir eben selbst.

Damian, der Neandertaler, sitzt auf einer Holzbank, an deren Ende eine kleine Öllampe hängt. Ungefragt geselle ich mich zu ihm.

Ich bin wütend. Darauf, dass die Bewohner so verschwiegen sind – an einem Ort, der mein Leben auf den Kopf stellt.

»Ich will dich nicht stören«, sage ich, was eine Lüge ist.

»Du störst nicht«, brummt der Landwirt und überkreuzt seine Beine. »Aber wehe, du erzählst meiner Frau, dass ich hier bin.«

»Habt ihr Streit?«, frage ich.

»Nein.« Damian kratzt sich am Kinn. »Solange sie mich nicht findet.«

Entgegen meiner gereizten Stimmung finde ich es höchst amüsant, dass Damian davon ausgeht, eine Holzbank wäre ein sicheres Versteck für ihn. Wenn es sein Plan ist, damit zu verschmelzen, macht er zumindest schon viel richtig. Sein hölzerner Gesichtsausdruck lässt keine Spur von Emotionen zu.

»Und? Wie kommt dein kleiner Freund so zurecht?«

»Wen meinst du?«

»Den mit den schwarzen Haaren, den Bockigen. Du weißt schon.«

»Er heißt Aurel«, antworte ich.

»Ja … Aurel! Sag ich doch.«

Ich seufze. »Kein gutes Gesprächsthema. Aber ja, er wird die Arbeit auf dem Feld schon überleben.«

Damian lacht. »Überleben«, wiederholt er und reißt ein Büschel Unkraut aus der Erde. »Ist das die charmante Eigenschaft, weswegen du mit ihm zusammen bist?«

Ich steige erst gar nicht auf Damians Kommentar ein, wo ich doch wegen etwas ganz anderem zu ihm gekommen bin.

»Euer Brunnen«, sage ich. »Er ist nutzlos.«

»Du bist zu vorschnell, Mädchen«, meint der Neandertaler und wirft einen Blick Richtung Dorfmitte. »Lass den Dingen ihre Zeit.«

Ich schaue zu Damian, vorwurfsvoll. »Ihr seid es doch, die sich bei Dunkelheit immer in die Häuser verkriechen. *Das* ist vorschnell. Sich jedes Mal zu verstecken, wenn die Nacht hereinbricht. «

»Die Menschen sind geprägt«, sagt er. »Von früher. Von dem Tag, als ...« Damian verstummt.

»Von welchem Tag?«

Das Licht der Öllampe scheint langsam zu erlöschen – so auch der vertraute Klang, der in Damians Stimme gelegen hat.

»Von dem Tag, an dem jede Hilfe zu spät kam«, vollendet er seinen Satz. Damian atmet tief durch. »Manche kennen dieses Tal schon sehr lange. Nathan zum Beispiel. Er hat hier gelebt, da hat es Ancora noch nicht einmal gegeben. Wir haben viel durchgemacht.«

»Du sprichst vom Unfall, oder?« Ich sage es aus einem Impuls heraus.

Der Landwirt räuspert sich. »Ich sollte heim«, erwidert er. »Tut mir leid, dass ich abgeschweift bin.«

»Nein, dir muss es nicht leidtun«, sage ich. »Das, was vor fünfzig Jahren passiert ist, ist schrecklich. Jannis hat uns davon erzählt. Von der Explosion im Chemiewerk.« Es kann gut sein, dass Damian schon auf der Welt war, als die Fabrik in die Luft geflogen ist. »Hast du jemanden bei der Explosion verloren?«, erkundige ich mich mitfühlend.

Damian mustert mich, setzt zum Reden an, setzt wieder ab. Dann blickt er zur Lampe. »Es gab keine Toten«, flüstert er.

»Keine Toten? Wie meinst du das?«

»Die Menschen sind nicht gestorben, Romy.«

Ich runzle die Stirn. »Was … was ist dann passiert?«

Damian steht auf, als wolle er sich auf den Heimweg machen, doch er sieht noch ein letztes Mal zu mir herab. »Die Menschen sind verschwunden«, sagt er. »Plötzlich, ohne ersichtlichen Grund. Und sie sind nie wieder aufgetaucht.«

15

Es ist früh – höchstens fünf Uhr morgens –, als ich mich mit Jogginghose und kurzem Shirt aus dem Zimmer stehle. Ich kann nicht schlafen. Die Worte von Damian geistern mir durch den Kopf, immerzu, ohne Pause. Kein Wunder, bei dem, was er über den Unfall gesagt hat. Und bei dem, was er nicht gesagt hat.

Im Haus ist es still. Aurels und Jannis' Zimmertüren sind geschlossen und auch von Ava ist nichts zu sehen. Sie schläft einen Stock über uns. An manchen Tagen kommt es mir sogar so vor, als würde sie gar nicht im Haus leben.

Ich schleiche die Holztreppe hinunter und trete in die graue Morgendämmerung. Reine, frische Luft füllt meine Lunge mit Sauerstoff. Wie so oft in Ancora überkommt mich Gelassenheit – ein Gefühl der unabdingbaren Freiheit.

Mit nackten Füßen laufe ich quer über den Rasen, direkt zum grün angemalten Klo vor Avas Haus. Als ich beim Häuschen ankomme, sehe ich es. Das Wort. Ich kann nicht genau sagen, wieso, aber es fühlt sich so an, als wäre es nur für mich bestimmt. Als hätte es nur darauf gewartet, dass ich nach draußen gehe und mich ihm nähere.

An die linke Außenwand wurde mit schwarzer Farbe das Wort FAMILIE gepinselt. Mit feinen, geschwungenen Strichen. Die Farbe ist noch feucht – leicht zerronnen. Sie ist durch die rissigen Holzfasern geflossen, sodass man meinen könnte, das Wort hätte zu weinen begonnen. Es erinnert mich an meine erste Nacht in Ancora. An den Hilferuf, der auf den Boden gelegt wurde.

Und dann hallen die Worte des Gedichts in mir nach.

Hast du eine Frage, Ignis?

Der Brunnen steht bereit.

In Gedanken lasse ich mich auf das Gras zurücksinken. Achte nicht darauf, dass meine Schlafhose schmutzig und nass wird.

Habe ich tatsächlich eine Antwort auf meine Fragen bekommen?

Ich bin mir durchaus bewusst, dass ein Brunnen keinen Pinsel schwingen kann. Aber nichtsdestotrotz bin ich mir sicher – tief in meinem Inneren –, dass das Wort etwas mit dem Heiligtum von Ancora zu tun hat. Irgendjemand oder irgendetwas steckt dahinter.

HILFE.

FAMILIE.

Wie hängt das zusammen?

Abermals frage ich mich, wer uns in Ancora wohlgesinnt ist. Nur kann ich jetzt nicht nach Hause und alles hinschmeißen. Die Feuerprüfung ist zu wichtig für mich. Ich muss herausfinden, was in diesem Dorf vor sich geht.

Und was in *mir* vor sich geht.

»Ich finde es übrigens großartig, dass du an dem Brauch teilnimmst«, sagt Jannis und setzt sich auf einen Holzsessel im Pavillon, in dem wir uns verabredet haben. »Auf meiner Weltreise habe ich einen Typen getroffen, der auch auf eine Sinnessuche gegangen ist. Im Urwald. Wunderschöne Landschaften, exotische Tiere. Und das ganz ohne Ausrüstung.«

Da heute der erste Tag im Monat ist, gab es ein gemeinsames

Frühstück. Die meisten Ancoraner sind schon fertig, nur vereinzelt sitzt jemand unter dem überdachten Platz und löffelt die letzten Reste Porridge aus seiner Schüssel. Der Schatten macht die Hitze erträglicher.

»Das ist krass«, sage ich. »Hast du noch Kontakt zu ihm?«

»Nicht direkt. Seine Mutter hat mir damals eine Postkarte geschickt.«

»Schön«, antworte ich. »Ein Urlaubsfoto?«

»Nein.« Jannis zuckt mit den Schultern. »Eine Einladung zur Beerdigung. Er ist gestorben.«

Schockiert lasse ich mich in meinen Sessel sinken. »Du bist ja echt motivierend«, sage ich.

Jannis winkt ab. »Mach dir keine Sorgen«, meint er. »Dir passiert das nicht.«

»Wie kannst du dir da so sicher sein?«, frage ich, halb lächelnd, halb verstört.

Mein bester Freund grinst. »Na, sie haben hier keinen Briefkasten. Wie soll ich denn da eine Karte schicken, wenn du nicht zurückkommst?« Ich lache kurz auf und knuffe ihm in den Arm. Jannis schneidet eine Grimasse. »Also … ehrlich gesagt ist der Typ nicht gestorben«, sagt er. »Nicht wirklich. Er hat sich nur selbst gefunden. Sein altes Leben … *das* ist gestorben.«

Unruhig lege ich meine Füße auf einen freien Sessel. »Lass mich raten«, sage ich belustigt. »Diesen Teil der Geschichte lässt du meistens weg.«

»Meistens?«, fragt er. »Immer!« Jannis schnalzt mit der Zunge. »Jetzt mal im Ernst: Die Prüfung wird eine Bereicherung für dich sein. Wenn man alles plant, nimmt man sich die Freude, überrascht zu werden. Und Überraschungen sind doch das, weswegen wir hier sind.«

Auf manche Überraschungen hätte ich gerne verzichtet.

»Dir gefällt es hier nach wie vor, oder?«, frage ich.

»Und ob. Das habe ich dir schon vor ein paar Tagen gesagt und ich würde es immer wieder tun.« Behutsam legt er eine Hand auf meinen Oberschenkel. »Ich freue mich, dass du mitgefahren bist. Diese ganze Gemeinschaft fühlt sich wie eine große Familie an.«

»Finde ich auch«, murmle ich, muss aber schlagartig an das Wort von heute Morgen denken.

Familie.

Hier ist sie, die böse Überraschung.

Jannis merkt, dass ich mit meinen Gedanken woanders bin. »Alles gut?«, fragt er.

»Ja … ja schon … «, sage ich. »Es ist nur … dein Vergleich mit der Familie hat mich an etwas erinnert.« Meine Stimmlage hat sich ungewollt verändert. *Hat Jannis das Wort gar nicht bemerkt?*

»Das glaube ich dir sofort«, sagt er. »Das Thema löst auch in mir viel aus.«

Ich schaue Jannis in die Augen. Vermute so etwas wie Schmerz zu erkennen. Hinter all seinen Witzen, hinter all dem Zauber. Ein nachdenklicher, freudloser Ausdruck, der sich in den letzten Wochen vermehrt auf seinem Gesicht abgezeichnet hat.

»Du bist anders, seit wir hier sind«, werfe ich ein. »Ich meine … dauernd redest du davon, wie glücklich die Kinder in Ancora sind. Und du suchst öfter meine Nähe als sonst. Nicht, dass es mich stören würde, aber ich könnte schwören, dass dich etwas beschäftigt. Etwas, das du mir aus irgendeinem Grund nicht verraten willst.«

Ich habe meine Gedanken laut ausgesprochen – einfach so. Und anscheinend einen wunden Punkt getroffen. Jannis sieht mich erst irritiert an, dann nimmt er die Hand von meinem Bein.

»Wie hast du …«, flüstert er, bricht jedoch ab.

Die Umgebung außerhalb des Pavillons verrinnt, so wie die schwarzen Buchstaben am Häuschen. Es gibt nur uns zwei.

Jannis bleibt still.

»Wir haben versprochen, dass wir mit dem anderen reden, wenn uns etwas kränkt«, sage ich. »Das haben wir doch, oder?«

»Ja, das haben wir«, sagt er mehr zu sich selbst als zu mir. Traurig blickt er in die Ferne. »Ich dachte nicht, dass es dir auffällt.«

»Ich bin deine beste Freundin. Dich zu durchschauen ist mein Job«, meine ich schmunzelnd. »Komm schon, Jannis. Was ist los?«

Er lehnt sich nach vorne, sieht mich prüfend an. Sicherlich hat Jannis nicht mit der Wendung gerechnet, die dieses Gespräch genommen hat.

»Bitte«, füge ich hinzu.

Seine nächsten Worte kommen ihm schwer über die Lippen. »Ich wurde adoptiert«, sagt er. »All die Jahre haben mir meine angeblichen Eltern etwas vorgespielt. Ist es das, was du hören wolltest?«

Ich schaue ihn entgeistert an, stottere: »Ich … das … ich hatte keine Ahnung.«

»Nein? Du wusstest nicht, dass ich in den letzten Monaten herausgefunden habe, dass sich meine leibliche Mutter umgebracht hat?«, giftet er. Da ist Wut in seiner Stimme. Aufgestaute Wut. Doch ich spüre, dass sie nicht mir gilt. Bloß seiner eigenen Verzweiflung. »Mein echter Vater sitzt im Gefängnis. Irgendwo in Hawaii. Lebenslang. Kommt erst wieder raus, wenn er siebzig ist. Vorausgesetzt, er lebt so lange.« Tränen schießen ihm ins Gesicht. Sein emotionaler Damm scheint zu brechen. »Und weißt du, was das Schlimmste an der ganzen Sache ist?«, fragt er.

Ich schüttle den Kopf. Ebenfalls den Tränen nahe. Ich bin hart im Nehmen, wirklich – aber Jannis so aufgelöst zu sehen …

»Das Schlimmste ist nicht, dass ich all die Jahre Anerkennung und Liebe bei meinen Adoptiveltern gesucht habe und sie nie fand. Das Schlimmste ist, dass ich jetzt, da ich meine leiblichen Eltern kenne, weiß, dass sie mir vermutlich genauso wenig Liebe gegeben hätten. Es wäre egal, wo ich aufgewachsen wäre.«

»Das weißt du nicht …«, flüstere ich.

»Oh doch. Das weiß ich, Romy«, sagt er und deutet auf seinen bebenden Brustkorb. »Hier drin spüre ich es. Und das … das bricht mir das Herz.« Er wischt sich mit seinem Ärmel die Tränen von der Wange, atmet schwer. »Tut mir leid«, haucht er. »Tut mir leid, dass ich so sentimental geworden bin. Das wollte ich nicht.«

Ich verstehe Jannis nun besser als je zuvor. Die einzige Konstante, die er im Leben hatte, war das Anderssein. Sein Drang gegen den Mainstream. Seine Witze. Er hat sich seine eigene kleine Welt erschaffen, in der er gegen die andere große Welt gekämpft hat. Und jetzt hat er erfahren, dass er nie die Chance hatte, den Kampf zu gewinnen.

»Ich bin einfach froh, dass du hier bist«, sagt Jannis. »Das bedeutet mir viel.« Dann steht er auf und geht.

Ich selbst bleibe noch sitzen. Lange. Ich bin mir nicht sicher, was mich mehr beschäftigt. Die Tatsache, was mir Jannis gerade offenbart hat, oder die Erkenntnis, dass es mit dem zu tun hatte, was an das grüne Häuschen geschrieben wurde. Familie.

Dann – ich weiß nicht, wie viel Zeit verstrichen ist – steht plötzlich Ava vor mir. »Komm«, sagt die Frau im weißen Umhang. Ihre Blumenkette ist rot. »Deine erste Feuerprüfung erwartet dich.«

16

Als Ava und ich den Dorfplatz erreichen, warten dort bereits Kira, Sam und Nathan auf uns. Kiras Blick ist gesenkt. Sie spielt mit dem Reißverschluss ihrer wasserfesten Jacke und steht mit großem Abstand zu Sam. Dass sich Kira in seiner Nähe unwohl fühlt, ist mir in den letzten Tagen nicht entgangen. Aber auch mich ignoriert sie.

Sam hingegen erwidert meinen Blick, seine Augen funkeln abfällig. Ob seine Verachtung gegen mich, Kira oder die Feuerprüfung gerichtet ist, kann ich nicht beurteilen. Er wirkt jedenfalls bedrohlich mit seiner tarngrünen Cargohose, dem Parka und seiner braunen Kappe – wie ein Soldat, kurz bevor er eingezogen wird.

Was tue ich da nur?

Wenn sich selbst Kira, die im Dorf aufgewachsen ist, verhält, als würde sie auf die Schlachtbank geführt werden, was bedeutet das dann für mich?

»Nicht trödeln. Wir haben keine Zeit zu verlieren«, sagt Nathan tonlos und holt mich in die Realität zurück. Zusammen mit Ava geht er los – dicht gefolgt von unserem Dreiergespann. Meine Bedenken dränge ich derweil in den Hintergrund. Wie so oft, wenn ich keine andere Wahl habe. Die Prüfung ist meine einzige Chance auf Antworten.

Die Ancoraner unterbrechen ihre Arbeit und schauen uns nach, als wir das Dorf durchqueren. Ein Horn wird geblasen. Mächtig und voluminös dröhnt es durch das Tal. Markus, der

Schmied, beruhigt seinen Schäferhund, der wie wild zu bellen begonnen hat. Auch die Kinder, die sich eigentlich im Unterricht befinden sollten, spähen neugierig in unsere Richtung. Dabei sind es nicht die Blicke der Ancoraner, die ich einfangen will. Es ist immer noch der von Kira.

Dreh dich um, flehe ich in Gedanken. *Dreh dich doch einfach nur um.*

Kira läuft stur weiter.

So kenne ich sie gar nicht. Ohne frechen Spruch auf den Lippen, ohne ihre Lockerheit. Ist sie gekränkt, dass ich unser gestriges Treffen so abrupt beendet habe? Oder … hat sie Angst?

Die zwei Gründer führen uns durch einen Bereich des Tals, der mir vage bekannt vorkommt.

Wollen sie zu der Lichtung? Zu dem roten Kieselsteinweg? Dorthin, wo ich den Schrei gehört habe?

Unwillkürlich bekomme ich weiche Knie. Selbst als Nathan vor den Kieselsteinen rechts abbiegt und eine andere Route einschlägt, bleibt das Kitzeln in meinen Beinen. Inzwischen weiß ich nicht mehr, ob ich mich auf die Prüfung freuen oder mich vor ihr fürchten soll.

Wir nähern uns dem Gebirge, der Grenze von Ancora. Und nach einer guten halben Stunde gelangen wir zu einer Falltür. Es ist eine Luke im Boden, von Laub und kleinen Ästen verdeckt. Ava öffnet den verborgenen Eingang und klettert eine Strickleiter hinunter, die in einem unterirdischen Tunnel mündet. Als wir der Reihe nach selbst hinabsteigen, registriere ich Kiras zerstreuten Gesichtsausdruck. Völlig desorientiert folgt sie Ava durch den schmalen Gang, der nur durch einige Kerzen beleuchtet wird. Ich greife nach Kiras Arm. Ein Reflex, den ich nicht zurückhalten kann. Ich will, dass sie mich ansieht. Und das tut sie auch. Kira ist kurz überrascht, zwingt sich dann aber zu einem Lächeln. Sie nickt mir knapp zu und geht weiter.

Es war nur eine Sekunde, in der sich unsere Blicke getroffen haben. Aber sie war es wert.

Nach einigen Minuten geht es wieder ans Tageslicht. Noch eine Leiter, noch eine Falltür. Oben angekommen, wird der Weg nicht breiter – wir sind umgeben von Felsen. Ein Engpass. Links und rechts Hunderte Meter hohes Gestein, das in den Himmel ragt, als wäre der Berg von einem Blitz gespalten worden. Die Wände sind mit feinem Pflanzengeflecht überzogen.

Wir kommen zu einer beschädigten Holztür, die sich mitten im Durchgang befindet. Ava holt einen rostigen Schlüssel hervor, steckt ihn in das Schloss und dreht ihn um. Ein klackendes Geräusch.

Nathan stellt sich neben sie und drückt die zerkratzte Tür auf. »Ab hier seid ihr auf euch allein gestellt«, sagt er.

Ava wirkt euphorisch, als sie zum Eingang deutet. »Willkommen im zweiten Ancora.«

Mein Kopf droht zu überhitzen.

Es gibt noch ein Ancora? Ein verstecktes Tal hinter den Bergen?

Unter Sams offenem Parka haben sich Flecken gebildet, er schwitzt. Nervös knackt er mit den Fingerknöcheln. Auch Kira beißt die Zähne zusammen, sie kämpft sichtlich damit, wie sie mit all dem umgehen soll. Mit dem geheimen Eingang, der anscheinend nicht nur mir vorenthalten worden ist.

Der Engpass auf der anderen Seite erstreckt sich auf wenige Meter. Er endet in einem weitläufigen Waldgebiet, das sich auf den ersten Blick nicht sonderlich von dem unterscheidet, das das Dorf umgrenzt. Und doch fühlt es sich anders an. Die Luft ist beißend. Es riecht nach verbranntem Holz, wobei es nirgendwo brennt. Keine Rauchschwaden am Himmel.

Nathan hat uns mit der Anweisung losgeschickt, den roten Markierungen zu folgen. »Verliert sie nicht aus den Augen«, hat er gesagt. »Sie führen euch zu eurem Ziel, aber noch wichtiger: Sie bringen euch danach wieder heil zurück.«

Es sind Striche, rot angemalte Bäume, die uns die ungefähre Richtung vorgeben. Sie wurden allerdings in solch großen Abständen verteilt, dass es schwierig ist, die Orientierung zu behalten.

»Wo sind wir hier?«, fragt Kira, deren Miene sich nicht verändert hat. »Niemand von den anderen hat je eine Falltür erwähnt. Oder ein zweites Tal. Ich ... ich dachte ...« Sie verstummt.

Ich weiß, was sie sagen will. Sie ist davon ausgegangen, dass sie die Umgebung kennt, in der die Prüfung stattfindet. Kira und Sam leben seit ihrer Geburt hier, sie waren nie woanders. Und jetzt erfahren sie, dass es da ein zweites Tal gibt. Einen Ort, von dem sie beide noch nie etwas gehört, geschweige denn gesehen haben.

»Wir sollten uns beeilen«, sagt Sam, der bereits einige Schritte vorausgegangen ist. Auch er ist betreten – nur habe ich den Eindruck, dass er die Lügen schon gewohnt ist, die das Dorf für ihn bereithält. Er steckt es besser weg als Kira. »In ein paar Stunden wird es dunkel«, führt Sam weiter aus. »Wir haben keinen Proviant und keine Ausrüstung. Und wer weiß, wie lange diese Prüfung dauern wird.«

Während ich mich nach einem Hinweis umschaue, taste ich nach Kiras Hand, die sie jedoch zurückzieht, noch ehe ich sie berühre.

»Nicht hier«, zischt Kira und wendet sich ab. Es tut weh, dass sie mir ausweicht. Gerade jetzt.

Anfangs kommen wir noch gut voran. Wir hangeln uns eine Böschung hinunter, balancieren auf einem umgefallenen Baumstamm, der uns über einen Bach führt. Das Wasser fließt ungewöhnlich langsam. Fast so, als würde es sich unserem Schritttempo anpassen.

Auf den Bach folgt ein Moor. Wasserlachen, Schlamm und Grünflächen, auf denen dichte Sträucher wachsen. Eine heruntergekommene und verlassene Betonstraße taucht vor uns auf. Bevor ich aber durchatmen kann, weil sie uns zurück in die Zivilisation führt, sehe ich: Die Straße endet im Nichts. Es muss lange her sein, seit hier das letzte Auto gefahren ist.

Merkwürdig.

Ich könnte schwören, dass ich Abgase rieche.

Ein gutes Stück weiter entdeckt Kira einen alten Wasserturm, der vom Ast eines nahe stehenden Baumes durchbohrt wurde. Sprachlos deutet sie auf das Gerüst, an dem etliche Pflanzen die Metallstützen emporkriechen. Blätter und Blüten sprießen in den unterschiedlichsten Farben. Eine Schar Raben hat es sich auf dem Turm gemütlich gemacht. Es sind mindestens zwei Dutzend.

Ihre unheimlichen Laute gehen mir durch Mark und Bein. Sie klingen fremd, nicht so wie die Raben von zu Hause. Die scharrenden, aufgebrachten Rufe erinnern mich an menschliche Schreie.

In der Nähe stoßen wir auf einen Zaun, der mit Stacheldraht umwickelt wurde. Beeren wachsen entlang des Stahls. Einige davon haben die Größe einer Murmel, andere die einer geballten

Faust. Beere neben Beere, in üppigen Büschen, überzogen von feinen Härchen. Fasziniert trete ich näher. Bei manchen könnte man glauben, in ihrem Fruchtfleisch bewege sich etwas Lebendiges – so, wie es in ihrem Inneren brodelt.

»Los, weiter«, sagt Sam und zeigt auf eine eingerissene Stelle im Stacheldraht. Wir drücken sie weiter auseinander und zwängen uns durch die Absperrung. An der Fichte daneben ist eine rote Markierung.

Hinter dem Zaun finde ich ein verwahrlostes und mit Efeu überwachsenes Dreirad. Dann ein Haus, von dem nur mehr Bruchstücke übrig sind. Scherben, die auf dem Boden liegen. Und als ich ein weiteres Mal nach oben blicke, in die Baumkronen, sehe ich das Propellerflugzeug. Schräg klemmt es – verankert in Ästen und Zweigen, an Kletterpflanzen hängend – zwischen den Bäumen. Das Holz knarrt bei jedem Luftzug. Knospen keimen aus dem eingeschlagenen Fenster. Als wir daran vorbeigehen, bilde ich mir ein, den kreisenden Propeller zu hören.

Was wohl mit dem Piloten und den anderen Passagieren geschehen ist? Haben sie überlebt?

Ich drehe mich noch einmal um, probiere in das Cockpit zu spähen. Keine Leichen, keine Skelette. Und doch verengt sich meine Brust. Ich wollte zwar nicht mehr daran denken, aber Damians Erzählung drängt sich in mein Bewusstsein. Er hat gesagt, dass die Menschen damals verschwunden sind. *War das hier in der Nähe?*

Der Wald wird dichter. Die offenen Stellen rar und die roten Markierungen seltener.

»Kira«, sage ich nach einiger Zeit, die wir mit Schweigen gefüllt haben. »Bitte sei nicht so.«

Sie lässt sich zu mir zurückfallen, zieht den Reißverschluss ihrer Jacke zu und klammert sich an die Stoffspitzen ihrer Ärmel. »Es ist gefährlich, dass du hier bist«, flüstert sie. »Du kennst die Menschen in Ancora nicht so gut wie ich sie kenne.« Sie macht eine kurze Pause. »Und du kennst mich nicht.«

»Ja, vielleicht«, sage ich. »Aber du kannst es momentan nicht ändern. Wir sind zusammen hier. Jetzt, in diesem Moment. Und deine zurückhaltende Art macht das alles nicht leichter, für keinen von uns.«

Kira lächelt. Diesmal ist es ein ehrliches Lächeln – nicht erzwungen. Sie nimmt meine Hand, drückt sie und lässt dann wieder los. »Zusammen«, sagt sie und betont damit das einzige Wort, um das es mir gegangen ist.

Ich an ihrer Stelle würde die Ruinen auch verdrängen wollen. Sam und Kira fühlen sich bestimmt vor den Kopf gestoßen. Sie haben neben diesen Trümmern gelebt, ohne etwas davon zu wissen. Dieses Tal ist anders, genau wie erwartet, und mit jedem Schritt wird die Gewissheit größer. Aber jetzt – da ich mich tatsächlich getraut habe – weiß ich nicht, ob ich schon bereit dafür bin.

Die meiste Zeit geht Sam voran. Er wiegt sich in gespielter Tapferkeit. Mir kommt es fast so vor, als ob er uns etwas beweisen möchte.

Nach mindestens zwei Stunden, mittlerweile schon erschöpft von dem unebenen Gelände und den Hindernissen, stehen wir vor einer Holzkiste. Sie wurde mitten auf einer Lichtung platziert. Auf der Vorderseite ein schwarzes X.

»Nun mach schon auf«, sagt Sam und wirft Kira einen flüchtigen Blick zu.

»Angst, die Kiste selbst zu öffnen?«, fragt sie.

»Nein. Ich habe nur Angst, dass mir die Füße einschlafen, wenn wir hier noch länger rumstehen.«

Ich grinse Kira an. »Kurz gesagt: Ja, er hat Angst.«

Kira zwinkert mir zu, während Sam genervt schnaubt und sich zur Truhe kniet.

»Und wieder wurde bewiesen …«, behauptet Kira, »… dass man vor eingeschlafenen Füßen größere Angst haben sollte als vor einer Kiste.«

»Aber nur, wenn darin keine Körperteile liegen«, ergänze ich.

Bevor einer von uns einen weiteren Kommentar ablassen kann, holt Sam einen Zettel, zwei Wasserflaschen und einen kleinen Gegenstand hervor. Als ich sehe, was es ist, atme ich auf.

Kein Fuß, denke ich. *Bloß ein stinknormaler Würfel.*

Sam liest laut vor:

In Ancora überlassen wir nichts dem Zufall. Jeder Mensch ist gleichgestellt. In der Gesellschaft da draußen kann es aber durchaus sein, dass du von den Launen und Entscheidungen anderer abhängig bist. Dort gibt es immer jemanden, der über dir steht. Aufgabe eins: Ihr seid drei Prüflinge, habt aber nur zwei Flaschen voll mit Wasser. Jeder würfelt. Der mit der höchsten Augenzahl darf bestimmen, wer eine Flasche bekommt und wer nicht.

Nachdem Sam den letzten Satz vorgelesen hat, sagt niemand etwas. Wir schauen bloß auf die Kiste, auf die Wasserflaschen, auf den Würfel. Erst verstehe ich gar nicht, was daran so schlimm sein soll. *Wir sind doch schon an mehreren Flüssen vorbeigekommen, aus denen wir hätten trinken können?*

Doch wegen den konzentrierten Gesichtsausdrücken meiner beiden Begleiter dämmert mir, dass frisches Wasser wohl eine größere Rolle spielt, als mir bisher klar war.

Sams Hand prescht vor. Er schnappt sich den Würfel, schüttelt und lässt ihn dann los.

4.

»Hey! Hätten wir das nicht vorher besprechen sollen?«, frage ich.

»Besprechen?«, wiederholt Sam. »Da gibt es nichts zu besprechen. Du hast doch gehört, was wir tun müssen.«

»Aber das … das ist doch …«, fange ich an, unterbreche aber, als sich Kira den Würfel nimmt.

»Manchmal ist es besser nicht zu hinterfragen«, sagt sie. »So ist es doch, in der Welt da draußen, oder?«

Sie lässt den Würfel fallen.

2.

»Ist das wirklich so?«, fragt Sam. »Gibt es dort so viel, das man nicht beeinflussen kann?« Er drückt mir unaufgefordert den Würfel in die Hand. Mir ist mulmig zumute.

»Selbst wenn«, sage ich. »Fast niemand hat den Mut, sich diese Frage zu stellen.«

Dann lasse ich los.

5.

»Verdammt«, flucht Sam. »War klar. Natürlich darf einer von euch entscheiden, wer das Wasser bekommt. Das ist ungerecht! Ihr versteht euch, das war die letzten Tage nicht zu übersehen.« Sam tritt näher an mich heran, er hat Mundgeruch. »So jemandem wie *mir* würdest du keine Flasche geben, was? Für dich bin ich doch nur ein Hinterwäldler, der keine Ahnung von der Welt hat.«

Ich schaue zu Kira. Sie bleibt stumm und blickt zu Boden. Ist das der Grund, weswegen sie Abstand zu Sam hält? Aus Angst vor seinen unerwarteten Wutausbrüchen?

»Ich weiß, wem du das Wasser geben wirst«, höhnt Sam. »Du musst kein Geheimnis daraus machen, Romy.«

Ich taxiere meine beiden Begleiter. Merke, dass ich selbst schon durstig geworden bin. Meine Kehle fühlt sich trocken an. Die körperliche Anstrengung fordert ihren Tribut.

Und dann treffe ich eine Entscheidung.

Weitere drei Stunden später sind meine körperlichen wie psychischen Grenzen überschritten.

Oder waren es doch vier Stunden?

Ich verliere das Zeitgefühl, was auch daran liegen könnte, dass es immer dunkler wird. Auf unserem Weg ins Ungewisse gibt es keine neuen Hinweise, keine Zeichen. Das beklemmende Gefühl in meiner Brust hat sich bis in meinen Rachen ausgebreitet. Ich habe Seitenstechen.

Das Wasserproblem konnte ich simpel lösen. Niemand hat uns vorgeschrieben, dass zwei von uns eine ganze Flasche bekommen müssen, wenn wir genauso gut teilen können. So einfach ist es.

In der Praxis war die Idee jedoch von Anfang an zum Scheitern verurteilt. Das Gelände ist schroff, wir triefen vor Schweiß und geraten außer Puste. Kein Fluss mehr zu sehen, nicht einmal ein Bach.

Ständig presse ich meine Augenlider zusammen, damit ich die Umgebung nicht doppelt sehe. Mein Körper läuft auf Reserve. Sam hat angefangen, sein Gewicht auf das rechte Bein zu verlagern, weil er mit dem anderen gegen einen spitzen Stein gelaufen ist und sich den Fuß verstaucht hat. Kira muss dauernd husten – es klingt krankhaft, ausgepowert, wie die Laute der Raben.

Unsere Kräfte schwinden mit jeder verstreichenden Minute. So auch die roten Markierungen, die uns den Weg weisen sollen.

Ich werde achtlos, laufe in ein Spinnennetz, dessen Fäden so dick wie Schnüre sind. Angeekelt reibe ich mir das klebrige Zeug von meinem Pullover.

Sam fragt dauernd nach Wasser, doch ich weise ihn zurück. Ich rationiere, wobei es nicht mehr so viel zum Rationieren gibt. Die Flaschen sind fast leer.

Kira hält bei einer rostigen, einsamen Straßenlaterne an, die von einer Schlingpflanze umwickelt ist. Das Mädchen stützt sich daran ab, reckt sich. In der Luft liegt etwas Säuerliches.

Irgendwann reißt mir Sam eine der Flaschen aus der Hand, nur um selbst zu merken, dass sich darin kein Tropfen Wasser mehr befindet.

Und dann kommt der Moment – die Sekunde – in der wir alle drei realisieren, dass da weit und breit keine einzige rote Markierung mehr ist. Nicht vor und nicht hinter uns.

Wir haben uns verlaufen.

Mitten in einem Teil dieser endlos wirkenden Wildnis, den niemand von uns kennt. Da ist keine Anhöhe. Kein Punkt, an dem wir uns orientieren können. Da sind bloß Bäume. Umrisse, die immer verzerrter und verwaschener werden, je weiter sich die Dunkelheit ausbreitet. Bei Dämmerung sind die Menschen aus Ancora bemüht, möglichst rasch in ihre Hütten zu kommen – wir sind im Wald. Allem ausgeliefert, was sich laut den Bewohnern von der Finsternis ernährt.

»Wir sollten ins Dorf«, sagt Kira. Sie dreht sich in alle Richtungen.

»Ach ja?«, fragt Sam gereizt. »Und wie sollen wir den Weg finden?« Eine rhetorische Frage.

Im Grunde wissen wir alle, dass wir nicht mehr zurückkönnen. Dass wir schon lange keinen Plan mehr haben, wo wir uns befinden. Wir sind dem Wald in den Rachen gelaufen und dürfen uns jetzt nicht wundern, dass er sein Maul geschlossen hat. Die Finsternis kommt immer schneller, immer näher – sie fühlt sich an wie Gift. Das letzte Licht verkümmert. Es zieht sich zurück. Dahin, wo es niemand findet. Nicht einmal in meinen Gedanken ist Licht, einzig und allein eine dunkle Vorahnung.

Häufig stolpere ich über einen Ast oder renne unabsichtlich in ein Gebüsch. Bei einer besonders dichten Stelle kann ich mich gerade noch davor retten, einen Abhang hinunterzurutschen, der neben mir in die Tiefe führt.

Wir bilden eine Kette. Jeder legt seine rechte Hand auf die Schulter des vorderen, damit wir uns nicht verlieren. Kira macht sich Sorgen um mich. Wiederholt schaut sie, wie es mir geht, dabei ist sie selbst am Ende ihrer Kräfte. Sam, dessen Humpeln stärker geworden ist, nimmt uns dagegen nicht mehr richtig wahr. Als hätte er Scheuklappen auf.

Und während ich so durch die Dunkelheit tapse, bereue ich einiges. Es sind kurze Gedanken. Bilder, die schnell vorüberziehen, aber umso intensiver sind.

Ich bereue es, dass ich mich nicht von Aurel verabschiedet habe, bevor ich losgegangen bin.

Ich bereue es, dass ich geglaubt habe, bei so etwas wie der Feuerprüfung bestehen zu können. Einer Prüfung, die für Leute angedacht ist, die nichts anderes kennen als Natur und Wildnis.

Und ich bereue es auch, dass ich meiner Mutter nicht genau erzählt habe, wo ich bin. Es würde mich beruhigen, wenn es zu Hause jemanden gäbe, der von meinem Aufenthalt im Dorf Bescheid weiß. Nur schützt sich Ancora bestmöglich vor der Außenwelt. Wenn wir ein Teil davon sein wollen, müssen wir das Geheimnis bewahren. Das war die Bedingung, der wir zugestimmt haben.

Sam warnt uns, wenn ein tiefhängender Ast den Weg versperrt. Und bei den Waldabschnitten, die bergab führen, stützen wir uns gegenseitig. Stetig im Hinterkopf, dass wir nicht einmal genau wissen, wo unser Ziel liegt. Ob es überhaupt ein Ziel gibt …

Für den Notfall hat Kira aus einer Pflanze eine Schnur geflochten. Sam hat Materialen zusammengetrieben, mit denen er ein Feuer entfachen kann. Ein gebogener Ast, Zunder und getrocknetes Gras. Ihre bisherigen Erfahrungen in der Wildnis beruhigen meine anwachsende Panik aber nur bedingt. Auf so eine Situation waren selbst sie nicht vorbereitet.

Plötzlich hält Kira an.

Mit voller Wucht pralle ich gegen sie.

»Mist«, flüstere ich und greife mir an die Nase, die schlagartig zu brennen beginnt.

»Tut mir leid«, sagt Kira. »Sam ist stehen geblieben.«

»Sam? Alles okay da vorne?«, frage ich.

»Wartet kurz«, ruft er. »Ich glaube, ich hab da was gesehen.«

Ich höre das Knacken von Ästen, das Rascheln von Laub. Sam entfernt sich. Kira und ich sind allein. Ich kralle mich noch fester an ihre Schulter, so, als wäre sie mein Leuchtturm. Mein sicherer Hafen in einer stürmischen Nacht. Dabei geht gar kein Sturm. Es ist ruhig. *Zu* ruhig.

Die Tiere der Nacht scheinen mit einem Schlag erstarrt zu sein. Der Wind übt sich in Regungslosigkeit, die Stille kriecht meinen Rücken empor.

Nach einiger Zeit höre ich wieder Schritte. Ich spüre eine Hand, die sich auf meine Schulter legt. »Willst doch nicht mehr vorgehen, was?«, necke ich ihn.

Keine Antwort, Sam schämt sich vermutlich. Der braun gelockte Junge tut nur so mutig, in Wahrheit hat er genauso Angst wie wir.

»Du kannst weitergehen«, nuschle ich Kira ins Ohr. »Sam ist hinter mir.«

»Wer ist hinter dir?«, fragt eine Stimme vor uns. Es ist die von Sam.

Auf meinem ganzen Körper breitet sich Gänsehaut aus. Ich fange an zu zittern, mein Atem kommt flach und stoßweise. Nur die Hand ist warm. Die Hand, die auf meiner Schulter liegt und unmöglich zu Sam gehören kann. Ich verharre in Schockstarre, ein Schweißfilm bildet sich auf meiner Stirn.

»Da ist jemand hinter dir, oder?«, wispert Kira.

Ich nicke kaum merklich. »Ja«, presse ich mit letzter Kraft hervor.

Dann renne ich los.

Kira schreit mir etwas nach, doch ich verstehe sie nicht. Ihre Rufe klingen überraschend weit weg. Kaum hörbar. Der knirschende Waldboden und die peitschenden Blätter übertönen sie.

Wie von Sinnen hetze ich weiter. Traue mich nicht, mich umzudrehen. Ich will weg. Weg von dem Platz, an dem sich eine fremde Hand auf meine Schulter gelegt hat.

Ich höre ein Flüstern. Irgendjemand zischt meinen Namen, vor mir, im Nichts. Eine weibliche Stimme. Ist es Kira?

Ich muss sie finden, orientiere mich neu, laufe dem Flüstern entgegen. In der Ferne kann ich Licht erkennen. Meine Schritte werden schneller. Immer näher komme ich dem schwachen Schein der Fackel, die sich auf einem Platz befindet. Ich kann die Umrisse eines Tümpels erfassen. Daneben ein Industriegebäude, überwachsen von Dornenranken, der Beton löchrig und verkommen. Das Gewässer davor ist dunkelgrün und blubbert schwärzlich. Es ist umgeben von Schilf.

Ich visiere die Fackel an. Sie wurde vor dem Eingang in die Erde gesteckt. Ich presche aus dem Wald, vorbei am Wasser, bis zur lodernden Flamme. Es ist das erste Mal, dass ich stehen bleibe und zurückschaue.

Nichts.

Ich will nach Kira und Sam rufen, aber traue mich nicht. Was ist, wenn nicht sie mich hören, sondern die Gestalt, die uns aufgelauert hat?

Verflucht! Sei kein Feigling!

»Kira? Sam? Wo seid ihr?« Meine Stimme ist dünn und rau. Entweder vor Angst – oder wegen meiner fehlenden Ausdauer. »Kira? Sam?«

Nichts.

Ein kurzer Blick zur Tür, dann zurück zum Wald.

Keine Kira, kein Sam.

Kein Flüstern mehr.

»Scheiße«, fluche ich. Die Kratzer, die ich mir in den letzten Stunden zugezogen habe, brennen. Meine Angst befiehlt mir loszulaufen, rein in das Industriegebäude. Mein Verstand hält mich aber davon ab. Ich drücke die Klinke langsam nach unten, vorsichtig. Ein Blick ins Innere.

Verlassen.

Noch immer wachsam gehe ich in die Halle und schnappe mir einen Sessel, der in greifbarer Nähe steht. Ich klemme ihn unter den Metallgriff. Nicht nur meine Wunden brennen – jede Bewegung sticht. Ich atme tief aus, versuche mich zu beruhigen.

Es funktioniert nicht wirklich.

Angespannt wende ich mich von der Tür ab und schaue mich in der Halle um. Flackernde Öllampen hängen an den Wänden. Rechts an der Seite ein brüchiges Fließband. In der Mitte steht eine Kiste mit einem schwarzen X.

Ich bücke mich und öffne die Truhe mit einem Ruck.

Ein Zettel.

Manchmal bildet man sich Dinge ein, die gar nicht existieren. In Ancora gehen wir allem auf den Grund, aber da draußen hat man keine Zeit, über den schmalen Grat zwischen Wahnsinn und Realität nachzudenken. Man muss ihn akzeptieren. Aufgabe zwei: Egal, was euch eure Fantasie für einen Streich spielen mag, bleibt heute Nacht in diesem Gebäude. Geht auf keinen Fall nach draußen. Am nächsten Morgen ist die Prüfung vorbei.

Ich lache auf. Ein verzweifeltes Lachen.

Auf dem Zettel ist von *uns* die Rede. Von Kira, Sam und mir. Aber da gibt es kein Uns mehr.

Ich bleibe am Boden, grabe mein Gesicht in meine Oberschenkel. Dann stehe ich auf, gehe im Kreis. Aus Wut trete ich gegen einen Sessel, schleudere ihn gegen die Wand. Holzsplitter und Staub fliegen durch den Raum.

Ich hätte nicht losrennen dürfen, ohne darauf zu achten, dass

Kira und Sam hinter mir sind. Ich habe sie im Stich gelassen. Aus reinem Egoismus, aus reiner Angst.

Normalerweise kann ich mich beherrschen. Mut haben, wenn es gefordert ist. Nur diesmal hat es sich so angefühlt, als wäre ich kein Teil meines eigenen Körpers mehr.

Es wäre sinnlos, Kira und Sam in der Nacht suchen zu gehen – der Wald ist zu groß, die Dunkelheit zu mächtig. Abgesehen davon, dass wir nicht die Einzigen sind, die sich in diesem Wald herumtreiben. Irgendetwas ist noch immer hier, das spüre ich. Es zieht seine Kreise um die Lagerhalle, prüft, ob eines der Löcher im Beton groß genug ist, um hindurchzukommen.

In der Aufgabe steht, dass wir das Gebäude nicht verlassen dürfen. Kira und Sam sind draußen. In den Weiten des Waldes, genau dort, wo sie nicht sein sollten. Und ich habe gar keine andere Wahl, als auf sie zu warten. Ich kann ihnen nicht helfen.

Mein Magen zieht sich zusammen. Der Fuß, mit dem ich gegen den Sessel getreten habe, pulsiert vor Schmerz.

Ich muss mich beruhigen!

Aufgewühlt nehme ich mir vor, die Halle zu durchsuchen. Vielleicht finde ich etwas Nützliches. Eine Taschenlampe, eine Leuchtpistole – oder einen Hinweis darauf, wo ich bin.

Ich schnappe mir eine der Öllampen von der Wand und widme mich dem Fließband. Ein paar verstaubte, grau glänzende Dosen liegen darauf. Warum man sie wohl zurückgelassen hat? Sachte schraube ich einen der Deckel auf – leer. Dann schaue ich mir das schwarze Logo an, das auf die Außenseite gedruckt wurde. Ein brüllender Bärenkopf mit Diamantaugen.

Ich reiße meinen Blick los und gehe ans andere Ende des Raumes, wo sich eine weitere Tür befindet. Je näher ich komme, desto kälter wird es. Ein zweites, stockdunkles Zimmer kommt zum Vorschein. Völlig gebannt leuchte ich den Fußboden ab, die demolierten Spinde, die zerfetzten Schreibtische – bis ich an einem Gegenstand innehalte, der an einem Haken direkt vor mir befestigt wurde. Eine Maske mit roter Bemalung.

Genau die, die die Gestalt am ersten Tag meiner Anreise getragen hat.

Meine Gedanken explodieren.

Das kann nicht Teil der Prüfung sein, schießt es mir durch den Kopf. Selbst wenn Nathan oder Ava vor zwei Wochen unter der Maske gesteckt hätten, würden sie sie mir jetzt nicht so auffällig unter die Nase reiben.

Da muss es noch jemanden geben, der seine Finger im Spiel hat.

Aber wer sollte so etwas tun? Die Falltür, durch die wir in diesen Abschnitt des Tals gekommen sind, dürften vermutlich die meisten Erwachsenen aus Ancora kennen. Wer ist uns gefolgt?

Ich schlucke schwer. Mein Blick wandert zu der Truhe mit dem X, die im dezenten Licht der Lampen einen Schatten an die Wand wirft. Ich frage mich, ob der Zettel, der sich darin befindet, wirklich von Ava und Nathan geschrieben wurde.

Und dann höre ich sie. Die Stimme. Jannis' Stimme. Sie klingt verzerrt, als wäre er unter Wasser.

Ich weiß nicht, was Romy mit ihm anstellen wird, sagt Jannis. *Oder was er mit ihr anstellen wird.*

Was zur Hölle?

Augenblicklich muss ich an meinen Traum denken, an den Wind, der mir etwas zugeflüstert hat. Aber das hier ist anders. Völlig anders. Diesmal träume ich nicht. Die Stimme von Jannis klingt viel zu echt.

Perplex schaue ich mich im dunklen Zimmer um. Bin ich auf Drogen? Habe ich etwas eingeatmet, das mich halluzinieren lässt?

Er vernichtet sie, höre ich Jannis schluchzen. *Er zieht sie mit in seinen Abgrund.*

Ich gehe in den anderen Raum.

Damians Stimme. *Romy ist ein süßes Mädchen. Nur waren das meine Mädchen auch. Jetzt sind sie weg.*

Wieder Jannis. *Er will sie vernichten, einfach so. Und sie merkt es nicht einmal.*

Was, um alles in der Welt, passiert hier gerade?

Als ich annehme, dass es abstruser nicht werden kann, schallt auch noch Aurel durch die Halle. *Mit diesem Ort stimmt etwas nicht. Die Menschen hier sind böse! Ich weiß es.*

Damian, Jannis und Aurel vermischen sich zu einem Wirrwarr aus Klängen und Tönen, die immer lauter werden.

Sie sieht ihn nicht. Den Abgrund.

Romy ist ein süßes Mädchen.

Die Menschen hier sind böse!

Jetzt sind meine süßen Mädchen fort.

Er will sie vernichten, einfach so.

Nervös schreite ich auf und ab, halte mir die Ohren zu. Die Stimmen dröhnen durch meine Haut, fließen in mein Blut, vergiften meinen Verstand. Meine Gesichtsmuskeln verkrampfen sich.

Mit diesem Ort stimmt etwas nicht! Ich weiß es.

Wenn er sie vernichtet, verliere ich sie.

Wo meine süßen Mädchen wohl alle sind?

Die Menschen sind böse, alle miteinander.

Ich schreie. Um mich abzulenken. Um lauter als die Stimmen

zu sein. Verzweifelt lasse ich mich auf den Boden fallen, knalle mit meinen Kniescheiben auf den Beton.

Ich darf sie nicht verlieren, weint Jannis.

Ich darf sie nicht verlieren, sagt Damian.

Ich darf sie nicht verlieren, brüllt Aurel.

Tränen steigen mir in die Augen.

Ich will, dass es aufhört.

Ich will einfach nur, dass es aufhört.

Er vernichtet sie.

Meine süßen, süßen Mädchen.

Und dann – von einer Sekunde auf die andere – verstummen sie. Alle drei.

Stille.

Erst will ich es nicht glauben, traue mich nicht, die Hände von meinen Ohren zu nehmen.

Ist die Zeit stehen geblieben?

Nein, ich höre es rattern. Als wäre das Fließband wieder in Betrieb. Das Lachen von Kindern, Ansagen aus einem Megafon.

Ich blicke auf das zerschlagene Fenster neben mir. Flackernde, helle Bilder. Draußen ist es Tag. Männer in olivgrünen Uniformen gehen an der Lagerhalle vorbei. Es riecht nach Kartoffelsuppe. Im Hintergrund fährt ein Auto, der Motor brummt. Die Szene, die sich vor mir abspielt, flackert erneut. Dann ist sie weg. Dunkelheit – das ist alles, was bleibt.

Mit wackeligen Knien richte ich mich auf, falle über einen Sessel, pralle gegen das Fließband. Zwei der Dosen lösen sich und kommen mit einem lauten Scheppern auf dem Boden auf.

Ich muss hier raus!

Mein Gehirn spielt mir einen Streich. Es fühlt sich so an, als wäre ich schon ewig in diesem Gebäude. Als hätte ich nie etwas anderes geatmet als diese stickige Luft.

So schnell, wie es meine Beine zulassen, torkle ich auf die Tür zu. Ich reiße den Sessel weg. Öffne sie. Und sehe, wie Kira auf mich zurennt. Knapp vor mir bleibt sie stehen. Ihr Gesicht ist blass, ihr Blick driftet ins Nichts.

Ohne zu zögern, nehme ich sie in den Arm.

»Gott sei Dank«, schniefe ich. »Gott sei Dank geht es dir gut.«

Kira antwortet nicht, stattdessen deutet sie mit einer Kopfbewegung auf den Tümpel. Ich begreife, was sie meint. Der Körper. Der menschliche Körper, der reglos auf der Wasseroberfläche treibt.

17

Das Licht der Fackel scheint nur schwach auf das dunkelgrüne Wasser, das die Reflexion von Abertausend Sternen widerspiegelt. Es zirpt. Es gluckert. Blasen steigen aus der grünen Brühe auf und lassen das Gewässer wie ein Lebewesen wirken.

Ich erkenne die Jacke der leblosen Gestalt sofort. Vor ein paar Stunden hatte ich sie noch direkt vor Augen.

Es ist Sam!

Meine Füße setzen sich in Bewegung – ich werde schneller. Jäh spüre ich das frostige Wasser unter mir. Es frisst sich durch meine Schuhe, nagt an meinen Zehen. In dieser Nacht habe ich Sam und Kira schon einmal im Stich gelassen. Ganz bestimmt kein zweites Mal. Ich will seinen Namen schreien, doch ich kann nicht. Meine Stimme versagt.

Erst sind es die Schuhe, die nass werden. Dann die Hose, das Shirt, der Pullover. Der Stoff meiner Klamotten saugt sich mit stinkendem Moorwasser voll. Ich verschmelze mit dem Tümpel, werde vom sumpfartigen Gewässer verschluckt. Es ist, als würde der Schlamm am Boden nach mir greifen und mich in die Tiefe ziehen wollen – an einen Ort, an dem die Sonne niemals aufgeht und die Nacht niemals endet.

Nach einer gefühlten Ewigkeit erreiche ich ihn. Ich packe seinen Arm und ziehe ihn mühevoll zurück an Land. Eilig drehe ich den triefenden Körper um.

Sam.

Ich hatte recht.

Reglos liegt er da, seine Augen geschlossen. Sam atmet nicht.

Kira, die währenddessen wie angewurzelt vor dem Gebäude gestanden hat, zuckt zusammen, als hätte sie ein Blitz getroffen. Sie rennt zu uns, beugt sich über ihn und legt beide Hände auf seine Brust. Sie drückt dagegen. Regelmäßig, in kurzen Stößen.

Dreißig Mal.

Ihr Mund wandert an seine Lippen.

Sie pustet. Mit voller Kraft.

Drücken, drücken, drücken.

Dann wieder Mund-zu-Mund-Beatmung.

Vergebens versucht sie, das Wasser aus seiner Luftröhre zu bekommen.

»Nein, nein, nein«, presst das Mädchen hervor und wird in ihren Bewegungen immer hektischer.

Drücken, drücken, drücken.

»Das darf nicht wahr sein«, brüllt sie. »Das darf doch alles nicht wahr sein!«

Drücken, drücken, drücken.

Pusten.

Immer und immer wieder.

»Lass mich mal«, sage ich rasch und beuge mich ebenfalls über Sam.

Drücken, drücken, drücken.

Keine Reaktion.

Beatmung.

Hände an die Brust, drücken.

Pusten.

Noch mal von vorn.

Drücken, drücken, drücken.

Ein gurgelnder Laut – Sams Körper fängt an zu beben. Wasser quillt aus seinem Mund, er hustet, windet sich.

»Nein«, ruft er und vergräbt seine Finger in der Erde. »Nein, bitte nicht!« Kraftlos schlägt er um sich. Kira und ich müssen einen Schritt zurückweichen, um nicht von seinen Fäusten getroffen zu werden. »Lass mich in Ruhe! Ich wollte das nicht! Ich schwöre! Ich … ich …« Wieder muss Sam husten. Sein Blick schweift nach oben, er sieht mich. »Romy«, säuselt er.

»Hey! Hey, ich bin hier«, antworte ich. »Alles ist gut, ja? Du bist fast ertrunken. Beruhig dich!«

Er lebt. Sam lebt. Ich bin kurz davor, einen Freudenschrei loszulassen. Sam hingegen wirkt nicht so glücklich, wie man es hätte erwarten können. Er rappelt sich auf, schaut auf den Tümpel, auf das dunkle Wasser.

»Das war's für mich«, sagt er und dreht sich zu mir und Kira um. In seinem rechten Auge ist eine Ader geplatzt, die Bindehaut ist mit Blut getränkt. »Ich steige aus. Ich bleibe in Ancora. Ich … ich mache bei der Feuerprüfung nicht mehr mit.«

Weder Kira noch Sam wollen darüber reden, was ihnen in dieser Nacht zugestoßen ist. Dort, im Wald. Aber sie haben sich verändert, das merke ich. Sam zittert am ganzen Leib.

Laut Kira haben sich die beiden in der Dunkelheit verloren. Meine Flucht hat Panik ausgelöst – jeder war auf sich gestellt. Auch sie haben das Flüstern in den Bäumen gehört. Sie sind der Stimme nachgerannt, weil sie dachten, es wäre einer von uns.

Der Spuk in der Lagerhalle hat aufgehört. Durchnässt und zähneklappernd suchen wir nach alten Klamotten. In einem der Spinde werden wir fündig. Anschließend legen wir uns auf den rauen Betonboden, nebeneinander. Zu erschöpft, um klar denken zu können. Verängstigt und paranoid. Kira kuschelt sich an mich. Ich lege einen Arm um sie, streichle ihren Rücken. Wir werden zu einer Einheit, zu zwei Menschen, die sich aneinanderklammern, um ja nicht den Bezug zur Wirklichkeit zu verlieren.

Ava und Nathan können unmöglich wissen, was hier passiert ist. Was ich gehört, was ich gesehen habe. Das ist keine Prüfung, das ist ein Spiel ohne Regeln.

Richtig verarbeiten, was in dieser Nacht geschehen ist, kann ich ohnehin erst am nächsten Morgen.

Die Stimmen. Die Männer in Uniformen. Die fremde Hand.

Ich bin mir nicht sicher, was ich mir davon eingebildet habe und was nicht. Alles hat so verdammt echt gewirkt. So verdammt verstörend.

Morgens mache ich eine weitere Entdeckung, die einen bösen Beigeschmack mit sich zieht. Die Maske aus dem Nebenraum ist verschwunden.

Jeder von uns bewältigt die Erlebnisse anders, nur darüber sprechen tut niemand. Es wird vielmehr zu einer unausgesprochenen Wahrheit, die wir lieber für eine Lüge halten, damit wir uns ihr nicht stellen müssen. Das Schweigen ist laut. Selbst als wir das Gebäude verlassen. Immerhin finden wir die roten Markierungen wieder, die uns gestern verborgen geblieben sind. Gemeinsam machen wir uns auf den Weg zurück. Sam schaut sich ständig um, als fürchte er, verfolgt zu werden. Sein Blick ist leblos, sein Gesicht so kreidebleich, dass man annehmen könnte, er wäre in diesem Tümpel gestorben. Und jetzt – wo wir durch den Wald stapfen, nicht mehr bemüht, leise zu sein – fällt mir etwas auf, das ich gleich wieder verdrängen will. Es geht um das Gedicht, das ich vorgestern gefunden habe. Genau genommen um eine bestimmte Zeile:

Allein, verlassen, die Seelen voller Wut,
in der Wildnis flackert des Menschen Geist und Blut.

Trotz der Sonne, die zwischen den Baumkronen hervorblitzt, spüre ich die Kälte des letzten Abends.

Das Gedicht hatte erneut recht.

Zuerst mit dem mysteriösen Brunnen und jetzt mit den Halluzinationen, die ich in dem Industriegebäude hatte. Ich bin zu dieser Prüfung angetreten, weil ich Antworten wollte. Bekommen habe ich etwas ganz anderes.

»Kein Wort darüber«, ermahnt uns Sam aus dem Nichts. Wir sind schon ein gutes Stück gegangen. »Kein Wort.«

»Über was?«, frage ich.

»Über die Prüfung. Über das, was in diesem Wald passiert ist.« Er schließt die Augen, als würde er die letzte Nacht ein weiteres Mal durchleben. Sam ballt die Hände zu Fäusten, seine Finger laufen rot an. »Kein Wort«, wiederholt er.

»Erst sagst du mir, wie du in diesem Tümpel gelandet bist«, antworte ich.

Sam bleibt stehen, fixiert mich. Sein Kiefer ist angespannt. »Ich habe dir doch schon gesagt, dass ich diesem Flüstern gefolgt bin. Bis zu einer Kirche. Sie war umkreist von Steinstatuen. Da war dieses Klopfen, dieser … egal. Warum erzähle ich dir das überhaupt? Du bist all das, wovor man uns in Ancora beschützen will. Diese Kirche hat mir euer wahres Gesicht gezeigt. Ich wollte es mir nie so ganz eingestehen, aber …« Er löst seine geballte Faust, wendet sich von mir ab und betrachtet seine Handflächen, auf denen man seine hervorstehenden Adern sehen kann. »… ich hasse euch.« Seine Augen weiten sich. »Und du bist eine von ihnen.«

Als diese Worte seinen Mund verlassen, stelle ich mir eine

unangenehme Frage: Brauchen sie deswegen die Freiwilligen im Dorf? Bin ich tatsächlich einer der Prüflinge – oder selbst nur ein Teil der Prüfung? Ein Versuchskaninchen?

»Ich habe dir das Leben gerettet«, sage ich. »Ein wenig Dankbarkeit wäre angebracht.«

»Ja, hast du. Aber vielleicht wäre es besser gewesen, du hättest mich in diesem See verrecken lassen!«

»Was redest du denn da?!«, frage ich fassungslos. »Hörst du dir eigentlich selbst zu?«

»Pass auf!« Er kommt einen Schritt näher, deutet mit dem Zeigefinger in die Richtung, in der das Dorf liegt. »Wenn wir zurück sind, werden wir nichts mehr miteinander zu tun haben. Du gehst deinen Weg, ich meinen. Keine Menschenseele wird mich dazu bringen, dass ich zur nächsten Feuerprüfung antrete. Schon gar nicht mit dir!« Sam schaut zu Kira. »Und du? Was ist mit dir? Willst du etwa einfach so weitermachen, als wäre nichts passiert?«

»Diese Nacht war scheußlich«, sagt sie. »Ich habe Dinge gehört und gesehen, die mich fast um den Verstand gebracht haben. Ich war wie in Trance. Aber du weißt genauso gut wie ich, dass diese Prüfung unsere einzige Chance ist, aus dem Tal rauszukommen. Wenn ich das jetzt nicht vernünftig durchziehe, sehen mich Ava und Nathan als unwürdig an.«

»Nein. Unwürdig bist du nur, wenn du Romy vertraust!«, keift er.

Ich mische mich ein: »Warum ist diese Prüfung so wichtig? Ihr könnt Ancora doch jederzeit verlassen.«

»So einfach ist das nicht«, sagt Kira und sieht mich warnend an. »Nur Verrückte umgehen die Bräuche von Ancora. Ich –«

Ruckartig, als hätte Sam etwas gehört, dreht er sich um. Doch da ist nichts. Nur Wald. Sam schaut wieder zu uns, sagt nichts. Dann humpelt er weiter. Seine Augenlider zucken unkontrolliert.

»Kein Wort. Schwört es!«, sagt er und ignoriert dabei Kiras Antwort. »Ich will nicht, dass uns jeder im Dorf für wahnsinnig hält. Dieses Tal ist alles, was mir bleibt.«

Ich verspreche es ihm. Und auch Kira verspricht es.

Einerseits, weil Sam unberechenbar ist – völlig hysterisch nach dieser Nacht. Andererseits, weil es mir nur gelegen kommt, nichts darüber erzählen zu müssen. Was ich in der Lagerhalle erlebt habe, habe nur ich allein erlebt. Allein gesehen, allein gespürt, allein gerochen. Genau wie das Stillstehen der Zeit. Niemand würde mir glauben.

Kira wird langsamer und geht neben mir. Sie flüstert: »Egal, wie hart die Feuerprüfung auch sein mag, es ist immer noch besser, als die Regeln von Ancora zu brechen. Vertrau mir. Ich weiß zwar nicht, was passiert, wenn man das Dorf ohne Prüfung verlässt, aber es gibt Gerüchte. Und ehrlich gesagt will ich es nicht herausfinden. Nur im absoluten Notfall.«

18

Es ist die tiefstehende Sonne, die mich innehalten lässt, als wir im Dorf ankommen. Im verborgenen Tal von Ancora hat der Tag erst begonnen, hier scheint er sich dem Ende zuzuneigen.

Die Männer und Frauen in ihren flatternden Blusen treten gerade ihren Heimweg von den Feldern an. Normalerweise genieße ich das abendliche Treiben. Heute nicht. In jedem der Bewohner sehe ich eine potenzielle Gefahr. Einen Täter. Das Loch in mir selbst, das ich mit der Prüfung hätte stopfen wollen, klafft so weit offen wie noch nie. Dabei kann ich mir nicht einmal erklären, was in dieser Nacht geschehen ist.

Ich halte nach Jannis Ausschau. Als ich ihn schließlich hinter einem der Ziegenställe finde, falle ich ihm in die Arme. Er duftet nach frischem Stroh.

»Du riechst gut«, sage ich zur Begrüßung.

»Und du stinkst«, erwidert Jannis.

Ich löse meinen Griff, zucke mit den Schultern. »Du jetzt vermutlich auch.«

Jannis seufzt. Er wirft einen Blick auf meine zerkratzten Beine. »Eine Freundschaft ist eben ein Geben und Nehmen«, sagt er. »Du gibst mir eine ungewaschene Umarmung – und ich … ich nehme es in Kauf.«

»Hab schon verstanden, ich geh mich gleich waschen«, antworte ich.

Erwartungsvoll lehnt sich Jannis gegen die Stallwand. »Vorher erzählst du mir aber, wie die Prüfung war.«

»Alles zu seiner Zeit«, sage ich und schaue mich um. »Hast du Aurel gesehen?«

Jannis deutet zum Waldrand, wo mein Freund am Boden kniet. Ausgestattet mit einer Lupe und einem aufgeschlagenen Notizbuch.

»Er ist versessen«, höre ich Jannis hinter mir. »Du warst zwar nur ein paar Stunden weg, aber seine Stimmung verschlechtert sich zunehmend.«

»Ein paar Stunden?« Ich schüttle den Kopf. »Ich war die ganze Nacht weg.«

»Klar«, sagt Jannis. »Und dein Schweiß ist eigentlich nur Flüssigseife.«

Ich bringe nicht einmal ein Schmunzeln hervor. Ava hat die Wahrheit gesagt. Die Zeit im zweiten Ancora ist anders vergangen. Gestern Nacht kommt mir wie ein schlechter Traum vor.

»Lass uns in meinem Zimmer weiterreden. Etwa in einer halben Stunde«, stoße ich hervor. »Und gib Aurel Bescheid. Er soll auch kommen.«

Bevor Aurel und ich mein Zimmer betreten, in dem Jannis schon auf uns wartet, nehme ich ihn zur Seite. Aurel sieht nach wie vor angeschlagen aus.

»Könntest du mir einen Gefallen tun?«, frage ich, so wertschätzend, wie es mir möglich ist. »Einen Abend lang will ich nichts von deinen Behauptungen und Theorien hören. Kriegst du das hin?«

Aurel sieht mich prüfend an. »Ich dachte, wir brauchen Abstand?«

»Ich brauche den Abstand genauso, wie ich dich brauche«, sage ich. »Das ist mir gestern Nacht klar geworden.«

Egal, wie das mit uns nach dem Sommer weitergehen wird: Aurel ist mir wichtig. Und es tut gut, nach diesem intensiven Ausflug wieder vertraute Gesichter vor mir zu haben.

Im Zimmer angekommen, spricht Jannis zum zweiten Mal die Feuerprüfung an. Ich sage ihm, dass wir alles überstanden haben, ich aber nicht näher darauf eingehen will. Ich halte mein Versprechen. Selbst vor den Menschen, die mir am meisten bedeuten. Für Aurel wäre es ohnehin eine Genugtuung, wenn er erfahren würde, dass doch nicht alles so glatt gelaufen ist und seine Sorge berechtigt war.

Ich und Jannis sitzen auf dem Bett, Aurel steht. Zwischen den beiden herrscht immer noch eine gewisse Spannung, die sie krampfhaft zu überspielen versuchen. Irgendwann lassen aber auch sie sich von der Dynamik des Abends einnehmen. Niemand hat Lust auf einen Streit.

»Du siehst müde aus, richtig kaputt«, sagt Aurel und presst seine Lippen aufeinander.

»Heute werde ich ja mit Komplimenten überschüttet«, stelle ich fest. »Ist etwas passiert, als ich weg war?«

»Nicht viel«, bemerkt Jannis. »Aber die Bewohner waren unruhig. Die Feuerprüfung macht sie offenbar nervös. Ganz sicher, dass du uns keine Details verraten willst?«

Ich nicke. »Ganz sicher. Aber vielleicht verarbeite ich es in meinen Gedichten. Ihr werdet sie alle lesen müssen.«

»Endlich haben wir einen Grund«, sagt Jannis augenzwinkernd und verschwindet danach in seinem Zimmer. »Wartet kurz«, ruft er uns noch zu. Er kommt mit zwei Flaschen Wein zurück. Eine stellt er neben die Tür, die andere behält er in der Hand. »Gegen deine Erschöpfung«, sagt Jannis und streckt sie mir entgegen. »Alkohol.«

»Toll. Aber gegen die Alkoholvergiftung gibst du ihr nichts«, murmelt Aurel. »Wusste gar nicht, dass du trinkst.«

»Nicht oft«, gibt Jannis zu. »Aber manchmal brauche ich das zum Denken. Und gegen den Stress. In einer Studie habe ich nämlich gelesen, dass –«

Aurel unterbricht ihn. »Verarsch mich nicht. Jede Studie, die Alkohol in den Himmel lobt, ist unseriös.«

»Aber es ist eine Studie«, kontert Jannis. »Wollt ihr jetzt einen Schluck oder nicht?«

Aurel und ich wollen – aber nicht nur einen. Es werden mehrere Schlucke, immer größere. Aurel dreht auf seinem Handy elektronische Musik auf, die er sich vor der Reise heruntergeladen hat. Der Beat schallt durch den Raum. Es juckt mir in den Füßen. Ich muss aufstehen, mich bewegen.

Der Sound durchfährt meinen schlaffen Körper, lässt ihn pulsieren. Aurel grinst und tanzt auf mich zu. Ich lasse mich auf seine Berührungen ein. Meine Hüfte kreist, meine Welt gleich mit.

Noch ein Schluck.

Der Alkohol brennt meine Kehle hinab. Ich schließe die Augen und tanze durch das Zimmer, tanze die Unsicherheit weg, die ich heute Nacht hatte. Die Stimmen, den halbtoten Körper von Sam. Aurel hat sich mittlerweile an die Wand gestellt, er beobachtet mich, bewegt seinen Kopf – gleichmäßig auf und ab.

»Früher habe ich mehr vertragen«, sage ich und merke, dass mir ein wenig schwindelig geworden ist. Jannis führt ein Glas Wasser an meinen Mund, an dem ich gierig nippe.

»Früher hast du auch nur Apfelsaft getrunken«, sagt er und stellt das Glas neben das Bett.

»Daran … kann es liegen«, lalle ich.

Die Minuten vergehen und das Wasser zeigt seine Wirkung. Die elektronische Musik klingt aus, der nächste Song hört sich nach Punk, nach Freiheit an. Ich tanze weiter, drehe mich im Kreis. Eine männliche, tiefe Stimme ertönt. Jannis groovt, mit seinen Lippen formt er den Liedtext, den er nicht ganz beherrscht. Es ist wie eine zweite Zeremonie, diesmal die unsere.

Der Klang wird fetziger, mein bester Freund spielt in der Luft Schlagzeug. Ich will mir die volle Weinflasche von der Tür greifen, aber Aurel hält mich zurück.

»Das reicht«, sagt er.

Ich lache, tanze weiter.

Unerwartet geht die Musik aus. Jannis hat auf Pause gedrückt, er blickt zur Tür. Als ich es ihm gleichtue, sehe ich Ava.

Die Stimmung kippt.

Avas Blick wandert von der Weinflasche zu uns, dann auf den Boden. »Ihr könnt …«, beginnt sie, muss aber noch mal neu ansetzen. »Woher habt ihr die?«

Jannis, Aurel und ich sind merklich überfordert. Wir wissen nicht, was wir sagen sollen. Der Alkohol hat etwas in Ava losgelöst. Etwas, das ihr Gänsehaut bereitet.

»Hey, Ava«, bringt Jannis hervor. »Das ist nur Wein.«

»Nur Wein …«, flüstert unsere Gastgeberin, bückt sich und hebt die Flasche auf, die noch am Türrahmen steht. Sie mustert sie. »Ihr solltet gehen. Sofort.«

Ich habe Ava als gelassene Person kennengelernt. Als Ruhepol, als Anker der Gemeinschaft. Doch ihr ist augenscheinlich nicht zum Reden zumute. Ihre ganze Aufmerksamkeit liegt auf dem Alkohol.

»Verdammt!«, brüllt sie plötzlich. »Ich sagte doch, dass ihr verschwinden sollt!« Diesmal ist ihre Stimme laut, mächtig und bedrohlich. Dann, als würden Fäden ihre Körperteile ziehen, hebt sie die Flasche.

Und wirft.

19

Aurel kann sich gerade noch ducken – die Glasflasche zerschellt an der Wand hinter ihm. Wein rinnt über das alte Holz, tränkt den Fußboden und frisst sich in die Bettwäsche. Nach der ersten Schockstarre kommt Bewegung in uns. Wir laufen. Vorbei an Ava, die lange Treppe hinunter, raus ins abendliche Ancora. Vorm Pavillon bleiben wir stehen. Jannis und Aurel schauen sich angespannt um, als würden sie sich vor weiteren Gegenständen fürchten, die auf uns geschmissen werden. Auch ich bin alarmiert.

Das Tanzen konnte mir die Last von den Schultern nehmen, zumindest kurz. Ich habe all die Erwartungen verdrängt, die ich an mich selbst habe. Ava hat das zerstört.

»Was war das eben?«, japst Aurel.

»Ich weiß es nicht«, sage ich. Es fühlt sich wie eine Ohrfeige an.

Und so stehen wir mitten auf dem Platz. Ohne zu wissen, wo wir heute schlafen sollen. Die Menschentrauben von vorhin haben sich aufgelöst. Einen gibt es jedoch, der wie gebannt auf unsere Gruppe starrt. Er winkt uns zu sich, zeigt auf sein Holzhaus, das abgelegen am Waldrand steht. Es wirkt, als wäre das Haus mit den Ästen und Zweigen um sich herum zusammengewachsen.

»Wollt ihr noch länger in der Gegend herumstehen oder kommt ihr?«, ruft Nathan. Er muss Avas Schreie gehört haben.

Mein Herz schlägt wie wild. Ich schaue zu Jannis, der seine

Stirn in Falten legt. »Uns wird nichts anderes übrig bleiben«, sagt er und geht los.

Aurel und ich folgen ihm, nah beisammen. So nah, dass mein Freund mir eigentlich Kraft spenden müsste. Nur spüre ich in der Berührung seltsamerweise keine Zuneigung, genau wie beim Tanzen. Sie erinnert mich bloß an die Wärme von Kira, die mich letzte Nacht umhüllt hat.

Während ich gedankenversunken das Haus betrete, erklärt Jannis dem älteren Mann, was vorgefallen ist. Nathan hört zu, antwortet aber nicht.

Warum lädt uns Nathan zu sich ein? Hat er Kira nicht vor uns gewarnt, von Anfang an? Und war nicht er es, der uns vom Dorf fernhalten wollte?

Das Haus von Nathan ist klein, im Gegensatz zu Avas. Es ist auch weniger schlicht eingerichtet. Da ist ein Sofa in der Ecke, direkt unter einem Loch im Dach. Auf der anderen Seite befindet sich ein Holzstapel. Viele Bilder hängen an den Wänden, sogar einige Kuscheltiere belagern das Haus. Ein Holztisch steht in der Mitte. Im Kamin brennt Feuer.

»Ihr könnt auf dem Sofa schlafen«, sagt Nathan. »Man kann es ausziehen.«

»Danke«, antworte ich, schaue allerdings skeptisch nach oben, zur Decke. Wir werden nass werden, wenn es heute Nacht stürmt.

»Hier regnet es nicht rein«, meint Nathan, als hätte er meine Gedanken gelesen.

»Aber –«

»Habt ihr Hunger?«, übergeht er meine Erwiderung und verschwindet in die Küche. Als keine Reaktion kommt, streckt er seinen Kopf durch die Tür. Wir stehen immer noch wie angewurzelt da. »Entspannt euch«, sagt er und deutet auf das Sofa. »Ist bequem.« Dann widmet er sich dem Essen. Es zischt, es brutzelt. Das Haus füllt sich mit dem Geruch von frischem Gemüse.

Ich bin irritiert. Zwiegespalten, wie ich das Verhalten des alten Mannes verstehen soll.

Jannis, Aurel und ich setzen uns auf die Couch. Mein Freund schnauft. Ich rechne mit einem abfälligen Kommentar, doch da kommt nichts. Vielleicht hat ihn Nathan eingeschüchtert – vielleicht nimmt er meine Bitte ernst. Oder aber er ist neugierig, fast schon fasziniert, von den Fotos an den Wänden, die diverse Maschinen und Geräte zeigen.

Nathan kommt mit einem Tablett wieder. Vier Teller. Geschnittene Zucchini, überbacken mit Käse, obendrauf Tomaten und angeröstete Zwiebeln.

An meiner schwerfälligen Sicht merke ich, dass ich den Alkohol noch intus habe. Das Essen hilft. Mit jedem Bissen – es schmeckt fantastisch, so wild, so saftig – weicht der Druck in meinem Kopf. Je weniger ich mich auf mein Schwindelgefühl konzentriere, desto präsenter werden meine Erinnerungen. Das erste Gespräch mit Nathan im Wald. Sein starker Handgriff, seine strengen Worte. Und jetzt sitzt er da, vor mir, hat uns Essen gemacht, uns sein Sofa zum Schlafen angeboten. Nur seine Miene ist kalt.

Ohne das Essen anzurühren, steht Aurel auf. Er nähert sich der Wand, den Bildern. »Eine Sache verstehe ich nicht …«, sagt er, stellt sich breitbeinig hin und wendet sich Nathan zu, der jeden seiner Schritte wachsam verfolgt. »Bei der Feuerzeremonie hast du eine große Rede geschwungen, in der du dich gegen unsere Lebensweise ausgesprochen hast. Also auch gegen den technischen Fortschritt. Aber …« Aurel schaut erneut über die Skizzen und Aufnahmen, »… in deinen eigenen vier Wänden hast du Bilder davon hängen.« Nathan hört auf zu essen und stellt den Teller vor sich auf den Holztisch. Aurel hebt einen Zeigefinger, als würde er jemanden davon abhalten wollen, ihm zu widersprechen. »Du hast von einer Gemeinschaft geredet, die eng zusammenlebt und sich hilft. Dabei ist dein Haus eines der wenigen, das sich völlig abgrenzt. Weit entfernt vom Platz.«

Ich habe mich zu früh gefreut. Aurel ist sehr wohl auf Konfrontation aus, wobei er Nathans Lebensweise durchaus etwas abgewinnen kann. Es gefällt ihm, dass der Gründer wie ein Fremdkörper scheint, wenn man die Bilder betrachtet. Ein Fremdkörper, so wie er es ist. Das sehe ich an seinem Blick.

»Du bist neugierig«, sagt Nathan. Sein Gesichtsausdruck bleibt unverändert. »Ich sehe dich oft im Wald, wie du herumschnüffelst. Ein wenig hilflos, wenn du mich fragst.«

»Ich weiß, was ich tue«, antwortet Aurel. »Und ich weiß, wonach ich suchen muss.«

Nathan beugt sich vor. »Aber weißt du auch, was du tust, wenn du es gefunden hast?« Der alte Mann spricht so fokussiert und einnehmend, dass man denken könnte, Jannis und ich wären von der einen Sekunde auf die andere unsichtbar geworden.

Aurel bricht den Augenkontakt ab, geht ein paar Schritte – auf und ab. Sein Gang erinnert mich an seine Kopfbewegung, vorhin, beim Tanzen. Auch jetzt ist es ein Tanz, die Antworten sind Schritte, die Emotionen die Musik. Mit einer raschen Handbewegung zeigt er auf eines der Fotos.

»Die Skizze eines Ultrakondensators. Mit einer Leistungsdichte, die etwa zehn bis hundert Mal so groß ist wie die eines gewöhnlichen Akkus. Wofür hast du ein Gerät gebraucht, das so schnell Energie aufnehmen und abgeben kann?«

Schweigen.

Nathan rümpft die Nase und steht auf, seinen halbleeren Teller bringt er zur Spüle. Ein Scheppern. Ein Poltern. Dann kommt er mit einem kleinen Gerät zurück, das aussieht, als stamme es aus dem Innenleben eines Autos – eine graue Umrahmung, farblich unterschiedliche Ausgänge und symmetrische Schlitze auf der Oberseite. Er stellt das Gerät auf den Boden.

Wieder eine kurze Pause.

Nathan schaut zu meinem Freund, in seinen Augen spiegelt sich das Kaminfeuer. Aurel hat sein Interesse geweckt. Und er fordert ihn heraus.

»Ein Frequenzumrichter«, sagt Aurel, nicht mehr ganz so sicher wie bei der Skizze an der Wand.

»Das war's?«, flüstert Nathan, gerade so laut, dass wir ihn hören können. »Du kennst nur den Namen?«

Aurel legt den Kopf schief, grinst. »Das hättest du wohl gern«, erwidert er. »Man nennt ihn auch Stromrichter. Er wandelt Spannung für Drehstrommotoren, die in der Frequenz veränderbar sind. Deswegen der Name.«

»Nur in der Frequenz?«

Aurel will antworten, kann aber nicht. Es fällt ihm nicht ein.

»*Nur* in der Frequenz?«, bohrt Nathan nach.

Aurel zuckt mit den Schultern.

Nathan tippt auf das Gerät. »Frequenz und Amplitude. Beides. Er kann beides verändern.«

»Aber das ist doch nicht wichtig.«

»Momentan nicht«, sagt Nathan. »Auch nicht bei diesem Gerät. Aber bei anderen, größeren Maschinen. Ein Fehler – eine

Kleinigkeit, die wir auslassen, weil sie uns als unwichtig erscheint und *Bumm*!« Er schnippt mit den Fingern. »Alles weg, alles verloren.«

Ich kann mir vorstellen, dass Aurel Nathan gerade analysiert. Seine Stimme, seine Bewegungen. Irgendetwas, um zu erklären, was in seinem Hirn vorgeht.

»Wenn du forschst«, sagt Nathan. »Und sei es nur in diesem Dorf hier, dann darfst du eines nicht vergessen.«

»Und was?«, fragt Aurel.

Der alte Mann hat seit einer gefühlten Minute nicht geblinzelt, er nimmt das Gerät wieder an sich und steht auf. »Manche Dinge will man nicht finden, obwohl man nach ihnen sucht.« Danach geht er in die Küche.

Überfordert schaue ich zu Jannis. »Passiert das eben wirklich?«, wispere ich, bekomme aber keine Antwort. Auch er wirkt perplex.

Es bleibt keine Zeit für ein langes Gespräch. Nathan kommt wieder und wirft ein Holzscheit in den offenen Kamin. Ich ergreife das Wort: »Warum … warum hast du dieses Dorf gegründet, wenn du dich so für Technik interessierst?«

»Ihr seid wohl alle drei neugierig«, sagt er, wobei seine Worte wie die Flammen klingen, die vor uns züngeln.

»Warum sollten wir sonst hier sein?«, entgegne ich.

»Du stellst zu viele Fragen.«

»Kann gut sein. Aber vielleicht ist das die einzige Möglichkeit, euer Tal zu verstehen. Und wer weiß …«, ich schnippe mit den Fingern, wie er es zuvor getan hat, »… in der nächsten Sekunde könnte der Gedanke verschwunden sein. Alles weg, alles verloren. Die Antwort bekomme ich nie mehr.«

Nathan schaut in meine Richtung. Und keine Ahnung, ob

ich es mir nur einbilde – dem Restalkohol verschuldet –, aber es scheint, als zeichnet sich auf dem Gesicht des Mannes die Spur eines Lächelns ab.

Sein Blick wandert zu Jannis. »Du hast heute Vormittag geweint«, sagt er nüchtern.

»Ja«, antwortet Jannis und sieht kurz zu mir. Es muss wegen des Gesprächs gewesen sein, das wir über seine Eltern hatten. »Es war aber kein Heimweh, ganz im Gegenteil. Ich habe bloß begriffen, dass dieser Sommer nicht ewig hält.«

»Du bist noch nicht lange hier. Dieses Dorf kann dir nicht so viel bedeuten«, hält Nathan dagegen.

»Und was … wenn doch?«

»Ihr kommt mit der Einstellung nach Ancora …«, sagt Nathan, »… dass ihr allem gewachsen seid. Aber ihr habt keinen blassen Schimmer, worauf ihr euch einlasst.«

»Ist das denn so schlimm?«, fragt Jannis.

»Ja, ist es«, sagt Nathan.

»Und warum?«

»Weil ich genauso war, damals.« Er wirft ein weiteres Holzscheit ins Feuer.

Nathan hört und sieht alles in diesem Dorf, so wie der Brunnen. Er ist ein stiller Wolf – zu müde, um zu heulen, aber zu lebenshungrig, um zu sterben.

Ich kenne Aurel gut genug, um zu wissen, dass ihn das beeindruckt. Auch er will alles im Griff haben, alles sehen und alles können. Er forscht, um den Dingen auf den Grund zu gehen. Wie Nathan.

Ich stehe auf, stelle mich neben meinen Freund und betrachte die Bilder.

»Als was hast du früher gearbeitet?«, fragt Aurel.

Nathan ignoriert ihn, schaut zu Jannis' leerem Teller. »Nachschub?«

»Nein, danke«, sagt Jannis. »War gut.«

»Ja, das war es«, stimme ich ihm zu, bin aber mit den Augen bei einem der Fotos hängen geblieben. Ein Gruppenbild. Männer und Frauen, die vor einem größeren Gebäudekomplex stehen, alle mit weißen Kitteln. Die Fenster hinter ihnen sind mit Gittern bestückt. Ganz vorne, mit einer schwarzen Kappe, ist Nathan. Viel jünger, aber er ist es. Da bin ich mir sicher. Ich verweile bei einem winzigen Detail. Bei einem Logo, das auf dem Haupttor verewigt wurde. Ein brüllender Bärenkopf mit Diamantaugen.

»Das Logo kenne ich«, sage ich überrumpelt. »Ich habe es im zweiten Tal von Ancora gesehen, auf einer Blechdose.«

Nathan winkt ab. »Nein, das kann nicht sein. Das Logo gibt es schon lange nicht mehr.«

Aber es war ganz bestimmt in dieser Lagerhalle. Lügt Nathan? Hat er etwa in dem Chemiewerk gearbeitet, das explodiert ist? Im verborgenen Tal?

Aurel studiert die Gesichter. »Ihr wart Wissenschaftler, oder?«

Nathan lehnt sich gegen die Wand, verschränkt die Arme vor seiner Brust. »Ihr erinnert mich an sie. Jeder von ihnen war neugierig, so wie ihr. Hoffnungslose Träumer. Weltfremd, aber doch erfahren.« Er blickt zu mir, seine Pupillen leer. »Für ihre Neugierde haben sie einen hohen Preis bezahlt.« Ruckartig – als hätte er etwas Verbotenes gesagt – schaut er weg. Er räuspert sich, wendet sich zum Kamin um.

Ich hake nicht weiter nach. Stattdessen sehe ich etwas anderes. In der Holzwand. Ich bewege mich auf die Stelle zu, langsam, bedacht. Als ich nah genug bin, kann ich es lesen. Das Wort wurde in das Holz geritzt, mit einem Messer, wie es aussieht. Alt, aber noch leserlich. Unwohlsein breitet sich in mir aus.

»Ich schnappe mal frische Luft«, sage ich.

Jannis will mitkommen, doch ich halte ihn zurück.

Ich will allein sein.

Außerhalb des Hauses fühle ich mich freier. Und das, obwohl ich das Wort nicht aus meinen Gedanken bekomme. Ich muss mich ablenken.

Wer zum Teufel hat in Nathans Wohnzimmer den Namen Ignis *in das Holz geritzt?*

Am nächsten Tag bin ich die Erste, die aufsteht und sich aus der Wolldecke schält. Ein Blick aus dem Fenster. Ava. Sie hat sich auf den Brunnenrand gesetzt und schaut über den menschenleeren Platz, den ich nur sehen kann, da Nathans Haus auf eine Anhöhe gebaut wurde. Im Dorf ist es leise. Es muss früh am Morgen sein. Statt mich noch einmal hinzulegen, ziehe ich mir etwas über und gehe raus.

Ava wirkt friedlich. Ich selbst lehne mich ein wenig entfernt an einen Schuppen. Still beobachte ich sie, kann aber beinahe spüren, wie sie in Gedanken versunken nach Antworten sucht. Welche Fragen Ava sich stellt, kann ich nur erahnen. Ihr Gefühlsausbruch hat mich ratlos zurückgelassen. Ich habe sie anders eingeschätzt, liberaler.

Der Nebel kommt schlagartig und unerwartet. Vielleicht hat er sich aber auch schon seinen Weg durchs Dorf gebahnt, als ich noch in Nathans beheizter Hütte gelegen habe. Nun bemerke ich ihn jedenfalls. Und wie ich ihn bemerke.

Ich blicke auf den Boden, sehe, wie sich der Dunst an meinen Füßen vorbeischlängelt. Als ich meinen Kopf drehe, stockt mir regelrecht der Atem. Der Nebel kriecht von den Bergen herab, ergießt sich wie eine Flut über das Tal, vermischt sich mit dem Licht der aufgehenden Sonne. Ancora versinkt.

Ich mache ein paar Schritte auf Ava zu. Sie registriert mich und deutet mit einem Kopfnicken an, dass ich mich neben sie setzen soll. All der Hass, all die ungezügelte Wut ist verschwunden. Ich gehe zu ihr, bleibe aber lieber stehen. Am Brunnenrand zu sitzen wäre mir zu gefährlich. Von dem Schacht, der mehrere Meter nach unten reicht, nur darauf wartend, mit Leben befüllt zu werden, würde mich zu wenig trennen. Doch auch der majestätische Brunnen wird vom Nebel in Besitz genommen. Staunend betrachte ich dieses Naturschauspiel, frage mich nicht länger, ob das überhaupt möglich ist.

In Ancora passiert es einfach.

»Selbst mit einer Entschuldigung könnte ich nicht beschreiben, wie leid es mir tut«, sagt Ava.

Der Dunst hat sich in der Zwischenzeit so weit über den Platz ausgebreitet, dass ich nur mehr den Brunnen vor mir sehe. Als wäre ich in einem Käfig gefangen, dessen Gitterstäbe lebendig geworden sind.

»Ein schöner Anfang für ein Gedicht«, sage ich.

»Oder ein schönes Ende«, sagt die junge Frau.

Ich atme tief durch. »Eigentlich braucht man nur den Anfang, enden wird es irgendwann sowieso, ganz egal, wie man beginnt.«

»Vermutlich hast du recht.« Sie schaut in den Nebel, dann wieder zu mir. »So ein Ausrutscher wird nie wieder vorkommen, Romy. Es ist nur …« Ava faltet ihre Hände im Schoß. »Ich habe etwas verloren, vor vielen Jahren. Etwas, das mir sehr am Herzen lag. Alkohol, Drogen – all dem habe ich abgeschworen, als ich hierhergekommen bin.«

Vor vielen Jahren? Was hat sie erlebt, dass sie so etwas sagt? Waren ihre Eltern Alkoholiker?

»In diesem Dorf hat jeder seine Bürde zu tragen«, fährt Ava fort. »Aber wir haben uns zusammengerafft. Uns geschworen, dass wir ein anderes Leben führen werden, ein besseres.«

»Und ab und zu bricht eine der Fassaden, die ihr euch aufgebaut habt«, ergänze ich.

»Das tut sie, ja. Ich hätte euch vorher warnen müssen. Ich hätte euch bitten können, keinen Alkohol mitzunehmen oder einfach –«

»Es ist okay«, sage ich. »Wirklich. Die Vergangenheit holt uns alle einmal ein.«

Ava schmunzelt. »Für deine achtzehn Jahre bist du ganz schön klug.«

»Ich hatte ja auch achtzehn Jahre Zeit, mir das anzueignen.«

»Stimmt. Ich denke, du hättest damals auch die richtigen Antworten parat gehabt.«

»In deiner Kindheit?«

»Nein«, sie schüttelt den Kopf. »Das meine ich nicht. Wir mussten viel verlieren, damit wir so werden konnten, wie wir heute sind.«

Die Schwaden umhüllen nicht nur meinen Körper, auch meine Sinne fühlen sich benebelt an.

»Hat es mit der Feuerprüfung zu tun?«

»Eigentlich nicht.« Ava hält inne. »Und irgendwie doch, weil das eine das andere braucht, um bestehen zu können.«

»Mich würde interessieren, wie ihr das geschafft habt. Das

mit den Stimmen und den flackernden Bildern. Diese Männer in Uniformen.«

Ava erhebt sich, kneift die Augen zusammen. »Stimmen? Männer in Uniformen?«

»Die Prüfung in der Hütte.«

»Ja. Ich weiß, welche du meinst.«

»Da gab es doch diese Stimmen. Diese rote Maske.«

»Rote Maske? Nein, du musst dich täuschen.«

Ich verlagere das Gewicht, knete meine Hände. »Kann es sein …«, taste ich mich langsam heran, »… dass etwas nicht nach Plan läuft? In einer der Prüfungen?«

»Ausgeschlossen. Bis jetzt ist noch nie etwas passiert.« Ava lächelt. »Du darfst nicht vergessen, dass nicht wir euch prüfen, sondern dieser Ort. Dieses Tal.«

Jannis' Stimme dringt aus dem Nebel zu mir. »Romy? Romy, bist du hier irgendwo?«

»Ich komme gleich, Jannis. Bleib, wo du bist!«, rufe ich in seine Richtung. Die erste Feuerprüfung werde ich nicht so schnell vergessen. Und auch wenn sich ein Teil in mir sträubt, werde ich jetzt nicht aufgeben. Meine Fragen wurden noch nicht beantwortet. »Wir haben Sam in einem Tümpel gefunden«, erwähne ich. Ignoriere dabei das Versprechen, dass ich nichts darüber erzählen soll. Ich halte es nicht länger aus. Vor Jannis und Aurel war es schwer – vor Ava, der Leiterin der Prüfung, ist es unmöglich. »Ich habe ihn halbtot aus dem Wasser gefischt. Er ist fast ertrunken.«

»Haben du oder Kira ihn dort reingeworfen?«, fragt sie.

»Nein, natürlich nicht!«

Ava schaut in die Leere hinter mir. »Dann ist er von sich aus ins Wasser gesprungen.«

»Aber … aber warum sollte er …«

Die junge Frau macht eine abwehrende Handbewegung. »Wie gesagt: Wir sind es nicht, die euch prüfen.«

»Romy? Hey! Wo bleibst du denn?«, ruft Jannis.

»Ich muss jetzt gehen«, sage ich.

»Ja, das musst du.«

»Bis bald.«

»Bis bald, Romy.«

Ich gehe los.

Und werde vom Nebel verschluckt.

20

Das Horn. Die Klamm. Die Tür im Felsen.

Als Kira und ich zur zweiten Feuerprüfung antreten, wieder im verborgenen Tal, zeigt sich die Natur von ihrer schönsten Seite. So golden, wie es durch das Blätterdach scheint. Eine Amsel springt vor uns über das Laub, pickt mit ihrem Schnabel mehrmals in die Erde. Erst als der Vogel mit seiner Beute abhebt, fällt mir auf, dass sein Unterleib – dort, wo eigentlich Fleisch, Haut und Gefieder sein sollten – nur aus Knochen besteht. Kurz schließe ich die Augen. Ich sammle mich, schaue noch einmal nach oben. Der Vogel ist weg.

Seite an Seite gehe ich mit Kira entlang der Berge. Keine roten Markierungen, die uns den Weg weisen. Und kein Sam. Ich habe nichts mehr von ihm gehört, seit wir aus dem Wald zurückgekehrt sind.

Es fühlt sich befremdlich an, wieder hier zu sein. Nach all dem, was uns zugestoßen ist. Umkehren kommt für mich aber nicht infrage. Das Stillstehen der Zeit terrorisiert mich schon mein halbes Leben, ist wie eine Gewitterwolke, die sich über mir entlädt. Und jetzt, da ich endlich eine Leiter gefunden habe, mit der ich ihr näher kommen kann, werde ich nicht aufhören, nach oben zu steigen – völlig gleich, ob die Sprossen aus Rasierklingen bestehen.

Das sumpfige Gebiet, durch das wir das letzte Mal gestapft sind, müsste einige Kilometer links von uns liegen. Vor uns ist es trocken. Wurzelballen wachsen aus dem Boden, mindestens ein Dutzend. Die Baumstämme, die zu den Wurzeln gehören, stecken scheinbar verkehrt herum in der Erde – wachsen in den Boden, statt in den Himmel. Karg und mächtig, wild verbogen, in den verschiedensten Konstellationen.

Als ich hinter einem Gebüsch ein totes Wildschwein sehe, fahre ich vor Schreck zusammen. Kira verzieht keine Miene. Es ist ein Männchen, ein Keiler. Aus der großen Wunde am Rücken wachsen lilafarbene Blumen, die wie gezackte Sterne aussehen. Die einzigen Blumen weit und breit. Die Haut, die dem Wildschwein fehlt, wird von feinen Pflanzenfasern ersetzt – wie Spinnweben, die das Tier vollenden. Als gäbe es keine Verwesung. Als würde das tote Schwein wieder zusammengewebt werden, von der Natur höchstpersönlich. In diesem Tal zu leben, muss sich wie sterben anfühlen.

Kira und ich haben einen Kompass und eine Landkarte bekommen, deren Skizze ungenau und verwirrend ist. Klein, am unteren Rand der Karte, sind außerdem drei Zeichen abgebildet. Ein Wassertropfen, eine Muschel und ein Adler.

Was auch immer das bedeuten soll.

Das eingeritzte *Ignis* in Nathans Hütte wandert in den Hintergrund. Auch das Gedicht kommt mir mit einem Schlag weit entfernt vor. Warum sollte ich ernsthaft glauben, dass ein paar geschriebene Zeilen meine Zukunft vorhersagen? Vor allem der Satz: *Doch erst nach der letzten Prüfung, dieser Ort, er lässt dich los* – ist vollkommen surreal. Ich kann gehen, wann ich will. Dieser Ort hat keine Zäune, die mich aufhalten würden, wenn ich aus dem Tal fliehen möchte – niemand würde sich mir in den Weg stellen.

Ich rufe mir das immer dann ins Gedächtnis, wenn mir dieses Dorf oder die Bewohner Angst machen. Die bisherigen Übereinstimmungen des Gedichts waren Zufälle. Bloß dumme Zufälle. Daran klammere ich mich.

Das funktioniert zu einem großen Teil nur, weil ich mit Kira unterwegs bin. Sie strahlt eine unbeschreibliche Stärke aus – im Gegensatz zum letzten Mal. Das Mädchen muss sich wohl zunehmend daran gewöhnen, dass ich es auf einem ihrer wichtigsten Lebensabschnitte begleite. Wir sind beide Einzelkämpferinnen, die sich nach einem gemeinsamen Sieg sehnen.

Diesmal gehen wir die Prüfung jedenfalls anders an. Wir sind vorsichtiger. Auf keinen Fall werden wir uns trennen, egal, was passiert.

Ava hat uns überraschenderweise Proviant mitgegeben. Auch wenn das bei der jungen Frau bedeutet, dass wir mehrere Flaschen ihrer Kräuterbrühe und nur jeweils ein Stück Brot bekommen haben. Trotzdem weiß ich es zu schätzen. Ava kümmert sich um uns, abgesehen von dem Wutanfall, den sie wegen des Alkohols hatte. Ich werde sie vermissen, wenn ich wieder in die Stadt zurückkehre. Nach diesem Sommer werden wir uns wahrscheinlich nie mehr wiedersehen. Aber wer weiß? Vielleicht locke ich Ava einfach in die Stadt – mit einem Lastwagen voller Tee.

»Das ist es!«, sagt Kira plötzlich und bleibt stehen. »Wir denken falsch. Völlig falsch! Der Wassertropfen auf der Landkarte hat nichts mit einem Fluss oder einem See zu tun. Also nicht direkt.«

»Mit was dann?«, frage ich.

Sie zeigt auf ihre Schuhe. »Damit!«

»Okay, okay. Langsam. Willst du mir gerade weismachen, dass der Wassertropfen etwas mit deinen Schuhen zu tun hat?«

»Nein«, antwortet Kira. »Mit dem, was sich darunter befindet.«

»Schuhsohlen?«

»Ach, Romy.« Kira geht auf die Knie, macht eine einfache Handbewegung und befreit eine Stelle vom Laub. Erde kommt zum Vorschein. Sie bestaunt den Untergrund so fasziniert, als wäre sie auf eine Truhe mit Goldmünzen gestoßen. »Genial, oder?«, hakt sie nach.

»Ja, echt genial«, sage ich und versuche, meine Unwissenheit mit Sarkasmus zu überspielen. »Wir haben Erde entdeckt! Ich wusste gar nicht, dass es die im Wald gibt.« Mein Gegenüber verdreht die Augen und lässt von mir ab. Ich rede weiter: »Schon begriffen. Du hast es verstanden, ich nicht.«

»Weißt du, was da drin ist?«, fragt sie und deutet auf den Boden.

Und dann ahne ich es. »Wasser«, flüstere ich.

»Ganz genau! Wasser! Du weißt es ja doch.« Sie schmunzelt. »Wir haben die Lösung die ganze Zeit mit Füßen getreten. Unter uns sind Tausende Liter Wasser gespeichert.«

»Du meinst, dass wir uns auf einer Art Schwamm bewegen?«

»Auf einem *riesigen* Schwamm!«

Kira steht auf, geht ein paar Schritte und mustert einen Pilz. Ihr Tatendrang überrascht mich, ebenso ihr Redefluss. Ohne Sam an unserer Seite blüht sie richtig auf.

»Ein weiterer Hinweis?«, will ich wissen.

»Ich bin mir nicht sicher«, murmelt sie. Der Pilz ist braun – sein Hut ist mit kleinen, etwas dunkleren Flecken gesprenkelt. An manchen Stellen hat sich der Körper rosa verfärbt, fast rötlich. »Das ist ein Perlpilz«, erklärt Kira.

Ich kratze mich am Kinn. »Perlpilz«, wiederhole ich. »Wie die *Perle?*«

»Ja. Und du weißt doch, wo man Perlen normalerweise findet.«

»In Muscheln«, sage ich und schaue auf das zweite Symbol der Karte. »Aber ist das nicht sehr weit hergeholt?«

»Prinzipiell schon.« Kira stellt sich neben mich, berührt meinen Arm mit ihrem. »Wären es nicht so viele.« Sie zeigt auf einen anderen Pilz, einige Meter entfernt.

Tatsächlich!

Er sieht genauso aus wie der, den wir eben gefunden haben. Ein Perlpilz. Noch ein Stück weiter gibt es den nächsten.

»Ein Weg«, stelle ich fest.

»Sieht aus, als hätte man sie bewusst dort eingepflanzt. Sie sind mir schon vor ein paar Minuten aufgefallen. Wir sind ihnen wohl instinktiv gefolgt.«

Ich lächle. »Hänsel und Gretel waren gestern. Statt Brotkrümeln haben wir Pilze.«

»Hänsel und Gretel?«, fragt Kira nach.

»Ja, du weißt schon. Die zwei Geschwister, die die Hexe in den Ofen getreten haben.«

Das Mädchen schaudert. »Vielleicht sollte ich mir doch noch einmal überlegen, ob ich in die Stadt will.«

Mein Lächeln wird breiter. »Keine Sorge, das ist nicht wirklich passiert. Und Hexen gibt es sowieso nicht mehr.«

»Nun ja«, sagt Kira. »Bei solchen Geschichten wundert es mich nicht.«

Während wir weiterreden, folgen wir den Pilzen. Das Rätsel von Ava und Nathan ist banal, aber gewieft. Erst der Wassertropfen, dann die Muschel. Auf die Lösung hätte man nur kommen können, wenn man die Natur wie seine Westentasche kennt. Nur der Adler fehlt noch.

Kira erzählt mir, dass wir von Pilzen meist nur einen kleinen Teil sehen. Das, was wir Menschen ernten, ist der Fruchtkörper. Der eigentliche Pilzkörper breitet sich als riesiges Zellgeflecht unter der Erde aus. Fast jede Baumwurzel ist von diesen weißlichen Fäden überzogen.

»Wow«, sage ich nach einiger Zeit. »Du bist echt ein wandelndes Buch.«

»Eher nicht«, bemerkt Kira. »Ich schreibe nie auf, was ich denke. Anders als du. Außerdem verstauben Bücher. Und sie sind leicht brennbar.« Sie grinst. »Ist es das, was du willst? Mich verbrennen? Wie die Hexe aus der Geschichte?«

»Nein, keine Sorge«, antworte ich. »Ich schreibe schon meine eigenen Geschichten. Jetzt zum Beispiel. Mit dir.«

Ich hoffe dabei inständig, dass diese Geschichte ein gutes Ende findet – nur nimmt meine Hoffnung mit jedem weiteren Schritt ab. Immer wieder kommt mir Sam in den Sinn, der sich panisch umgedreht hat, als wir durch den Wald zurück nach Ancora gegangen sind. Mit einem Schlag überfällt auch mich dieses Unwohlsein. Ich könnte schwören, dass wir nicht alleine sind. Nur ist da kein Knacksen zu hören, keine andere Stimme. Da sind nur Kira und ich.

Als ich ein paar Minuten später auf den Kompass schaue, stocke ich. Die Nadel zeigt nicht mehr nach Norden. Sie zeigt nirgendwo mehr hin. Völlig außer Kontrolle dreht sie sich im Kreis.

Seltsam.

Aus dem Augenwinkel beobachte ich, wie Kira den Kopf hebt. Vor uns befinden sich die Berge von Ancora. Ich lasse den Kompass sinken.

»Der Adler«, sagt Kira. »Er muss für das Gebirge stehen.«

Ich merke, dass sich Kiras Körperhaltung verändert. Sie wird unsicherer. Als würde ebenjene Angst ausbrechen, die uns in der letzten Prüfung in den Wahnsinn getrieben hat.

»Hey, Kira«, spreche ich sie auf etwas an, das mir schon den ganzen Nachmittag auf der Zunge liegt. »Ich glaube … ich glaube, es ist wichtig, dass du mir erzählst, was in dieser Nacht geschehen ist. In der ersten Feuerprüfung. Wenn wir auf diesen Berg steigen, darf nichts zwischen uns stehen. Ich muss wissen, auf was ich mich einlasse.«

Kira geht unbeirrt weiter. Eine gefühlte Ewigkeit sagt sie nichts, doch als wir den Fuß des Berges erreichen, sieht sie mich zögerlich an. Sie zwingt sich zu einem Lächeln. »Ich bin hier. Das ist die Hauptsache, oder?«

»Ja, das ist es«, bestärke ich sie. »Nur sollten wir uns vertrauen können. Ich meine … ich habe auch Dinge gesehen und gehört. In dieser Lagerhalle. Aber ihr wart … ihr wart nicht mehr dieselben, am nächsten Tag.«

Kira schaut zur Spitze des Berges, dann wieder zu mir. Ihre Mundwinkel gehen nach unten. »Weißt du«, sagt sie, ihre Stimme klingt wehmütig. »Hin und wieder bilde ich mir ein, dass dieser Ort jedes Geheimnis von mir kennt. Alles, was ich erlebt habe. Alles, was ich tue«, sie stochert mit ihrem Fuß im Laub herum. »Ich wurde von diesem Flüstern an einen verlassenen Wachturm gelockt, zu einem Feld. Da waren Vogelscheuchen. Sie standen schief auf dem Feld und haben mich angestarrt. Es hat süßlich gerochen, nach Harz. Ich bin ihnen näher gekommen … und dann … dann …« Kira schluckt. »Ich weiß, dass das lächerlich klingt. Aber dann haben sie mit mir geredet. Und als ich nah genug war, um ihre verstellten Fratzen sehen zu können, habe ich Menschen erkannt. Menschen, die ich kenne. Und denen ich allen etwas schuldig bin. Mir ist schlecht geworden – von den Stimmen, von dem süßlichen Geruch. Ich war wie in einem Traumzustand. Eine dieser Vogelscheuchen war Sam und er hat von dem Abend geredet, an dem er … egal …« Kira reißt sich aus ihren Gedanken. »Ich habe in dieser Nacht meine Vergangenheit gesehen. Aber das ist gut so, denke ich. Denn damit muss ich abschließen, wenn dieser Ort mich jemals in Frieden ziehen lassen soll.«

Den nächsten Abschnitt gehen wir nicht mehr durch den Wald, wir gehen *über* ihm. Auf einem unebenen Wanderweg, der sich am Gestein entlangwindet. Links von uns ein Abgrund, rechts von uns Felsen. Eine kalter Luftzug bläst uns entgegen. Das Wetter, das bis eben sonnig und friedlich über uns gewacht hat, scheint umzuschlagen. Der Weg ist schmal. Ich muss aufpassen, wohin ich trete. Ein falscher Schritt und ich würde ins Torkeln geraten. Die Klippe hinunterstürzen, etliche Meter bergab. Der Steilhang sieht aus wie der Brunnenschacht im Dorf. Nur tiefer. Viel, viel tiefer.

Was Kira über die Nacht erzählt hat, bringt mich nicht recht weiter. Es bestärkt mich nur in der Auffassung, dass diese Prüfung keine Regeln kennt.

Da es jetzt steil nach oben geht, komme ich schon nach etwa einer Stunde ins Schwitzen. Meine Konzentration schwindet mit jeder Minute. Ich fühle mich ausgelaugt. Der Wanderweg, der anfangs gut begehbar war, besteht mittlerweile nur mehr aus Steinen. Ich spüre jeden einzelnen auf meinen Fußballen.

Der holprige Weg führt uns immer höher hinauf. Wir gehen an einem Stollen vorbei, dessen Eingang verschüttet ist. Wenn ich genau hinhöre, dann ist es, als würde ich einen alten Förderwagen hören, der auf eingerosteten Schienen vorwärts geschoben wird. Etwa einen Kilometer weiter führt der Pfad durch eine kleine Höhle im Berg. Es ist dunkel, aber das Gestein schimmert. Bei genauerem Hinsehen erkenne ich einige Knochen, die aus dem Felsen ragen.

Wieder im Freien bleibt Kira auf einem Plateau stehen. Sie zeigt auf eine Kiste mit einem schwarzen X. Wir sind richtig.

Anders als erwartet, finden wir in der Truhe jedoch nicht einen, sondern gleich zwei gefaltete Zettel. Auf einem davon steht mein Name, auf dem anderen Kiras. Wir öffnen sie beinahe synchron. Kira liest vor:

Wenn man in der Gesellschaft überleben will, braucht man Leute, die einen unterstützen. In Ancora helfen wir den Alten und Schwachen, vertrauen uns gegenseitig, damit der Kreislauf funktioniert. Doch da draußen muss man sich sein Ansehen erarbeiten. Freundschaften pflegen, sich durchsetzen. Aufgabe zwei: Hier endet der Pfad. Klettert auf den Berg. Redet miteinander. Erschafft gemeinsam einen neuen Weg. Sobald ihr die Spitze erreicht, ist die Aufgabe bestanden.

Fragend schaut mich Kira an. »Komisch«, sagt sie. »Warum haben sie uns denn zwei Zettel gegeben?«

Ich reagiere nicht, starre bloß auf das Blatt Papier.

»Romy?«

»Oh. Ähm. Sorry! War in Gedanken.«

»Ich wollte nur wissen, ob bei dir etwas anderes steht?«

Angestrengt verberge ich meine zitternde Hand, in der ich

den Zettel halte. Den Zettel, auf dem tatsächlich etwas anderes steht. Direkt unter der eigentlichen Aufgabe – verfasst in einer Handschrift, die ich nur zu gut kenne. Es ist dieselbe Schrift, mit der damals *Familie* an das grüne Häuschen geschrieben wurde.

Allmählich wird mir bewusst, dass diese Zeilen nicht von Ava oder Nathan stammen können. Dieser Zettel passt nicht zu dem von Kira.

Wir sind es nicht, die euch prüfen, hat Ava gesagt. *Dieser Ort ist es.*

Nur glaube ich das nicht. Nicht mehr.

Die Gründer haben schlichtweg die Kontrolle verloren. Vielleicht war es ein Fehler, zur zweiten Prüfung anzutreten.

DEINE AUFGABE IST SIMPEL, steht auf meinem Zettel. VERHINDERE, DASS KIRA DEN GIPFEL ERREICHT. MIT ALLEN MITTELN.

»Nein«, sage ich und lasse ihn in meiner Hosentasche verschwinden. »Bei mir steht dasselbe.«

21

Die nächsten Stunden verbringen wir damit, uns von einem Abhang zum nächsten zu hangeln. Ich klettere scharfe Kanten entlang und kralle mich an Einkerbungen fest.

Aurel hat mich zum Glück vor ein paar Monaten auf eine Klettertour mitgeschleppt. Dort hatte ich aber wenigstens einen Gurt – eine Sicherung –, irgendetwas, das mich aufgefangen hätte, wenn ich abgerutscht wäre. Hier gibt es nichts. Höchstens ein paar Felsvorsprünge, an denen man verschnaufen kann, um sich neu zu sortieren.

Wir kommen an weiteren Höhlen vorbei, an versteckten Vogelnestern. Ein Bussard kreist um uns. Sein Ruf hallt durch die Berge und lässt uns oftmals innehalten. Ab und an machen wir eine Pause, überlegen, wo die beste Route liegt. Es ist ein strategisches Abwägen zwischen der uns verbleibenden Kraft und unserem Willen. Eine Gratwanderung.

Als ich losgeklettert bin, ist eine neue Welle Adrenalin in mir hochgeschwappt. Ich fühle mich wie in einer Ekstase. Häufig muss ich meine Hände ausschütteln, weil das Gestein in mein Fleisch schneidet. Kira klettert vor mir. Ich sehe ihre Muskeln, ihre trainierten Arme, die ihre Lebensweise in der Natur unter Beweis stellen.

Kira. Meine Begleiterin. Das wilde Mädchen aus Ancora. Diejenige, die ich laut des Zettels sabotieren muss. Immerzu denke ich an die unmoralische Aufgabe, die mir gestellt wurde. Eine Entscheidung habe ich aber schon längst getroffen.

Natürlich werde ich sie nicht sabotieren.

Egal, was auf dem Zettel steht – Kira muss auf den Berg. Diese Prüfung ist ihre Zukunft. Abgesehen davon glaube ich sowieso, dass jemand die Aufgaben manipuliert.

Die Truhe war lange unbeaufsichtigt. Zu lange, wie es aussieht. Irgendein Fremder scheint Wind davon bekommen zu haben, wo sie sich befindet. Oder aber die Person ist gar nicht fremd, sondern steht den Gründern nahe. Ava und Nathan glauben vielleicht, dass sie ihm oder ihr vertrauen können.

Von der Aufgabe erzählen werde ich Kira jedenfalls nicht. Ich will sie nicht verunsichern, der Aufstieg ist ohnehin schon schwer genug. Wir werden den Gipfel erreichen, daran habe ich keine Zweifel.

»Wir müssen uns beeilen«, sagt Kira und schaut dabei in den wolkenverhangenen Himmel. Das Wetter hat sich rasch verschlechtert. Die Wolken kamen aus dem Nichts und haben sich über unseren Köpfen ausgebreitet – es brodelt in ihrem Inneren. Es wird nicht mehr lange dauern, bis sie brechen und das gesamte Tal zu einer Wanne machen, aus der es kein Entkommen gibt. Wenn erst die Blitze über unseren Köpfen leuchten, der Lärm des Donners unsere Ohren betäubt, dann verwandelt sich der Aufstieg schnell zu einem Wettlauf gegen die Zeit.

»Ja, müssen wir«, sage ich keuchend. Wir befinden uns auf einem größeren Felsvorsprung. »Ich muss trotzdem kurz eine Pause einlegen. Sonst kannst du mich in einer Stunde vom Boden aufkratzen.« Der anfängliche Energieschub nimmt stetig ab.

»Wenn dir schwindelig wird, sag es mir«, antwortet Kira und schaut mich besorgt an. »Die Natur hat ihre harten Seiten. Bilden wir uns nicht ein, dass wir sie bezwingen können.«

»Wenn wir den Berg nicht bezwingen können, was machen wir dann?«, frage ich.

»Das Gebirge ist dominant. Wir werden uns ihm unterwerfen müssen.«

Großartig! Sexspielchen mit einem Berg haben uns gerade noch gefehlt.

Kira lacht, als sie meinen irritierten Gesichtsausdruck bemerkt. »Ich sage bloß, dass wir nicht gegen den Berg ankämpfen, sondern mit ihm kämpfen sollen. Das ist der Sinn der Aufgabe.« Sie schaut nach oben, zum nächsten Felsen. »Weißt du was? Du hast recht. Wir teilen uns unsere Kräfte ein und verschnaufen ein wenig. Aber lassen wir das Wetter nicht aus den Augen.«

Ich nicke.

Und trotz dieser bizarren Situation spüre ich so etwas wie Geborgenheit.

»Ziemlich verrückt das alles«, sage ich.

»Genau deswegen hat es seinen Reiz.« Kira sieht kühn aus, als sie sich mit aufrechten Schultern vor die Kante stellt. Die Unsicherheit von vorhin wird von ihrer frechen Ader abgelöst. »Kannst du dich noch an unsere erste Begegnung erinnern? Als du fast in die Schlucht gestürzt wärst?«, fragt sie mich und genießt dabei den Ausblick, der sich uns bietet. Der Wald sieht von hier oben klein aus. Wie eine dunkelgrüne Bienenwabe. Lichtungen und Gebäude durchbrechen das Geflecht, mächtige Bäume ragen in die Lüfte wie Statuen, die versuchen, den Himmel zu erreichen. Ich sehe die Ruinen, die Überbleibsel, an denen wir in der ersten Prüfung vorbeigekommen sind. Dahinter – etwas weiter entfernt – ist die trockene Landschaft, durch die wir schon bei unserer Anreise gefahren sind. Das Leben außerhalb von Ancora scheint wie eine Parallelwelt.

»Klar kann ich mich daran erinnern«, sage ich und denke an den ersten Tag im Dorf. Ich sehe Kira deutlich vor mir, wie sie am Waldrand hockt, in der Hand ein Veilchen. »Du hast mich nicht begrüßt«, schildere ich. »Du hast mir auch nicht die Hand geschüttelt oder sonst etwas. Du hast bloß geschwiegen.«

»Weißt du auch, warum?«

»Nein.« Ich werfe ihr einen flüchtigen Blick zu, doch Kira ist weiterhin gefesselt von der Natur.

»Sprachlosigkeit. Ich finde, das ist die schönste Art zu kommunizieren. Es ist ja nicht so, dass mir nichts einfallen würde. Eigentlich könnte ich zu fast allem meinen Senf dazugeben.« Sie lächelt. »Aber ich tue es nicht.«

Kira dreht sich vorsichtig zu mir, als würde sie bei jeder noch so kleinen Bewegung prüfen, ob ich etwas dagegen habe. Aber das habe ich nicht. Sie legt ihre Hände auf meine Schultern – lässt es so aussehen, als würden wir gleich anfangen zu tanzen. Im Takt. Zu der Musik des Windes.

»Die Sprache der Sprachlosigkeit«, sage ich.

»Wenn keine Worte zwischen einem sind«, flüstert Kira. »Dann ist alles, was zählt, die wahren Gefühle. Die Blicke. Die Berührungen.« Sie schaut mir in die Augen, ihre Pupillen erzählen mir eine Geschichte. »Die Menschen haben Angst«, haucht sie. »Angst vor dem, was sie fühlen. Sie unterhalten sich, reden ununterbrochen, damit sie ja nicht die Beherrschung verlieren und begreifen, was schon immer da war.«

Ich höre mein Herz schlagen. Meine Gedanken verschwimmen, ich bekomme kein Wort hervor. Schaue bloß auf Kiras leicht geöffnete Lippen, spüre die Bergluft, die sich angenehm frisch auf meine Haut legt.

»Was ist immer da?«, wispere ich schließlich.

»Das Verlangen, Romy. Das Kribbeln im Bauch. Die leichtgläubigen Augen. Der …« Kira unterbricht sich, als ich schmunzelnd den Kopf schüttle. »Was?«, fragt sie.

»Du hast mir einmal gesagt«, meine ich, »dass man auf manche Fragen keine Antwort gibt. Das ist eine davon.«

Und dann beugt sich Kira vor, ganz langsam, fast schon in Zeitlupe. Sie schließt die Augen und küsst mich. Sanft. Ihre Lippen auf meinen, ihr warmer Atem, der Geruch nach Lavendel. In diesen Sekunden – die nicht dazu da sind, je zu Ende zu gehen – ist da nichts in meinem Kopf. Ich werde umschlossen von Heimat. Getrieben von endloser Lust und verschmolzen mit dem Gefühl einer Berührung, das ich bis dato nicht kannte. Doch jetzt, in diesem Moment, da frage ich mich, wie ich bisher ohne leben konnte.

So wuchtig dieser Augenblick auch ist, so schmerzhaft ist der Gedanke, der mir durch den Kopf geht, als wir uns voneinander lösen.

»Ich habe einen Freund«, sage ich.

Kira sieht mich an, dann lächelt sie – wie vorher. »Du hast nicht nur einen Freund, du bist auch in einer ganz anderen Welt.«

Sie wendet sich ab, geht ein paar Schritte zum Berg und beginnt zu klettern.

Noch immer wie benebelt folge ich ihr.

Der Himmel brodelt, mein Herz steht still.

Wir sind ein gutes Stück vorangekommen, doch zur Spitze sind es bestimmt noch mehr als hundert Höhenmeter. Inzwischen bin ich es, die vorausklettert. Ich hatte lange genug Pause und will Kira ein wenig entlasten. Erster zu sein zieht eine gewisse

Verantwortung mit sich – ich muss behutsam die Felsen abtasten, kontrollieren, ob die Griffe sicher sind. Ich darf mir keinen Fehler erlauben.

Dass ich Kira nicht permanent sehe, ist mir momentan sehr recht. Der Kuss hat mich durcheinandergebracht. Meine Lippen prickeln, mein Körper fühlt sich an, als wäre schon der erste Blitz darin eingeschlagen.

Fühle ich mich schlecht, weil wir uns geküsst haben?

Nein.

Wobei ich nicht leugnen kann, dass ich die letzte halbe Stunde ständig an Aurel denken musste. Einmal habe ich mir sogar eingebildet, ihn auf einer Lichtung weit unter mir zu sehen. Ich konnte aber kaum etwas Genaueres erkennen. Warum sollte er mir auch gefolgt sein? Das ergibt keinen Sinn.

Ich irre mich. Ganz sicher.

Was er wohl sagen würde, wenn er von dem Kuss erfährt? Wenn ihm klar wird, dass da noch mehr zwischen Kira und mir ist als bloß Freundschaft?

Ich darf nichts überstürzen. Vermutlich war das eine einmalige Sache. Sie wollte sich ausprobieren und wusste nicht, was sie tut.

Blödsinn, denke ich. *Kira weiß immer, was sie tut.*

Ich werde noch einmal mit ihr darüber reden. In Ruhe. Wenn wir die Feuerprüfung hinter uns gebracht haben.

»Na, wie sieht's da oben aus?«, ruft Kira.

»Der Berg macht mir keine Sorgen, aber das Wetter«, entgegne ich.

»Das sollte uns auch Sorgen machen.«

Ich lehne mich gegen einen Felsen, halte inne. »Vielleicht hilft ein Regentanz«, scherze ich.

»Ein Regentanz lockt den Sturm nur weiter an, du Priesterin«, antwortet sie. Wir müssen brüllen, damit wir uns verstehen können. Die Entfernung und der aufbrausende Wind sind nicht zu unterschätzen. Sarkastisch fügt Kira hinzu: »Aber das Gegenteil sollte uns helfen.«

»Das Gegenteil eines Regentanzes?«, frage ich.

»Ein Regen*schlaf!*«, ruft Kira. »Klingt doch nach Entspannung, nicht?«

»Ja! Und es klingt mal nach etwas, das ich tatsächlich kann«, witzle ich und klettere weiter. Der erste Tropfen. Direkt auf meine Stirn. »Mist, Mist, Mist!«, fluche ich. »Lass uns ein Stück zurückklettern. Da unten habe ich eine Höhle gesehen.«

»Es ist doch nicht mehr weit«, schreit meine Begleiterin. Der Wind wird immer stärker. »Wir schaffen das.«

Ich werfe einen kritischen Blick nach oben, schaue mich nach einem Plateau um.

Ein Schatten.

Ich sehe die Gestalt nur kurz, bin mir aber sicher, dass sie da war.

Oder doch nicht?

Irgendjemand muss dort gestanden haben. Über mir.

Und dann ist da noch etwas.

Ein Stein, ein losgelöster Felsbrocken, der mit einer irren Geschwindigkeit den Abhang hinunterrollt.

Die Zeit bleibt stehen.

Jetzt sind es nicht mehr die Gewitterwolken, in denen es pulsiert. Es ist mein Kopf. Meine Hände durchfährt ein Kribbeln, etliche Explosionen unter meiner Haut. Kein Wind, kein Regen, kein Rascheln der Blätter. Nichts. Während mich Kira geküsst hat, habe ich jede Millisekunde in mir aufgesaugt. Ich habe den Kuss genossen, ihn für immer in meinen Gedanken gespeichert. Nun ist jede einzelne Sekunde so voller Angst und Schrecken, dass ich eigentlich bloß die Augen schließen will. Aber ich tue es nicht. Stattdessen verlagere ich mein Gewicht und schaue nach unten. Ich schreie Kira an. Ich schreie so laut, dass mein Hals Feuer fängt.

Kira soll verschwinden! Ausweichen! Auf einen anderen Felsen springen!

Die Rufe gehen in der Stille unter.

Ich will weg von der Realität, weg von diesem Berg. Und als meine Verzweiflung so groß wird, dass sich meine Brust verkrampft, läuft die Zeit weiter.

»Pass auf!«, brülle ich, doch für Kira ist es unmöglich zu reagieren. Sie sieht den Stein nicht kommen. Hilflos beobachte ich, wie der Felsbrocken nach unten rast und Kira am Arm trifft.

Sie verliert das Gleichgewicht, fällt.

In die Tiefe.

In den Abgrund des Tals.

22

Kira fällt einige Meter und knallt auf ein Plateau, das aus dem Gebirge ragt. Erst ist da ein Knacksen, dann ein Schrei. Für den Bruchteil einer Sekunde setzt mein Herz aus. Alles läuft auf Automatik. So schnell, wie es meine zittrigen Beine zulassen, klettere ich den Berg hinab. Im Hintergrund höre ich Kiras Schreie. Laute, die mir das Blut in den Adern gefrieren lassen.

Nicht nur der Wind wird stärker, auch der Regen. Große Tropfen prasseln auf mich nieder. Sie zerplatzen in Tausende Partikel, sobald sie meine Haut berühren.

Beim Felsen angekommen, beuge ich mich über das Mädchen. »Hey! Hey, geht's dir gut?«

Was für eine dumme Frage, begreife ich, weiß mir aber nicht besser zu helfen.

»Mein Arm«, presst Kira hervor und windet sich auf die Seite. »Ich bin auf meinem Arm gelandet.«

»Kannst du ihn bewegen?«, frage ich und lege meine Handflächen auf ihren zusammengekauerten Körper, als könnte ich sie wärmen. Der Regen verwandelt sich in einen Sturm. Donner. Der erste Blitz.

»Ich glaube schon«, sagt sie gequält. Ihr Gesicht ist schmerzverzerrt, ihre Schädeldecke blutet. Eine Platzwunde. Das Blut vermengt sich dabei mit den Wassertropfen und bildet ein rotes Rinnsal, das sich über das Gestein zieht.

Mir steigen Tränen in die Augen. Ich realisiere, dass wir allein sind. Völlig auf uns gestellt.

»Romy, hör mir gut zu«, bittet Kira. »Wir müssen ruhig bleiben, okay?« Sie richtet sich langsam auf, blickt nach vorne. »Da!«, sagt sie. »Das muss die Höhle sein, die du vorher gemeint hast!«

Kira hat recht!

Nur ein paar Meter entfernt, mitten im Berg, ist der Eingang einer Höhle.

Noch ein Blitz. Der Wind peitscht gegen die Felswände und wirbelt Blätter durch die Luft. Ein Krachen, ein weiterer Steinschlag. Ich werde geblendet – Donner. Rund um das Tal schlagen Blitze ein, so laut wie Schüsse.

»Los, rein da«, rufe ich über den Lärm hinweg, verdränge meine Angst und packe Kira unter ihrem gesunden Arm. Sie beißt sich auf die Zunge. Blut rinnt über die nassen Haare, die ihr ins Gesicht hängen.

Wie kann der Sturm nur so verflucht schnell so stark werden?

Mit vereinter Kraft kommen wir in der Höhle an, lassen uns auf einem Stein nieder. Kira lehnt sich erschöpft gegen die Felswand. Zügig schlüpfe ich aus meiner Jacke und binde sie ihr um den Kopf, damit sie sie dagegen drücken kann. Ich will nicht riskieren, dass sie zu viel Blut verliert.

»Scheiße«, nuschle ich und setze mich neben Kira. Mein Kommentar geht in der Geräuschkulisse des Sturms unter. Ich höre das Brechen von Ästen, das Heulen des Windes, die Einschläge in den Fels. Immer wieder wird die Höhle von stechendem Licht erhellt. Mir ist kalt. Meine durchnässte Kleidung klebt an mir, nur vereinzelt lösen sich Wassertropfen, die sich vor mir in einer Pfütze sammeln.

Und dann sehe ich die Feuerstelle. Es ist ein Steinkreis, daneben ein Stapel Äste. Ganz oben türmt eine Streichholzschachtel.

»Da war jemand in der Höhle. Vor Kurzem«, sage ich.

»Glaube ich nicht«, murmelt Kira und sieht selbst auf. »Die Schachtel ist verstaubt. Sie muss schon länger hier liegen.«

Ich nähere mich dem Steinkreis und zünde ein Streichholz an. Eine kleine Flamme lodert auf. Unterdessen höre ich Kira schwer atmen.

»Wie geht's deinem Arm?«

»Geht schon«, versichert sie leise. »Aber mein Kopf brummt. Ich … ich muss mich einfach mal hinlegen. Cinda wird sich morgen um mich kümmern.«

»Denkst du, wir schaffen es alleine vom Berg?«

»Wir … wir finden eine Lösung«, sagt sie. »Die finden wir doch immer.«

Um nicht noch länger untätig rumzusitzen, schichte ich das Holz zu einem Tipi. Es ist eine Technik, die ich mir von einem der Arbeiter aus dem Dorf abgeschaut habe. Innen die kleinen Äste, außen die größeren. Ich halte ein Streichholz darunter und entzünde es. Sehe zu, wie sich die Flammen durch das Holz fressen. Ein Lagerfeuer entfacht. Es lässt die Höhle in einem schwachen Licht erstrahlen.

Draußen spielt das Wetter verrückt. Der Sturm tobt so wild, dass er selbst hier drinnen noch Furcht einflößend ist. Die Natur kann unbeschreiblich schön, aber auch erbarmungslos sein.

Die Wärme des Feuers breitet sich aus. Ich hole Kira näher heran, setze mich neben sie und halte meine Hände gegen die Flammen. Nicht nur meine Beine und Hände beben, mein ganzer Körper tut es. Zögerlich drehe ich meinen Kopf, betrachte die Höhle genauer. Ich sehe einen Spalt. Etwas weiter hinten, dort, wo das Licht des Feuers gerade noch hinreicht. Es wirkt wie ein Durchgang.

Kira folgt meinem Blick und bemerkt den Spalt ebenfalls. »Vielleicht führt er uns nach draußen«, sagt sie müde.

»Ja. Das schauen wir uns genauer an«, antworte ich. »Aber erst morgen. Jetzt solltest du dich ausruhen. Versuch zu schlafen.« Womöglich brauche auch ich ein paar Stunden Schlaf, um wieder zu Kräften zu kommen. Ich lege mich auf die andere Seite des Lagerfeuers. »Gute Nacht«, flüstere ich, weiß aber nicht, ob Kira mich gehört hat. Als ich zur Decke schaue, sehe ich keine Sterne, bloß rauen Felsen.

Der Stein vorhin ist nicht einfach so abgebrochen. Und es war auch keine Halluzination. Der Schatten, den ich über mir gesehen habe, hat etwas damit zu tun. Diese Höhle hat etwas damit zu tun.

Ich hätte Kira von Anfang an warnen müssen. Ihr den Zettel zeigen – egal, ob wir die Prüfung abgebrochen hätten oder nicht. Wer weiß … vielleicht wäre sie dann nicht gestürzt.

Ich hätte es verhindern können!

Dieser Satz schwirrt mir durch den Kopf. Ob er nun stimmt oder nicht, ist die andere Frage. Ich fühle mich aber schuldig. Und dieses Gefühl ist verdammt beschissen.

Ich denke an das Gedicht, das wieder präsenter denn je ist. Angestrengt gehe ich die Zeilen in meinem Kopf durch. Jede einzelne. Bei einer halte ich inne.

Steine überm Horizont, sie liegen rot im Wald,
die Höhle ist die Ewigkeit, die Uhr ist längst verhallt.

Damit wurde die Prüfung beschrieben. Der Felsbrocken, der uns von oben entgegengekommen ist. Die roten Steine im Wald. Eine Höhle. Und natürlich die Uhr von Aurel, die stehen geblieben ist, als wir damals den Schrei gehört haben.

Heute habe ich das Gedicht nicht ernst genommen. Das war

mein Fehler. Aber wenn die Zeilen wirklich mein Schicksal voraussagen – Reihe für Reihe –, dann heißt das auch, dass ich am Schluss sterben werde. Umgebracht von einer Person, die mir etwas bedeutet.

Nach und nach bekomme ich es mit der Angst zu tun, die mich noch lange wach hält. Irgendwann schlafe ich aber doch ein. Neben den Flammen. Neben Kira. Neben dem Sturm, der nicht nur draußen, sondern auch in meinen Gedanken tobt.

Als ich das nächste Mal die Augen aufschlage, strahlt Sonnenlicht in die Höhle. Der neue Morgen erhellt und wärmt den kalten Steinboden, vom Wald ertönt die Melodie der Vögel.

Alles scheint besser als gestern.

Zumindest fast alles.

Irgendetwas stimmt nicht.

Ich schaue zur Seite. Sehe, dass Kira wach ist. Sie hat Augenringe, mehrere Kratzer auf den Beinen und im Gesicht. Ihr Handgelenk – auf das sie gefallen ist – hat sich blau, fast violett verfärbt. Zwischen ihren Fingern hält sie einen Zettel.

Noch bevor Kira etwas sagt, ahne ich, was passiert ist. Schnell greife ich in meine Hosentasche. Leer.

»Du hast da was verloren«, teilt mir Kira mit einem Blick mit, der mich erschaudern lässt.

Sie hat den Zettel gefunden.

Den Zettel, auf dem steht, dass ich sie sabotieren soll.

Der Stein …

Kira glaubt, ich hätte sie töten wollen.

23

»Du musst mir vertrauen«, flehe ich mit heiserer Stimme. »Ich habe den Stein nicht nach dir geworfen, Kira.« Mein Rachen fühlt sich trocken an, meine Arme jucken. Die Nacht in der Höhle hat ihre Spuren hinterlassen. »Da war jemand auf dem Felsen, über uns!«

Wie verwirrt ich mich anhören muss. Wie verzweifelt.

Ich schäme mich.

Vor einer guten Stunde sind wir durch den Spalt gekrochen, den ich gestern entdeckt habe. Ich war erstaunt, wie schnell Kira wieder auf den Beinen war. So wie beim verwesenden Wildschwein scheint dieses Tal auch bei ihr eine heilende Wirkung zu haben.

Hinter dem Durchgang war ein breiter Weg, ein Tunnel im Berg, der in mir Hoffnung, aber auch eine tiefsitzende Beklemmung hervorgerufen hat. Wir sind ihm gefolgt. Dort drin war es stockdunkel. Ab und zu habe ich eines der Streichhölzer angezündet. Nur nicht zu oft, damit die Schachtel nicht leer wird, sollten wir das Licht später dringender brauchen. Auf Kiras Wunsch hin habe ich in der Dunkelheit geschwiegen. Und so waren es keine Beleidigungen oder Wutausbrüche, die mich getroffen haben, sondern unausgesprochene Worte.

Der Weg hat schließlich am Hang des Berges gemündet – nur mehr eine Stunde Fußweg von Ancora entfernt. Die Wildnis ist nach dem Sturm zu neuem Leben erwacht.

Der Tunnel durch den Berg, die Streichhölzer und der Schatten.

Irgendjemand ist uns gefolgt. Mein Bauchgefühl hat sich nicht getäuscht. Die Gestalt, die ich gesehen habe, *muss* ein Bewohner aus Ancora gewesen sein. Niemand sonst kennt sich hier so gut aus, niemand sonst kennt den geheimen Eingang zum Tal. Aber wer könnte uns schaden wollen? Und warum?

»Kira«, versuche ich es ein weiteres Mal. »Du traust mir so etwas doch nicht zu, oder?«

Unerwartet bleibt sie stehen und winkelt ihren verwundeten Arm an. Kira mustert mich, als würde ein völliger neuer Mensch vor ihr stehen. Als hätte sie über Nacht alles vergessen, was wir zusammen erlebt haben.

»Erst dachte ich, dass ich dich kenne«, sagt sie mit einem solch gekränktem Ausdruck in ihren Augen, dass ich mich in meiner eigenen Haut unwohl fühle. »Aber anscheinend tue ich das nicht. Anscheinend kennst du dich nicht einmal selbst.«

»Du glaubst, dass ich dich hätte umbringen wollen?«

»Nein, das nicht.«

»Was dann? Dass ich den Stein auf dich geworfen habe?«

»Nein, auch das nicht«, meint sie und kommt dabei ein Stück näher. Wir müssen armselig aussehen, so zerrupft und zugerichtet wie wir sind. »Ich glaube dir das mit dem Schatten. Wirklich. Die Romy, die ich kennenlernen durfte, hat nämlich etwas ganz Einzigartiges an sich. Ehrlichkeit. Du nimmst kein Blatt vor den Mund. Und du bist aufrichtig.« Kira seufzt, blickt geradeaus, Richtung Ancora. »Ich bin nicht wütend auf dich, ganz im Gegenteil. Ich bin traurig. Enttäuscht. Weil du mir diesen Zettel verheimlicht hast. Weil du … weil du mich angelogen hast.« Sie wird leiser. »Es fällt mir nicht leicht, Menschen zu vertrauen.«

Kira wirkt, als würde sie von ihren Gedanken zerfressen

werden. So stark wie ihre Worte sind, so verletzlich ist der Ort, an dem sie keine findet.

Lügen, das Gedicht, mein Traum – all das zerfrisst auch mich. Es zerfrisst mich schon die ganze Zeit. Nur ist der Drang nach Antworten so groß, dass ich die wahren Gefühle ausblende.

Vergesse.

Verdränge.

»Wir brauchen Abstand«, sagt Kira und blickt wieder zu mir. »*Ich* brauche Abstand. Die letzten Tage haben wir zusammen durchgestanden und das war gut so. Aber jetzt ist es an der Zeit, dass ich ein Stück allein gehe. Gib mir einen Tag für mich. Ich komme nach.«

»Was ist mit deinem verletzten Arm?«, frage ich.

»Wie gesagt, ich komme zurecht. Das bin ich schon mein ganzes Leben.« Als Kira meine zusammengezogenen Augenbrauen sieht, fügt sie hinzu: »Ich passe auf mich auf, Romy. Ich bin hier aufgewachsen. Die Feuerprüfung verlangt nur mehr von mir ab, als ich anfangs dachte.«

Ich nicke, weil ich den Moment hinter mich bringen will, umarme sie behutsam und wende mich ab. Gehe los. Lasse Kira so weit zurückfallen, dass sie nicht mehr zu sehen ist. Meine Schritte fühlen sich taub an. Und doch mache ich einen nach dem anderen.

Erst war ich der festen Überzeugung, dass wir die Prüfung gemeinsam schaffen werden. Als Team. Als … was auch immer wir füreinander sind.

Ich mache mir Sorgen um ihren Arm, um ihre Verfassung. Als sie das letzte Mal allein im Wald war, ist sie anders wieder herausgekommen. Wir wollten uns unter gar keinen Umständen trennen – doch genau das tun wir gerade.

Ich versuche den Gedanken auszublenden und werde schneller. Zielgerichtet geht es zurück, Kilometer für Kilometer, in die Klamm, zur Falltür, ins Dorf.

Nach Ancora.

Als ich bei den Häuserreihen ankomme, sehe ich Aurel, der einige Meter entfernt auf der Wiese steht. Er trägt einen Kübel, seine Hose ist mit Schlamm bedeckt und auf seiner Stirn klebt ein weißes Pflaster. Als ich seinen Blick erwidere, senkt er augenblicklich den Kopf und dreht sich weg. *Ist ihm etwas zugestoßen?*

Ich gehe hinter Avas Anwesen. Dort lege ich mich ins Gras, damit ich meine Ruhe habe. Diese Nacht war turbulent, zu intensiv, um sie einfach so an mir vorbeiziehen zu lassen.

Ich habe Aurel betrogen. Jetzt wird es mir erst richtig klar.

Es war zwar nur ein Kuss, aber darum geht es nicht. Es geht um das, was ich währenddessen gefühlt habe. Es war wie ein Ozean. Als wäre ich bisher nur in einer Badewanne geschwommen und hätte dabei die kilometerlange Weite vergessen, die im Meer auf mich wartet.

Und Kira, die meinen zaghaften Atem in einen Tornado verwandelt hat, ist im Wald unterwegs. Allein. Weil sie es so wollte.

Dabei könnte diese Gestalt noch immer dort sein.

Aber habe ich den Schatten wirklich gesehen, oben am Berg?

Ich kämpfe mit mir selbst, weiß nicht, was ich glauben soll. *War es am Ende doch ich, die den Stein losgelöst hat? Und wenn ja, wem kann ich noch vertrauen, wenn ich mir nicht einmal selbst vertrauen kann?*

In meinem Kopf geistert plötzlich ein Zitat umher. Meine

Mutter hat es mir damals vorgelesen, als ich mich mit einer Schulfreundin zerstritten habe. Es ist von Albert Einstein. *Probleme kann man niemals mit derselben Denkweise lösen, durch die sie entstanden sind.*

Ich überlege, wäge ab. Und komme zu einem ganz simplen Schluss.

Falsch.

Die Behauptung ist falsch.

Ruhelos fange ich damit an, meine Schläfen zu massieren. Meine Gedanken springen von einem Erlebnis zum anderen.

Albert Einstein hat unrecht.

Man kann Probleme mit der gleichen Denkweise lösen. Vorausgesetzt, man *will* sie lösen. Feuer mit Feuer bekämpfen.

Das erste Mal auf dieser Reise werde ich mir darüber bewusst, dass ich die Herausforderungen und Fragen, die sich mir gestellt haben, nie richtig angegangen bin. Ich habe mich bloß von ihnen treiben lassen.

Dieser Ort versetzt mich in eine Art Rausch, den ich nicht beschreiben kann. Es ist das Gefühl der Schwerelosigkeit. Es lässt mich nicht klar denken, zerrt an mir. Doch damit ist jetzt Schluss. Wenn ich irgendetwas an meiner Situation verändern will, muss ich meine Sichtweise ändern. Ich muss dort anfangen, wo alles begonnen hat. An einem Zeitpunkt, an dem wir noch nicht einmal in Ancora waren.

Der Autoschlüssel, denke ich. *Er ist noch immer nicht aufgetaucht.*

Wenn man Feuer mit Feuer bekämpfen kann, kann man auch Lügen mit Lügen bekämpfen. Oder mit einem Ort, der vorgibt, die Wahrheit zu sagen.

Der Brunnen.

Warum stelle ich ihm nicht eine Frage, die mich näher zur Lösung meiner Probleme bringt, anstatt weiter von ihr weg? Egal, was das Geheimnis dieses Brunnens ist und was es damit auf sich hat: Ich werde ihn ein letztes Mal auf die Probe stellen.

Und genau deswegen stehe ich ein wenig später vor dem Schacht. »Sag mir eines«, wispere ich in die Schwärze. »Du sollst doch so mystisch sein. So allwissend. Verrate mir, wer Jannis' Autoschlüssel gestohlen hat! Wer, verflucht noch mal, lügt mich an?«

Als ich meine Frage gestellt habe, warte ich. Ich warte den restlichen Abend – schlafe endlich wieder auf einer Matratze und nicht auf einem eisigen Steinboden.

Am nächsten Morgen bekomme ich tatsächlich eine Antwort. Exakt dort, wo ich sie auch das Mal zuvor bekommen habe. Angepinselt mit schwarzer Farbe. Zerronnen.

Es ist ein Name.

Ein Name, der mir die Nackenhaare aufstellen lässt.

AUREL.

24

Als ich das Zimmer meines Freundes betrete, sitzt er auf dem Bett. Vor sich hat er mehrere Gegenstände ausgebreitet: eine Scherbe, einen Stein, eine lilafarbene Blume und ein Reagenzglas, das mit dunklem Wasser gefüllt ist.

»Hey«, sage ich.

Aurel fährt zusammen, sieht überrascht zur Tür und beruhigt sich erst, als er mich erkennt. Dann steht er auf, antwortet: »Erschreck mich doch nicht so«, und platziert sich vor den Gegenständen, als wolle er sie vor mir verbergen. Er faltet seine Hände im Schoß.

»Hab ich mir von dir abgeschaut. Damit sind wir quitt«, sage ich und streiche mir eine Haarsträhne hinters Ohr, verharre aber in meiner Bewegung. Ich weiß nicht, wie ich ihn auf den Schlüssel ansprechen soll. Immerhin habe ich keine Ahnung, wer seinen Namen auf die Holzwand geschrieben hat. »Machst du jetzt einen Trödelladen auf?«, frage ich, um nicht gleich mit der Tür ins Haus zu fallen.

»Nun ja«, sagt Aurel und wirft einen Blick hinter sich. »Die Ancoraner würden mir so etwas bestimmt abkaufen. Ich müsste ihnen nur versichern, dass meine Ware magisch ist.«

»Und wie sollen sie das bezahlen? So ganz ohne Geld?«

»Das wird ein Tauschgeschäft«, verkündet Aurel gespielt gut gelaunt, obwohl ich ihm ansehe, dass ihm nicht zum Spaßen zumute ist. »Ich nehme einfach eines ihrer Kinder.«

»Ein Stein gegen ein Kind?«

Er nickt verstohlen. »Eigentlich hätte ich ihnen dafür die Pflanze angeboten, aber … ja … du hast recht: Der Stein ist die bessere Wahl.« Kurze Pause. »Willst du dich nicht neben mich setzen?«, fragt er.

»Nein, eher nicht.« Ein Teil von mir empfindet so großes Misstrauen gegenüber Aurel, dass seine Anwesenheit Unbehagen in mir auslöst. Ich kann mir nicht einmal erklären, warum. Aurel hat gar kein Motiv, den Schlüssel zu stehlen. Nur ist er in den letzten Tagen immer versessener geworden. Und als er mich gestern angesehen hat, war da dieser abwertende Blick.

»Du bist wütend«, stelle ich fest und lehne mich gegen die Tür.

»Bin ich das?«, will er trocken wissen. Er versucht, nicht mehr humorvoll oder entspannt zu wirken. Seine Miene ist ernst geworden.

Ich sage nichts und verschränke die Arme.

Aurel hebt das Kinn, reibt seinen Zeigefinger gegen den Daumen, als müsste er sich beherrschen, nicht alles kurz und klein zu schlagen.

»Wie war die Prüfung?«, fragt er.

»Um das geht es jetzt doch gar nicht«, sage ich mit einem vorwurfsvollen Unterton. »Ich wollte dich fragen, ob –«

»Oh, doch. Genau darum geht es«, fällt er mir ins Wort. Aurel rutscht an die Bettkante, beugt sich leicht vor. »Ich dachte, dass du in Ancora deine Gedichte schreiben willst. Und dass wir an unserer Beziehung arbeiten. Aber das interessiert dich wohl gar nicht mehr, was? Du sendest mir Signale, die ich nicht verstehe. Und die Menschen hier tun ihr übriges. Sie vernebeln deinen Verstand. Ava, Damian. Und besonders … ganz besonders dieses Mädchen.«

»Sie heißt Kira«, erwidere ich harsch. Ich hätte ihm vorwerfen können, dass auch er sich verschließt. Nur bin ich es leid. All die Diskussionen, die im Nichts enden.

»Ist mir egal, wie sie heißt«, sagt Aurel. In seiner Stimme liegt Verachtung. »Für mich zählt nur, dass sie dich verändert. Dass sie dich manipuliert.«

Seine Worte fühlen sich wie Schläge an. »Haben wir das nicht schon geklärt?«

»Ja, vielleicht«, spuckt er mir vor die Füße. »Aber da wusste ich noch nicht, dass du hinter meinem Rücken mit meinen Gefühlen spielst.«

Ich stocke. »Was hast du gesagt?«

»Ich habe gesagt, dass ich dich nie betrügen würde. Dass ich so etwas wie Anstand kenne!«

Vor meinem inneren Auge läuft die Szene vom Berg noch einmal ab. Der Augenblick, in dem ich dachte, Aurel gesehen zu haben. Weit unten, im Wald.

»Du bist mir gefolgt«, bringe ich gerade noch heraus.

»Ich –«

»Du bist mir gefolgt und hast gesehen, wie Kira mich geküsst hat.«

»Ich mache mir Sorgen! Kapierst du das nicht? Ich will doch nur –«

»Rede endlich Klartext, Aurel!« Meine Stimme ist laut geworden, sie zittert. Meine Arme sind nicht mehr verschränkt, sondern hängen schlaff herunter. »Bitte!«

»Ja, ich bin dir gefolgt! Zufrieden?«, sagt er. »Und ich habe auch den Kuss gesehen. Was glaubst du, warum ich dir nicht um den Hals gefallen bin, als du zurückgekommen bist?« Aurel steht auf, geht auf mich zu. »Aber ich habe nicht nur das gesehen, Romy. Ich habe einiges entdeckt, in dem anderen Tal. Die Ruinen, die Pflanzen, die Tiere. Irgendetwas Krankes geht da vor sich. Ich werde wieder durch diese versteckte Tür gehen, dieses Mal mit meiner Ausrüstung. Für all das gibt es wissenschaftliche Beweise. Und ich werde sie finden. Dann hat dieser ganze Spuk ein Ende!«

Ich begreife, was es mit den Gegenständen auf sich hat. Die Scherbe ist von einem eingeschlagenen Fenster, nahe des Stacheldrahtzauns. Der Stein von einer der Statuen bei der Kirche. Die lilafarbene Blume stammt vom toten Wildschwein und das dunkle Wasser vom Moor.

»Hast du gesehen, wie Kira gestürzt ist?«

»Was? Gestürzt?«

Ich bin wütend. Auf Aurel, aber auch auf mich selbst. Freiheit ist das, wonach ich mich am meisten sehne. Aurel hat sie mir mit einem Schlag genommen. Die negativen Gefühle, die sich während der Zeit in Ancora angestaut haben, kommen ungefiltert zum Vorschein.

»Du hast mich gestalkt!«, brülle ich.

»Und du hast mich betrogen! Was ist besser?«

Ich schaue mich im Raum um, hektisch, um einiges nervöser als vorher. Wie konnte dieses Gespräch nur so schnell außer Kontrolle geraten?

»Wo ist der Schlüssel?«

»Welcher Schlüssel?«

Ich zeige drohend mit dem Finger auf ihn. »Du weißt ganz genau, welchen Schlüssel ich meine!«

Aurel sieht mich irritiert an. »Wer hat dir das eingeredet?«, hakt er nach. »War es Kira? Jannis? Ava vielleicht?«

»Gib ihn mir einfach«, presse ich hervor.

»Wie soll ich dir den verfluchten Schlüssel geben, wenn ich ihn gar nicht habe?«

Ich unterbreche das Gespräch und renne zum Schrank, in dem Aurel sein Gepäck verstaut hat. Bevor er realisiert, was ich tue, habe ich schon die Hälfte seiner Sachen auf dem Fußboden verteilt. Aurel versucht, mich zurückzuhalten, doch ich reiße mich los. Und beginne zu wühlen.

»Romy! Was machst du da?!«, schreit er. »Das bist doch nicht du! Wach endlich auf!«

»Halt dich von mir fern, ja?«

»Mich von dir fernhalten? Verflucht, Romy. Ich bin dein Freund!«

Abrupt halte ich inne. Ich drehe mich zu ihm, sehe, wie er fassungslos neben mir steht. Er ist den Tränen nahe.

Meine Stimme wird leiser, sie verliert jegliche Emotion. »Stimmt, du bist mein Freund«, sage ich. »Aber du bist auch ein verdammter Lügner.« Im nächsten Atemzug halte ich den Autoschlüssel hoch, den ich in seiner Jackentasche gefunden habe. Der Autoschlüssel, der am ersten Tag unserer Reise gestohlen wurde.

»Ich …«, stammelt Aurel, völlig überfordert mit der Situation. »Das war ich nicht.« Aufgebracht quetsche ich mich an ihm vorbei, gehe zur Treppe. »Romy! Warte! Bitte!« Aber ich warte nicht, ich warte keine Sekunde länger. Im Wohnzimmer entdecke ich Jannis, der mich erschrocken ansieht. Er muss unseren Streit gehört haben. Bevor er irgendwie reagieren kann, sage ich: »Wir verschwinden von hier. Und zwar jetzt.« Dann verlasse ich das Haus.

Es reicht mir. Das alles. Ich weiß nicht mehr, was ich tun oder denken soll. Als ich dem Brunnen diese letzte Frage gestellt habe, habe ich alles erwartet. Alles, nur das nicht. Meine Grenzen wurden überschritten. Es geht nicht mehr. Ich kann nicht in Ancora bleiben, während mir dieses beschissene Gedicht sagt, dass ich bald sterben werde. Ein Gedicht, das sich langsam, aber sicher dem Ende zuneigt. Nur werde ich darauf nicht warten. Ganz sicher nicht! Was hat es für einen Sinn, dem Stillstehen der Zeit auf den Grund zu gehen, wenn ich dabei selbst zugrunde gehe?

Meine Gedanken sind wirr, meine Gefühle spielen verrückt. Jannis kommt heraus, sagt mir, dass ich mich erst mal beruhigen soll, und gibt mir eine Flasche Wasser, die ich in einem Zug leere.

»Ich weiß, dass ich dich damit überrumple«, sage ich. »Aber ich will hier weg.« Flehend schaue ich meinen besten Freund an. »Ich bitte dich nicht oft um einen Gefallen. Jetzt tue ich es.«

»Und was ist mit Aurel?«, fragt er.

»Du kannst noch einmal herfahren. Oder Ava fragen. Keine Ahnung. Ich … ich kann nur nicht mehr in diesem Dorf bleiben.«

Mein Lunge schmerzt, es fühlt sich an, als würde ich ersticken. Das Tal engt mich ein.

Jannis scheint zu merken, wie sehr ich mit meinen Gedanken ringe. Wie hilflos ich bin. »Okay«, sagt er. »Okay, ist gut. Ich fahre morgen wieder her, hole Aurel und unsere Sachen. Aber wir haben immer noch keinen Autoschlüssel.«

»Doch, haben wir.«

»Wie –«

»Frag nicht«, bitte ich. »Lass uns einfach fahren.«

Ich kann das Gefühl kaum beschreiben, das mich auf dem

letzten Weg durch das Dorf überkommt. Ketten. Es sind tonnenschwere Ketten, die sich um mich legen. Ich war fasziniert von den Leuten, geblendet von der Vorstellung, dass ich den Fluch meines Lebens brechen kann. Die absurden Situationen haben sich gehäuft, ebenso die unbeantworteten Fragen. Und ich habe alles auf mich niederprasseln lassen. Ohne Schutz, ohne Hilfe. Dass Aurel mich verfolgt und mir mitten ins Gesicht gelogen hat, hat das Fass zum Überlaufen gebracht.

Dinge verschwinden, sie tauchen auf,
du schwimmst – ertrinkst in Gift.

Auf dem Waldweg stolpere ich über einen Stein, stürze, schürfe meine Hand auf. Blut dringt aus der Wunde.

»Geht's?«, fragt mich Jannis.

»Ja! Ja, geht. Da vorne ist das Auto.«

Wir steigen ein. Die Sitze haben sich noch nie so gut angefühlt wie jetzt.

Ich weiß, dass es notwendig ist, dass ich dieses Tal verlasse. Zumindest für diesen Sommer. Ich wäre sonst wahnsinnig geworden, bei all den Dingen, die ich erlebt und die ich mir eingebildet habe – wie das Kind, das mich bis in meine Träume verfolgt hat.

Mit dem Auto geht es die holprige Abfahrt hinab. Der Wald lichtet sich. Dass wir uns immer weiter von Ancora entfernen, sollte mich eigentlich besänftigen. Und doch passiert etwas mit mir, das ich so noch nie erlebt habe. Es ist, als würde mich dieser Ort nicht gehen lassen wollen. Als würde er versuchen, mich zurückzuziehen. Ja, das ist es. Ein Ziehen. Eine unsichtbare Kraft, die mich so intensiv durchströmt, dass mir schlecht wird. Ich mache das Fenster auf, zittere am ganzen Körper. Jeden Moment könnte ich kotzen.

Unsere Umgebung wandelt sich. Der Wald ist der Steppe gewichen und nimmt ihren Platz ein. Die karge Landschaft, die nichts übrig hat außer Staub und Dreck.

»Fuck«, höre ich Jannis sagen. »Irgendwie geht's mir nicht gut.«

Ich werde panisch, schaue zu meinem besten Freund, der sich an den Kopf gegriffen hat. »Ich denke, ich muss anhalten«, stöhnt er.

»Nein!«, rufe ich. Mein Schädel droht zu explodieren. »Du musst weiterfahren, okay? Du *musst* fahren!«

Doch Jannis hört mich nicht mehr. Er lässt das Lenkrad los und kippt bewusstlos nach hinten.

»Jannis!«, schreie ich. »Jannis, wach auf! Bitte, wach auf!«

Der Wagen kommt von der Straße ab. Jannis' rechter Fuß drückt noch immer gegen das Gaspedal. Das Auto brettert ins Ödland – und wir mit ihm. Ich fluche, sehe alles doppelt. Ein pulsierendes Schwarz legt sich über meine Pupillen. Verzweifelt beuge ich mich nach vorne, reiße Jannis' Bein hoch und ziehe die Handbremse. Das Auto bleibt ruckartig stehen. Ich pralle gegen das Armaturenbrett, ein stechender Schmerz in meinem Kopf. Danach öffne ich den Griff, trete gegen die Tür. Mit wackligen Knien steige ich aus dem Auto.

Luft!

Ich schaue mich um. Nichts. Nur Einöde. Nur Staub. Ein verlassenes Holzhaus, eine heruntergekommene Telefonzelle.

Und ein Junge.

Der Junge.

Er steht ein paar Meter von mir entfernt, mustert mich.

Was willst du? Ich torkle in seine Richtung. *Was soll das alles? Wer, verdammt noch mal, bist du?*

Jannis! Ich muss ihm helfen!

Das pulsierende Schwarz wird häufiger, dann umgibt es mich völlig.

Und ich kippe um.

ZWEITE STROPHE

»Die Höhle«

Jeder Mensch hat einen Weg,
gemeinsam gepflastert, allein unterwegs.
Wir tanzen heut mit Augenbinde,
folgen nur dem einen Lied,
weil man den Rhythmus unsres Herzens,
ihn zu schlagen viel zu laut,
all die Jahre niemals sieht.

Romy

25

Als ich aufwache, hätte rissige Erde unter mir sein sollen. Wüstenartige Krater. Insekten, die meine ausgetrocknete Haut nur schwer von der Natur unterscheiden können. Aber nichts davon trifft zu. Alles, was ich spüre, ist weicher, geschmeidiger Stoff.

Mit leichten Kopfschmerzen raffe ich mich auf und steige aus dem Bett, das ich nur allzu gut kenne – tapse bis zu dem Fenster, hinter dem sich der Waldrand erstreckt. Ancora.

Ich will mir gar nicht ausmalen, wie zum Teufel ich hier gelandet bin, und schleiche ins Zimmer nebenan. Jannis schläft. Genau wie ich liegt er in dem Bett, in dem er auch die letzten Wochen geschlafen hat. Im ersten Stock von Avas Haus.

Ich setze mich auf die Bettkante und wecke ihn mit einer sanften Berührung am Bein. Als er den Kopf hebt, um mich mit seinen großen, ratlosen Augen anzusehen, ahne ich, dass die Rückkehr nach Ancora nicht unser einziges Problem ist.

»Romy, was machst du denn hier?«, fragt er mich und reibt sich den Sand aus den Augen, der sich entweder beim Schlafen oder in der Steppe angesammelt haben muss. »Ist etwas passiert?«

Ja, denke ich. *Das ist es. Wir wollten fliehen. Weg von Ancora, weg von diesem Tal.*

Da ich allerdings befürchte, dass Jannis noch nicht bereit für die Wahrheit ist – geschweige denn ich selbst –, schüttle ich den Kopf. »Nein«, sage ich. »Alles gut.«

In den Gedanken meines besten Freundes ist nur Dunkelheit. Eine ungefüllte Leere, ein Loch, das seine Erinnerung verschlungen hat.

Ich spreche ihn auf den gestrigen Tag an, doch da sind nur einzelne Bilder, die in seinem Kopf aufflackern. Mein Streit mit Aurel, eine trostlose Weite. Sonst nichts. Jannis denkt, er hätte schlecht geträumt.

Die Vision im Wald, die ich vor zwei Wochen hatte, kam mir auch wie ein Albtraum vor. Nur hat mich der rätselhafte Junge eindringlich angeschaut und gesagt: *»Ja, es ist ein Traum. Aber ein Traum, aus dem man nicht erwachen kann.«*

Den restlichen Vormittag bin ich wie in Trance. Jede Bewegung und jedes Wort fühlt sich an, als dürfte es nicht existieren. Nicht in der mir realen Welt.

Nachdem ich neue Kraft getankt habe, gehe ich zu Nathan und Damian. Die zwei Männer haben nichts von meiner Flucht mitbekommen. Als ich sie auf Kira anspreche, sagen sie mir, dass sie bislang nicht wieder aus dem Wald zurückgekehrt ist.

Ava schaut mich nur erstaunt, beinahe erschüttert an. »Flucht?«, fragt sie. »Willst du denn weg von hier?« Ich schüttle den Kopf und gehe.

Den Schock verdauen kann ich erst um die Mittagszeit herum. Dabei ist es nicht das erste Mal, dass ich auf mich allein gestellt bin. Und es wird auch nicht das letzte Mal sein. Selbst Aurel ist wie vom Erdboden verschluckt. Damian erzählt mir, dass er ihn in den frühen Morgenstunden gesehen hat – mit einem Rucksack und wasserfester Kleidung in Richtung Berg unterwegs.

Aurel hat seine Worte über das versteckte Tal ernst gemeint. Er wird nachforschen und sich erst zufriedengeben, wenn er eine logische Erklärung für alles gefunden hat. Ich heiße seinen Plan zwar nicht gut, bin aber froh, dass er sich an die gestrigen Erlebnisse erinnern kann. Jedes Stück Realität ist ein Gewinn.

Ich denke an das Gedicht.

Hoffnung auf ein gutes Ende, deine Angst so schmerzhaft groß,
doch erst nach der letzten Prüfung,
dieser Ort, er lässt dich los.

Verdammt!

Ich habe mir die Flucht nicht eingebildet. Anders als Jannis habe ich jede Sekunde verinnerlicht. Und auf einmal fällt mir auch ein Detail wieder ein: Als wir zu den Autos gerannt sind, bin ich hingefallen. Ich schaue auf meine Hand. Die Wunde. Sie ist immer noch da. Nein, ich habe mir die Flucht definitiv nicht eingebildet. Aber ehrlich gesagt wäre es mir lieber, die Autofahrt hätte nur in meinem Kopf stattgefunden. So muss ich mir widerwillig eingestehen, dass das Gedicht erneut recht hatte. Dass das keine Zufälle mehr sind. Die tückische Zeit ist nicht der einzige Fluch, der mich in diesem Dorf heimsucht.

Denn erst nach der letzten Prüfung, reime ich. *Dieser Ort, er lässt mich los.*

Und am Ende, da wartet meine Freiheit.

Oder mein Tod, geht es mir durch den Kopf.

Aber daran darf ich nicht denken.

Im Laufe des Tages mache ich mich auf zum Wasserfall, um mich zu duschen. Als ich nach einigen Minuten durch das Dickicht trete, sehe ich schon jemanden am Flussbett sitzen. Schnell presse ich mir eine Hand gegen den Mund. Ich könnte schreien. Vor Erleichterung.

Kira hat ihre Füße ins kalte Wasser getaucht. Ihr kurzes, schwarzes Haar würde ich überall wiedererkennen. Um ihren Arm ist ein Verband gewickelt. Und obwohl ich keinen Mucks von mir gebe, sagt sie: »So zurückhaltend kenne ich dich gar nicht«, und dreht sich zu mir um. Kira wirft mir ein verschmitztes Lächeln zu.

Der Tonfall des Mädchens lässt keine Distanziertheit durchblitzen, da ist keine Skepsis in ihrem Blick. Kira wirkt besonnen – noch entspannter. Als hätte sie in dieser Nacht eine Entscheidung getroffen, die sie mir nie verraten wird.

Ich begrüße sie nicht, frage nicht, wo sie gesteckt hat. Es erscheint mir überflüssig. Kira winkt mich bloß zu sich und ich komme näher, lege meinen Kopf auf ihre nackten Oberschenkel. Wir sind wie zwei Zahnräder, die wissen, wie sie sich ineinander verkeilen müssen, um funktionieren zu können. Es ist eine innige Berührung. Haut auf Haut.

Ich wollte gestern verschwinden, ohne mich von ihr zu verabschieden – ich habe gar nicht mehr an sie gedacht.

»Ich weiß nicht, was mit mir los ist«, sage ich. »Dieses Tal raubt mir den Verstand.« Kira fährt mit ihrem Zeigefinger meine Stirn entlang, über meine Lippen und zu meinem Schlüsselbein. Ich spreche weiter. »Es raubt mir die Zeit.«

»Zeit ist eine Lüge«, sagt sie. »Und im Lügen warst du noch nie gut.«

»Was soll ich deiner Meinung nach machen, Kira?«, frage ich in der Gewissheit, dass sie keine Ahnung hat, um was es mir geht. »Weglaufen? Kämpfen? Mich verstecken?«

»Klingt alles ziemlich barbarisch. Wie wäre es mit … genießen?«

Ich lache auf. »Glaub mir, das würde ich gern. Die Momente

in der Wildnis. Die Momente mit dir. Aber irgendetwas hält mich davon ab.«

Das Gedicht, will ich sagen, weiß aber, dass es noch so viel mehr ist.

»Unseren Kuss konntest du auch nicht genießen?«, fragt Kira spitz. Jede Stelle, die sie mit ihrem Finger berührt, pocht.

»Doch, den schon.« Ich tippe mir gegen die Schläfe. »Der ist gespeichert, hier drin.« Kira blickt auf den Fluss, sagt nichts. Mich beschleicht das beunruhigende Gefühl, dass sie etwas Unüberlegtes vorhat. So zwanglos habe ich sie noch nie erlebt. »Was ist das eigentlich zwischen uns?«, frage ich und fasse neben mich ins Wasser, nur um sicherzugehen, dass ich tatsächlich hier bin.

»So eine Frage beantworte ich nicht.«

»Nein? Warum nicht?«

»Weil die Antwort auf der Hand liegt«, sagt sie.

Ich ziehe meine Hand aus dem Wasser, betrachte meine Finger. Die nassen Stellen prickeln im Luftzug.

»Ich weiß nicht, wie viele Hände du hast«, sage ich. »Aber auf meinen sehe ich nichts.«

»Du weißt, wie ich das meine.«

»Nein«, entgegne ich. »Ehrlich gesagt nicht.«

Kiras Grinsen hat eine Anziehung inne, die ich nicht beschreiben kann. Ich könnte mich in ihrer Anwesenheit fallenlassen, ganz tief, bis ich an eine Stelle komme, die man anderswo als Liebe bezeichnen würde. Aber ich tue es nicht. Ich beuge mich auch nicht vor und küsse sie. Stattdessen warte ich. Wir warten beide. Insgeheim wissen wir zwar, dass wir Menschen sind, die sich trauen würden, Grenzen zu überschreiten – dennoch sehnen wir uns nach einem bestimmten Gefühl. Haben die Hoffnung, dass wir die Geborgenheit *nach* der Berührung weiterhin spüren und nicht nur währenddessen. Das Leben hält uns zurück. *Der Anstand*, wie Aurel es bezeichnen würde.

»Ich habe meinen Freund betrogen«, sage ich schließlich.

»Vielleicht«, sagt Kira. »Aber jemand anderen zu betrügen ist besser, als sich selbst zu betrügen.«

»Weißt du das? Oder glaubst du das nur?«

»Das weiß ich«, sagt sie. »Andernfalls wäre Sam noch bei der Prüfung dabei.«

Ich schnaufe. »Sam hat die Feuerprüfung wegen mir verlassen, Kira. Du hast ihn doch gehört. Mach dir deswegen keine Vorwürfe.«

Kira nickt schweigend.

Ich richte mich auf, so, dass wir auf Augenhöhe sind. »Ich muss diese letzte Aufgabe bestehen«, sage ich abrupt. »Und ich brauche dich an meiner Seite.«

Wenn ich mit Ancora abschließen will, muss ich die dritte Aufgabe schaffen. Das Gedicht lässt mich vorher nicht gehen. Etwas, das mit dem Stillstehen der Zeit zu tun hat, hat mich angezogen – und ich bin in die Falle getappt.

Kira kneift die Augen zusammen. »Schau mich nicht so an«, sagt sie. »Ich lass dich schon nicht alleine. Nicht mehr.« Das Mädchen steht auf. »Vergiss nicht, dass du nicht die Einzige bist, die dem Tal entkommen will.«

Kira und ich sind so unterschiedlich – und doch so gleich. Sie ist in der Wildnis aufgewachsen, ich in der Stadt. Ich wollte nach Ancora, sie will in die moderne Gesellschaft. Uns beide verbindet eine Prüfung, die womöglich über unser Schicksal entscheidet.

Denn erst nach der letzten Prüfung, dieser Ort, er lässt dich los.

»Also ziehen wir das gemeinsam durch?«, frage ich und stehe ebenfalls auf. »Keine Auszeit mehr? Kein Abstand?«

»Rein gar nichts«, sagt sie.

Ich umarme sie. Ganz fest.

Ihr Handgelenk scheint fast nicht mehr zu schmerzen, was wohl der letzte Beweis dafür ist, dass im anderen Tal nicht nur die Zeit sonderbar verläuft.

Dort, neben dem Fluss, stehen wir noch eine gefühlte Ewigkeit. Eng umschlungen. Mit einem neuen Ziel, einer Mission. Es ist meine einzige Chance, den Fluch, der über diesem Gedicht liegt, zu brechen. Und meine einzige Möglichkeit, hinter das Geheimnis der Zeit zu kommen. Aus den ersten zwei Prüfungen bin ich nicht schlau geworden – *eine* Chance habe ich noch.

Eine letzte.

Ava hat unserer Bitte, die Prüfung ein paar Tage vorzuziehen, nicht nur zugestimmt – sie ist regelrecht begeistert.

»Ihr zwei seid echt inspirierend«, sagt sie und führt uns dabei in den Wald. Ava besteht darauf, uns höchstpersönlich zu unserer letzten Aufgabe zu begleiten. »Inspirierend, aber auch ungeduldig.«

»Ungeduld ist nicht die schlimmste Eigenschaft, die man haben kann«, sagt Kira und zwinkert mir zu. Es fühlt sich richtig an, sich so gelassen zu unterhalten. Wenn die Prüfung erst einmal im Gange ist, sind die lockeren Momente gezählt.

»Stimmt«, pflichte ich ihr bei und stupse sie mit dem Ellbogen an. »Leichtgläubigkeit, zum Beispiel. Das wäre schlimmer.«

»Ah! Gut, dass du mich daran erinnerst«, antwortet Ava. »Leichtgläubig seid ihr auch. Zu glauben, dass ihr die Feuerprüfung schaffen werdet, ohne euch ein paar Tage Pause zu gönnen.«

Grinsend wende ich mich zu Kira. »Wenn ich Ava so reden höre, können wir uns glücklich schätzen, dass sie uns nicht gleich in eine Irrenanstalt einweist.«

Trotz meiner gesenkten Lautstärke hört mich die junge Frau. Ava bleibt stehen. »Ich habe keine große Wahl«, sagt sie und stemmt ihre Hände in die Hüfte. »Hier gibt es keine Irrenanstalt, nur Baumhäuser und Kompostgruben. Und ob die wirklich heilend sind, ist fraglich.« Mit einer eleganten Bewegung nimmt sie sich ihre Blumenkette vom Kopf – sie ist weiß, wie Kiras Verband – und reicht sie mir. »Jetzt ganz im Ernst. Ich rechne euch eure Leidenschaft hoch an. In der Feuerprüfung geht es nämlich nicht darum, jede einzelne Aufgabe perfekt zu lösen. Man muss nur an sich glauben. Und das tut ihr.« Ava dreht sich um und geht weiter. »Ungeduldig und leichtgläubig seid ihr trotzdem. Nicht, dass wir uns falsch verstehen.«

Anders als bei den letzten beiden Malen schlagen wir nicht den Trampelpfad ein, der uns zur Falltür führt. Wir gehen durch einen vertrauten Waldabschnitt. Eine Erinnerung, an die ich nur ungern zurückdenke.

Der Schrei.

Ich sehe die niedergedrückten Blätter am Boden, die umgeknickten Äste. Wir steuern auf einen Bereich des Waldes zu, der mich seit meiner Ankunft in Ancora nicht loslässt. Lange habe ich versucht, den Nachmittag zu verdrängen, an dem ich durch das Dickicht gerannt bin. Völlig unter Adrenalin. Immer den klagenden Lauten nach, die aus dem Gehölz gedrungen sind. Damals wie heute stellen sich mir die Nackenhaare auf.

Ava geht unbeirrt weiter. Die roten Kieselsteine entlang, die den Waldboden bedecken. Die Luft verändert sich. Sie wird kühler, drückender. Wir kommen an dem Platz vorbei, an dem Nathan mich abgefangen hat. Diesmal fehlt jede Spur von ihm.

Den gleichen Pfad bin ich auch in meiner Vision gegangen. Es war der Junge, der mich an der Hand genommen hat und mit mir über die roten Steine geschritten ist. Nicht einmal er ist zu sehen. Da ist nur der säuselnde Wind. Die Kieselsteine häufen sich, der Wald wird dichter. So lange, bis der Weg in einen Höhleneingang mündet.

Ich halte inne.

Es ist die Höhle aus meiner Vision.

Aber wie kann ich von einem Ort träumen, den ich zuvor noch nie gesehen habe?

Ein Ort, der real ist. Der sich direkt vor mir befindet.

Die einnehmende Dunkelheit aus meiner Erinnerung ist Wirklichkeit geworden, die Höhle strahlt in einem beklemmenden Schwarz. Ich denke an die Stimmen. Die Stimmen des Windes.

Wir haben auf dich gewartet, Romy.

Und jetzt bist du da.

Du bist da!

Ich realisiere, dass ich von Anfang an dazu bestimmt war, an diesen Ort zu kommen. So hat die Feuerprüfung für mich angefangen – so wird sie enden. Diese Höhle verbindet die zwei Täler miteinander. Die Grenze zwischen Ancora und den Ruinen.

Der Junge hat mir zugeflüstert, dass das sein Zuhause ist. Sein Reich.

»Hier wären wir«, sagt Ava und drückt Kira einen Zettel in die Hand. »Seid ihr bereit für eure letzte Aufgabe?«

Die Feuerprüfung endet mit dem Weg in die Finsternis. In das Herzstück des Waldes. In die Dunkelheit, die schon lange nach mir gerufen hat.

Und ich bin ihrem Ruf gefolgt.

26

Nachdem uns Ava den Zettel überreicht hat, macht sie sich auf den Rückweg. Sie dreht uns den Rücken zu, wird zu einem Punkt in der Landschaft, der immer kleiner und kleiner wird, bis er hinter den Baumreihen verschwindet.

Ich atme tief durch.

Wir sind allein.

Gespannt stelle ich mich neben Kira und beginne zu lesen:

Ancora ist ein Lichtblick in einer Zeit, in der Dunkelheit das neue Tageslicht ist. Die Höhle vor euch hat einen Eingang und einen Ausgang. Der Weg hindurch – ein Spiel mit den Nerven. Ein Test der Geduld. Aufgabe eins: Durchquert die Höhle mithilfe der Fackeln, die für euch bereitstehen. Durchquert die Höhle, bis ihr das Licht in eurer persönlichen Dunkelheit erkennen könnt.

Ich schaue zu Kira. Versuche zu erahnen, was ihr durch den Kopf geht. Vergeblich. Kira macht sich lediglich auf den Weg, die Streichhölzer und die zwei Fackeln zu holen. Sie drückt mir eine davon in die Hand und wir entzünden die getränkten Leintücher.

Flammen.

Lodernde Flammen.

Sie erhellen den Schlund der Höhle und verursachen eine bedrängende Hitze, die sich meine Hand entlang über meinen gesamten Körper zieht. Die Wärme ist anziehend – und doch fühlt sie sich in dieser finsteren Umgebung unnatürlich an.

»Sollen wir?«, fragt Kira, die sich an ihre Fackel klammert.

Ich nicke. Und wir betreten die Höhle.

Erst dachte ich, es wird die Dunkelheit sein, die an meinem Verstand nagt. Stattdessen ist es die Stille. Unsere Schritte – das raue Knirschen auf dem feuchten Boden – sind das einzige Lebenszeichen. Ab und zu ist da ein Tropfgeräusch, das auf einen unterirdischen See schließen lässt. Ich gehe voraus. Leuchte mit meiner Fackel die Wände ab, die Stalagmiten, die aus dem Gestein ragen. Fledermäuse hängen über unseren Köpfen, eingehüllt in ihren Flügeln. Sie sind wie schwarze Sterne auf einem Himmel, der bloß für die Nacht erschaffen wurde.

Kira und ich reden kaum, mit jedem Atemzug zerfrisst mich die Feuchtigkeit ein klein bisschen mehr. Mittlerweile ist es so kalt, dass ich bibbere. Die klebrige Luft unter der Erde schnürt mir die Kehle zu. Sie säumt meine Haut mit Frost. Da ist kein Platz für Worte, wenn nicht einmal Platz zum Atmen ist.

Anfangs sind die Decken hoch. Die meisten Steine, die sich aus dem Gebirge spalten, sind geschliffen glatt. Doch es dauert nicht lange, bis die Hohlräume kleiner und die Steine spröder werden. Die Stalagmiten haben inzwischen scharfe Kanten und spitze Enden bekommen. Wellenförmige Muster durchfahren das Gestein. Das Tropfen wird stärker, es hallt durch die Gänge und bildet ein Echo, das nicht zu verklingen scheint. Immerzu habe ich Angst, dass meine Fackel ausgeht. Dass das Einzige, was mich davor bewahrt, hilflos und in purer Dunkelheit nach einem Ausgang zu suchen, erlischt.

Als wir durch einen engen Tunnel kriechen, kommen wir an einer Kreuzung raus. Zwei Wege, beide führen in die Finsternis.

Schleichend bahnt sich in mir das Gefühl der Schwerelosigkeit an, das Kribbeln in meinen Händen. Ich ignoriere es.

»Damit hätten wir rechnen müssen«, sagt Kira und schaut abwechselnd in beide Richtungen. »Du gehst rechts und ich links?«

»Ich denke nicht, dass wir uns aufteilen sollten«, antworte ich. Meine Worte hallen – genau wie die Wassertropfen – durch das Labyrinth der Höhle.

»Wir unterhalten uns währenddessen, okay? Wir gehen nur so weit, bis wir den anderen nicht mehr hören können. Dann kehren wir um.« Kira tritt vor mich, ihr Gesicht wirft im züngelnden Feuer einen Schatten an die Wand. »Die Höhle ist bestimmt riesig, Romy. Wir brauchen viel zu lange, wenn wir uns nicht aufteilen.«

»Wie du meinst«, murmle ich.

»Vertrau mir.«

Ich nehme mir ein paar Sekunden, in denen ich die Augen schließe und mir vorstelle, ich wäre im Park meiner Kindheit. Mitten auf der strahlend grünen Wiese. In den Händen ein Notizbuch und einen Stift.

Als ich meine Augen öffne, ist Kira weg.

Das ist die richtige Entscheidung, rede ich mir ein. *Je schneller wir hier wieder raus sind, desto besser.*

»Ich rufe dich, wenn ich einen Hinweis finde«, sagt sie, irgendwo im linken Gang.

»Okay«, erwidere ich und schlage den anderen Weg ein. Das Kribbeln in meinen Händen wird stärker.

Ohne Kira fühlt sich die Höhle bedrohlich an. Mächtig – schwer zu bändigen. Es benötigt meine volle Konzentration, damit ich meinen bösen Gedanken keinen zu großen Raum gebe.

»Hörst du mich?«, dröhnt Kiras Stimme durch den Schacht. Leiser als vorher, aber sie ist bei mir. Sie ist über, unter und neben mir. Kiras Stimme ist überall.

»Ja, ich höre dich.« Zielstrebig gehe ich weiter. Rechts von mir, am Boden, haben sich einige Wasserlachen gebildet. Ich muss aufpassen, dass ich nicht in eine davon trete. Es geht bergab. Der Weg führt mich immer tiefer in den Berg und ich beginne daran zu zweifeln, ob dort unten tatsächlich der Ausgang liegt.

Ist meine Fackel schwächer geworden?

Ich drehe mich im Kreis.

»Kira?«, frage ich.

»Ich bin hier. Ist bei dir alles okay?«

Diesmal klingt ihre Stimme nicht mehr so nah. Ganz im Gegenteil. Sie klingt sogar erschreckend weit weg, unerreichbar. Als wäre sie unter Gestein begraben. In meinem Kopf setzt das Pochen ein.

»Ja, alles okay«, sage ich. »Und bei dir?«

Keine Antwort.

»Bei dir, Kira?«

Keine Antwort.

War ich nicht eben schon mal hier?

Ich schaue zur Seite, sehe eine Ansammlung von Tropfsteinen, die mir vertraut vorkommt.

Wie kann ich im Kreis gegangen sein, wenn der Weg nur geradeaus führt? Gab es eine weitere Abzweigung? Irgendetwas, das ich übersehen habe?

»Wir sollten wieder zurück zur Kreuzung«, rufe ich.

Keine Antwort.

Ich merke, wie Panik in mir aufsteigt. Gar nicht gut, wenn man sich so weit unter der Erde befindet.

Ich muss mich zusammenreißen!

Ich gehe zurück. Meine Bewegungen werden schneller, mein Blick fliegt nur so über die Steinwände. Ich übersehe einen Stalagmiten. Stolpere. Mit einem harten Schlag komme ich auf dem Felsboden auf, meine Fackel rutscht mir aus der Hand. Ich höre ein zischendes Geräusch. Augenblicklich umhüllt mich Dunkelheit. Das Feuer ist erloschen.

Ich spüre Wasser unter mir, flüssigen Dreck. Hastig rapple ich mich auf, schaue mich um. Schwarz.

»Kira?«, schreie ich. »Bitte sag doch was!«

Stille.

Orientierungslos strecke ich meine Hände aus und taste mich voran. Es geht wieder bergab.

Bin ich in die falsche Richtung gegangen?

Warte, von wo bin ich gekommen?

Meine Augen werden glasig, mein Puls rast. Hilflos sinke ich zu Boden. Ich wippe mit den Füßen, halte mich davon ab, mein Gehirn mit Wahnsinn zu füttern.

Nur nicht die Kontrolle verlieren, wiederhole ich in meinen Gedanken. *Du bist stark, Romy. Du schaffst das!*

Nur keimt in mir der Verdacht auf, dass ich die Kontrolle nicht verlieren kann, wenn ich sie schon längst verloren habe.

Dann – plötzlich –, noch bevor ich ein weiteres Mal nach Kira rufen kann, sehe ich das Licht. Es ist ein paar Meter entfernt und blendet mich.

Wie aus dem Nichts ist es aufgetaucht.

Ganz unnatürlich glänzt es in dem dunklen Raum. Ich höre das Lachen von Kindern. Das Bellen eines Hundes.

Bilde ich mir das gerade ein?

Unsicher richte ich mich auf, bewege mich auf das Lichtoval

zu. Je näher ich komme, desto größer wird es. Ich kann mehr erkennen. Wald.

Ich erkenne Wald!

Es ist schwer, das Bild zu beschreiben, das sich mir bietet. Als hätte man ein leuchtendes Gemälde aufgehängt. Ein Kunstwerk, das sich bewegt.

Das Licht zieht mich an. Ich fühle mich wie eine Motte, die sich stetig und unbedacht auf den elektrischen Schein zubewegt. Die Höhle hinter mir wird kleiner. Vor mir eröffnet sich eine völlig neue Welt.

Ich werde in ihren Bann gezogen.

Die Dunkelheit weicht.

Ich kann kaum fassen, was sich vor mir abspielt. Eben war ich noch in der eisigen Höhle, hoffnungslos, ohne Plan und ohne Lichtquelle.

Und jetzt?

Jetzt ist da ein kleiner Wanderweg vor mir, der in ein Tal führt. Direkt in ein abgeriegeltes Camp, etwa so groß wie Ancora. In eine Kommune. In einen Militärstützpunkt. Ich erkenne Bungalows, die aussehen, als hätte man sie über Nacht zusammengehämmert. Dazwischen sind Lagerzelte, an deren festgezogenen Schnüren Kleidungsstücke zum Trocknen hängen.

Die Kommune ist nicht nur von dichtgewachsenem Wald umgeben, sondern auch von einem Stacheldrahtzaun, der nur an einer Stelle von einer geöffneten Schranke unterbrochen wird. Ein hölzerner Wachturm steht daneben. Bemannt wird er von einem Soldaten mit olivgrüner Uniform, der sich ein Gewehr um die Brust geschnallt hat. Die Straße, die in den Stützpunkt führt, ist betoniert. Zumindest bis zum Wachturm. Danach, zwischen den Bungalows, gibt es nur noch Schotterwege. Sie werden von altmodischen Geländewagen befahren, die übel riechende Abgase in die Luft stoßen.

Das Kribbeln in meinen Händen und das Pochen in meinem Kopf sind verschwunden. Der Anblick lässt mich eine unheimliche Vertrautheit fühlen, wie ich sie sonst nur von Ancora kenne.

In meiner ersten Feuerprüfung habe ich die Uniformen und die Fahrzeuge schon einmal gesehen. In dem verlassenen Industriegebäude. Da war diese flackernde Halluzination, die Soldaten und die zornigen Rufe.

Als mich jemand von hinten anrempelt, schrecke ich zusammen.

»Du stehst im Weg«, sagt der Junge, der sich an mir vorbeidrängt. Seinen Gesichtszügen nach zu urteilen, ist er nicht älter als achtzehn. Er inspiziert mich von oben bis unten, fängt an zu kichern und tuschelt mit dem Mädchen neben sich. Ich dagegen habe noch keinen Laut herausgebracht, schaue die zwei nur ungläubig an. Der Junge trägt eine braun-weiß karierte Schlaghose. Sein dunkelrotes Hemd hat er sich in den Bund gesteckt. Die oberen Knöpfe sind offen, sodass man leichte Brustbehaarung sehen kann. Auf seinen Schultern trägt er ein kleines, rundes Radio. Unzählige Knöpfe in unzähligen Farben.

Das Mädchen neben ihm hat eine weiße, wild gemusterte und fast durchsichtige Bluse an. Auch sie trägt eine braune Schlaghose und ein Peace-Zeichen um den Hals. Ablehnend spuckt sie mir ihren Kaugummi vor die Füße. Sie drückt auf einen der Radioknöpfe. Eine Melodie ertönt, dann eine Stimme:

Well, you can tell by the way I use my walk
I'm a woman's man, no time to talk
Music loud and women warm, I've been kicked around
Since I was born

Die zwei gehen weiter, Richtung Camp. Noch immer etwas verdattert folge ich ihnen. Vorbei an der Schranke und dem Soldaten, der mir einen mürrischen Blick zuwirft. Die Musik begleitet uns.

And now it's alright, it's okay
And you may look the other way
We can try to understand
The New York Times' effect on man

Was zur Hölle ist hier eigentlich los?

Wie hypnotisiert gehe ich durch die belebten Gassen. Blicke in offene Zelte, in provisorische Kneipen, aus denen Dämpfe aufsteigen. Eine Frau kocht vor einem der Bungalows, die uniformierten Männer sitzen auf Holzbänken, mit Blechgeschirr auf dem Schoß. Ein Kind mit einem Dreirad kommt mir entgegen, ich weiche ihm aus. Ein Mann mit weißem Kittel ruft über den Platz. In der Hand hält er ein Klemmbrett. Und in meinem Kopf geistert nach wie vor das eben gehörte Lied umher.

Whether you're a brother or whether you're a mother
You're stayin' alive, stayin' alive
Feel the city breakin' and everybody shakin'
And we're stayin' alive, stayin' alive

Ich kenne den Song. Jannis hat ihn oft gespielt, weil er ein ziemlicher Fan von alter Musik ist. Aber nicht nur die Musik hier ist alt, auch alles andere wirkt wie aus einer anderen Zeit.

Als ich in der Nähe von einer Straßenlaterne auf etwas Pappiges trete, schaue ich nach unten. Im Schlamm liegt ein Magazin. Ich werfe einen Blick auf die verdreckte Vorderseite, auf das Datum. Klein, am unteren Rand.

5. Juni 1978.

Das kann nicht sein.

Diese ganze Situation – dieses Camp.

Völlig überfordert setze ich mich auf ein Stück Wiese neben dem Schotterweg, beobachte die Autos, die an mir vorbeiziehen.

Life goin' nowhere, somebody help me
Somebody help me, yeah
Life goin' nowhere, somebody help me, yeah

Der Geruch von Cannabis zieht mir in die Nase. Mir gegenüber befindet sich ein winziges Geschäft: ein offener Schuppen mit Glasvitrine und mehreren Regalen, auf denen sich Dosen und Wasserkanister stapeln. In einem anderen Gebäude baumeln – an spitzen Haken befestigt – Fleischstücke von der Decke. Es ist fast wie in einer kleinen Stadt. Überall Soldaten, Männer und Frauen in weißen Kitteln und herumlaufende Kinder. Ich gehe weiter. Für die Einheimischen muss ich seltsam aussehen, so verloren, wie ich mir meinen Weg durch die Bungalows bahne. Mein Blick schweift von einer Entdeckung zur nächsten. Ich bilde mir ein, einen viel jüngeren Damian zu sehen. Bevor ich mir aber sicher sein kann, verschwindet der Glatzkopf hinter einer Holzwand.

Das Imposanteste ist allerdings ein Gebäudekomplex, der sich am Ende der Schotterstraße befindet und die anderen Bauten überschattet. Gitter bestücken die Fenster. Ein weiterer Zaun führt um das Gebäude herum, ganz vorne ein Tor mit einem kleinen Häuschen, in dem ein älterer Herr sitzt und in ein Funkgerät spricht. Menschen mit Kitteln gehen ein und aus, an manchen Stellen ist ein Logo eingraviert. Ein Bärenkopf mit Diamantaugen.

Abrupt wird mir klar, woher ich den Gebäudekomplex kenne. Das Bild von Nathan – das Bild, das in seiner Hütte hängt und auf das ihn Aurel angesprochen hat. Es wurde hier aufgenommen. Unmittelbar davor.

Als ich die Inschrift des Schildes lese, das am Zaun befestigt wurde, läuft es mir kalt den Rücken hinunter. Es ist eine Forschungsanstalt, versteckt im Wald.

In den 70er-Jahren.

Ich weiß, wo ich bin.

Ich erinnere mich an die Artikel, die ich vor meiner Abreise über das zerstörte Chemiewerk gelesen habe.

Am 5. Juni 1978 ist es abgebrannt.

Ich befinde mich genau an diesem Tag an genau diesem Ort. Es muss im zweiten Tal von Ancora sein, als die Ruinen noch belebt waren.

Ein paar Stunden vor dem Unfall.

Aber dieses Camp hier hat nichts mit einem Chemiewerk zu tun. Der Zeitungsartikel, die Erzählungen – war das alles nur eine große Lüge?

27

Ich habe keinen blassen Schimmer, wie und warum ich in diesem Camp oder in dieser Zeit gelandet bin. Aber das alles ist ein Teil von mir. Jede Faser meines Köpers lässt mich das spüren.

Meine Fähigkeit, die Zeit anhalten zu können, muss durch dieses Portal getriggert worden sein. Es war unausweichlich, dass ich es finde. Oder dass es *mich* findet.

Aber warum gerade der 5. Juni? Und warum hier?

Es ist kein Traum, keine Vision. Die Personen sind real, die Gerüche intensiv und die Geräusche so vielfältig, dass ich gar nicht erst mit dem Gedanken spiele, ich könnte träumen. Es ist ein Riss in der Zeit. Eine Reise dorthin, wo Ancora seinen Ursprung genommen hat.

Damian hat mir gesagt, dass die Menschen damals verschwunden sind. Könnte es sein, dass nicht nur die Forschungsanstalt, sondern auch Nathan etwas damit zu tun hat? Wo er doch so abgeschieden lebt, mit all diesen technischen Skizzen und Bildern? Einige der gezeichneten Maschinen habe ich in den Lagerzelten wiedererkannt.

Nathan.

Er ist der Schlüssel.

Zügig drehe ich mich um und mache mich auf die Suche. Durchforste die offenen Bungalows, die nach Qualm stinkenden Zelte und die schlicht gehaltenen Geschäfte. Verfolgt von neugierigen Blicken suche ich so lange, bis sich meine Schuhe mit Dreck und Erde vollsaugen.

In einem der Zelte werde ich tatsächlich fündig. Nathan hat sich über einen Plan gebeugt und diskutiert mit einigen Weißkitteln. Nachdem er einen Blick auf seine Armbanduhr geworfen hat, verlässt er mit einer schwangeren Frau das Zelt und geht Richtung Forschungsanstalt – mit sicherem Abstand folge ich ihnen.

Nathan ist deutlich jünger. Sein Bart hat sich noch nicht weiß gefärbt und sein Haar ist dicht und schwarz. Die schwangere Frau an seiner Seite habe ich hingegen noch nie gesehen. Sie hat langes, feuerrotes Haar und Ohrringe, die in der Mittagshitze silbrig glänzen. Beide tragen graue Kittel, womit sie zwischen den anderen Forschern herausstechen.

Ich bin nervös, schaue mich oft um und versichere mich, dass ich keine Aufmerksamkeit auf mich ziehe.

Als Nathan und die Frau den Eingang erreichen, nickt ihnen der ältere Mann aus dem Wachhaus zu. Sie betreten das Gebäude.

Ich gehe stattdessen den Zaun entlang, der zu meinem Glück nicht mit Stacheldraht umwickelt ist. Ein Soldat lehnt an einem Pfosten und raucht eine Zigarette. Ich verstecke mich hinter einer Wäscheleine, schmuggle mich an ihm vorbei. Meine Augen und Ohren sind gespitzt, meine Schritte leise. Beim Auftreten rolle ich mich mit dem Fußballen zuerst ab. Eine Technik, die ich mir in den letzten Wochen in Ancora abgeschaut habe.

Nahe dem Wald finde ich einen Baum, dessen Äste über die Absperrung reichen. Rasch sehe ich mich um, klettere hinauf und hangle mich bis zur anderen Seite, wo ich mich fallen lasse.

In geduckter Haltung renne ich zur Hinterseite des Gebäudes. Neben mehreren Mülltonnen werden hier auch übereinandergestapelte Holzkisten gelagert. Ich schichte sie so um, dass ich sie als Leiter verwenden kann und durch ein kleines, geöffnetes Fenster sehe.

Ich habe ein mulmiges Gefühl im Magen. So sicher, wie dieses Camp wirkt, war es beunruhigend leicht, auf das Gelände zu kommen. Bis auf den Mann im Wachhaus scheinen alle Wissenschaftler und Soldaten aus dem Gebäude verschwunden zu sein.

Der Raum, der durch das Fenster sichtbar wird, ähnelt einer Überwachungsstation. Es sind Pulte aufgereiht, unzählige leuchtende Knöpfe und Hebel. Auf manchen der kleinen Bildschirme erscheinen Zahlenkombinationen, auf anderen sind Diagramme abgebildet. Eine große und längliche Glasscheibe ermöglicht die Sicht auf einen weiteren Raum. Soweit ich das erkennen kann, wurde dort ein tiefes Loch in die Erde gegraben. Eine Maschine, die wie ein riesiger Laserpointer aussieht, ist auf den Boden gerichtet.

Als Nathan und die Frau mit den roten Haaren überraschend den Raum betreten, falle ich beinahe von den Kisten. Ich knie mich hin, presse mich mit rasendem Herzen gegen die Betonwand. Und lausche.

»Das kann wirklich nicht dein Ernst sein«, flucht die Frauenstimme aufgebracht. Es poltert.

»Sarah, bitte«, versucht Nathan sie zu beruhigen, wobei es mir sauer aufstößt, als ich ihn reden höre.

»Spar dir deine Entschuldigung! Du hast uns vor allen anderen blamiert. Es steht schon seit Wochen fest, dass heute der erste Testversuch starten soll. Deine Moralpredigten helfen hier niemandem!«

»Wenn es nach dir ginge«, sagt Nathan, der nun um einiges strenger klingt. »Hätten wir unser Team erst gar nicht aus dem

Gebäude geschickt. Es ist doch schon schlimm genug, dass wir beide die Verantwortung tragen.«

»Wir sind dieser Verantwortung gewachsen.«

Ich höre Nathan seufzen. »Sind wir das?«, fragt er. »Wir haben den Prototypen nicht ausreichend getestet, das weißt du. Was ist, wenn … wenn …«

»Wenn was?«

»Wenn es nicht funktionieren wird?« Nathans Stimme wird leiser, fast schon besorgt. »Bei einem Experiment wie diesem kann viel schiefgehen. Hey. Hey! Sieh mich an. Versprich mir, dass du das im Hinterkopf behältst.«

Kurzes Schweigen.

Vorsichtig traue ich mich aufzusehen. Sarah und Nathan stehen eng beieinander, ein umgekippter Sessel liegt auf dem Boden. Nathan hat mit seinem Zeigefinger das Kinn der Frau angehoben, die ihn unschlüssig anblickt. Es ist eine liebevolle Geste in einer Umgebung, die trostloser nicht sein könnte.

»Unser Job ist gefährlich«, sagt sie und tritt einen Schritt zurück. »Und das wird er auch in Zukunft sein. Fortschritt hat immer etwas mit Risiko zu tun. Was sollen wir deiner Meinung nach denn machen, hm? Alles vernichten, was wir bis dato erreicht haben? Jahrelange Arbeit in den Müll werfen? Nein. Ganz sicher nicht. Wir sind so kurz vor dem Ziel, Nathan! *So* kurz!«

Sarah wendet sich zur Tür, die zum zweiten Raum führt, doch Nathan packt sie am Arm. »Du wirst uns noch alle umbringen«, ruft er. »Wir brauchen Zeit!«

»Wir haben aber keine Zeit mehr!«

Wieder ist es kurz still.

Das Gespräch ist eine Gefühlsachterbahn. Da sind Emotionen im Spiel, die die beiden vermutlich monatelang zurückgehalten haben. Und ich bin hautnah dabei.

Nun ist es Sarah, die ihre Stimme senkt. »Es wird funktionieren. Notfalls ohne dich. Du weißt, dass ich das auch alleine durchziehe. Früher oder später wird es nämlich ohnehin passieren.«

»Ja, vielleicht«, sagt Nathan, sein Gesichtsausdruck flehend. »Aber dann nicht durch unsere Hände. Mir geht es schon lange nicht mehr um den Fortschritt, Sarah, sondern um unser Kind. Du bist hochschwanger! Was ist bloß aus uns geworden? Wir … wir lieben uns doch, oder?«

»Zieh das Baby da nicht mit rein.«

»Siehst du nicht, dass dieses verdammte Projekt einen Keil zwischen uns getrieben hat? Wir wurden mehrmals gewarnt! Weder die Menschheit noch wir als Familie sind bereit für diesen Schritt!«

»Das hast du nicht zu entscheiden.«

»Aber –«

»Das Gespräch ist beendet.«

»Sarah …«, nuschelt er. »Du kannst nicht einfach –«

»Doch, Nathan. Genau das kann ich.« Die Frau geht mit schnellen Schritten in den Versuchsraum und schließt die Tür von der anderen Seite ab. Nathan ruft ihren Namen, drückt gegen die Klinke. Sarah ignoriert ihn – ihr Blick ist kalt.

Dann beginnt das Flackern. So wie bei der Halluzination in der ersten Prüfung. Die Töne verzerren, die Landschaft verschwimmt. Nathan und Sarah lösen sich vor meinen Augen auf.

Als sich meine schummrige Sicht wieder zu einem Bild formt, bin ich noch immer im Stützpunkt. Es ist deutlich später – die

Sonne ist mittlerweile untergegangen. Nach wie vor sind die Stimmen um mich herum leicht verzerrt, wie ein Echo. Ich stehe vor einem der Schotterwege. Unscharf sehe ich mit Taschenlampen ausgestattete Soldaten, die gehetzt von einem Punkt zum anderen laufen. Die Lichter durchbrechen die Dunkelheit. Namen werden gerufen.

Dann verschwimmt das Bild erneut.

Es ist, als würde ich vor einer Leinwand sitzen, gefesselt an meinen Sitz. Szene nach Szene flackert vor mir auf, verrinnt aber wenige Momente später.

Als Nächstes ist einer der Bungalows zu sehen. Er wird von mehreren Glühbirnen erleuchtet. Um einen runden Tisch stehen Forscher, die miteinander streiten und Dokumente durch die Gegend werfen. Es herrscht Aufregung. Ich verstehe nicht ganz, was sie sagen. Alles ist so verzerrt.

Das Bild verschwimmt.

Flackern.

Ich blicke auf ein weißes Zelt, das wie eine Krankenstation aussieht. Nathan sitzt davor, den Kopf in den Händen vergraben. Eine Ärztin kommt aus dem Zelt, redet auf ihn ein. Doch auch sie verstehe ich nicht.

Das Bild verschwimmt.

Wieder stehe ich vor der Forschungsanstalt. Die Geräusche werden allmählich klarer, die Umgebung nicht mehr so körnig. Ich befinde mich vor dem zweiten Zaun – direkt neben mir der Baum, über den ich geklettert bin. Der Trubel scheint sich halbwegs gelegt zu haben. Im Hintergrund höre ich nur vereinzelt Stimmen.

Als ich ein sich näherndes Geräusch vernehme, schaue ich zum Camp. Da ist eine Gestalt, die aus der Finsternis auf mich zutorkelt. Sie tritt in das Licht einer Straßenlaterne. Und kurz, da könnte ich schwören, bleibt mir das Herz stehen.

Es ist Ava.

In der Hand hält sie eine Flasche Wodka. Ihr Make-up ist verwischt von Tränen. Sichtlich angestrengt kommt sie näher und murmelt etwas. Anders als Nathan ist sie nicht jünger. Sie sieht genauso aus wie heute.

Ava geht schnurstracks an mir vorbei, beachtet mich gar nicht. Sie nähert sich dem Zaun und lässt die Flasche so hart gegen die Gitterstäbe sausen, dass sie zerspringt.

Ava ist betrunken!

Ich erinnere mich an ein Gespräch, das ich vor ein paar Tagen mit ihr geführt habe. Am Brunnen, als uns der Nebel verschluckt hat.

Sie sagte: *Ich habe etwas verloren, damals. Etwas, das mir sehr am Herzen lag.*

Hat sie es hier verloren, in diesem Camp? In dieser Nacht? Nur wie kann sie in den 70er-Jahren schon gelebt haben?

Das ist unmöglich, denke ich, rufe mir aber in derselben Sekunde ins Gedächtnis, dass *alles* hier unmöglich sein sollte.

Etwas ungeschickt versucht die junge Frau über den Zaun zu klettern. Sie schafft es nicht.

»Hey!«, sage ich und kämpfe gegen das fiebrige Gefühl an, das mich zu übermannen droht. »Was machst du da?«

Ava dreht sich um, lacht auf. »Was ich mache …«, wiederholt sie, als hätte sie sich die Frage selbst noch nicht gestellt. Schwankend kommt sie ein paar Schritte auf mich zu, zeigt auf das Labor. »Hilf mir da reinzukommen!«

Ava hinterfragt gar nicht, wer ich bin. Es ist ihr augenscheinlich egal.

»Nein«, entgegne ich. »Erst sagst du mir, was hier läuft.«

Die junge Frau flucht, entdeckt aber zeitgleich den Baum zu meiner Linken. Mit loderndem Blick folgt sie seinen Ästen. Die ganze Situation wirkt noch immer so bizarr auf mich.

»Was willst du da drin?«, frage ich sie und stelle mich demonstrativ vor den Baum.

»Das geht dich nichts an!«

»Ava, bitte.«

Sie hält inne, verengt ihre Augen zu Schlitzen. »Was … woher …« Ava versucht, die richtigen Worte zu finden. »Woher kennst du meinen Namen? Steckst du mit denen unter einer Decke?«

»Nein, tue ich nicht.«

»Weißt du, wo er ist?«

»Was? Wer denn?«

Ava atmet schwer, sagt nichts. Dann sucht sie auf allen vieren nach ihrem Alkohol. Als sie im Halbdunkeln realisiert, dass sie die Flasche gerade eben zerschlagen hat, rappelt sie sich auf.

»Wen meinst du?«, frage ich ein zweites Mal.

Gewaltvoll schiebt sich Ava an mir vorbei und beginnt damit, auf den Baum zu klettern. Sie braucht mehrere Anläufe – es sieht wackelig aus – aber es funktioniert. Von oben schaut sie auf mich herab.

»Hast du es nicht mitbekommen?«, lallt sie. »Das waren die! Ich bin mir ganz sicher. Ja … ja, ich bin mir sicher.« Sie rümpft die Nase. »Ich werde ihn suchen. Und ich werde ihn finden, hörst du?« Ohne einen weiteren Kommentar springt sie vom Baum – unsanft landet sie auf der anderen Seite. Danach mustert sie mich durch die Gitterstäbe. »Übrigens: Ich heiße Avanda. Nicht Ava.«

»Ja«, äußere ich. »Aber du hast mir mal gesagt, dass dich dein voller Name alt wirken lässt.«

»Wir haben noch nie miteinander geredet! Und jetzt verschwinde!«

Ich antworte nicht, gehe nur ein paar Schritte rückwärts und schaue ihr dabei zu, wie sie die Treppe zum Haupttor erklimmt. Sie öffnet die Tür.

Ich stocke.

Die Tür ist offen?

Das kann nicht sein.

Da ist auch kein Alarmsignal. Niemand, der im Wachhaus sitzt. *Wieso wird das Gebäude nicht gesichert?*

Wieder scheint es, als wäre das System heruntergefahren worden. Abgeschaltet. Verlassen. Irgendetwas ist da faul.

Ich will Ava nachrufen, lasse es aber, da sie sowieso schon außer Hörweite ist.

Dann passiert es.

Erst ist da ein Piepsen, ein penetranter und regelmäßiger Ton, der sich in der gesamten Anlage ausbreitet. Das Piepsen wird von einem Klicken unterbrochen. Als hätte jemand einen Schalter umgelegt oder einen Hebel gezogen.

In jener Sekunde dämmert mir, was ich völlig vergessen habe. Was mein Gehirn verdrängt hat: der Unfall.

Ich hole tief Luft, meine Augen weiten sich.

Und im nächsten Moment stürzt der Gebäudekomplex in sich zusammen. Ein Knall. Flammen. Eine Explosion.

Ich werde geblendet.

Das Bild verschwimmt.

28

Als ich wieder zu mir komme, hat sich die laue Nachtluft verflüchtigt. Unter mir ist frostiger Steinboden. Es tropft von der Decke. Neben der Geräuschkulisse steigt mir ein vertrauter Duft in die Nase, nach dem ich mich oft sehne, wenn ich mich verloren fühle.

Lavendel.

Eine Hand legt sich auf meine Schulter.

»Romy! Hier bist du«, stößt Kira erleichtert aus. Das pulsierende Oval, durch das ich vor Stunden gegangen bin, ist noch hier.

»Siehst du das?«, frage ich zusammengekauert und zeige auf das Licht.

Kira lässt ihren Blick schweifen. »Was meinst du?«

Der Wald sieht unberührt aus. So auch die zwei Jugendlichen mit dem Radio, die den schmalen Weg zum Camp spazieren, wie sie es zuvor schon getan haben. Der Tag wurde resettet – die Zeit im Portal wiederholt sich.

Unbeholfen stehe ich auf. »Wie lange war ich weg?«, erkundige ich mich, ohne auf ihre Frage einzugehen.

»Ein paar Minuten«, sagt Kira. »Tut mir leid, dass ich nicht früher zurückgekommen bin. Das war dumm von mir. Hätte ich gewusst, dass …« Sie verstummt. »Wie auch immer. Hauptsache, es geht dir gut.«

Körperlich geht es mir gut, aber was den Rest angeht …

Aus irgendeinem Grund bleibt Kira das schimmernde Oval

verborgen – es ist unsichtbar für sie. So wie der Junge vom Feld.

Das, was ich gerade gesehen und erlebt habe, waren Erinnerungsfetzen. Ein Unfall, der vor langer Zeit stattgefunden hat, aber in dieser Höhle bis heute existiert. Nur was hat das mit mir zu tun?

»Ich war woanders«, sage ich und schaue auf die Bäume, die mir auf einmal so fern sind. »An einem anderen Ort. In einer anderen Zeit.«

»Eine schöne Umschreibung für einen Traum«, antwortet Kira lächelnd und streicht mir zärtlich über den Hinterkopf. »Du hast eine Gehirnerschütterung, denke ich.«

Kira glaubt mir nicht.

Jede Erklärung meinerseits wäre lächerlich. Jede Argumentation. Nichts von dem, was ich dem wilden Mädchen zu erzählen hätte, würde Sinn ergeben.

Im Gedicht heißt es:

Die Kinder, die nur Ignis sieht.

Doch es sind nicht nur Kinder, die den Menschen aus Ancora verborgen bleiben. Es ist eine ganze Zeitspanne.

»Ich habe einen Ausgang gefunden«, sagt Kira und geht voraus. »Lass uns aus dieser Höhle verschwinden, ja?«

Das glänzende Oval – tief unter der Erde – lassen wir hinter uns.

Zurück im Dorf beauftragt Cinda Damian damit, meine Schürfwunden zu verarzten. Sie selbst ist gerade dabei, für die Ancoraner zu kochen.

Erschöpft setze ich mich auf eine Holzbank vor Damians Haus. Jannis ist auch da, leistet mir Gesellschaft. Und weil die meisten Freunde in so einer Situation meine Hand gehalten hätten, streichelt er stattdessen meinen Oberschenkel.

»Erschreck dich nicht, die Salbe könnte ein wenig brennen«, warnt Damian und holt mit seiner Riesenpranke mindestens die Hälfte der gesamten Creme aus der Dose, um sie mir auf meine Wunden zu schmieren. Ich nicke, bleibe aber still.

Die Explosion spielt sich wieder und wieder ab. Dort, vor meinem inneren Auge.

Das Gespräch mit Ava. Das Piepsen. Der Knall.

Mit meiner rechten Hand umklammere ich das Notizbuch meiner Mutter. Darin das Gedicht, das meinen Aufenthalt schlagartig verändert hat. Gedankenverloren blättere ich durch die Seiten.

Ich bin davon überzeugt, dass das Portal mit den sabotierten Prüfungen zusammenhängt. Es ist ein Teil der Wahrheit. Ein Teil, über den ich mit niemandem sprechen kann, bevor ich keine handfesten Beweise habe. Was hat Nathan mit dem Unfall zu tun? Wer ist diese Sarah und wo lebt sie jetzt? Wieso taucht Ava in einer Erinnerung auf, die sich vor mehr als vierzig Jahren abgespielt hat? Und warum, um alles in der Welt, kann ich all das sehen, Kira aber nicht?

»Du hast die Prüfungen echt geschafft«, sagt Jannis erfreut und hebt die Augenbrauen. »Eigentlich sollte ich dich loben, aber das würde jetzt vermutlich jeder tun, also …« Er grinst. »Schlecht gemacht, Romy! Wirklich schlecht. Aber keine Sorge: Ich denke, man hätte es *noch* schlechter machen können.«

Damian schüttelt fassungslos den Kopf. »Eure Freundschaft verstehe ich nicht.«

»Die muss man nicht verstehen«, erwidert Jannis. »Die muss man fühlen. Das Schicksal hat uns zusammengeführt.«

Der Familienvater schmiert eine weitere Wunde ein und erhascht dabei einen Blick auf meinen geistesabwesenden Gesichtsausdruck. »Es sieht so aus …«, fängt Damian an, »… als würde Romy das Schicksal am liebsten verprügeln wollen.«

Unbeirrt blättere ich weiter. Ich komme an den Versen und Zeilen vorbei, die ich im Dorf verfasst habe. Bei dem Gedicht über Ancora stoppe ich. Ein kleiner Zettel wurde zwischen die Seiten geklemmt. Ein Zettel, der vorher noch nicht da war.

»Fertig«, verkündet Damian und klappt die Dose zu. Um nicht völlig im Delirium zu versinken, schließe ich das Buch.

»Danke«, bringe ich hervor.

»Nichts zu danken. Wenn du sonst noch etwas brauchst …« Damian scheint zu überlegen, ob er mir seine Hilfe anbieten soll. Dann schmunzelt er, klopft mir auf die Schulter und entscheidet sich für: »Ach, du wirst schon nichts brauchen.« Der Neandertaler verschwindet kurzerhand in seinem Haus. Als die Tür ins Schloss fällt, drehe ich mich zu Jannis um. Ich brauche einen Verbündeten.

»Kannst du dich wieder erinnern?«, will ich wissen. Meine Frage bringt Jannis ein wenig aus dem Konzept.

»An was?«

»An vorgestern. Ich bin zu dir gekommen.«

Er kratzt sich verlegen am Kinn. »Haben wir uns geküsst?«

»Was? Nein!«

»Gut. Weil *daran* hätte ich mich sicher erinnert.« Sein Grinsen geht von einem Ohr zum anderen. »Kannst du mir bitte verraten, was du meinst?«

»Wir sind geflohen«, sage ich, weil mir nichts Besseres einfällt. Ich kann es keine Sekunde länger für mich behalten.

»Geflohen? Vor was denn?«

Meine Hände umklammern das Notizbuch noch fester. »Vor Aurel. Vor Ancora. Vor … vor einfach allem hier!«

Jannis schaut zu seinen Füßen, an denen im selben Moment ein gackerndes Huhn vorbeirennt. Eine alte Frau, die sich auf einen Holzstock stützt, läuft dem Tier hinterher.

»Verdammtes Vieh«, höre ich sie rufen.

Mein bester Freund wendet sich abermals mir zu. Seine Miene verfinstert sich. »Ich kann absolut verstehen, warum du fliehen wolltest.«

Stille.

Dann prustet er los.

»Romy … das musst du dir eingebildet haben. Bis auf den Zwischenfall mit dem Alkohol ist doch nichts Gravierendes passiert. Außer natürlich diese Feuerprüfung. Aber da schweigst du wie ein Grab, richtig?«

Ich verfalle wieder in meine Gedanken. »Richtig …«, flüstere ich. »Ich habe mir das alles bloß eingebildet. Schon echt verrückt von mir.« Ich stehe auf.

»So habe ich das nicht gemeint«, sagt Jannis. »Wo willst du denn hin?«

Ich zucke mit den Schultern und gehe. Jannis' irritierter Blick verfolgt mich.

Auf meinem Weg zum oberen Waldrand von Ancora beobachte ich einiges. Die alte Frau zum Beispiel, die das Huhn mittlerweile gefangen hat und es kopfüber in den Pavillon bringt, in dem Cinda einen kochenden Wassertopf aufgestellt hat. Durch das Küchenfenster sehe ich auch Damian. Der kahl rasierte Mann schleift seine Sense.

Ich setze mich vor den Wald. In die Wiese.

Und dann sehe ich Aurel. Zusammen mit Nathan steht er

im Schatten einer Lagerhalle. *Ist er schon von seinem Ausflug zurück?* Nathan und er scheinen vertraut. Es wirkt so, als ob er Nathan dazu bringt, ihm zu folgen. Sie verschwinden im Wald.

Ich fühle mich hintergangen. Von jedem.

Romy, hat Jannis gesagt. *Das musst du dir eingebildet haben.*

Rote Maske? Nein, du musst dich täuschen. Eine Aussage von Ava, als ich sie auf die Feuerprüfung angesprochen habe.

Ich habe mein Zimmer kein einziges Mal verlassen. Kein einziges Mal. Aurel, am ersten Tag unserer Ankunft.

Eine schöne Umschreibung für einen Traum, hat Kira gemeint, als ich in der Höhle das Portal erwähnt habe.

Was soll da sein? Alle Kinder sind im Pavillon, wurde mir am Feld versichert. Von Damian.

Ich klappe das Notizbuch meiner Mutter auf und schnappe mir den Zettel, den irgendjemand in den letzten paar Stunden dort hineingelegt haben muss. Platziert zwischen den Seiten, die meinen Tod vorhersagen. Den Tod von Ignis.

Ignis glaubt, das Ende ist hier –
die dritte Prüfung liegt hinter ihr.
Nur muss sie verstehen, wenn der Rabe singt,
die letzte Prüfung erst beginnt.
Wenn sie es schafft, die Zeit zu biegen
– dort in der Höhle, sie kann es sehen –
ist es ihr gestattet,
aus dem Tal, lebendig, wieder nach Hause zu gehen.
Doch!
Wenn sie zu viel verrät – oder zu wenig gibt,
spielt sie mit dem Leben derer,
die sie liebt.

Hier, auf der Wiese von Ancora, bin ich mir nicht mehr sicher, ob ich wirklich mit dem Leben meiner Freunde oder nur mit meinem Verstand spiele.

Wenn man die Zeit in der Höhle wahrhaftig verändern kann, was ist dann mit meinem Fluch? Kann ich auch ihn beenden?

Ich schaue auf den Brunnen, der scheinbar friedlich im Tal steht. Und dann kommt mir eine Idee – ein Plan, wie ich das Schicksal auf meine Seite ziehen kann. Aber er ist gefährlich. Ich habe keine Ahnung, was da in der Dunkelheit auf mich lauert. Ich weiß nur, dass ich denjenigen zur Rede stellen muss, der mir diese Zeilen geschrieben hat. Vorher gehe ich nicht zurück in die Zeitschleife.

Ich muss es schaffen, der Person einen Schritt voraus zu sein. Egal, wie bedrohlich dieser Schritt auch sein mag.

Ich werde es versuchen.

Es ist Nacht.

Pure Schwärze durchflutet das Tal. Die Bewohner haben sich schon längst in ihre Hütten verkrochen, die Kerzen sind erloschen. Auch ich habe mich vor ein paar Stunden in mein Bett gelegt, nachdem ich dem Brunnen eine weitere Frage gestellt habe. Nur werde ich diesmal nicht darauf warten, dass ich eine Antwort bekomme. Ich hole mir meine Antwort selbst.

Als die Geräusche der Nacht schließlich verklungen sind, bin ich aufgestanden und in die Küche getapst, um mir eine Jacke überzuziehen. Meine Schuhe habe ich drinnen gelassen. So bewege ich mich noch leiser. Barfuß habe ich mich in die Schatten der Bäume gesetzt.

Bis jetzt.

Ich warte. Spüre, wie ich allmählich mit dem eisigen Boden

verwachse. Gelegentliches Rascheln. Die Wurzeln rekeln sich nach mir, strecken ihre dürren Finger aus. Der Frost klebt an meinen nackten Zehen. Meine eigenen, dunklen Fantasien haben zu mir gefunden. Meine Ängste.

Mit der Zeit bereue ich es, mir keine Schuhe angezogen zu haben. Nur will ich sie nicht holen gehen – nicht jetzt. Ich rechne jeden Moment damit, dass sich die Dunkelheit bewegt. Doch sie tut es nicht.

Ich weiß nicht, mit was ich gerechnet habe. Vielleicht war meine Hoffnung, dass ich jemanden erwische, den ich kenne. Jemanden, der verstohlen und schnell von einem dunklen Fleck zum nächsten huscht, um ja nicht gesehen zu werden. Eine Person, die genau weiß, dass ich nicht verrückt geworden bin.

Je länger ich im Schatten der Bäume sitze, desto klarer wird mir jedoch, dass ich den Bewohner vermutlich nicht einmal identifizieren könnte. Straßenlaternen gibt es hier nicht. Nur den Schein des Mondes. Und Sterne. Einmal, da sehe ich sogar ein Flugzeug. Es wirkt so surreal auf mich. So weit weg.

Es passt hier nicht rein, denke ich, während mich das Geflecht aus Ästen und Zweigen als Geisel nimmt. Während die Stille meine Ohren betäubt, ein endloses Rauschen meine Sinne trübt. Während mein Herz so spürbar in meiner Brust pocht, dass ich Angst bekomme, es könnte meine Knochen brechen. Während ich realisiere, dass das Flugzeug nicht das Einzige ist, was hier nicht reinpasst.

Der Schatten!

Das Gefühl der Schwerelosigkeit überkommt mich.

Ich fühle keine Panik, auch keine Angst.

Es ist vielmehr … *Entsetzen.*

Regungslosigkeit.

Die Bewegungen der Gestalt sind schleppend. Sie geht an den Hütten vorbei, immer näher auf mich zu. In der Hand hält sie einen kleinen Gegenstand. Länglich, wie ein Pinsel.

Ich traue mich kaum auszuatmen, schaffe es aber dennoch, mich zu erheben. Ich *muss* näher ran. Sehen, wer durch das nächtliche Ancora streift.

Der Schatten bewegt sich konstant mit dem gleichen Tempo – geradewegs zum grünen Häuschen, das vor Avas Anwesen liegt.

Ich mache einen Schritt nach vorne.

Das Gesicht des Fremden ist verschwommen, es ist zu dunkel. Ein weiterer Schritt. Noch einer. Dann – ein lautes Knacken. Es hallt durch die Nacht, zerbricht die Stille mit einem Schlag. Voller Furcht schaue ich auf meine nackten Füße. Auf den Ast, der zwischen dem Gras verborgen in der Wiese liegt und den ich in zwei Stücke getreten habe.

Als ich das nächste Mal aufsehe, ist die Gestalt unheimlich nahe bei mir. Nur ein paar Meter entfernt. Ich erkenne die Maske, die sie trägt, die roten Tränen.

Die Maske, deren Schlitze genau auf mich gerichtet sind.

29

Das Rauschen in meinen Ohren wird stärker. Es ist ein Fegefeuer, ein brennender Messerstich, der sich von meinem Trommelfell bis zu meinen Schläfen zieht. Mein Gehirn ist wie tot. Als hätte ich in der alles entscheidenden Sekunde vergessen, wie ein menschlicher Körper funktioniert. Ein- oder ausatmen? Bewegen oder nicht? Soll ich schreien? Um Hilfe rufen?

In der Zwischenzeit durchsticht mich der Blick meines Gegenübers. Nagelt mich an Ort und Stelle fest – fixiert mich mit einer solchen Macht, dass mein Herz förmlich zu zerreißen scheint.

Ich renne los.

Es ist keine bewusste Entscheidung, kein Schachzug. Es ist ein Impuls. Ich renne, wie ich es auch bei der ersten Prüfung getan habe. Einfach weg, direkt in den Wald. In das stockfinstere Gewebe aus Holz, Schweiß und Adrenalin.

Hinter mir drücken sich Schuhe in die Erde, der Boden knirscht. Die Gestalt folgt mir. Eben hat sie noch vor mir gestanden, von Angesicht zu Angesicht. Jetzt ist sie mir dicht auf den Fersen – jagt mich. Es ist, als könnte ich den Atem meines Verfolgers im Nacken spüren. Die kurzen, gierigen Züge, die mich ins Unterholz drängen.

Ich presche an wuchernden Sträuchern vorbei. Übersehe einen spitzen Ast, wetze mich auf. Meine Adern pulsieren. Frisches Blut rinnt mir warm über die Finger und tropft auf den Waldboden. Ich falle hin, stehe auf. Am meisten schmerzen meine nackten Fußsohlen. Dornen dringen durch meine Hornhaut, bohren sich in mein Fleisch.

Ich höre Wasser.

Der Fluss, denke ich und steuere instinktiv darauf zu.

Als ich tatsächlich bei der Schlucht ankomme, vermischt sich das Rauschen meines Kopfes mit der Strömung des Wassers. Die Schritte hinter mir sind verklungen. Abrupt bleibe ich stehen und blicke mich um.

Niemand da.

Oder doch?

Das Laub raschelt, die Äste brechen. Ich werde umkreist.

Die Gestalt verhält sich wie ein Raubtier, das mit ihrer Beute spielt und sie langsam ausbluten lässt, bevor es dem geschwächten Tier den Gnadenstoß verpasst. Das Gefühl, beobachtet zu werden, nimmt zu. Es engt mich ein. Ich mache einen Schritt zurück. Als ich mich umdrehe, sehe ich in die Schlucht. In den Abgrund.

Verdammt!

Ich bin in eine Sackgasse gelaufen, unmittelbar in meine selbst gebaute Falle.

Bei dir ein vertrauter Mensch – heißt es in dem Gedicht von Ancora – *der Abgrund wird sich färben, dein Herz wird brechen, Ignis muss sterben.*

Ist damit die Schlucht gemeint? Ist *das* der Ort, an dem ich sterben werde?

Ein weiteres Geräusch, noch näher.

Ich stelle mich breitbeinig hin. Angestrengt versuche ich, meine Atmung wieder unter Kontrolle zu bringen. Heute Nacht habe ich mich aus meinem Zimmer geschlichen, weil ich eben nicht mehr weglaufen wollte. Weil ich die Geheimnisse satt habe, die kryptischen Botschaften. Ancora ist übernatürlich, daran habe ich keine Zweifel mehr – aber es gibt da eine Person aus Fleisch und Blut, die es auf mich abgesehen hat. Jemanden, der in diesem Augenblick aus der Dunkelheit gesprungen kommt und mich zu Boden wirft.

Mein Schädel prallt auf die steinige Erde. Mir wird schummrig. Kräftige Männerhände legen sich um meinen Hals. Nach Sauerstoff ringend prügle ich auf die Person ein, die mir die Kehle zudrückt. Meine Lunge füllt sich mit Schmerz. Ich schlage gegen alles, was ich zu fassen bekomme. Gegen Rippen, den Bauch.

Plötzlich lässt der Druck auf meinem Hals nach. Der Maskenmann rappelt sich auf. Er greift sich an den Brustkorb, wo ich ihn besonders hart getroffen habe.

Ich schnappe nach Luft, als wäre ich neu geboren worden – fange an zu husten, muss mich fast übergeben. Danach stemme ich mich hoch. Und werfe mich mit voller Wucht auf die Gestalt.

Mit einem dumpfen Knall stößt sie gegen den Baum hinter sich. Ich kralle mich mit ausgefahrenen Fingern an der Maske fest, zerre daran. Erst als mir ein Knie in den Bauch gerammt wird, lasse ich los. Das Schwindelgefühl wird intensiver. Die Welt dreht sich, mein Kopf wird schwer. Als ich aufsehe, steht die dunkel gekleidete Person ein paar Meter weiter an der Schlucht. Sie holt den länglichen Gegenstand aus ihrer Hosentasche und hält ihn über den Abgrund.

Wie in Trance muss ich mit ansehen, wie sie ihn fallen lässt. Die Gestalt wendet sich von mir ab. Läuft weg, wird eins mit der Dunkelheit.

Ich bin allein.

Mit dem Schock, der mich noch immer benebelt, streife ich durch den Wald – zurück ins Dorf. Keine Spur mehr von meinem Widersacher. Keine neuen Hinweise. Widerwillig gestehe ich mir ein, dass mein Plan nach hinten losgegangen ist. Dass ich einen Fehler begangen habe, den ich nicht mehr rückgängig machen kann. Ich habe dem Gedicht getrotzt und kann jetzt nur mehr beten, dass meine vorschnelle Tat keine Konsequenzen mit sich zieht. Vollkommen erledigt schleppe ich mich in Avas Holzhaus. In der Küche brennt noch Licht, was mich stutzig macht. Es sind ein paar Kerzen, die im Raum verteilt vor sich hin flackern. Ava sitzt in einem Nachthemd am Tisch und liest. Als ich näher komme, schaut sie auf.

Blitzartig kommt mir die Forschungsanstalt in den Sinn. Avas Rausch, ihre wirren Aussagen. Sie konnte den Einsturz des Gebäudes unmöglich überlebt haben. Und doch ist sie hier.

»Es ist seltsam, dich so zu sehen«, rutscht es mir heraus. Ich lehne mich gegen den Türrahmen, meine Augen sind träge.

Ava klappt ihr Buch zu. »Nicht das Netteste, was man mitten in der Nacht zu jemandem sagen kann, aber was soll's.«

»Sorry«, wispere ich.

Ava steht auf, schlendert zu mir und hebt meinen verletzten Arm an. Sie beäugt meine offenen Wunden. »Typisch«, sagt sie. »Wenn Damian eine Wunde verarztet, tauchen zwei neue auf.« Die Dorfchefin gießt Wasser in ein Glas und drückt es mir in die Hand. Dann wird sie leiser. »Willst du darüber reden?«

Ich verneine, setze mich auf einen Stuhl.

Und fange an zu weinen.

Einfach so.

Es sind nur einzelne Tränen, die über meine Wangen kullern, aber sie fühlen sich unfassbar schwer an. Vielleicht sind sie der

Frage *Warum ich?* geschuldet. Vielleicht haben sie sich aufgestaut – waren eigentlich für einen anderen Moment bestimmt, an dem ich sie verdrängt habe. Vielleicht ist mir das alles aber auch zu viel geworden. Der Druck, das Dorf, mein Leben. Ich habe niemanden, der mir glaubt.

Ava beobachtet mich dabei, wie ich meine Tränen abtupfe. Sie bleibt eine lange Zeit still. Beinahe vergesse ich, dass ich nicht allein im Raum bin.

Irgendwann meint Ava: »Es ist seltsam, dich so zu sehen«, und setzt sich mir gegenüber.

»Hey«, sage ich, während sich auf meinen feuchten Wangen der Ansatz eines Lächelns abzeichnet. »Das ist mein Spruch.«

»*Unser* Spruch«, korrigiert sie mich. »Nachdem du vorher so frech zu mir warst, ist eine gerechte Aufteilung doch das mindeste, was mir zusteht.« Ava schmunzelt.

»Tut mir wirklich leid«, antworte ich und stütze meine Ellbogen am Tisch ab. »Ich wollte dich nicht überrumpeln. Und ich wollte nicht weinen.«

Als hätte sie mich nicht richtig verstanden, schaut mich die junge Frau ungläubig an. »Sag das nicht«, murmelt sie. »Es gibt viele Dinge, für die du dich entschuldigen müsstest. Wenn du jemanden verletzt, oder wenn du meinen Hund erschießt. Aber für deine Tränen …« Sie schüttelt den Kopf. »Für deine Gefühle musst du dich nie entschuldigen.«

»Du hast einen Hund?«, frage ich, weil ich nicht weiß, was ich sonst sagen soll.

»Nein. Natürlich nicht«, bemerkt sie trocken. »Aber das ist trotzdem kein Grund, ihn zu erschießen.«

Ich lache. Nicht laut und nicht lange, aber ich tue es. »Danke«, sage ich und schlucke meine Unsicherheit hinunter.

Ava nimmt meine Hände, umfasst sie mit ihren eigenen. »Gute Nacht«, flüstert sie und beginnt, die Kerzen auszublasen.

Aurels Tür ist einen Spalt weit offen, als ich durch den Flur gehe. Mein Freund schläft. Zwischen unseren Zimmern liegen nur wenige Meter Abstand, obgleich wir uns kilometerweit voneinander entfernt haben.

Ich lege mich auf mein Bett. Starre mit offenen Augen gegen die Decke, als würde ich spüren, dass diese Nacht kein Ende findet. Und das tut sie auch nicht. Ein Geräusch, das mir unangenehm vertraut vorkommt, erklingt in der Stille. Mehrmals.

Es sind Steine, die gegen mein Fenster geworfen werden.

Auf alles gefasst, tapse ich durch den dunklen Raum.

Der Waldrand wird spärlich vom Mondlicht beschienen. So auch die Gestalt, die sich davor befindet.

Doch es ist nicht der Maskenmann, der mich verfolgt und mir gedroht hat. Es ist eine Person, bei der ich mich geborgen fühle.

Unten, vor dem Wald, steht Kira.

Sie formt mit ihren Lippen ein einziges Wort, das ich auch lautlos verstehe. Hinter ihrem Lächeln verbirgt sich Angst.

»Komm«, sagt Kira und deutet auf den Wald. »Komm!«

30

»Es ist gefährlich hier draußen«, sage ich und schaue zwischen dem Mädchen und dem Wald hin und her. Kiras unheilvoller Blick ist nicht weniger beängstigend, als die nicht enden wollende Abwärtsspirale, in der ich mich befinde.

»Ich weiß«, sagt sie. »Sonst wäre ich nicht gekommen.«

»Was willst du denn im Wald?«

Als Antwort tastet Kira nach meinen Fingern, umschließt sie und führt mich in die verworrene Wildnis. Häufig drehe ich mich um, als hätte die Verfolgungsjagd noch immer kein Ende gefunden. Kira bemerkt meine nervösen Blicke. Und auch wenn sie selbst alles andere als furchtlos wirkt, festigt sie ihren Händedruck, um mich wie eine schimmernde Laterne durch die Dunkelheit zu leiten.

Ob Kira tatsächlich weiß, welcher Schatten sich heute Nacht im Wald herumtreibt, bezweifle ich. Aber ich hinterfrage es nicht. Kira hat ein Gespür für das, was die Schwärze in uns auslöst. Mit ihr fühlt sich die Finsternis wie ein Lied an, das man am Lagerfeuer singt. Kira erschafft eine Welt, die nur uns beiden gehört. Und niemand sonst hat einen Platz darin.

Wir halten an einer Lichtung, die ich kenne. Das weitreichende Moos, der hochgewachsene Efeu. Es ist Kiras geheimer Platz. Ihr Rückzugsort. Der Mondschein wirft seine Muster auf das Pflanzengeflecht. Wegen des indirekten Lichts – und vielleicht ist es auch nur eine optische Täuschung – erstrahlt der Ort in glänzendem Lila, wie die Farbe eines Veilchens. In den vereinzelten Strahlen sieht man Insekten tanzen. Ein Summen liegt über dem Platz.

»Wie in einem Horrorfilm«, sage ich, um die angespannte Stimmung ein wenig aufzulockern. »Der perfekte Ort, um eine Leiche zu vergraben.«

»Keine Sorge«, sagt Kira. »Wenn ich vorhätte, dich umzubringen, dann definitiv nicht hier.«

»Na großartig! Und wofür hast du mich dann durch den halben Wald geschleppt?« Ich grinse, wobei mein Glücksgefühl eher der Anziehung zu Kira geschuldet ist, als meinem mittelmäßigen Konter.

Das wilde Mädchen geht nicht darauf ein. Sie setzt sich auf einen Baumstumpf und ich hocke mich davor. Kira mustert mich durchs fahle Mondlicht. Eindrücklich, als würde sie mich das letzte Mal zu Gesicht bekommen, mich aber nie vergessen wollen.

»Das ist doch alles verflucht«, sagt sie – und sogar mir vergeht das Grinsen. Es sind gemischte Signale, die sie mir sendet.

»Was hast du?«, frage ich. »Warum sind wir hier, Kira?«

»Ich musste mit dir unter vier Augen reden. Und im Dorf geht das nicht.« Unerwartet schaut Kira zur Seite, in den Himmel, nur nicht zu mir. »Weißt du …«, sagt sie mit dieser verletzlichen Stimme, die ich sonst nur selten von ihr zu hören bekomme. »… mein ganzes Leben lang habe ich mich schon nach einem Menschen gesehnt, bei dem ich mich lebendig fühle.« Kira sieht mich widerstrebend an. »Und ich denke, ich habe ihn gefunden.«

»Aber das ist doch schön«, sage ich. »Das ist doch etwas Gutes, oder etwa nicht?«

»Du verstehst nicht …«, entgegnet sie und reibt ihre Hände

aneinander, um sich zu wärmen. Allerdings glaube ich, dass es innere Kälte ist, die Kira Gänsehaut bereitet. »Ich werde Ancora morgen verlassen«, sagt sie. »Ohne Abschlusszeremonie, wie es die Feuerprüfung eigentlich vorsieht. Ich werde still und heimlich gehen.«

Die Nachricht trifft mich härter, als erwartet. Insgeheim habe ich zwar schon damit gerechnet, dass der Tag kommen wird, an dem ich mich von Kira verabschieden muss – aber nicht morgen.

»Du hast die Prüfungen bestanden«, sage ich, fast schon wehmütig. »Du kannst doch noch bleiben. Zumindest ein wenig.«

Als hätte ich genau das gesagt, was Kira belastet, blickt sie zu Boden. »Ich habe keine Ahnung, was in letzter Zeit im Dorf passiert«, murmelt sie. »Eure Ankunft hat vieles verändert.« Kira beißt so fest auf ihre Backenzähne, dass ihre Wangenknochen zum Vorschein kommen. »Die … die Ancoraner …« Sie sucht nach den richtigen Worten. »Manche Bewohner wollen nicht, dass ich das Dorf verlasse. Trotz der Feuerprüfung.«

»Und warum?«, frage ich.

Kira zögert, überlegt gründlich, bevor sie mit einem Satz antwortet, der in mir alle Alarmglocken auslöst: »Ich weiß zu viel«, flüstert sie.

Mir wird bewusst, dass das Mädchen, das am meisten schweigt, am meisten zu sagen hat. Der Drang, dem Dorf zu entkommen, hat sich bei ihr von Tag zu Tag gesteigert.

»Du hast mir mal gesagt«, meine ich, »dass du aus Ancora rauswillst, um Erfahrungen zu sammeln.« Fragend schaue ich in ihre funkelnden Pupillen. »Aber das ist nicht der einzige Grund, oder?« Ich brauche keine Antwort, um zu wissen, dass es stimmt. Plötzlich ist alles logisch – die Momente so deutlich. »Sam«, sage ich. »Du hast von einer Nacht mit Sam gesprochen, bei der zweiten Feuerprüfung. Einer Nacht wie heute.«

Beim Reden achte ich auf den Nebelschleier, der immer dann entsteht, wenn jemand von uns etwas sagt. Es ist gefrorener Atem, Dunst, der sich rasch verflüchtigt.

Als ich Sams Namen ausspreche, verändert sich Kira. Ihre Haltung, der Ausdruck in ihren Augen. Und doch wirkt es so, als hätte sie nur darauf gewartet, dass ich es ausspreche. Als würde ihr ein Stein vom Herzen fallen, den sie allein niemals hätte stemmen können.

»Ja, es war eine Nacht wie heute«, sagt sie, so ruhig, wie es ihr Körper zulässt. »Klarer Himmel, kühle, feuchte Luft. Sam und ich haben getrunken, selbst gebrauter Alkohol von Damian. Wir haben uns im Wald versteckt, damit uns Ava nicht findet.« Kira setzt ab und streicht über das Moos, als hätte es ihre Erinnerungen gespeichert. »Sam und ich haben geredet. Über Gott und die Welt. Über dieses Dorf. Wir sind uns nähergekommen, haben uns geküsst. Dann wollte ich gehen. Aber Sam … er … er wollte nicht, dass ich gehe. Also …« Kiras Stimme zittert. »… also hat er mich am Handgelenk gepackt und …« Sie schafft es nicht, ihren Satz zu beenden.

Behutsam setze ich mich neben Kira auf den Baumstumpf und lege einen Arm um sie. »Du musst nicht weiterreden«, sage ich. Aber sie tut es.

»Es ist lange her, Romy. Einige Jahre«, sagt sie. »Sam hat es vermutlich schon vergessen. Aber ich … Jeden Tag, an dem ich in diesem Dorf aufwache, muss ich daran denken.«

»Ist es das, was du in der Feuerprüfung gesehen hast?«, frage ich.

Sie nickt. Und dann schmiegt sie sich an mich. Wer die starke Schulter für wen ist, kann man schwer sagen, wo wir doch ineinander verschmelzen. Wir sind zwei Seelen in einer seelenlosen Nacht.

»Komm mit mir«, flüstert Kira. »Begleite mich morgen. Hilf mir.«

Meine Augen erstarren zu Eis – leblos und schummrig fixiere ich einen Punkt im Wald, der keine Bedeutung für mich hat. Ich würde ihr gerne antworten. Sagen, dass ich das auch tun will. Mit ihr fliehen. Gemeinsam aus dem Tal.

Doch ich weiß, dass das nicht geht.

Ich bin schon einmal geflohen. Aufgewacht bin ich in Ancora.

Du spielst mit dem Leben deiner Freunde, stand in dem Brief des Maskenträgers.

Ich habe Kira in Gefahr gebracht.

Ich bin es, vor der sie fliehen muss.

Dieser Ort lässt mich erst gehen, wenn ich die Zeitschleife in der Höhle verändere. Das ist mir klar geworden.

Aber will ich sie wirklich im Stich lassen? Will ich mich so schnell geschlagen geben?

»Ich verstehe …«, sagt Kira, nachdem ich sie eine halbe Ewigkeit angeschwiegen habe.

»Nein«, beteuere ich. »Diesmal bist du es, die es nicht versteht.« Ich seufze. »Die es gar nicht verstehen kann.« Ich lockere meinen Griff, sage: »Morgen Vormittag besorge ich uns Proviant, vielleicht bekomme ich ja eine zusätzliche Ration. Und am Nachmittag treffen wir uns bei dir zu Hause. Dann sehen wir weiter …«

»Versprichst du mir, dass du kommen wirst?«

Ich beuge mich vor und küsse sie. Der zärtliche Kuss fühlt sich wie ein Neubeginn und gleichzeitig wie ein Lebewohl an.

Die aufkeimende Hitze der Morgenstunden sickert durch die Gassen und Plätze von Ancora. Da ich nur ein paar Stunden geschlafen habe, bin ich müde. Müde, aber wach.

Ich dehne mich vor Avas Haus, tanke Sonne, um die innere Dunkelheit bestmöglich zu vertreiben. Es ist einer dieser Vormittage, an denen man sein Leben außerhalb des Tals vergessen könnte. So unbeschwert, wie die Bewohner miteinander reden – wie sie zusammen lachen. Ich frage mich, ob auch Kira von dem Dorf geblendet war, in ihrer Kindheit. Vor dem Tag mit Sam. Vor der Feuerprüfung.

Als ich durch das Dorf gehe, kann ich sie nirgendwo sehen. Wahrscheinlich wird sie in ihrer Hütte auf mich warten. Und der Gedanke, dass da jemand ist, der auf mich zählt, fühlt sich gut an.

Auf meinem Weg zum Pavillon sehe ich Aurel, der vor einer großen Eiche sitzt und sich Notizen macht. Auch Jannis werkelt in der Nähe von Nathans Haus. Es scheint nicht so, als wäre den beiden etwas zugestoßen. Die Drohung war vielleicht nur heiße Luft. Nichtsdestotrotz verspüre ich keine Erleichterung. Wenn das Gedicht und der Zettel von derselben Person geschrieben wurden, darf ich mich nicht in Sicherheit wiegen. Jede Zeile hat bis dato gestimmt – jede einzelne Strophe, egal, wie grausam sie ist.

Warum nicht auch diesmal?

Ich ermahne mich, dass es niemandem hilft, wenn ich mir darüber den Kopf zerbreche. Proviant. Das ist es, was ich Kira versprochen habe. Ich leere mir also eine Portion Haferbrei in meine Schüssel und schlendere los. Vorbei an quirligen Kindern und älteren Bewohnern, die im Schatten ihrer Häuser mit Würfeln, Karten und abgenagten Tierknochen spielen. Ich stelle mich zu Jannis. Mein bester Freund ist damit beschäftigt, Holz zu hacken. Er lässt die Axt mehrmals durch die Luft sausen – splittet die Holzstücke mit nur einem Schlag, sodass die Späne bis zu meinen Füßen fliegen.

»Hey«, begrüßt er mich und wischt sich mit der Rückseite seiner Hand den Schweiß von der Stirn. »Hast du dich wieder beruhigt?«

»Beruhigt?«, frage ich.

»Ja, du weißt schon …«, sagt Jannis und schnappt sich ein herumliegendes Holzstück. Dann schaut er es mit gespielt panischem Gesichtsausdruck an. *»Wir sind geflohen, Jannis«*, ahmt er mich nach. *»Dieser Ort macht mich fertig! Diese Menschen! Dieses Klo! Dieses geschmacklose Frühstück!«*

»Nicht schlecht«, sage ich und schiebe mir einen Löffel Porridge in den Mund. »Ich hab da nur eine Frage.« Mit einem Kopfnicken deute ich auf seine Hand. »Das Stück Holz. Sollst das du sein?«

Jannis grinst. »Gut kombiniert«, sagt er, stellt es auf den Hocker und zerteilt es mit der Klinge.

»Na dann, Glückwunsch«, erwidere ich. »Du hast dich soeben selbst zu Hackfleisch verarbeitet.«

Das Gespräch mit Jannis ist das Normalste, was ich in letzter Zeit zu spüren bekomme. Auch wenn er mit seinen Witzen einen wunden Punkt trifft.

»Für wen ist das Holz?«, frage ich.

»Für Nathan.«

»Und was springt dabei für dich raus?«

»Nun ja.« Jannis stellt sein rechtes Bein demonstrativ auf den Holzklotz, um wie ein Sieger auszusehen. »Wenn ich fertig bin, darf ich ihm helfen, sein Dach zu reparieren.«

»Oh«, stoße ich hervor. »Das ist echt großzügig von ihm. Dafür, dass du was für ihn erledigst, darfst du danach was für ihn erledigen.«

Jannis lässt von seiner Siegerpose ab. »Was erwartest du von jemandem, der mit einem Stück Holz spricht?«

»Du musst dieses Dorf echt lieben«, sage ich. Oder er will einfach nur mit Nathan in Kontakt kommen. »Weißt du zufällig, ob es hier einen Lebensmittelvorrat gibt? Irgendeinen Speicher oder so?«

Noch bevor Jannis antworten kann, tritt Nathan aus der Tür. Er hat sich eine Lederjacke umgehängt, die in der Sonne glänzt.

»Gibt's ein Problem?«, fragt er.

»Ja«, sagt Jannis und zeigt auf mich. »Romy hat Hunger.«

Ich verdrehe die Augen. »Ich wollte nur fragen, ob ich Proviant haben kann. Am Nachmittag würde ich nämlich gerne einen Ausflug machen. Die Gegend erkunden.«

»Von mir aus«, sagt Nathan, emotionslos wie immer. »Dann aber schnell, ich muss gleich los.«

»Triffst du dich etwa wieder mit Aurel?« Ich überrasche mich mit der Frage selbst. Und die Tatsache, dass Nathan mir einen langen Blick zuwirft, mir aber nicht widerspricht, hinterlässt einen bitteren Beigeschmack.

»Hier lang«, sagt der Gründer schließlich und wendet sich nach Süden. »Zu unserem Speicher geht es –« Er kommt nicht dazu, seinen Satz zu beenden. Der Lärm unterbricht ihn. Die Schreie.

Es ist Rauch, der an mir vorüberzieht und mich augenblicklich herumfahren lässt. Meine Schüssel fällt mir aus der Hand.

Bitte nicht, denke ich, doch meine Gebete werden nicht erhört. Meine schlimmste Befürchtung ist eingetroffen: Die Drohung war nicht bloß heiße Luft.

Kiras Holzhütte steht in Flammen.

31

Meine Stirn glüht. Die enorme Hitze und der Schlafmangel vermengen sich zu einem Dauerfieber, das mich erstarren lässt. Hilflos schaue ich auf den dichten Rauch, der aus der brennenden Hütte quillt.

Ava stolpert aus einem Schuppen. »Die Wasseranlage«, ruft sie Nathan zu, in dessen Pupillen sich das Feuer spiegelt. »Was ist mit der Wasseranlage?«

Eine weitere Gestalt taucht links von uns auf. Damian. Der Landwirt schiebt seine beiden Kinder vor sich her, schickt sie in den Wald und brüllt: »Los! Rein da!« Dann wendet er sich Ava zu: »Es ist ein Loch im Schlauch!«

»Was?«, fragt sie, obwohl wir ihn alle klar und deutlich verstanden haben.

»Irgendjemand hat ein Loch in den Schlauch geschnitten«, sagt er und läuft zurück, dem Feuer entgegen. Damian verschwindet hinter einer Häuserfront.

Auf Avas Gesicht breitet sich indessen Verzweiflung aus. Ancora ist in Bewegung. Die Bewohner rennen wie wild durcheinander, rufen sich Befehle zu und holen Wasserreserven aus ihren Häusern.

Manche trauen sich nah an die brennende Hütte heran. Sie leeren Wasser auf die Fläche davor, damit das Laub des Waldes kein Feuer fängt. An etlichen Stellen züngeln die Flammen schon aus, gieren nach frischem Brennstoff. Bedrohend heiß, gnadenlos.

Erst ist es Nathan, der an mir vorbeisprintet. Dann Jannis. Ich schaue zu Ava, unsere Blicke treffen sich. Wir nicken uns zu. Und gemeinsam rennen auch wir los.

Als wir die Hütte erreichen, ertönt Nathans mächtige Stimme. »Eine Reihe«, ruft er. »Wir müssen eine Reihe bilden! Bis runter zum Fluss!«

Oh, Kira. Was habe ich nur getan?

Im Brief stand, dass ich mit dem Leben meiner Freunde spiele. Und ja, ich habe gespielt. Und verloren.

»Treibt alle Kübel, Töpfe und Behälter zusammen, die ihr finden könnt«, drängt Damian.

Mit Ava an meiner Seite stürme ich in ihr Haus, reiße alle Töpfe und Schüsseln aus den Schränken, die wir tragen können. Genau wie die Holzschubladen ist mein Kopf wie leer gefegt.

Nathan gibt währenddessen weitere Anweisungen. Er brüllt, kommandiert herum. Eine Menschenkette bildet sich.

Auf einmal ein lautes Krachen.

Das Dach der brennenden Hütte stürzt in sich zusammen.

»Nicht aufhören!«, schreit Nathan gegen die Geräuschkulisse. »Wir müssen jetzt dranbleiben! Das Feuer darf sich auf keinen Fall ausbreiten!«

Die Bewohner, die beim Fluss stehen, befüllen die Behälter mit Wasser. Danach werden sie weitergereicht – von einer Person zur nächsten. Ich stehe zwischen Damian und Jannis. Ob die Nässe meines Shirts vom Wasser oder vom Schweiß stammt, kann ich nicht sagen. In diesem Moment verspüre ich jedenfalls neue Stärke. Ganz Ancora zieht an einem Strang.

Etwas weiter hinten in der Reihe sehe ich Kiras Eltern, doch ihre Tochter ist nicht bei ihnen.

»Wir können es schaffen!«, ruft Nathan zum wiederholten Mal. »Wir dürfen jetzt nicht nachlassen!« Seine Stimme ist brüchig geworden. Er hustet.

Das Feuer türmt sich auf – nun schwächer als vorher. Es knistert und zischt. Faucht und tanzt. Und dann, als die Hütte endgültig zusammenbricht, packen mich meine Erinnerungen. In der Sekunde, in der das Chaos seinen Höhepunkt erreicht, denke ich an den Fluss von Ancora. An Kira.

Wir haben unsere Füße ins Wasser getaucht, uns nicht gekannt, aber verstanden. Vielleicht haben wir mehr gefunden, als wir je hätten wollen.

Ich denke an das Feld, wo mich Kira dazu überredet hat, den Strohhut zu tragen. Vielleicht hat auch sie mich getragen, die ganze Zeit.

Ich denke an unser Treffen auf der moosbedeckten Lichtung, einen Tag nach der Zeremonie. Als sich unsere Schultern berührt haben. Da war ihr Herzschlag, dessen Klang mir nun in den Ohren pulsiert.

Und ich denke an den Felsen im anderen Tal. Für einen Augenblick hatten wir nur uns zwei – das war genug.

Ich schreie. Und mache weiter. Noch ein Kübel, noch ein Topf voller Wasser. Nur mit geballter Kraft schaffen wir es, das Feuer so zu bändigen, dass es nur mehr kokelt.

Gestern Nacht hatte ich keine vernünftige Antwort, als mich Kira gefragt hat, ob ich sie begleite. Jetzt schon.

Nein, Kira. Ich komme nicht mit.

Manchmal muss man einen Menschen loslassen, um ihn beschützen zu können. Denn wenn man etwas schaffen will, das die eigene Vorstellungskraft übersteigt, braucht man auch den Mut, gegen seine eigenen Träume zu entscheiden.

Cinda lässt einen Freudenschrei los. Kinder fallen ihren Eltern um die Arme. Ava kniet auf das nasse Gras, das Gesicht dem Himmel zugewandt. Damian klopft Jannis und Aurel auf die Schulter. Die Erleichterung überkommt das Tal wie eine Flut. Alle können halbwegs durchatmen – den ersten Schock verdauen.

Alle, nur ich nicht.

Ich suche Kira in den Trümmern des verbrannten Hauses. Ich suche sie beim Fluss und im Dorf. Den ganzen restlichen Vormittag. Aber ich finde sie nicht.

Kira ist untergetaucht.

So wie die Stunden vergehen, so vergeht auch die Zeit, in der Kira als vermisst gilt. Immer mehr Menschen bekommen Wind davon. Wo vorher Rauchschwaden waren, ziehen jetzt Gerüchte ihre Runden. Sie verbreiten sich wie ein zweites Feuer. Eine Leiche wurde nicht gefunden, was mich eigentlich freuen sollte. Nur habe ich nicht das Gefühl, dass Kira sich retten konnte – sie wurde beseitigt. So, wie sie es gestern geahnt hat.

Ihre Eltern haben mit ihrem unerwarteten Verschwinden sichtlich zu kämpfen. Wobei ich mir nicht vorstellen kann, dass es eine größere Leere gibt, als die in meiner Brust. Die Ungewissheit tut weh. Aber vor allem die Schuld.

An diesem Nachmittag sitze ich vor der Asche und schaue Aurel dabei zu, wie er sich in den Trümmern umsieht. Er hebt einige Holzscheite auf, die noch nicht weggebracht wurden. Stochert mit seinem Fuß in der Ruine. Als wir das letzte Mal geredet haben, hatten wir unseren großen Streit. Ich spüre aber keine Wut mehr – ich spüre nichts. Und das ist viel schlimmer.

»Suchst du was?«, frage ich und stütze den Kopf auf meinen angewinkelten Beinen ab.

»Nein«, sagt er abwesend und hebt eine graue Dose vom Boden auf, die er von Asche befreit. Den brüllenden Bärenkopf erkenne ich sogar von hier. Aurel hält mir die Dose entgegen. »Kommt dir das bekannt vor?«

»Was willst du, Aurel?«

»Was *ich* will?«, er lacht. »Hast nicht *du* mich eben angesprochen?«

»Ja«, sage ich. »Ja, tut mir leid. Ich … ich bin einfach ein bisschen paranoid geworden.«

Aurel kommt näher und setzt sich neben mich ins Gras, seine Haare kräuseln sich im Wind. »Darf ich dir eine dumme Frage stellen?«

»Das tust du doch immer«, sage ich und schmunzle leicht, versuche es aber zu verbergen.

Aurel betrachtet seine Finger. Ruß. Dann blickt er mir in die Augen. »Liebst du mich noch?«

Ich zögere – und könnte man das Leben in einem Atemzug beschreiben, wäre die Frage auch schon beantwortet gewesen.

Ich vergrabe mein Gesicht tiefer im Stoff meiner Hose. »Gibt es etwas, das du mir verschweigst?«, flüstere ich.

Auch er zögert, womit alles gesagt wäre.

Ein Pfeifen ist hinter uns zu hören. Aurel steht auf. »Ich muss los«, sagt er und ich glaube zu wissen, wohin er will.

»Okay,« sage ich, was eine glatte Lüge ist.

Aurel geht in den Wald, in der Hand die Dose.

Und kurz nachdem er verschwunden ist, treffe ich eine der wichtigsten Entscheidungen meines Lebens.

32

Ich nehme mir einen Tag Zeit, um meine restlichen Kräfte zu sammeln.

Tief in meinem Inneren hatte ich noch die Hoffnung, ein Lebenszeichen von Kira zu erhalten. Aber auch diesen Wunsch musste ich begraben.

Die Nachmittagssonne ist heute kühler als sonst – graue Flocken segeln durch die Luft, schmelzen, sobald sie den Boden berühren. Auf den ersten Blick könnte man meinen, dass es schneit. Dabei sind die Flocken wie Staub. Wie Asche, die sich aus dem blutorangen Himmel schält. Die Wolken lösen sich auf, bröckeln, und nieseln als graue Fetzen auf das Tal. Sie begleiten mich auf meinem Weg durchs Dorf.

Eine Endzeitstimmung.

Ich gehe über die Wiese, auf der Kira gesessen hat, als wir uns das erste Mal getroffen haben. In der Hand hatte sie ein Veilchen. Ich habe schon lange keines mehr gesehen. Es ist, als wären sie alle verwelkt.

Auch die Bewohner von Ancora verhalten sich nicht so wie sonst. Ich entdecke kein Kind, das über die Fläche tollt. Niemanden, der in einem der kleinen Gärten steht und arbeitet. Nur der Geruch von Essen weht mir aus dem Pavillon entgegen.

Die Ancoraner reden. Ich verstehe ihre Worte nicht, aber ich spüre ihre stechenden Blicke in meinem Rücken. Die Fragezeichen, die über Kiras Verschwinden hängen, bringen Fantasien ans Tageslicht, die besser verborgen geblieben wären. Manche Bewohner brauchen jemanden, dem sie die Schuld in die Schuhe schieben können. Einige von ihnen glauben, dass der Brand ein Unfall gewesen ist. Aber definitiv nicht alle. Und für diejenigen sind *wir*, die Stadtkinder, wie gefundenes Fressen.

Nachdenklich fange ich eine der grauen Flocken auf und zerreibe sie zwischen Daumen und Zeigefinger. Der Brand ist schon mehr als einen Tag her – die Asche kann unmöglich davon stammen. Es ist anscheinend der Himmel, der jetzt gebrannt hat. Er blutet seine Wunden aus.

In meinem Zimmer angelangt, schnappe ich mir eine dicke Jacke und ein Messer. Ich stecke es in meine Hosentasche.

Vor einiger Zeit habe ich noch geglaubt, dass mir dieses Tal den Boden unter den Füßen wegzieht. Nun weiß ich, dass das nicht stimmt. Ancora hat mir gar nie einen Boden gegeben, auf dem ich hätte stehen können. Ich bin geschwebt – gefangen in einem Wirrwarr aus Gefühlen und Emotionen, die sich in meinen Geist gewühlt haben, als wären sie Maden und Würmer.

Und nun falle ich.

Um mich zu befreien, muss ich aufwachen. Aufwachen aus diesem verfluchten Albtraum. Ich muss aufhören zu fallen und endlich wieder Boden unter den Füßen spüren.

Halbwegs gefasst gehe ich Richtung Waldrand, zur Quelle hinter all dem Übel. Meine zerrissene Seele wird dabei von Fäden gehalten. Sie geben den Takt vor, dirigieren meine nächsten Handlungen, als wäre ich eine Marionette, die zu ihrem letzten Tanz antritt.

Der Brief hat mir versprochen:

Wenn sie es schafft, die Zeit zu biegen
– dort in der Höhle, sie kann es sehen –
ist es ihr gestattet,
aus dem Tal, lebendig, wieder nach Hause zu gehen.

Zuhause. Ein Wort, das sich so fern anfühlt.

Lebendig. Ein Wort, das sich so fremd anfühlt.

Ich darf den Gedanken an Kira nicht zulassen, darf mich nicht fragen, was mit ihr geschehen ist. Es würde mich in den Wahnsinn treiben. Ich würde einen falschen Gedanken füttern, bis er zur Realität wird. Stattdessen muss ich die Leute retten, die ich noch retten kann: Ava, Jannis, Damian, Nathan und ja, auch Aurel.

Denn das ist mir bei dem Gespräch mit ihm bewusst geworden: Es spielt keine Rolle, was ich für ihn empfinde. Ich will ihn nicht verlieren. Nicht auf diese Weise. Nicht hier.

Ich muss ein weiteres Mal in die Höhle. Verhindern, dass diese verdammte Forschungsanstalt in die Luft fliegt.

Noch ehe ich einen Schritt in den Wald machen kann, kommt Kiras Mutter auf mich zu. »Romy! Gut, dass ich dich treffe«, sagt Bea, als wären wir alte Bekannte. »Können wir kurz reden? Nur wir zwei?«

»Niemand sonst ist hier«, stelle ich fest.

Kiras Mutter schaut sich hektisch um, greift meinen Oberarm und zieht mich ein paar Schritte in den Wald. Ihr Händedruck ist fest. Die klein gewachsene Frau kommt mit ihrem Gesicht unangenehm nah an meines. Ihr halbherziges Lächeln erlischt.

»Ich fasse mich kurz«, sagt sie. »Und ich habe keine Geduld, also antworte lieber. Wo ist Kira?« Verblüfft halte ich ihrem boshaften Blick stand. Meine Worte bleiben mir im Hals stecken.

»Wo ist sie?«, wiederholt Bea eindringlich. »Stell dich bloß nicht dumm. Ich weiß, dass du dich mit ihr getroffen hast.«

Mir wird unwohl. »Was … woher …«, stammle ich.

»Nathan hat es mir erzählt«, sagt sie. »Aurel hat dich in der Nacht vor dem Brand beobachtet. Also lüg mich nicht an!« Ich will gehen, doch Kiras Mutter packt mich erneut am Arm. Noch fester als zuvor. »Du gehst nirgendwohin«, giftet sie. »Hast du etwas mit dem Brand zu tun, hm? Hast du meine Tochter verschleppt?«

»Ich weiß nicht, wo sie ist«, hauche ich. Und das ist nicht einmal gelogen.

»So seid ihr Stadtkinder, was? Ist das der Dank für das Essen? Für die Unterkunft? Ich werde euch alle noch –«

»Bea! Lass sie los«, erklingt eine Frauenstimme aus dem Nichts. Es ist Ava, die zwischen den Bäumen auftaucht. Ihr Auftreten ist so streng, dass sie selbst mir Angst macht. »Jetzt!«

Bea flucht, lässt aber von mir ab und verschwindet im Dorf. Mir ist gar nicht aufgefallen, wie viele der Bewohner zum Wald sehen. Sie tuscheln, zeigen auf mich.

Aurel! Verdammt!

Ich wende mich den Bäumen zu, schlucke. Ava fragt, ob alles okay ist. Ich nicke. Dann sage ich: »Lass es uns nicht zur Gewohnheit werden, dass ich mich bei dir bedanken muss«, und gehe los.

Verschwimme mit dem Wald.

Verschwimme mit meinen eigenen Gefühlen.

Tauche in eine Strophe meines persönlichen Gedichts ein, von der ich nicht weiß, ob sie sich reimen wird.

Oder ob sie mein Ende bedeutet.

DRITTE STROPHE

»Die Schlucht«

Unser Leben, schwerelos,
will hier nicht sein,
wegen deines Herzens bloß,
die Ewigkeit ist mein.
Kraftvoller Anker,
ziehst mich durch die Welt,
stark, doch so verwundbar,
die Liebe, die mich hält.

Romy

33

Alles wiederholt sich.

Die zwei Teenager mit dem Radio, die stinkenden Dämpfe, die Glasvitrinen und die bewaffneten Soldaten. Das Camp ist so, wie ich es in Erinnerung habe. Die Ereignisse wurden zurückgespult, das betonierte Gebäude steht noch.

In der Zeitschleife hat sich das Leben, das sonst in einer geraden Linie verläuft, zu einem Kreis geschlossen. Und das ist es auch, was Ancora, ich und dieser Stützpunkt gemeinsam haben.

Ich stehe dort, wo ich schon einmal gestanden habe. Direkt vor dem Geschäft mit den aufgehängten Fleischstücken. Es ist aber nicht der stämmige Verkäufer, auf den ich achte. Es ist eine Vermutung, die ich bei meinem ersten Zeitsprung hatte, der ich aber nie nachgegangen bin.

Die Glatze.

Der Mann, der mir vertraut vorgekommen ist.

Tatsächlich habe ich meine Ankunft gut getimt. Ich muss gar nicht lange warten, bis der kahl rasierte Soldat um die Ecke biegt. Hastig überquere ich die Schotterstraße und werfe einen Blick auf sein Gesicht. Damian, eindeutig. Eine kantige Nase, raue Hände und eine Glatze hatte er schon damals. Um seinen Gürtel baumelt eine Pistole und eine Handgranate. Ich folge ihm.

Er ist jünger – vielleicht dreißig. Unbedingt will ich herausfinden, welche Rolle er an diesem heißen Sommertag in den 70er-Jahren spielt.

Damian bewegt sich allerdings so schnell und geschickt, dass ich ihn bei einem großflächigen Haus verliere. Anders als die restlichen Bungalows und Zelte hat es sogar einen Garten, in dem eine Rutsche und mehrere Blumenbeete stehen.

Ist er in das Gebäude gegangen?

Ich setze alles auf eine Karte und trete ein.

Der Boden des Hauses ist mit hellem Holz verlegt, rechts und links vor mir führen zwei Treppen ins obere Stockwerk. Am anderen Ende des Raumes sitzt eine Frau an einem Schreibtisch. Es scheint sie nicht sonderlich zu beeindrucken, dass ich hier bin. Konzentriert drückt sie auf die Tasten einer Schreibmaschine. Im Hintergrund höre ich Kinderstimmen.

Was das hier wohl ist?

Möglichst unauffällig suche ich nach Damian, kann ihn aber unten nicht finden. Wenn er in diesem Gebäude ist, dann einen Stock höher.

Als ich den ersten Schritt auf die Holztreppe zumache, knarrt es verräterisch. Mit klopfendem Herzen gehe ich weiter. Die ganze Situation hat etwas Verbotenes an sich.

Vor mir befindet sich ein Korridor. Keine Möbelstücke, keine Menschen. Bloß Türen. Das Gefühl der Schwerelosigkeit setzt ein, nur nicht so mächtig, wie ich es gewohnt bin. Es fühlt sich beinahe steuerbar an.

Das Flüstern, das mich in meiner Vision im Wald heimgesucht hat, ist wieder da. Ganz, ganz leise. So leise, dass man meinen könnte, es wäre nur das dumpfe Geräusch meiner Schuhsohlen, wenn ich auf dem Boden aufkomme. Dennoch zieht es mich zu den Räumen.

Jeder Eingang ist mit einer Art Titel versehen, der in schwarzen Blockbuchstaben eingraviert wurde. *Arbor* steht auf der einen Tür. *Columna* auf einer anderen. Ich habe keine Ahnung, was die Namen bedeuten sollen.

Aus den Innenräumen höre ich Kinder – lauter als zuvor.

Domus ist das dritte Wort. Gefolgt von *Ferrum, Solis* und *Musca.* Langsam begreife ich, dass es sich um lateinische Begriffe handeln muss. Aber warum …

Vor der sechsten Tür bleibe ich stehen. Ungläubig starre ich auf die Inschrift. Auf die wenigen Buchstaben, die mein Herz noch stärker zum Beben bringen.

Ancora.

Wie in Zeitlupe hebe ich meine Hand – lege die Finger gegen das rissige Holz. Und ohne überhaupt zu drücken, schwingt die Tür einen Spalt weit auf. Es kribbelt in meinen Fingerkuppen.

Kinder. Das ist das Erste, was ich sehe. Vier Stück. Sie spielen am Boden, fahren mit einem klapprigen Spielzeugauto auf einer selbst gebauten Straße. Ein kreisrundes Fenster wirft Sonnenlicht auf die kleinen Gestalten. Sie sind auf ihr Auto fokussiert und nehmen mich gar nicht wahr.

Alle, außer eines.

Ein Junge.

Er hat sich aufrecht hingesetzt und beobachtet mich prüfend. Ich erwidere seinen Blick. Die Spannung, die in unserem Augenkontakt liegt, fühlt sich bekannt an. Gefährlich. Pulsierend. Es ist, als hätte er auf mich gewartet.

Ich kenne ihn.

Ich kenne ihn, seit ich in Ancora angekommen bin.

Es ist der Junge vom Feld. Aus meiner Vision. Aus dem Wald.

Er lächelt – auf eine Art, wie ich es sonst nur von Erwachsenen kenne –, dann wendet er sich ab und widmet sich dem Spielzeugauto.

Überfordert ziehe ich die Tür zu und drehe mich um. Ich schaue in den Lauf einer Pistole.

»Warum bist du mir gefolgt?«, fragt Damian misstrauisch und kneift die Augen zusammen. »Ich habe dich hier noch nie gesehen.«

Ich weiß nicht, was ich sagen soll, also sage ich nichts. Es sind seine vertrauten Gesichtszüge, die mich hoffen lassen, dass auch er in mir etwas Vertrautes erkennt. Aber das ist schier unmöglich.

»Hey! Ich rede mit dir«, fährt er mich an und knirscht mit den Zähnen. »Wenn du nicht sofort deinen Mund aufmachst, dann …« Mitten im Satz friert Damian ein. Keine Kinder im Hintergrund, keine hupenden Autos. Die Zeit ist stehen geblieben.

Ich sehe auf meine Hand, die ich instinktiv zur Faust geballt habe.

Kann es sein, dass …?

Da war dieses seltsame Gefühl in mir – als hätte ich eine Zündschnur gehabt, die ich auslösen konnte. Als wäre *ich* es gewesen, die die Zeit zum Stillstand brachte.

Rasch gehe ich an Damian vorbei, bleibe aber vor der Treppe stehen. Ich schaue zurück, zu seinem Gürtel.

Ganz dumme Idee, denke ich und nehme ihm die Handgranate ab.

Als der Militärstützpunkt wieder zum Leben erwacht, muss alles wahnsinnig schnell gehen. Damian wird mich suchen, vielleicht sogar Alarm schlagen. Ich habe nur wenige Minuten.

Für meinen Plan stelle ich mich in die Nähe des betonierten Gebäudes, in dem das Experiment stattfinden soll. Nathan und

Sarah sind soeben eingetreten. Zügig schreite ich zu dem Zaun, der den gesamten Stützpunkt umringt, und hole Damians Granate aus der Tasche. Sicherung herausziehen. Anlauf nehmen. Ich werfe den Sprengkörper so tief in den Wald, wie ich kann.

Ein fürchterlicher Knall ertönt. Während die Soldaten ihre Waffen ziehen und ihre geballte Aufmerksamkeit auf den Wald richten, klettere ich auf den Baum neben mir, um mich auf die andere Seite zu hangeln. Selbst der Mann, der im Wachhaus sitzt, verlässt seinen Posten. Ungesehen renne ich zum Vordereingang des Gebäudekomplexes.

Der Flur wird von grellen, bläulichen Neonröhren beleuchtet. Es riecht nach Desinfektionsmittel, die Wände sind in einem monotonen grau gehalten.

»Und? Wie ist die Lage?«, höre ich Nathan aus einem der Nebenräume fragen.

»Entwarnung. Vorerst«, antwortet eine verzerrte Stimme aus einem Funkgerät. »Wir halten euch aber auf dem Laufenden.« Das Rauschen bricht ab.

»Schon wieder ein Fehlalarm.« Sarah klingt genervt. »Bald verliere ich echt die Geduld. Lass uns die Maschine starten, dann können wir in ein paar Wochen abreisen.«

Ich schleiche näher heran.

»Hey, Sarah, nicht so schnell …«, sagt Nathan gehemmt. »Lass uns nichts überstürzen, ja? Wir haben den Prototypen nicht ausreichend getestet, das weißt du. Was ist, wenn … wenn …«

»Wenn was?«

»Wenn es nicht funktionieren wird?«

Da ich das Gespräch schon kenne, schaltet mein Gehirn ab. Nervös stelle ich mich neben die offene Tür.

Ich fantasiere, dass Kira bei mir ist. Sie nimmt mich bei der

Hand, streichelt mich – ein leichtes Kitzeln auf meiner Haut. Es ist der Gedanke an das wilde Mädchen, der mich einen Schritt nach rechts machen lässt.

Ich stehe vor ihnen. Vor den zwei Menschen, die mich noch nie gesehen haben, mir aber glauben müssen. Es gibt keinen Plan B.

»Es wird funktionieren. Notfalls ohne dich. Du weißt, dass ich das …« Als Sarah realisiert, dass sie nicht mehr mit Nathan allein ist, versteift sich ihr Körper. Wie ein erschrockenes Reh starrt sie mich mit weit aufgerissenen Augen an. »Wer bist du?«

»Macht es nicht«, sage ich, völlig aus dem Kontext gerissen. Kiras Aura verblasst.

»Du bist … Das …«, stottert Sarah, die zuvor noch klare Worte gefunden hat. »In diesem Gebäude hast du nichts zu suchen. Das ist Privatgelände und –«

»Ich weiß«, falle ich ihr ins Wort. Da sich ein Knoten in meinem Hals gebildet hat, muss ich mich räuspern. Es hilft nicht. Zwischen mir und dem Forscherpaar tut sich eine emotionale Kluft auf, die ich unter allen Umständen umgehen wollte. Ich spüre, dass meine Beine weich werden. Um ein wenig Halt zu bekommen, verlagere ich mein Gewicht und schaue zum Gründer von Ancora. »Nathan«, sage ich. Alle Sätze, die ich mir zurechtgelegt habe, erscheinen lächerlich. »Es wird für dich nichts Sinn ergeben, was ich dir gleich sagen werde. Aber ich flehe dich an: Hör mir zu.« Ich zeige mit meiner Hand auf ihn, dann auf mich, als würden meine Worte nur durch Gebärdensprache zu ihm durchdringen. »Wir kennen uns.«

Nathan ist sichtlich verwirrt. Und doch muss es da einen weiteren Grund geben, weswegen er bis jetzt stumm geblieben ist. Weswegen er mich nicht sofort vom Gelände jagt, wie Sarah es gerne tun würde. Sie ist kurz davor, auf mich loszugehen, würde ihr Mann nicht schützend den Arm vor mich halten.

»Versteh mich nicht falsch«, sage ich. »Jetzt kennen wir uns nicht. Auch nicht bald. Aber in ein paar Jahren, an einem Ort hier in der Nähe.« Ich mache eine kurze Pause, weil ich nicht annähernd das Gefühl habe, die richtigen Worte zu finden. »Ich … ich habe …« Wieder setze ich ab.

Mist. Was rede ich da bloß?

»Das reicht!«, sagt Sarah. »Ich rufe jetzt die Soldaten.«

»Nein! Halt!«, antworte ich und werfe jegliche Logik über Bord. Ich lasse die letzten Wochen im Schnelldurchlauf Revue passieren, klammere mich an Nathans Blick und sage das Banalste, was ich hätte sagen können: »Du bist ein zurückhaltender Mensch. Zum Frühstück isst du immer nur eine Scheibe Schwarzbrot mit Tomatenscheiben, keine Butter. Du liest französische Sachbücher, zumindest habe ich dich im Pavillon mal eins lesen sehen. Ja … Pavillon! Du kannst Stühle tischlern, liebst den Regen und hast eine kreuzartige Narbe, ein paar Zentimeter unter deinem Bauchnabel.« Ratlos schaue ich an ihm herunter, als könnte ich die Wunde durch seinen Kittel sehen. »Vielleicht kommt das auch alles erst mit der Zeit. Mit dem Alter. Du hast nämlich noch ein paar Jahre vor dir.« Alles, was ich sage, muss so absurd klingen. So an den Haaren herbeigezogen.

Sarah schüttelt fassungslos den Kopf. »Was für ein Blödsinn!«, flucht sie. »Du wirst doch nicht –«

»Warte«, sagt Nathan, der wie hypnotisiert wirkt. »Lass sie ausreden.« Erwartungsvoll blickt er mich an.

»In ein paar Jahren wirst du allein leben«, sage ich und spähe dabei zu Sarah, weil ich auf einmal begreife, dass er sie auf irgendeine Art verlieren wird. Die Sätze kommen wie Brocken aus meinem Mund: »Dein Zuhause wird eine Hütte in der Nähe eines Waldes sein. In einem Dorf, in dem sich auch meine Freunde befinden … Menschen, die ich liebe. Sie sind alle in Gefahr. Ihr dürft dieses Experiment nicht durchführen.«

Dann ist es kurz still. Nathans Augen sind feucht geworden. »Die Maschine«, flüstert er und dreht sich zu seiner Frau. »Was ist, wenn sie funktioniert hat? Nur anders, als wir es erwartet haben?«

»Du redest Irrsinn«, entgegnet sie. »Wie kannst du diesem fremden Mädchen auch nur ein Wort glauben?«

»Fremd …«, wiederholt er. »Sie kommt mir aber so vertraut vor. Als hätte ich sie schon irgendwo gesehen.«

Sarah schnauft. »Hast du?«

»Ich weiß es nicht genau. Es ist vielmehr ein Gefühl.«

»Nathan! Wir haben keine Zeit für Gefühle!«

»Aber …«, fängt Nathan an, »… was ist, wenn wir die Maschine falsch programmiert haben?« Man kann förmlich hören, wie es unter seiner Schädeldecke rattert. »Die Vergangenheit würde quasi eine … eine neue Zukunft bilden. Wir hätten etwas erschaffen, das –«

»Bist du jetzt völlig übergeschnappt?!«, tobt Sarah.

Verdattert schaut Nathan auf den Boden, sagt: »Die letzten Tage waren viel für mich.«

Die Frau mit den roten Haaren drückt einen der Knöpfe am Pult. »Du hattest deine Zeit, Kleine«, sagt sie und wartet, bis nach ungefähr einer Minute die Tür aufgerissen wird. Zwei Soldaten erscheinen, sie packen mich.

»Das ist ein Fehler«, wispere ich. »Das ist ein ganz großer Fehler!«

Und als ich um mich schlage, schreie, und versuche, mich

aus den Griffen zu befreien, werde ich weggezerrt. Nathan und Sarah verschwinden aus meinem Sichtfeld. Die Landschaft beginnt zu flackern.

Wieder stehe ich machtlos da, bekomme die Verwüstung hautnah mit – die Erinnerungsfetzen –, die ich nicht verhindern konnte. Die Soldaten mit den Taschenlampen. Nathan, der vor der Krankenstation sitzt. Die aufgeregten Wissenschaftler.

Als die Umgebung klarer wird und die Geräusche deutlicher, würde ich am liebsten zusammenbrechen. Einfach liegen bleiben, an Ort und Stelle. Aber das darf ich nicht. Es gibt noch Hoffnung. Im Brief stand, dass ich die Zeitschleife verändern muss. Nur was ich *genau* verändern muss, stand nicht darin.

Es ist tiefe Nacht. Der letzte Erinnerungsfetzen ist angebrochen. So wie beim letzten Mal stehe ich vor dem Baum, der über den Zaun ragt. Und als Ava aus der Dunkelheit auf mich zutorkelt, ziehe ich das Messer aus meiner Hosentasche. Ich werde nicht zulassen, dass sie das Gebäude betritt. Ein Einzelschicksal kann genauso gut verändert werden wie das Schicksal einer Kleinstadt.

Die junge Frau hat Alkohol intus – sie ist stockbesoffen. Ein Gespräch mit ihr würde nichts bringen. Wenn es schon bei Nathan nicht funktioniert hat, dann noch weniger bei ihr.

Zögerlich schaue ich auf das Messer. Mein verzerrtes Antlitz spiegelt sich in der Klinge. Vorsichtig fahre ich mit meinem Zeigefinger über die scharfe Kante, verfluche den Menschen, zu dem mich Ancora gemacht hat. Ich werde Ava verletzen. Gerade so weit, dass sie nicht mehr über den Zaun klettern kann.

Das Zerbersten der Wodkaflasche lässt mich aufblicken. »Ava!«, rufe ich und verberge das Messer hinter meinem Rücken.

Auf wackeligen Knien dreht sie sich zu mir. »Kenn ich dich?«, fragt sie.

»Nein, tust du nicht. Noch nicht.«

»Wie auch immer«, lallt sie. »Hilf mir da reinzukommen!«

»Das werde ich nicht«, sage ich und komme näher, stelle mich vor sie. Die Hand, in der ich die Waffe halte, zittert.

»Was … was willst du von mir?«

»Dich aufhalten.«

Ava verzieht ihr Gesicht, lacht, stolpert fast. »Auf…aufhalten«, grölt sie. »Du … du weißt doch gar nicht, was ich vo…vorhabe!«

»Doch, das weiß ich«, meine ich und betrachte ihr Gesicht, von dem man nicht ablesen kann, ob sie irritiert oder gekränkt ist. Sie hat die Welt um sich herum vergessen – und die Welt sie. Lebendig in einem Fiebertraum ohne Ausweg. »Du wirst in dieses Gebäude einbrechen«, sage ich. »Dann wirst du ein Piepsen hören. Einen lang gezogenen Ton. Und dann …«, ich lege meine freie Hand auf ihre Schulter, sie wehrt sich nicht, »dann wird alles einstürzen.«

Ava atmet schwer aus. Ihre Fahne weht mir unangenehm ins Gesicht. Ehrfürchtig schaut sie auf das Gebäude, so, als hätte ich ihr nichts Neues erzählt. »Und wenn schon …«, sagt sie. Eine Träne kullert ihr über die Wange. »Was habe ich denn noch zu verlieren?«

»Ava …«, hauche ich. »Bitte. Tu es nicht.«

Doch sie hört mir nicht mehr zu. Ava beginnt zu klettern. Ich hole das Messer hervor, beiße mir so fest auf die Unterlippe, dass ich Blut schmecke. Und im nächsten Moment – bevor ich länger darüber nachdenken kann, was ich da gerade tue – ramme ich es ihr ins Bein.

Ich erwarte Widerstand. Fleisch. Blut. Einen Schrei.

Aber nichts passiert.

Das Messer gleitet durch ihren Körper hindurch, als würde es sie gar nicht geben. Ava ist wie Luft, wie eine Projektion. Sie sieht zu mir herunter. Die Träne auf ihrer Wange ist getrocknet. »Seltsam, oder?«, sagt sie und lächelt. »Als hätten wir gar keine Wahl, ob wir sterben oder nicht.«

Sie springt über den Zaun.

»Nein«, sage ich.

Sie geht zum Eingang.

Ich presse mich gegen die Gitterstäbe, kralle mich daran fest. »Nein!«, rufe ich.

Sie betritt das Gebäude.

Ich sinke auf die Knie.

»Nein …«, wimmere ich, obwohl es nur mehr ein krächzender Laut ist, der meinen Mund verlässt.

Das Piepsen. Das Klicken. Die Explosion.

Die Zeit wiederholt sich.

Alles auf Anfang.

Ich versuche es noch einmal, auf eine andere Art. Ich gehe auf Nathan los. Auf Sarah. Die Zeit bleibt stehen, die Menschen lösen sich auf, das Messer schmilzt in meiner Hand. Ich probiere alles. So lange, bis ich einfach nicht mehr kann.

Meine Nerven sind am Ende.

Ich erkenne, dass ich nichts – absolut nichts – tun kann, um die Zeit zu verändern.

Ich habe versagt.

34

In meiner Abwesenheit hat das Wetter umgeschlagen.

Statt der Asche, die auf das Tal nieselt, wird der blaue Himmel nun von schwarzen Fäden durchzogen, die wie menschliche Adern aussehen. Ancora ist ein Organ. Wenn sich die Stimmung der Menschen verändert, ändert sich auch die Natur, die sie umgibt.

Trotz der hereinbrechenden Dunkelheit habe ich das Dorf gut im Blick. Einige der Bewohner sind draußen. Sie sitzen auf ihren Bänken und unterhalten sich. Bis jetzt.

Der Erste, der mich kommen sieht, ist ein Junge, ungefähr so alt wie ich. Mitten in der Bewegung hält er inne. Er flüstert der Frau etwas zu, die neben ihm steht. Beide fixieren mich. Markus, der Schmied, tut es ihnen gleich. Kurz darauf ein älteres Ehepaar. Und dann – dann ist es gefühlt das ganze Dorf.

Die Meute ist regungslos. Ich werde belauert, von allen Seiten. Ein unheimliches Schweigen liegt über dem Platz. Das, was sich vor meinem Aufbruch zur Höhle angebahnt hat, ist nur noch schlimmer geworden.

Jeder Schritt von mir wird beobachtet.

Jeder Atemzug aufgesogen.

Als hätte ich nicht schon genug Probleme, fühle ich mich wie in einem Wachsfigurenkabinett. Die Menschen sind starr – leblos wie Puppen. Ich kann mir vorstellen, was ihnen durch den Kopf geht.

Kira.

Aurel hat verraten, dass ich mich in der Nacht ihres Verschwindens mit ihr getroffen habe. Kiras Mutter wird die Gerüchte verbreitet haben. Den Hass. Sie alle denken, dass ich etwas damit zu tun habe. Ich sehe es in ihren Augen. Ich sehe, dass der Kreis der Harmonie, den sie so krankhaft aufrechterhalten wollen, durchbrochen wurde.

Und ich bin der Auslöser.

Die schwarzen Adern fressen sich weiter durch den Himmel, so eng sind sie mit den Bewohnern verbunden. Sie sind wie ein Virus, der seinen Wirt befällt. Aus weiter Ferne höre ich Donnergrollen.

Ich will in das Haus von Ava, rauf in mein Zimmer. Die Eingangstür ist jedoch verschlossen. Ich drehe mich um.

Stand der Mann links von mir nicht eben weiter hinten?

Hatte die ältere Frau die ganze Zeit schon ein Messer in der Hand?

Ich klopfe gegen die Tür.

Keine Reaktion.

Das sind nur deine Nerven, rede ich mir ein. *Nur deine verdammten Nerven.*

Beinahe der gesamte Himmel ist mittlerweile von Adern überzogen. Als wären die Strophen des Gedichts in die Lüfte geschrieben worden.

Wenn sie zu viel verrät – oder zu wenig gibt,
spielt sie mit dem Leben derer,
die sie liebt.

»Romy?«, höre ich jemanden sagen. Ich reiße mich aus meinen Gedanken. Vor mir steht Aurel.

»Du bist hier«, sage ich, bin mir aber nicht sicher, ob ich mich darüber freuen soll. Die Enttäuschung, dass er mich an Nathan verraten hat, überwiegt.

»Natürlich bin ich hier«, sagt er und wendet sich zum Gehen. »Komm mit, ich will dir was zeigen.«

»Was denn?«, frage ich.

Aurel späht zu den Bewohnern, die sich in der Zwischenzeit kaum bewegt haben. »Bei unserem letzten Gespräch wolltest du wissen, ob ich dir etwas verschweige«, sagt er. »Jetzt bekommst du deine Antwort.«

»Ja, okay«, äußere ich. »Wohin müssen wir?«

»Zur Schlucht, Romy. Wir gehen zur Schlucht.«

Auf unserem Weg durchs Dickicht lasse ich die Momente mit Aurel an mir vorüberziehen. Rückblickend war unsere Beziehung wie ein schaukelndes Boot, das vom Wellengang des Lebens in Stücke gerissen wurde. Diesen Sommer habe ich sicherlich nicht immer richtig gehandelt, habe überreagiert und falsche Entscheidungen getroffen. Manchmal war *ich* das Gewitter. Doch wenn das Ende naht – egal, wie dieses aussehen wird –, dann will ich niemandem mit gespaltenen Gefühlen gegenüberstehen.

»Ich muss mich entschuldigen«, sage ich.

»Für was?«, fragt Aurel, ohne sich dabei umzudrehen.

»Ich habe nie richtig versucht, an unserer Beziehung zu arbeiten. Und … und ich habe viele Dinge für mich behalten, die du hättest wissen sollen.«

»Du hast dich verliebt«, antwortet er prompt und nimmt mir damit einen Satz ab, der mir nur schwer über die Lippen gegangen wäre. »Hab ich recht?«

»Ja«, sage ich. »Aber es war keine Liebe auf den ersten Blick.«

Aurel schaut zu mir, schmunzelt – auch wenn es ihn verletzt. »Was war es dann?«

»Es war eine Verbindung auf den ersten Blick. Die Liebe kam erst mit dem Letzten.«

Als wir bei der Schlucht ankommen, reden wir automatisch lauter. Die Strömung ist heute besonders wild, so wie der Himmel heute besonders finster ist.

Es dämmert – und der Trampelpfad nimmt einen Rotstich an. Wie Blut.

Möglicherweise ist es aber auch nur ein Hirngespinst. Ich bin so ausgelaugt, dass ich Wahn und Realität nicht mehr wirklich voneinander unterscheiden kann.

Vor der Klippe kniet sich Aurel hin. Er stochert mit einem Ast in einem Gebüsch herum, bis er auf eine kleine Truhe stößt. Er öffnet sie, sein Gesichtsausdruck verändert sich. In der nächsten Sekunde hält Aurel die Maske in der Hand. Die Maske mit den roten Tränen.

Unwillkürlich greife ich um mich, doch da ist nichts, an dem ich mich hätte festhalten können. Meine Nackenhaare stellen sich auf. »Woher hast du die?«

»Gefunden«, sagt er und erhebt sich. »Hier in der Gegend.« Aurel wirkt plötzlich nicht mehr gefasst, sondern besessen.

Das Donnergrollen wird stärker.

»Leg sie weg«, fordere ich. »Bitte!«

»Siehst du das denn nicht, Romy? Die Maske ist der Schlüssel zu allem.«

»Leg sie einfach weg, okay?«

»Beruhig dich.« Aurel tritt näher an mich heran, mit dem Rücken zur Schlucht. »Ich will dir doch nur helfen. Wir sind auf der gleichen Seite!« Die Maske trägt er wie einen Schild vor sich her.

»Du willst mir helfen? Hast du das etwa auch gedacht, als du mich an Nathan verraten hast?«

»Ich hatte meine Gründe«, sagt er, lauter als zuvor. »Kira hat dich nur manipuliert!«

Ich bereue es, dass ich mich bei ihm entschuldigt habe. Sein fanatischer Drang nach Kontrolle scheint nie weg gewesen zu sein.

»Du hättest das mit mir klären können«, wüte ich und schaue abwehrend in den Himmel – in das dunkelrote Gewitter, das kurz davor ist zu explodieren.

Dann blicke ich auf die Maske, auf Aurel.

Bei dir ein vertrauter Mensch, heißt es im Gedicht. *Der Abgrund wird sich färben. Dein Herz wird brechen,*

Ignis muss sterben.

Vielleicht war mit dem Abgrund gar nie das Wasser aus der Schlucht gemeint. Vielleicht ging es um die Abgründe der Natur. Um das, was die Wildnis zusammenhält und über allem wacht, weit über uns. Der Himmel.

Ungewollt bekomme ich es mit der Angst zu tun. Obwohl ich weiß, dass sie unbegründet ist. Warum sollte mir Aurel schaden wollen? Dort, wo mein Verstand liegt, keimt ein ungemütlicher Gedanke: *Hat er es mir nicht eben beantwortet? Aus Eifersucht?*

»Ich bin ehrlich zu dir«, sage ich und versuche mir meine Angst nicht anmerken zu lassen. »Du gibst mir in letzter Zeit oft das Gefühl, dass du die Kontrolle verlierst. Über dich selbst.«

Aurel schaut konfus aus, als könnte er nicht fassen, was ich ihm da gerade vorwerfe. »Das glaubst du doch nicht wirklich«, antwortet er und packt mich an der Schulter.

Ich schüttle ihn ab, schlage seine Hand von meinem Körper.

»Leg die Maske weg«, verlange ich zum wiederholten Mal.

»Sie wird uns helfen.«

»Sie wird uns töten!«

Eine weitere Strophe des Gedichts tänzelt vor meinen Augen.

Ihn gibt es schon seit Jahren, ernährt sich nur von Licht.

Ich erinnere mich daran, dass Aurel in der ersten Nacht nicht in seinem Bett gelegen hat.

Dinge verschwinden, tauchen auf,
du schwimmst – ertrinkst in Gift.

Der Autoschlüssel ist uns verloren gegangen, ganz am Anfang. Ich habe ihn in Aurels Jackentasche gefunden.

Das Gedicht hat noch nie gelogen. Es kennt meine Zukunft, es weiß, was passiert.

Bei dir ein vertrauter Mensch, geht es mir wieder und wieder durch den Kopf. *Der Abgrund wird sich färben.*

Aurel will mich erneut packen, doch ich schrecke zurück.

»Romy!«, ruft er zornig.

»Lass mich in Ruhe!«, schreie ich. »Lass mich einfach in Ruhe!«

Dein Herz wird brechen,
Ignis muss sterben.

Aurel ist uns in das zweite Tal gefolgt. Und als Kiras Hütte abgebrannt ist, hat er die grau glänzende Dose aus den Trümmern geborgen, als hätte er gewusst, dass sie dort liegt.

Ignis muss sterben.

Das Wasserrauschen ist so laut geworden, dass mir nahezu das Trommelfell platzt. Es vermischt sich mit dem Donner. Ich sehe nur noch dunkelrot – der Himmel, die Erde. Alles ist mit Schmerz getränkt.

»Du musst gehen«, sage ich. Meine Hände zittern. »Aurel …

bitte … geh!« Ich bilde mir ein, dass die Holzmaske hämisch zu grinsen beginnt.

»Ich werde sicher nicht gehen«, erwidert er. »Nicht jetzt.«

Nicht nur meine Hände zittern, sondern auch meine Welt. »Geh!«, brülle ich. Es ist genau wie in der Zeitschleife. Wieder bin ich machtlos. Ich will nicht wahrhaben, was eigentlich so offensichtlich ist.

Ignis muss sterben!

Ignis muss sterben!

Aurels Nähe ist wie Feuer auf meiner Haut. Wie Säure in meinem Gehirn. Und als er mich ein drittes Mal an der Schulter packen will, schubse ich ihn. Ich drücke ihn von mir weg – mit letzter Kraft.

Als nächstes sehe ich, wie Aurel nach hinten taumelt und über einen Stein stolpert. Er versucht, sich an etwas festzuhalten, doch die Bäume stehen zu weit weg. *Ich* stehe zu weit weg.

Mit einem markerschütternden Schrei stürzt er die Schlucht hinunter. Tief, in die gefärbte Hölle von Ancora. Sein Körper klatscht auf dem Wasser auf. Meine Gedanken bleiben stehen – mein Herz setzt aus.

Ich presse mir die Hand vor den Mund.

»Aurel! Nein! Oh, Gott!«, stoße ich mit bebender Stimme aus. »Was … was habe ich da bloß getan?«

Eine Gestalt schält sich neben mir aus der Dunkelheit. In der Hand hält sie eine Armbrust, mit der sie auf mich zielt.

»Das Richtige, Romy«, antwortet sie.

35

Die Gestalt hat gewartet. Leise und darauf bedacht, unentdeckt zu bleiben. Erst als das Unheil seine reinste Form angenommen hat, ist sie aus dem Wald getreten. Aus dem Schatten der blutroten Nacht. Emporgekrochen aus meinen dunkelsten Träumen.

Ich habe eine Bestie erwartet. Einen Mann mit zerkratztem Gesicht, mit blau unterlaufenen Augen. Doch vor mir steht keine Bestie.

Vor mir steht Ava.

Die junge Frau trägt in dieser Nacht keine Blumenkette, nur einen weißen Poncho, der wie ein Fremdkörper in der Finsternis schimmert.

Als ich den ersten Schock verdaut habe, rufe ich: »Wir müssen runter zum Wasser! Zu Aurel! Er –«

»Wir müssen gar nichts«, sagt Ava und klingt dabei erstaunlich gelassen. »Glaub mir, dieser Moment ist für keinen von uns schön.«

»Ava? Was, um alles in der Welt, soll das?«

»Du hast viele Fragen, das verstehe ich«, äußert sie. »Die hätte ich an deiner Stelle auch. Aber das ist der falsche Ort, um sie dir zu beantworten.«

Gequält blicke ich zur Schlucht. »Aurel! Er ist gestürzt! Wir müssen –«

»Du hast ihn geschubst, Romy. Ich war dabei.«

»Aber …« Mein Hals ist kratzig und heiser. »Aber warum hilfst du mir nicht? Was ist denn nur los mit dir?« Völlig entgeistert starre ich in ihre Augen. Ich versuche so etwas wie Reue zu erkennen, Schuldgefühle. Doch da ist nur Leere. »Steckst du hinter der Maske?«, frage ich und deute auf das bemalte Stück Holz, das Aurel vor seinem Sturz fallen gelassen hat. »Ist das *dein* Werk?«

»Es ist kompliziert.«

In mir braust Wut auf. Trauer. Ekel. Alles auf einmal. »Ich habe dir vertraut!«, schreie ich, um meinen Emotionen irgendwie freien Lauf zu lassen.

»Komm von der Klippe weg«, bittet mich Ava ruhig.

»Du!« Ich zeige mit dem Finger auf sie. »Hast mir gar nichts zu sagen!«

»Ganz schön vorlaut für jemanden, der keine Waffe in der Hand hält.« Ava macht eine Kopfbewegung zu ihrer Armbrust. »Komm von der Klippe weg«, wiederholt sie. Diesmal ist da Strenge in ihrem Tonfall. Kein Platz für Widerspruch. »Du willst Antworten? Die bekommst du. Aber nicht hier. Deinem Freund ist nicht mehr zu helfen, also stell dich nicht so an.«

»Ich –«

»Nein, spar dir die Worte. Die Nacht ist kurz, Romy. Und ich will das zu Ende bringen, bevor die Sonne aufgeht. Du wirst mir nicht im Weg stehen, hörst du?«

Die Sehnsucht nach Antworten vermischt sich mit einer Beklommenheit, die mich nicht klar denken lässt.

Ich höre.

Und folge ihr.

Ava führt mich über die roten Steine – bis zur Höhle von Ancora, bei der ich mich auf einen größeren Felsbrocken setze. Die Dorfchefin zündet zwei Fackeln an. Sie befestigt sie an Halterungen, die in die Wand gehämmert wurden. Danach lässt sie sich mir gegenüber nieder. Es fängt an zu regnen.

Der Höhleneingang wird durch das Feuer schwach beleuchtet. Zumindest sehe ich die Pfeilspitze gut, die Ava noch immer auf mich gerichtet hat. In erster Linie ist es jedoch der Anblick des stürzenden Aurels, der mir nicht mehr aus dem Kopf geht. Ich will das alles nicht glauben. Wie kann ich nur so dumm gewesen sein? Mir ist übel. Die Gefühle stauen sich in meinem Bauch und ich habe kein vernünftiges Ventil. Wenn sich Aurel verletzt hat, dann stirbt er da unten.

»Die letzten Wochen waren anstrengend für dich«, sagt Ava und seufzt. »Aber es waren Wochen, keine Jahre. Dein Schmerz ist nichts im Vergleich zu meinem.«

»Hast *du* die Briefe geschrieben?«, frage ich und bohre mir mit meinen Fingernägeln in den Oberschenkel, um mich zu bremsen.

»Romy …«

»Hast *du* den Stein vom Berg geworfen?«

»Du verstehst nicht, dass –«

»Hast *du* Kiras Hütte in Brand gesteckt?«

»Romy, verdammt!« Ava lehnt sich nach vorne. »So läuft das nicht, okay? Ich mag dich. Du bist kein schlechter Mensch. Und wenn ich dir eines schuldig bin, dann ist es die Wahrheit.«

»Dann beantworte meine Fragen!« Ich fühle mich erniedrigt und hintergangen.

»Du willst wissen, was Ancora für ein Ort ist? Ich erzähle es dir.« Die Fackeln lodern unruhig, der Wind von draußen wird heftiger. »Aber du musst mir zuhören. Hör mir einfach nur zu.«

Und auch wenn alles in mir schreit, dass ich weinen, um Hilfe rufen oder mich wehren soll, lausche ich Avas Erzählung. Im

Hinterkopf Aurel, der verletzt, bewusstlos oder tot sein könnte. Mir bleibt nichts anderes übrig, als in eine Geschichte einzutauchen, die vor vielen, vielen Jahren ihren Ursprung nahm.

Also, wo beginne ich …

Erst einmal tut es mir leid, dass du es so erfahren musst. Aber hätte es eine andere Möglichkeit gegeben, Romy, dann glaub mir, hätte ich nicht diesen Weg gewählt.

Wo alles anfing, ist schwer zu sagen. Vielleicht dort, wo alle Tragödien ihren Anfang nehmen: bei zwei Menschen, die sich verlieben. Ich habe mich jedenfalls verliebt. Und das in den falschen Mann. Ich habe ein Kind bekommen. Einen ganz bezaubernden Jungen namens Thilo.

Als der Kleine gerade mal ein paar Jahre alt war, ging es mit meinem Leben bergab. Und ja – vielleicht ist auch das der Anfang dieser Geschichte. Mein Mann hat mich für eine andere Frau verlassen, von einem Tag auf den anderen. Ich habe zu trinken begonnen und ein paar Wochen später wurde ich fristlos gekündigt.

Um mich und Thilo irgendwie über Wasser halten zu können, habe ich einen Job als Kellnerin angenommen. Es war in einem Camp, gegründet für ein Forschungsprojekt, dessen Dauer für über zwei Jahre angesetzt war. Mitten im Wald. Ich sollte die Soldaten bewirten. Grundsätzlich war der Ort nicht schlecht, es gab sogar eine Betreuungseinrichtung, in der ich Thilo während meiner Arbeitszeit abgeben konnte. Seine Gruppe hieß Ancora.

Der Job war nicht sonderlich gut bezahlt, aber ich hatte keine Alternative. Thilo war mein Engel. Ich wollte ihm etwas zusammensparen und ihm eine Zukunft geben.

Damit du das große Ganze verstehst, muss ich jetzt kurz ausholen. In dem Ort, in dem ich gearbeitet habe, gab es nämlich noch zwei Menschen, die eine tragende Rolle spielen. Du kennst sie. Nathan und Sarah.

Hinter der Fassade eines Chemiewerks experimentierten die zwei mit einigen Forscherteams. Nathan war in diesem Landstrich auf bisher unbekannte Energiequellen gestoßen, die sich niemand erklären konnte. Mit diversen Maschinen versuchte man, Zeit- und Raumebenen zu spalten und sie zu kontrollieren. Doch als der erste Testlauf gestartet wurde, lief das Experiment aus dem Ruder. Das scheinbar Unmögliche passierte: Mehrere Menschen aus der Kommune sind spurlos verschwunden, unter anderem auch einige Kinder. Du kannst dir jetzt wahrscheinlich denken, auf was ich hinauswill, Romy. Auch Thilo ist verschwunden. Von der einen Sekunde auf die andere war er weg. Mein Lichtblick ist erloschen. Man hat mir alles genommen, was ich damals hatte. Und Sarah, die der Energie während des Experiments ungeschützt ausgesetzt war, ist ins Koma gefallen.

Kannst du mir noch folgen? Ja? Du hast Nathan vermutlich als mürrischen Typen kennengelernt, das habe ich auch. Er hat – und das erfuhr ich erst viel später – bereits seit einiger Zeit an seinem eigenen Tun gezweifelt. Nathan wusste, dass sie mit ihren Forschungen zu weit gegangen sind. Er handelte im Affekt. In der darauffolgenden Nacht vernichtete er alle Maschinen und Geräte, die auf die Experimente zurückführen hätten können. Nach außen hin sollte es wie ein Unfall im Chemiewerk wirken, das daraufhin geschlossen wurde. Das Schweigen der Wissenschaftler und Wissenschaftlerinnen wurde erkauft, die Medien manipuliert. Nur mit einem hat er nicht gerechnet: Die Forschungsanstalt war nicht verlassen, als er sie in die Luft gejagt hat. Ich wollte Antworten. Und genau deswegen bin ich in jener Nacht in das Gebäude eingestiegen.

Durch die Explosion hat Nathan aber nur einen weiteren Vorgang ausgelöst. Ich habe gemerkt, dass … nun ja. Alles zu seiner Zeit. Kurz gesagt: Ich habe überlebt. Ich habe etwas überlebt, das man faktisch gar nicht überleben kann. Damals dachte ich, dass es ein Wunder sei. Erst Jahre später wurde ich eines Besseren belehrt. Das war kein Wunder, das war Wissenschaft.

Einige Monate nach der Explosion ist Sarah aus ihrem Koma aufgewacht. Sie hat ihr Kind bekommen, ist jedoch kurz nach der Geburt gestorben. Nathan, der nun schon mehrere Schicksalsschläge hinter sich hatte, schwor der Forschung endgültig ab und nahm Kontakt mit den geschädigten Familien auf, die ein Kind oder einen nahen Menschen durch das Experiment verloren hatten. Darunter auch … ich. Zusammen hatten wir die Idee von Ancora.

Das Dorf – fernab von Forschung und idealistischen Zwängen – wurde erschaffen und besiedelt von Menschen, die alle das gleiche Leid erlitten haben. Nathan hat Ancora gegründet, um Buße zu tun, doch ich – ich hatte immer noch die Hoffnung, dass mein Kind eines Tages wieder auftauchen würde.

Nathan vertraute mir. Gemeinsam wurden wir quasi die Wortführer. Und als es das Dorf schon ein ganzes Jahr lang gab, habe ich etwas Sonderbares entdeckt: In der Höhle, in der wir uns gerade befinden – gut getarnt im Tal von Ancora –, fand ich ein Portal. Ja, auch ich kann das Portal sehen und es betreten. Den Riss in der Zeit, der sich aufgetan hat, als Nathan die Maschinen zerstörte.

Ich habe die Chance gewittert, mein eigenes Kind zu retten, wenn ich es nur schaffen würde, in die Zeit einzugreifen. Doch egal, was ich tat, es kam immer aufs Gleiche heraus. Die Explosion fand statt.

Ich habe Nathan in der Zeitschleife zur Rede gestellt. Unzäh-

lige Male. Er konnte mir aber nie erklären, wie man eine mögliche Zeitschleife aufhalten könnte. Ich verstand die Welt nicht mehr. Wie konnte jemand, der sich eben in jener Vergangenheit befand, die Vergangenheit nicht ändern?

Vielleicht hat er mir nie richtig geglaubt.

Vielleicht hatte immer seine Frau das letzte Wort.

Ich weiß es bis heute nicht.

Und soll ich dir sagen, was das Seltsame an der Sache ist? Nur ich habe die Zeitschleife gesehen. Für die anderen Bewohner ist dort bloß Felsen.

Ab diesem Zeitpunkt wurde mir klar, dass ich auf irgendeine Art und Weise mit dem Portal verbunden bin. Erst nach einem Jahrzehnt habe ich realisiert, was das für mich bedeutet. Ich altere nicht. Ich lebe zwar in deiner Realität, aber ein Teil von mir ist noch immer in dieser Zeitschleife gefangen. Und vor allem: Dieser Teil hindert mich daran, zu sterben. Wenn ich mir jetzt die Pulsadern aufschneiden würde, würde ich wenig später wieder aufwachen.

Nathans und Sarahs Experiment hat funktioniert. Wenn auch nicht so, wie sie es sich vorgestellt haben. Ich bin in einer Zeit-, Raumebene gefangen, die es eigentlich gar nicht geben sollte.

Allmählich ist dann auch den anderen Bewohnern aufgefallen, dass ich nicht altere. Von den Familien wurde ich im Lauf der Zeit sogar als heilig verehrt. In dem Glauben haben sie auch ihre Kinder aufgezogen.

Doch aus den Kindern wurden Jugendliche. Und Jugendliche – die haben ihren eigenen Kopf. Manche von ihnen wollten in die Stadt, fort von Ancora. Ich musste mir etwas einfallen lassen.

Die sogenannte Feuerprüfung wurde ins Leben gerufen. In den Aufgaben hetzte ich die Jugendlichen gegeneinander auf –

wollte ihnen die Außenwelt besonders hart verdeutlichen, um ihnen klarzumachen, dass es viel besser ist, in Ancora zu bleiben. Ich wollte auf keinen Fall, dass dieser Ort zu große Aufmerksamkeit erregt. Wenn Leute gehen, dann reden sie. Und das Geheimnis meiner Unsterblichkeit durfte unter gar keinen Umständen an die Öffentlichkeit gelangen.

Immer wieder habe ich versucht, die Zeitschleife zu durchbrechen. Auch als mir schon längst bewusst war, dass es sinnlos ist. Ich versuche es selbst heute noch. Manchmal, da kann ich nicht anders als zu schreien. Um meiner Verzweiflung Luft zu machen. Hier, vor der Höhle. Bea hat mir erzählt, dass du einen dieser Schreie gehört hast. Die Menschen im Dorf sind meine Panikanfälle gewöhnt. Sie wissen nicht, warum, aber sie akzeptieren es.

Ich habe keine Ahnung, ob du dir vorstellen kannst, wie schrecklich das für mich ist. Mein Sohn ist so nah und doch so unerreichbar. Und ich … ich bin ewig dazu verdammt, diese Qualen zu erleiden.

Es gab da jedenfalls diesen einen Moment, an dem ich dachte, alles würde sich ändern. Nathans Tochter Ignis wurde siebzehn Jahre alt und wollte Ancora verlassen – folglich musste sie zur Feuerprüfung antreten. In der letzten Aufgabe ist allerdings auch sie in die Zeitschleife geraten. Ab da wusste ich, dass nicht nur ich mit dem Portal verbunden bin. Sarah, Ignis' Mutter, war der Energie völlig ausgeliefert – so auch das Baby, das in ihrem Bauch aufgewachsen ist. Ja, so auch Ignis.

Ich wollte das Mädchen zwingen, einen Versuch zu starten, die Zeit zu verändern. Doch Ignis weigerte sich. Ich wurde wütend und es kam zu einem Streit. Ignis ist aus Ancora geflohen.

Damit war meine Hoffnung erneut zerstört.

Ava bricht ihre Erzählung ab, als würde sie auf eine Antwort von mir warten. Der Regen ist unterdessen stärker geworden, Windböen preschen durch die Äste, Blätter werden in die Luft gewirbelt. In der Höhle wärmt uns das Feuer.

»Das tut mir leid«, sage ich und meine es auch so. »Das, was dir passiert ist, sollte niemandem widerfahren.« Ich habe die Geschichte noch immer nicht ganz verarbeitet, doch das ist auch nicht möglich. So viele Informationen, die auf mich einprasseln, während eine Waffe auf mich gerichtet ist. »Würde ich diesen Ort nicht kennen«, fahre ich fort. »Dann würde ich es dir ebenfalls nicht glauben. Nur … nur eines kapiere ich nicht: Was hat *das* mit mir zu tun?«

»Geduld«, sagt Ava und schaut mich besorgt an. »Da gibt es eine Sache, die ich dir noch nicht verraten habe. Damals hat –«

Im nächsten Augenblick ist ein ohrenbetäubendes Krachen zu hören. Ein Blitz. Er schlägt in einen Baum ein, nicht weit entfernt. Das Holz spaltet sich, Splitter prasseln auf den Boden. Auf seinem Weg nach unten reißt der Baum alles mit sich, was ihm in die Quere kommt.

Der Lärm schreckt Ava auf, lässt sie zur Seite blicken. Ich nutze den Moment und renne los.

»Romy!«, schreit Ava, doch ich schaue nicht zurück. Bloß rein in den Wald, in den Sturm.

Die Vergangenheit dieses Tals ist grausam – so wie die Vergangenheit von Ava. Sie sind miteinander verwoben. Und auch wenn Ava schon weit hinter mir liegt, ich ihre Rufe nicht mehr hören kann, durchströmt mich ein ungutes Gefühl. Ein Teil von mir weiß, dass das nicht das Ende ist. Es hat einen Grund, weshalb ich Ava nie verdächtigt habe.

Sie kann es nicht gewesen sein.

Dieser Satz schießt mir durch den Kopf – schlägt ein wie der Blitz. Mit einer Wucht, die ich so noch nicht kannte.

Kurz nach meinem Handgemenge mit dem Maskenmann saß Ava in der Küche. Sie hätte sich unmöglich so schnell umziehen, geschweige denn erholen können.

Plötzlich – ich bin mir nicht sicher, wie oder woher dieser Gedanke stammt – wird mir klar, wer es gewesen sein muss. Es gab so viele Indizien. Ich habe sie alle übersehen. Und jetzt zahle ich den Preis dafür.

Als ich am nächsten Baum vorbeilaufe, stolpere ich über etwas Hartes. Ungebremst komme ich auf dem Boden auf, schlage mir an einem Stein die Lippen blutig.

Jemand hat mir ein Bein gestellt.

Als ich aufsehe, steht die Person vor mir, an die ich ein paar Sekunden zuvor gedacht habe. Die mich angelogen hat – die ganzen, verdammten Wochen lang. Und auch das ganze verdammte letzte Jahr.

Es ist der Junge, der mich nach Ancora geführt hat.

»Tut mir leid«, sagt Jannis und schlägt mit dem Ast in seiner Hand zu.

Ich werde ohnmächtig.

36

Als ich wieder zu mir komme, spüre ich, dass mir die Hände hinter meinem Rücken gefesselt wurden. Das Seil ist so fest gebunden, dass beinahe jede Bewegung ein unangenehmes Ziehen verursacht. Es kratzt an meiner Haut, schabt an meinen Nerven. In meinem Mund breitet sich der metallische Geschmack von Blut aus.

Bei meiner Flucht aus der Höhle war ich voller Adrenalin. Etliche Berührungen, Erlebnisse und Gespräche sind an mir vorbeigezogen, wie ein Vogelschwarm, der durch die Lüfte gejagt wird. Vor allem die mit Jannis.

Kurz vor der ersten Feuerprüfung hat mir mein bester Freund gestanden, dass er vor ein paar Monaten die Wahrheit über seine leiblichen Eltern herausgefunden hat. Nur war er zu diesem Zeitpunkt noch gar nicht im Land. Jannis war auf Weltreise. Und bei einem Streit mit Aurel hat er sich dann versprochen. Jannis hat von *Stimmen aus den Bäumen* geredet, relativ am Anfang unseres Sommers. Die Stimmen gab es tatsächlich. Aber erst ein paar Tage später – im zweiten Tal von Ancora, wo er doch scheinbar nie gewesen ist. Jannis muss gewusst haben, was in der Feuerprüfung auf uns zukommt. Und auch die Weltreise war eine Lüge.

Als ich meinen Kopf hebe und aufblicke, sehe ich beide. Ava lehnt an der Felswand, während Jannis wie ein Häufchen Elend am Boden hockt. Der Sturm tobt durch die Nacht.

Mein bester Freund registriert schnell, dass ich aufgewacht

bin – als hätte er mich im Augenwinkel stets im Blick gehabt. Der Ausdruck auf seinem Gesicht verändert sich schlagartig.

»Romy!«, sagt er und rappelt sich auf. »Du bist wach! Ich bin so froh, dass es dir gut geht!«

Obwohl man die Erleichterung in seiner Stimme hören kann, knurre ich: »Klar, jetzt sorgst du dich um mich. Du verdammter Lügner!«

Jannis steigen unweigerlich Tränen in die Augen. Heftig schüttelt er den Kopf. »Nein«, sagt er. »Nein, ich lüge nicht. Du musst mir glauben!«

»Ich glaube dir gar nichts mehr, Arschloch«, erwidere ich und trete mit einem Fuß gegen die Kieselsteine am Boden, sodass sie durch die Luft fliegen. Eine Staubwolke steigt auf.

Zwei Menschen, bei denen ich es nie für möglich gehalten hätte, haben mich in die Irre geführt. Ich kenne Jannis seit so vielen Jahren – wir haben unzählige gemeinsame Erinnerungen. Und als sich die Staubwolke legt, kann ich diesen humorvollen, emotionalen und lebensfrohen Menschen noch immer vor mir sehen.

»Was soll das, Jannis?«, frage ich. »Was soll das alles?«

Jannis kommt vorsichtig näher und kniet sich neben mich. Die Tränen, die aus seinen Augenlidern tropfen, befeuchten den Steinboden – draußen tut das Unwetter dasselbe.

»Romy«, flüstert er. »Ich …« Damit seine wässrige Sicht wieder klarer wird, muss er mehrmals blinzeln. »Ich wollte nicht, dass es so weit kommt. Hätte es nur einen anderen Weg gegeben –«

»Den Spruch habe ich heute schon einmal gehört«, sage ich und werfe einen beiläufigen Blick zu Ava. »Warum bringst du mich zu ihr zurück? Weißt du nicht, was sie getan hat?«

»Du merkst es wirklich nicht, oder?«, entgegnet er und wischt sich mit seiner Ärmelspitze übers nasse Gesicht.

»Was meinst du?«

Jannis versucht augenscheinlich, die Nerven zu bewahren. Er sieht mich an – aber sieht viel mehr. Angestrengt sortiert er seine Gedanken und antwortet mit einem Satz, dessen Ausmaß ich mir gar nicht vorstellen will.

»Ich liebe dich«, sagt er. »Und das schon eine verflucht lange Zeit. Du hast mich mit jedem Tag mehr verzaubert, Romy. Seit wir uns damals kennengelernt haben, auf diesem Festival. Nur habe ich mich nie getraut, dir das zu sagen. Ich wollte unsere Freundschaft nicht aufs Spiel setzen. Stattdessen habe ich dir Hinweise gegeben. Kleine, kaum merkliche Gesten. Aber … aber du hast nie richtig hingesehen.«

Ich schaue an ihm vorbei auf das dunkelgraue Gestein. Die gleichmäßigen Muster haben eine beruhigende Wirkung.

Jannis ist mein bester Freund, das war schon immer so. Nie habe ich in Erwägung gezogen, dass es anders sein könnte. Und doch – wenn ich mich an die letzten Wochen zurückerinnere, dann ist es besonders seine Zuneigung, die mir im Gedächtnis geblieben ist. Versteckt hinter Metaphern und Umschreibungen. Er hat mir so oft gesagt, wie viel es ihm bedeutet, dass ich hier bin. Er hat mich flüchtig berührt, mich angesehen mit seinem träumerischen Blick. Er war eifersüchtig, als er am Fluss gemerkt hat, wie gut ich mich mit Kira verstehe. Und er hat mich gefragt, ob wir uns geküsst haben – erst dachte ich, es wäre ein Scherz gewesen. Dabei war es kein Scherz. Es war eine Anspielung, die ich damals nicht verstanden habe. Jetzt begreife ich.

Die heimliche Liebe erklärt seine distanzierte Haltung gegenüber Aurel. Jannis hat ihn noch nie gemocht. Und es erklärt, wieso er meine Nähe gesucht hat, in Momenten der Einsamkeit. Nur seinen Verrat, den erklärt sie nicht.

»Du widersprichst dir«, antworte ich und wage es, ihn anzusehen. »Würdest du mich lieben, dann hättest du mich nicht bewusstlos geschlagen. Ist *das* Liebe für dich?«

Jannis ist abermals kurz davor, in Tränen auszubrechen. »Du verstehst das nicht«, sagt er.

Und dann mischt sich Ava ein, die das ganze Gespräch über still daneben gestanden hat, mit geladener Armbrust. »Du hättest es verstanden, wenn du geblieben wärst«, rügt sie mich und deutet Jannis mit einem Kopfnicken an, dass er zurücktreten soll. Er tut es. »Ich war noch nicht fertig, Romy«, erläutert sie und atmet die stürmische Luft ein, die vom Wald her in die Höhle weht.

»Bringen wir es hinter uns«, sage ich. Mein Schädel brummt, meine Knochen schmerzen. Ich stütze mich gegen den kühlen Felsen hinter mir. Meine Gefühlsachterbahn hat ihre gewohnte Geschwindigkeit überschritten und mich in eine Richtung gelenkt, die nur Finsternis bereithält.

»Ja, bringen wir es hinter uns«, pflichtet mir Ava bei. »Kannst du denn schon erahnen, wer Ignis ist?«

Ratlos lege ich meine Stirn in Falten. Jannis hat sich mittlerweile in eine Ecke verkrochen und sitzt in der Dunkelheit.

»Nein«, sage ich angespannt.

»Das wundert mich«, sagt Ava. »Du machst dir doch sonst so viele Gedanken.« Die Gründerin greift an ihre Brust, dorthin, wo normalerweise ihre Blumenkette hängt. »Deine Mutter. Ignis ist deine Mutter.«

Die Gefühlsachterbahn entgleist.

Ich ringe nach Atem – der Sturm wütet unnatürlich laut. In meinem Kopf muss es wie auf einem Trümmerfeld aussehen.

»Was?«, frage ich, unwillig, ihr auch nur ein Wort zu glauben.

»Tu nicht so, als würde dich das treffen«, sagt Ava.

Doch das tut es. Das tut es ganz gewaltig.

Wenn das stimmt, was Ava sagt, dann ist Nathan mein Opa. Und Sarah meine Oma. Dann ist meine Mutter in Ancora aufgewachsen – alles, was ich über ihre Vergangenheit weiß, ist frei erfunden.

Als Ignis aus Ancora floh, habe ich meine Hoffnung verloren, keine Frage. Aber mit der Zeit hat sich mein Selbstmitleid gelegt. Die Wunden sind verheilt.

Auch Ignis hat es relativ schnell geschafft, sich ein neues Leben aufzubauen. Ein Lkw-Fahrer namens Erik hat sich ihrer angenommen.

Du wirst dich jedenfalls fragen, wieso die Polizei keinen Wind von dem Spektakel bekommen hat. Eine berechtigte Frage. Ja, eine Frage, die man nur beantworten kann, wenn man weiß, dass sich Ignis über etwas ganz Entscheidendes im Klaren war: Sie wusste, dass die Beamten diesen Ort auf den Kopf stellen würden, wenn sie mich zur Anzeige bringt. Den Ort, den ihr Vater Nathan mit all seinem Herzblut aufgebaut hat.

Ignis hat geschwiegen, verdrängt und vergessen. Aus Liebe ihrem Vater gegenüber. Aus Liebe zu den Ancoranern.

Sie hat sich einen anderen Namen zugelegt. Ria. Mit viel Mühe hat sie es geschafft, sich in das Stadtleben zu integrieren. Sie hat einen Job bekommen, einen Mann geheiratet und ein Kind geboren. Natürlich hat die Vergangenheit sie dabei nie ganz losgelassen. Aber sie hat es irgendwie verarbeitet, vor allem in ihren Gedichten. Sie hat die Zeit, die sie hier durchlebte, in Texten verewigt.

Ich habe deine Mutter über die Jahre hinweg beobachtet. Heim-

lich bin ich in die Stadt gefahren und habe sie ausspioniert. Ich habe an dem Gedanken festgehalten, dass sie es vielleicht schaffen würde, die Zeitschleife zu durchbrechen.

Als sie schließlich ein Kind – also dich – bekommen hat, haben sich die Karten neu gemischt. Ich übte mich in Geduld. Ich wusste, dass Ignis nicht mehr freiwillig nach Ancora zurückkehren würde. Aber wenn ihr die Fähigkeit, die Zeitschleife zu betreten, durch ihre eigene Geburt in die Wiege gelegt wurde, dann hatte ich die Hoffnung, dass auch du diese Gabe besitzen würdest.

Viele Jahre später traf ich auf Jannis. Ich wusste, wer er war, wo ich doch zu deinem Schatten geworden bin. An diesem Tag saß er gebrochen am Straßenrand. Das war kurz nachdem er erfahren hat, was mit seinen Eltern geschehen ist. Er hatte niemanden. Nur dich. Wobei du nicht gesehen hast, was er für dich empfand.

An diesem schwülen Nachmittag habe ich ihn angesprochen. Ihm von Ancora erzählt, von einer Gemeinschaft, in der jeder seinen festen Platz hat. Fasziniert von der Vorstellung, endlich jemand Bedeutsames zu sein, hat er sich meinen Plan angehört. Für ihn klang es wie ein Traum. Den Rest seines Lebens an so einem Ort zu verbringen – zusammen mit seiner heimlichen, unerwiderten Liebe. Mit dir.

Du kannst dir vorstellen, dass mir das gelegen kam. Er konnte dich dazu bringen, dass du ins Dorf kommst. Und ich wollte ihm im Gegenzug helfen, dass du dich von Aurel abwendest und dich in ihn verliebst. Das Internetforum, das Jannis erwähnt hat, hat nie existiert.

Mein bester Freund ist indessen aufgestanden und hat sich eine der Fackeln genommen. Seine Miene ist verzerrt, seine Kleidung dreckig.

»Wir wissen doch beide, dass du Aurel nicht liebst«, sagt er kleinlaut. »Ich … ich musste dir nur irgendwie beweisen, dass er böse ist. Und dass ich es wert bin, geliebt zu werden.«

»Wie?«, will ich bestürzt wissen. »Wie wolltest du mir das beweisen?«

»Durch ein Gedicht.«

Als hätte sich das Wetter mit Jannis abgesprochen, schlägt ein weiterer Blitz ein, über uns im Berg. Es kracht.

»Jannis hat mir von den Gedichten deiner Mutter erzählt«, sagt Ava und übertönt den darauffolgenden Steinschlag. »Einen der Texte hat er abgeschrieben, als er dich zu Hause besucht hat. Der Plan war einfach: Wir mussten dich davon überzeugen, dass dieses Gedicht deine Zukunft vorhersagt und dass Aurel derjenige ist, der hinter all dem Übel steckt. Nur so war am Ende abzusehen, dass du versuchen würdest, die Zeitschleife zu durchbrechen. Und dich von deinem Freund distanzierst.«

»Ava sagt die Wahrheit«, meint Jannis, doch in seinen Worten höre ich keine Genugtuung. »Das klang alles so gut. In meinem Kopf. Ich wusste nicht, was es für Folgen haben würde.«

»Wusstest du das wirklich nicht?«, frage ich. »Bei allem, was du vorhattest?«

Ava schaut Jannis beinahe stolz an. »Er hat sich mit Leib und Seele dem Plan verschrieben. Die Illusion war perfekt.«

»Die Illusion der Liebe«, wispert Jannis. Das Feuer in seiner Hand flackert. »Du musst mir verzeihen, Romy. Bitte!«

Ich gehe auf seinen verletzten Tonfall nicht ein, ignoriere das Schmunzeln, das sich in den Mundwinkeln der jungen Frau anbahnt. »Wie habt ihr das alles gemacht?«, hake ich nach.

Das Unwetter peitscht zwar noch durch das Dickicht, doch der Donner wird allmählich leiser. Der Himmel kühlt ab.

»Es waren Kleinigkeiten«, sagt Ava. »Das Gedicht hat eine Menge Spielraum für Spekulationen gelassen. Und wenn man ganz intensiv an etwas glaubt, erwacht es mit der Zeit selbst zum Leben. Wir haben diesen Prozess nur beschleunigt.«

»Den Autoschlüssel habe ich selbst eingesteckt«, murmelt Jannis. »Es war keine schwere Aufgabe, ihn dann Aurel unterzujubeln.«

»Aber …« Die Fragen in meinem Kopf überschlagen sich, meine Zunge fühlt sich taub und leblos an. »… aber was ist mit der Feuerprüfung? Der Nominierung?« Als Jannis sieht, dass mir eine Haarsträhne ins Gesicht gefallen ist, will er sie mir hinters Ohr streichen. »Hey! Lass deine Finger von mir!«, fauche ich und er weicht zurück.

»Manche Dinge könntest du dir auch selbst zusammenreimen«, sagt Ava. »*Ich* war es, die dich in den Topf geworfen hat. Und beim Tragen der Maske habe ich mich mit Jannis abgewechselt. Aurel war in der ersten Nacht nie weg – er war nur betäubt von den Schlaftabletten, die wir ihm verabreicht haben. Jannis hat ihn in ein anderes Zimmer getragen.«

»Und was ist mit der ersten Prüfung? Den Stimmen in der Hütte?«, frage ich mit Nachdruck. »Diese ganze Aufgabe war … krank! Sam war so verstört … so anders, als ich ihn aus dem Tümpel gefischt habe!«

Ava blickt tiefer in die Höhle, in das schwarze Loch, das sich vor uns auftut. Sie zeigt in die Schwärze. »Einer der Tunnel führt bis zum Brunnen. Dort gibt es ein Aufnahmegerät. Es läuft jeden Abend.«

Genial, denke ich. *Und gleichzeitig so grausam. Manipulation vom Feinsten.*

Ava hat erzählt, dass die Menschen irgendwann damit angefangen haben, sie als heilig zu verehren. Das Gerücht über einen verwunschenen Brunnen ist also schnell geglaubt, wenn das Unmögliche erst einmal bewiesen ist. Viele der Bewohner haben den Schacht sicherlich auch als Selbsttherapie genutzt. Wenn man etwas ausspricht, über das man mit scheinbar niemandem reden kann, fühlt man sich gleich besser. Der Brunnen war und ist so ein Ort. Er hört sich die Geheimnisse der Menschen an, belauscht die Gespräche derer, die vorbeigehen. Er kennt die Klagen, Probleme und Intrigen.

Ava wusste somit alles. Und sie hat auch gewusst, wie sie diese Informationen in der Feuerprüfung zu ihrem Vorteil nutzen konnte. Bei mir hat sie lediglich das Tonband abgespielt und die Stimmen verzerrt. Aber bei den anderen – da konnte sie auf die dunkelsten Geheimnisse zurückgreifen, die ihr im Laufe der Jahre erzählt worden sind.

Ava hat mehrere Fliegen mit einer Klappe geschlagen. Sie war die Gestalt, die uns bei den Prüfungen aufgelauert hat – abgelöst von Jannis, den sie nach Belieben steuern konnte. Und natürlich war die Zeremonie im Gedicht beschrieben, da auch meine Mutter die Feuerprüfung bestehen musste. Ava brauchte sich bei mir nur etwas Ähnliches einfallen zu lassen, um eine weitere Illusion zu erschaffen.

»Können wir bitte aufhören?«, nuschelt Jannis. »Ich weiß doch, dass ich einen Fehler gemacht habe. Das weiß ich.«

»Nein, wir können nicht aufhören. Wir ziehen das jetzt durch«, befiehlt Ava. »Ich verstehe dich, Jannis. Und ja, ich verstehe auch dich, Romy. Aber ihr müsst euch vor Augen halten, wie viele Jahrzehnte ich auf diesen Moment gewartet habe.«

So gerne ich es auch würde, ich kann es mir nicht vor Augen halten. Nicht in meiner momentanen Lage. Mein Magen fühlt sich so an, als hätte er sich während des Gesprächs schon mehrmals entleert.

»Ich … ich bin geflohen«, stammle ich nach einigen Sekunden Stille. Ich schaue zu Jannis. »Wir sind *zusammen* geflohen. Du hast neben mir im Auto gesessen!«

»Das stimmt«, sagt Jannis. »Nur hat Ava schon befürchtet, dass du einen Fluchtversuch starten würdest. Als du dann zu mir gemeint hast, dass du gehen willst, habe ich dir K.O.-Tropfen ins Wasser gemischt. Du hast aus meiner Flasche getrunken.«

»Ich erinnere mich«, sage ich belegt. »Und deine Ohnmacht? Dein Blackout? Dein Filmriss am nächsten Morgen? Das war alles gespielt?«

Jannis nickt.

»Den Kampf an der Schlucht hatte ich mit dir«, folgere ich und stelle mir den Konflikt noch einmal bildlich vor. Die Gestalt hat von mir abgelassen.

»Du fängst an mitzudenken«, lobt mich Ava sarkastisch.

Jannis stellt die Fackel neben sich, auch er scheint kraftlos. »Romy«, sagt er zum gefühlt hundertsten Mal. »Ich hab das alles nur gemacht, weil ich dich liebe.« Dadurch, dass sich der Sturm halbwegs gelegt hat, schimmert das Rot der Nacht nur noch greller. »Zu keiner Zeit habe ich jemanden ernsthaft verletzt.«

»Ach ja?«, frage ich, erschüttert darüber, dass er das wahrhaftig glaubt. »Und was ist mit Kira?«

Bei dem Gedanken an das wilde Mädchen umhüllt mich erst Wärme, dann Leid. Ein brennender Stich durchfährt mein Herz.

Jannis sieht verwirrt aus. »Was … was meinst du?«

»Du hast den Brand gelegt!« Ich spucke ihm die Worte förmlich ins Gesicht. »Und danach hast du sie verschleppt, oder? Sag es mir! Ich will wissen, ob sie noch lebt.«

Völlig überrumpelt dreht sich Jannis zu Ava um. Das Schmunzeln der jungen Frau ist verschwunden.

»Ist das wahr?«, fragt Jannis.

»Ich musste Romy den Ernst der Lage begreiflich machen«, erklärt sie.

»Nein«, antwortet er. Jannis schließt überfordert die Augen. »Nein! Nein! Nein!« Als er sie wieder öffnet, wirft er einen Blick zu mir. »Das wusste ich nicht, ehrlich«, und wendet sich Ava zu. »Wir haben Regeln aufgestellt. Regeln! Hätte ich gewusst, dass du dich nicht daran hältst, hätte ich deinem Plan nie zugestimmt.«

»Ich habe Kira nicht getötet«, sagt Ava. »Ich weiß nicht einmal, wo sie ist. Zugegeben, ich habe den Brand gelegt. Aber Kira war nicht im Haus.«

»Mit dem Feuer hast du das Leben aller in Gefahr gebracht!«, zischt Jannis. »Aber wenn wir ehrlich sind, bist du nicht nur damit zu weit gegangen. Du hättest Aurel nicht zur Schlucht locken sollen. Das war nicht ausgemacht. Und ich? Ich war so naiv zu glauben, dass es dich tatsächlich interessiert, wie ich mich fühle!«

»Deine Gefühle sind Kinderkram«, sagt Ava und spannt ihre Muskeln an.

»Kinderkram?« Jannis schluckt seine Trauer hinunter. »Seit Jahren habe ich niemanden, der mich liebt!«

»Mag sein«, giftet Ava. »Und doch ist es nur unerwiderte Liebe. Viel schlimmer ist *erfüllte* Liebe, die man niemals ausleben kann!«

Jannis geht nicht weiter auf sie ein. Seine Haltung ist aufrecht, er wirkt geradezu beflügelt. »Ich binde dich jetzt los«, sagt er und blickt mich so reuevoll an, dass ich Gänsehaut bekomme.

»Das wirst du nicht«, sagt die Gründerin und kommt einen Schritt auf uns zu.

»Oh, da kannst du dir sicher sein«, widerspricht Jannis. »Das werde ich. Und du kannst nichts dagegen tun!«

Doch bevor er mich befreien kann, stellt Ava eine letzte Frage. Eine Frage, die sich mir noch nicht gestellt hat, die aber alles, was in der vergangenen Stunde passiert ist, bizarr erscheinen lässt.

»Warum glaubst du, Romy, behalte ich dich noch immer hier, obwohl auch du es schlussendlich nicht geschafft hast, die Zeitschleife zu durchbrechen? Ja, ich habe deine Versuche mitbekommen. Und ich habe mit dir geweint.« Avas Stimme fängt an zu beben. Es ist das erste Mal in dieser Nacht, dass ich Bedauern in ihrem Gesicht ablesen kann. »Ich habe gehofft, dass du es schaffen würdest. Aber dennoch hat sich in mir die Frage aufgetan, was passiert, wenn es auch diesmal nicht gelingt. Auf welche Art und Weise man die Zeitschleife sonst noch auflösen könnte. Ich habe lange überlegt, wirklich. Und mir ist da nur eine Möglichkeit in den Sinn gekommen, die vielleicht funktionieren könnte.«

»Welche Möglichkeit?«, flüstere ich. »Was könnte die Zeitschleife durchbrechen?«

»Dein Tod«, antwortet sie mir.

Alles geht viel zu schnell.

Jannis prescht zu Ava, will sich ihre Waffe schnappen, doch sie kommt ihm zuvor. Ein Schuss. Ein Pfeil, der durch die Luft saust. Ich schreie. So laut, dass meine kratzige Stimme in der Höhle widerhallt.

Mit aufgerissenen Augen dreht sich Jannis zu mir um. Er sackt auf die Knie. Seine rechte Hand ruht auf seinem Bauch, in den sich die Spitze des Pfeils gebohrt hat. Jannis' Jacke saugt sich mit Blut voll. Dann kippt er nach hinten weg.

Sofort springe ich auf, falle aber direkt wieder hin. Am Boden – und noch immer mit zusammengebundenen Händen – krieche ich zu Jannis. Ich schaue ihm in die Augen.

Und weine.

So bitterlich, dass es mich regelrecht zerreißt. Die Wut ist verschwunden. Große Tropfen prallen auf seine Klamotten, auf seine Haut.

Jannis atmet schwer. Sein Blick ist nach oben gerichtet, zu mir. Trotz seiner Schmerzen schreit er nicht.

»Es ist okay«, keucht er stattdessen. Seine Pupillen werden glasig. »Es ist okay.«

Behutsam lege ich meinen Kopf auf seine Brust, weine noch stärker, lauter, verzweifelter. »Nein, ist es nicht! Gar nichts ist okay!«

»Verzeihst du mir?«, höre ich seine Stimme dumpf zu mir durchdringen. »Glaubst du, dass du mir verzeihen kannst? Irgendwann?«

Ich richte mich auf, halte mich an seinem Blick fest. »Ja …«, stottere ich. »Ja … ja, das glaube ich.«

»Siehst du«, sagt er gequält, aber mit einem warmen, fast sanften Unterton. So, als hätte er schon aufgegeben zu kämpfen. »Dann ist alles okay.«

»Jannis! Bitte! Halte durch, ja?«

»Ich habe durchgehalten«, haucht er. »Schon mein ganzes Leben lang. Aber ich will nicht mehr, Romy. Ich will einfach nicht mehr.«

Ich schaue zu Ava. »Tu doch was!«, kreische ich. »Tu doch verdammt noch mal was!«

Sie tut nichts.

Ein letztes Mal blicke ich zu Jannis, beuge mich vor und – so befangen wie ich bin, so hoffnungslos – küsse ihn auf die Stirn. Ich gebe ihm einen Teil dessen, nach dem er sich so lange gesehnt hat. Seine Haut schmeckt nach Leben. Ich wandere an sein Ohr, ganz nah. »Ich liebe dich, Jannis. Vielleicht nicht auf die Art, wie du es dir wünschst, aber ich tue es. Und ich habe Aurel nicht mehr geliebt als dich. Bloß anders.«

Als hätte Jannis geahnt, dass ich das sagen würde, nickt er. »Du musst dich nicht rechtfertigen. Gegen Gefühle kann man nichts tun, was?« Er hustet. »Aber Kira ist noch da draußen. Und sie wartet auf dich. Wir beide sehen uns schon wieder, Romy. Irgendwo. Aber das hat keine Eile.«

»Okay«, forme ich mit meinen Lippen und spüre, wie mich Ava auf die Beine zerrt und aus der Höhle schleift. Und auch wenn ich weiß, dass Jannis tot sein wird, wenn er nicht bald Hilfe bekommt, bin ich machtlos.

Unfreiwillig lasse ich ihn zum Sterben zurück.

Und trete meinen eigenen Galgenweg an.

37

Es ist Nacht, doch es fühlt sich wie Tag an.

Das glänzende Rot des Himmels erinnert mich nicht mehr an Blut – vielmehr an eine Seidendecke, die über das Tal gezogen wurde. Still ist es. Der Regen ist verstummt und nur einzelne Wassertropfen lösen sich von den Blättern der Bäume.

»Du weißt, dass du dich morgen noch im Spiegel anschauen musst«, sage ich erschöpft und mache einen leblosen Schritt nach dem anderen. »Du lässt Jannis gerade verbluten.«

»Das ganze Leben ist ein Spiegel«, entgegnet Ava demütig. »Wir haben gar keine Wahl, schon vergessen?« Die junge Frau schneidet mich von meinen Fesseln los. Sie bleibt hinter mir, damit ich keine Dummheiten mache, für die ich ohnehin keine Kraft mehr hätte. »Damals wie heute tue ich nur das, was notwendig ist«, sagt sie. »Ich bin keine schlechte Mutter. Das bin ich nicht.«

Ich weiche einer Schlammgrube aus, die sich im Unwetter gebildet haben muss, steige über herausstehende Wurzeln. Es geht durch einen verwüsteten Wald, dessen Schönheit im Wandel liegt. Meine Seele ist gespalten, so wie die Risse im Holz.

»Du hast damals Alkohol getrunken«, erwähne ich. »War das auch notwendig?«

»Das habe ich gemacht, damit ich funktionieren kann. Das war Mutterliebe.«

Ich lache auf. Nicht vor Freude oder Erleichterung, sondern wegen der Kuriosität, die in Avas Worten steckt. »Das war keine

Mutterliebe«, sage ich. »Du bist eine egoistische Mutter. Nicht schlecht oder gut. Einfach egoistisch.« Eine lange Zeit schweigen wir. Erst als ich merke, wohin mich Ava bringen will, sage ich: »Du führst mich zur Schlucht? Ich dachte, das wäre nicht der richtige Ort?«

»Nicht der richtige Ort für deine Fragen«, sagt sie. »Aber für das Ende. Für unser Ende.«

Das Wasser in der Schlucht sprudelt und schäumt, es ist die Strömung, die Aurel verschlungen hat. Jetzt wird sie *mich* in die Tiefe ziehen. In meinem letzten Atemzug werde ich meinem Freund nahe sein. Ob ich will oder nicht.

Ava befiehlt mir, mich an den Rand der Klippe zu stellen. Ich tue es. Sie selbst nimmt ein paar Meter Abstand.

»Du hast mir viele Fragen beantwortet«, sage ich und betrachte die Natur, die ich nun aus einem anderen Blickwinkel sehe. »Aber was es mit diesem Ort auf sich hat, hast du mir nicht erzählt. Mit diesem Tal. Die stillstehenden Uhren, die raschen Temperaturwechsel und das Wetter, das es in der Form gar nicht geben dürfte.«

»Das ist der Lauf der Dinge«, sagt Ava.

Stimmt denn das? War es nicht die Explosion der Maschinen, die ein neues Gleichgewicht hergestellt hat? Eine neue Ordnung?

»Und jetzt wirst du mich erschießen?«, frage ich, wobei mich diese wärmende Gleichgültigkeit durchströmt, die auch Jannis gefühlt haben muss. »Ist das der Lauf der Dinge, von dem du sprichst?«

»Das ist dein Schicksal.«

»Nein«, sage ich und halte ihrem unschlüssigen Blick stand. »Das ist es nicht und das weißt du. Würdest du an Schicksal glauben, hättest du nicht jahrelang so vehement versucht, die

Zeitschleife zu durchbrechen. Und du würdest mich jetzt nicht umbringen wollen. Warum glaubst du, dass *mein* Tod über dem Schicksal steht?«

Ein zarter Luftzug kommt auf und bläst Ava durchs kurze Haar. Es ist, als würde sie die Wildnis besänftigen wollen.

»Alles hängt miteinander zusammen«, sagt Ava. »Dein Tod löst vielleicht eine Reaktion aus. Sicher weiß ich es nicht, aber ich muss es versuchen.«

»Die Energie ist nicht nur in mir«, wende ich ein. »Du hast es doch selbst gesagt: Dieses Tal ist voll mit Energie. Jede Pflanze, jeder Stein und jedes Lebewesen hat sie in sich. Auch du besitzt diese Energie. Und meine Mutter. Wie kannst du ernsthaft glauben, dass ein kleiner Teil ein großes Ganzes zerstören kann?«

Ava wirkt ratlos. »Ich glaube es nicht, Romy. Ich hoffe es einfach nur.«

»Deine Hoffnung ist stark, das muss ich zugeben.«

Die nach außen hin junge Frau stellt sich breitbeinig auf. Sie hebt die Armbrust, fokussiert meinen Kopf. Ava kämpft mit ihrem Gewissen.

»Hast du noch letzte Worte?«, fragt sie mit brüchiger Stimme.

»Nein. Aber ich will, dass du noch welche hast«, sage ich.

Die Zeit, die sonst zum Stillstand kommt, wenn ich in Gefahr schwebe, rührt sich dieses Mal nicht. Als würde auch sie gebannt darauf warten, was in dieser Nacht geschieht.

»Wie du willst«, antwortet Ava und senkt die Waffe ein Stück weit. »Du bekommst deine Entschuldigung. Und ich meine sie ehrlich. Es tut mir leid, dass ich deinen besten Freund für meine Zwecke missbraucht habe. Das mit dem Brand von Kiras Hütte hätte man auch anders lösen können. Und dass ich dich dazu gebracht habe, dass du Aurel als jemand Bösen ansiehst, war unmenschlich. Jede Lüge, jedes falsche Lächeln tut mir leid. Niemand verdient das. Nicht du, nicht ich und nicht die Bewohner dieses Tals.« Ava greift sich an den Nacken, als würde sie sich an unsichtbaren Fäden aufrichten wollen. »Aber ich würde es genau so wieder tun. Genau so. Die Last ist zu groß, Romy. Der Preis, den ich zahlen muss. Man kann nichts gegen seine Gefühle tun, wie Jannis schon sagte.«

Und dann – auf einmal, völlig unerwartet – höre ich eine Stimme, bei der ich dachte, dass sie für immer verloren wäre. Sie ist wie ein Anker, der mich ans Tageslicht zieht. Aus meinen dunklen Träumen heraus.

»Du kannst vielleicht nichts gegen sie tun«, sagt Aurel und tritt aus einem Gebüsch, durchnässt und verwundet. »Aber wir können es.«

Ava dreht sich ruckartig um, richtet ihre Waffe auf ihn. Aurel hat sie aus der Fassung gebracht. »Wir?«, meint sie, doch ihre Frage beantwortet sich von selbst.

Erst ist es Nathan, der aus dem Schatten des Waldes kommt. Dann eine Frau, die ich nicht kenne. Dann Cinda. Bea. Damian. Sam. Dann …

Ich komme mit dem Zählen gar nicht hinterher, so viele sind es. Immer mehr Ancoraner treten in den rot untermalten Mondschein und stellen sich in einem Halbkreis um Ava und mich auf. Kaum hörbar müssen sie durch den Wald geschlichen sein. Wie Tiere.

»Was …?«, stößt Ava aus.

Aurel deutet auf eine Gestalt, die als Letztes aus dem Wald heraustritt. In die Haare hat sie sich ein Veilchen gesteckt. Sie lächelt schwach.

Mir wird bewusst, dass Kira ihr Wort gehalten und mich nie

allein gelassen hat. Ich habe sie nicht immer gesehen oder gehört, aber sie war bei mir. Sie war das Licht, das ich hätte spüren sollen.

»Kira und Nathan haben mich aus der Strömung gezogen«, sagt Aurel. »Wir haben den Menschen aus Ancora die Wahrheit erzählt. Und sie sind alle gekommen.«

In Nathans Pupillen liegt tiefgreifender Kummer. Er muss sich hintergangen fühlen, ausgenutzt. In den letzten Tagen hat Aurel womöglich mit ihm über seine Ängste und Sorgen gesprochen – und der alte Mann hat auf sein Bauchgefühl gehört. Er kennt nicht die ganze Geschichte. Aber das, was vor ein paar Minuten gesagt wurde, reicht fürs Erste vollkommen.

Zornig schwenkt Ava die Armbrust. »Bleibt weg von mir!«, brüllt sie. Dann zielt sie mit der Waffe wieder auf mich. »Bleibt weg, oder ich drücke ab!«

»Wirst du das nicht so oder so tun?«, frage ich.

Avas Augen füllen sich mit Tränen. »Das werde ich!«, schreit sie. »Ich kann nicht noch länger warten.«

Ohne auf Ava einzugehen, blicke ich zu Cinda. »Du musst zur Höhle, bitte! Jannis, er …« Mehr brauche ich nicht zu sagen, die Ärztin versteht mich. Sie verschwindet zwischen den Bäumen.

»Romy! Schau mich an, wenn ich mit dir rede!« Die Ruhe, die Ava zuvor ausgestrahlt hat, ist wie weggeblasen. »Schau mich an!«

Aurel will nach vorne rennen, doch ich halte ihn zurück. Ein Handzeichen genügt. Ava würde umgehend abdrücken, wenn sich hinter ihr etwas regt.

Die Bewohner aus Ancora stehen bereit. Es ist eine leise Entschuldigung an mich – für ihren Verdacht. Für ihre Blindheit.

Kira nickt mir zu. Sie vertraut darauf, dass ich das Richtige tun werde.

Als ein Knacksen im Wald zu hören ist, setzt das Gefühl der Schwerelosigkeit ein. Jemand hat sich verspätet. Oder er ist absichtlich so spät gekommen. Der Junge aus meiner Vision erscheint. Mit seinen kleinen Beinchen steigt er über einen Ast, um auf die freie Fläche zu treten. Es ist Avas Sohn.

»Thilo …«, flüstere ich, auch wenn die Ancoraner ihn nicht sehen können.

»Was redest du denn da?«, schluchzt Ava. »Warum sagst du seinen Namen?« Eine Träne kullert über ihre Wange.

»Weil er hinter dir steht«, sage ich.

»Blödsinn«, antwortet sie. »Das ist völliger Blödsinn. Er ist in der Zeitschleife gefangen!«

Ich schüttle den Kopf. »Nein, ist er nicht. Er hat sich mir in den letzten Wochen oft gezeigt. Ich habe nie verstanden, wer er ist und was er von mir will. Jetzt weiß ich es.«

Ava macht einen weiteren Schritt vor, die Armbrust nur einen guten Meter von meiner Stirn entfernt. »Du lügst!«, ruft sie.

»Warum sollte ich? Thilo hat sich mir gezeigt, weil er mir helfen wollte. Dein Sohn ist auf meiner Seite, Ava. Das war er schon immer.«

»Aber wieso hat …« Ava bringt ihren Satz nicht zu Ende. Sie traut sich nicht, sich umzudrehen. Vielleicht hat sie Angst, dass ich mich auf sie stürze und sie überwältige. Vielleicht hat sie aber auch Angst, dass ich die Wahrheit sage.

»Er wollte mir etwas zeigen«, erkläre ich.

Ava ist spürbar aufgewühlt, ihre Arme zittern. »Was denn? Was wollte er dir zeigen?«

»Dass es gar nie darum ging, die Zeitschleife zu verändern.«

»Um was denn sonst?«

Ich schaue in die Gesichter, die hinter Ava stehen. Die Menschen aus Ancora. Wie selbstbestimmt sie wirken – trotz ihrer Geschichte. Sie leben in einer Idylle, die sie als Gemeinschaft erschaffen haben.

Ich atme tief ein und aus. All die Emotionen dieses Sommers, von denen ich dachte, ich würde sie nie mehr fühlen, kommen geballt zum Vorschein.

»Dein ganzes Leben hat sich nach Hass ausgerichtet«, beginne ich mit einer Antwort, über die ich keine Sekunde nachdenken muss. »Erst hast du deinen Mann gehasst, weil er dich verlassen hat. Dann dich selbst wegen des Alkohols. Dann deinen Chef, das Forschungsprojekt, die Soldaten. Nathan und seine Frau. Und am Schluss meine Mutter und … mich. Ja, du bist so von Hass zerfressen, dass du zwanghaft eine Veränderung suchst. Ava – du glaubst vielleicht, dass diese Zeitschleife deine Vergangenheit widerspiegelt. Aber das stimmt nicht. Das Einzige, was in diesem Portal gefangen ist, ist dein Hass.«

Ava starrt mich an, sie sagt nichts.

»Ich würde meine vorige Aussage gerne revidieren«, rede ich weiter. »Ich habe doch noch letzte Worte. Danach kannst du mich erschießen. Hier, auf der Stelle. Aber sei dir darüber im Klaren, dass das deine Wut nicht zügeln, sondern nur füttern wird.«

Die junge Frau ist sichtlich zerstreut, blass und sprachlos. Als sie schließlich doch ihren Mund öffnet, fragt sie: »Wenn es nie darum ging, die Zeit zu verändern, worum ging es dann?«

»Ums Verzeihen«, sage ich. »Du musst dir verzeihen, dass du getrunken hast. Das war ein Fehler, Ava. Aber du musst auch den Mut haben, dir deine Fehler einzugestehen. Hättest du nicht getrunken, hättest du vielleicht nicht deinen Job verloren. Und Thilo wäre auch nicht verschwunden. Ein verbitterter Teil von dir ist in dieser Zeitschleife gefangen, da gebe ich dir recht. Aber dieser Teil existiert nur, weil du nicht loslassen kannst.« Ohne dass ich damit gerechnet habe, steigen mir Tränen in die Augen. Ich wundere mich, woher sie kommen. Zu viele wurden heute vergossen. Ergriffen zeige ich in die Richtung, in der die Höhle liegt. »Erinnere dich an das, was da vorher passiert ist«, sage ich. »Jannis hat mir offenbart, dass er mich hintergangen hat. Auf eine respektlose und scheußliche Art. Aber egal, was er getan oder gesagt hat. Egal, was er gedacht oder nicht gedacht hat. Ich konnte ihm verzeihen. Weil mein Hass nicht größer ist als meine Liebe. Und weil ich sonst meine eigene, persönliche Zeitschleife erschaffen hätte. Genau wie du wäre ich in ein paar Jahren frustriert gewesen – unfassbar wütend. Auf alles. Auf jeden. Nur, weil ich meinen Hass nicht bändigen und vergeben konnte. In einem Augenblick, in dem Jannis meine Liebe am dringendsten gebraucht hat. Und du, Ava – du musst dich selbst lieben und anderen verzeihen. Erst dann wird dich dieser Ort gehen lassen.« Ich wische mir die Tränen aus dem Gesicht. »Ancora …«, sage ich, »Ancora ist kein Dorf, das bist du selbst.«

Und dann dreht sich Ava um.

Die Armbrust lässt sie auf den Boden fallen, ihre Hand presst sie sich gegen den Mund. Ein Schrei entkommt ihr, der gleichzeitig erschüttert und unbeschreiblich erleichtert klingt. Ab da weiß ich, dass auch sie Thilo sieht. Wie er dort steht, zwischen den Menschen, die ihn alle nicht wahrnehmen.

Thilo lächelt, hebt seine Hand und winkt seiner Mutter zu.

Ich bin hier, will er ihr sagen. *Ich bin bei dir, Mama.*

Du darfst jetzt loslassen.

Du darfst jetzt gehen.

Wenn du deine Wut vergisst, wirst du spüren, dass ich die ganze Zeit schon in deinen Armen gelegen habe.

Die ganze Zeit schon.

Aufgelöst wendet sich Ava von ihrem Sohn ab und stapft zur Schlucht. Sie stellt sich neben mich.

»Wie ich schon sagte«, flüstert Ava, sodass nur ich sie hören kann. »Du bist ein besonderes Mädchen, Romy.« Dann schaut sie mir tief in die Augen. Und ihr Blick ist aufrichtiger, als ihre vorangegangenen Entschuldigungen es je hätten sein können. »Danke«, sagt sie, breitet die Arme aus und lässt sich fallen.

Wie ein Anker – in ihrem persönlichen Ozean – stürzt sie in die Tiefe.

Ich schließe die Augen und rechne mit einem Aufprall, doch es kommt keiner. Ava verschwimmt zwischen Raum und Zeit.

Die junge Frau hat sich selbst gefunden, an einem Ort, den man Ancora nennt und der irgendwo in ihrem Herzen liegt.

Epilog

Zwei Monate später.

Der Rabe fliegt nicht.

Kein Flügelschlag, kein Atemzug.

Er trotzt allen Naturgesetzen, jeglicher Logik.

Der Vogel ist eingefroren, nur etwa hundert Meter vor mir, mitten in der Luft. Ein pechschwarzer Fleck am wolkenlosen Himmel.

Behutsam kreise ich meinen Zeigefinger. Ich halte die Hand eng an meiner Hüfte, um keine neugierigen Blicke auf mich zu ziehen. Der Rabe fliegt nicht, weil ich ihn nicht fliegen lasse. Ich schaffe es fünf Sekunden, dann flattert er weiter. *Das ist gut,* lobe ich mich. Vor einer Woche waren es noch vier Sekunden.

Ich stehe in einem der langen, weißen Korridore. Hängepflanzen in selbst geflochtenen Körben baumeln von der Decke. Durch die Fensterfront links von mir flutet Licht den Gang. Die Sonnenstrahlen verursachen ein angenehmes und wärmendes Prickeln auf meiner Haut. Ich sehe nach draußen – betrachte den Park mit seinen Bänken und Bäumen, die zwischen Blumenbeeten und Insektenhäusern im Grünen stehen.

Verträumt wende ich mich davon ab. Ich klopfe gegen die Tür, vor der ich stehen geblieben bin. Zimmer 213.

Keine Reaktion.

Meine Finger wandern an die Klinke. Ich drücke sie möglichst leise nach unten, trete ein und schließe die Tür hinter mir. So wie der Flur ist das Zimmer in einem schlichten Weiß gehalten. Die Wandfarbe harmoniert dabei gut mit den hölzernen Schränken und dem silbernen Bett.

Jannis schläft.

Neben ihm befindet sich ein größeres Display, mit dem er durch ein Kabel verbunden ist. Ein regelmäßiges Piepsen ist zu hören.

Mein bester Freund hat die Geschehnisse im Tal überlebt. Er wird aber noch einige Zeit im Krankenhaus bleiben müssen.

Zielstrebig gehe ich zum Fenster am anderen Ende des Raumes und ziehe die Vorhänge einen Spalt weit auf, damit ich in den Innenhof der Klinik schauen kann. Ein Kiesweg säumt das Gelände. Er schlängelt sich durch die Anlage, unterbricht bei einer kleinen Brücke, unter der ein Bach plätschert. Wenn ich mich konzentriere, kann ich das Wasser sogar hören.

Die Tür wird ein weiteres Mal geöffnet.

»Hey, du bist schon da«, begrüßt mich Aurel sanft, als er mich sieht. »Sorry für die Verspätung. Wie geht's ihm?«

»Er schläft«, sage ich und drehe mich um.

»Das ist gut. Er wird den Schlaf brauchen. In einem Artikel habe ich gelesen, dass …« Aurel grinst. »Keine Sorge, ich fange jetzt nicht damit an.« Sachte kommt er auf mich zu, stellt sich neben mich und stützt die Hände am Fensterbrett ab. »Und wie geht's dir?«

»Gut, denke ich.«

»Du *denkst?*«

»Ja«, ich blicke zu ihm. »Es wird dich vielleicht überraschen, aber mit dem Denken habe ich nie aufgehört.«

Er lacht – wenn auch nur kurz. »Ich vermisse dich, nur dass du das weißt.«

Ich bleibe stumm, schaue erneut nach draußen und visiere

einen rot-schwarz gemusterten Schmetterling an, der sich gar nicht weit entfernt auf einer Holzbank niederlässt.

Aurel und ich haben nach den dramatischen Erlebnissen Abstand zueinander genommen – er hat sein Leben neu sortiert, ich meines. Unsere Beziehung haben wir beendet.

Als ich meine Mutter auf dem Kiesweg sehe, halte ich den Atem an. Da ist sie. Im Innenhof der Klinik, Seite an Seite mit Nathan. Ich wusste, dass ich sie hier antreffen würde. Heute, an einem der letzten schönen Tage im Jahr. Vater und Tochter sind nun beisammen – so, wie sie es immer hätten sein sollen.

»Willst du dich draußen ins Café setzen?«, fragt mich Aurel und reißt mich damit aus meinen Gedanken. »Ein wenig plaudern?«

»Gerne«, antworte ich. »Geh schon mal vor. Ich brauche noch ein wenig Zeit mit Jannis allein.«

Und mit einem Nicken verabschiedet sich der Mensch, dessen Anwesenheit mich ratlos zurücklässt. Über was er wohl mit mir reden will?

Mit einem Handgriff ziehe ich mir einen Stuhl heran und setze mich neben das Bett. Still blicke ich in Jannis' geschlossene Augen, auf seinen Brustkorb, der sich gemächlich hebt und senkt.

Ob er von Ancora träumt?

Das Dorf hat sich nach unserer Abreise verändert – das ganze Tal hat es. Die Feuerprüfung wurde abgeschafft. Die Menschen aus Ancora sollen gehen und kommen dürfen, wann sie wollen. Ohne Angst, von der Gemeinschaft verstoßen zu werden. Der *verwunschene* Brunnen wurde neu hergerichtet und mit Wasser befüllt.

Letzten Monat hatte das Dorf Besuch von einem Journalisten, der den Standort des Tals aber geheim gehalten hat. Die Ancoraner haben beschlossen, fortan ein Aushängeschild zu sein. Sie wollen zeigen, dass es funktioniert, nicht nur nebeneinander, sondern miteinander zu leben. Fernab von Konsum, Leistungsdruck und moderner Technik. In einer Welt, in der Menschlichkeit der Like-Button ist.

Das gesamte Grundstück bleibt weiterhin im Privatbesitz von Nathan. Die Türen für die breite Masse werden sie so schnell nicht öffnen, doch die Internetseite, über die Jannis anfangs gelogen hat, gibt es jetzt wirklich.

Jugendliche können sich anmelden und ein paar Wochen in Ancora verbringen – diesmal aber mit Absprache der Eltern. Ich gehe fest davon aus, dass die jungen Menschen staunend in die Stadt zurückkehren und von einem Ort schwärmen werden, der sie regelrecht verzaubert hat. Ihre Freunde und Freundinnen werden es erst für ein Gerücht halten, doch tief in ihrem Herzen werden sich alle wünschen, die Geschichten wären wahr.

Und das sind sie.

»Ach, Jannis. Was mache ich nur mit dir?«, wispere ich. Seit dem Vorfall hatte ich noch kein richtiges Gespräch mit ihm. Zu selten habe ich mich getraut, in die Klinik zu kommen. Manchmal habe ich auch vor seiner Tür gestoppt und wieder umgedreht.

Erst jetzt – zwei Monate später – habe ich meine Gedanken so weit geordnet, dass ich weiß, dass ich ihm mit offenen Armen entgegentreten kann. Ich habe ihm vollends verziehen. Das habe ich wirklich. Beinahe könnte man denken, dass sich alles zum Guten gewendet hat. Doch Kira, das wilde Mädchen aus Ancora, habe ich seitdem nicht mehr getroffen. Sie ist nur in meinen Gedanken bei mir. Kira hat gemeint, dass sie die Geschehnisse rund um die Feuerprüfung zuerst verarbeiten muss. Mir ist klar geworden, dass es nicht Ava oder Jannis war, der Sam in den Tümpel geworfen hat. Das war Kira – aus Rache. Auch wenn sie es direkt bereut hat.

Ich krame in meiner Hosentasche und hole einen kleinen, roten Kieselstein hervor, den ich aus dem Wald mitgenommen habe. Fasziniert drehe ich ihn in meinen Fingern und halte ihn gegen das Licht.

Seit ich geboren bin, trage ich etwas in mir. Energie, die sich niemand erklären kann. Ich habe keinen blassen Schimmer, was diese Kraft von mir will oder was sie mit mir macht, aber mein Aufenthalt in Ancora war definitiv kein Ende, sondern lediglich ein Anfang. Ich kann meine Kräfte spüren, wie ich sie noch nie gespürt habe. Ich kann sie beherrschen. Sie trainieren.

Ich frage mich, was wohl mit den Menschen passiert ist, die damals, in den 70er-Jahren, verschwunden sind. Auch Avas Körper hat man nirgends gefunden. Nicht im Wasser, nicht am Ufer. Aber niemand von ihnen ist tot.

Nur wenn sie nicht tot sind, wo sind sie …

Das Piepsen des Displays wird lauter. Schnell lasse ich den Kieselstein in meine Hosentasche gleiten.

Ancora hat mich nicht losgelassen. Es scheint vielmehr so, als hätte die Energie jetzt erst ihre volle Kraft erreicht.

Bevor ich mich auf den Rückweg machen kann, wird die Tür aufgerissen. Eine Frau in weißem Kittel erscheint. »Tut mir leid für die Störung, aber …« Als sie sieht, dass Jannis schläft, senkt sie die Stimme. »Sind Sie Romy?«

»Ja. Ja, die bin ich.«

»Gut. Das Mädchen meinte, ich würde Sie hier finden.«

»Das Mädchen?«, frage ich stutzig.

»Ja, eine junge Frau. Sie wartet unten im Eingangsbereich. Keine Ahnung, warum sie nicht selbst hochgekommen ist.«

»Wie heißt sie denn?«

Die Frau im weißen Kittel zuckt mit den Schultern. »Weiß ich nicht. Ihren Namen hat sie mir nicht verraten.«

»Verstehe«, sage ich. »Danke für die Info.«

Als ich wieder alleine bin, muss ich unweigerlich schmunzeln. Ich fühle mich frei – mit jeder Faser meines Körpers. Um mich zu beruhigen, beiße ich mir in die geballte Faust.

»Eine verdammt lange Zeit hast du mich warten lassen«, hauche ich ins Zimmer. »Eine verdammt lange Zeit.«

Dann gehe ich los.

Lasse Jannis hinter mir.

Vergesse Aurel, der schon im Café sitzt.

Ich kehre meiner Mutter und meinem Opa den Rücken zu, die sich über ihre gemeinsame Vergangenheit unterhalten.

Auch meine Vergangenheit ist eine Geschichte, deren letzter Satz geschrieben wurde.

Und meine Zukunft ein Gefühl, das ich seit jeher in mir trage.

Wie ein Gedicht.

Nachwort & Danksagung

Oh. Hey! Schön, dass du es bis ans Ende geschafft hast. Ich darf dir nun feierlich verkünden (bin jetzt einfach mal ganz frech per du), dass *du* ein Buch gelesen hast. Eines mit echten Seiten und so.

Die Geschichte von Romy begleitet mich nun schon über zwei Jahre. Damit ist es auch der einzige Beweis an meine Mutter, dass ich nicht nur Chips gegessen und Netflix-Serien geschaut, sondern auch hart gearbeitet habe. Ja! Wirklich! Mit Schweiß, Tränen und dem ganzen Blödsinn, den es halt gibt.

Andere träumen von einer Weltreise. Einem teuren Auto. Einem schönen Partner. Und ich … ich träume eben davon, Jugendliche wieder zum Lesen zu bringen. Okay, ehrlich gesagt ist das nur ein dummer Werbespruch, aber anders würde es halt blöd klingen. Etwa so wie: »Komm mal her, Bro! Lass uns mal dieses Buch hier gönnen!«

Für manche sind Bücher nur gedrucktes Papier zwischen zwei Pappdeckeln – für manche nur eine Unterlage, wenn der Tisch mal ruckelt. Aber für manche … (JETZT darfst du dich hoffentlich angesprochen fühlen, wenn nicht, dann hör auf zu lesen und stabilisiere deinen Tisch) ist es eine Botschaft und eine Welt, die unsere Wirklichkeit nur schwer beschreiben kann. Ein Traum, in dem … wie? Ich werde schon wieder kitschig? Ja, okay. Dann lass uns mal ganz schnell die Danksagung gönnen.

First things first: Ich danke dir! Von ganzem Herzen! Jedes Jahr erscheinen so viele Bücher – dass du dich gerade für dieses hier entschieden hast, muss wohl (Achtung: Kitsch) Schicksal sein! ;)

Auch für dieses Buch habe ich sehr viel recherchiert und habe Leute gebraucht, die mir zur Seite stehen. Ganz nach Ava werde ich nun jeder Person, die mir geholfen hat, eine Pflanze zuordnen:

Christiane Düring, meine wundervolle Agentin. (Bonsai)

Inaiê Marcondes Macedo, die Frau mit dem Kinderwagen aus Gold. (Alpenveilchen)

Julia Heuer, du liebevolle und verrückte … (Bohne!)

Leon Gareis, ohne dich wäre vermutlich ein Charakter an seinen Wunden verstorben. (Salbei)

Daniel Leitner, für deinen hilfreichen Blick und deine Energie. (Chili)

Matthias Estermann, der dich immer retten kann. Sorry für den Reim. (Zwergdattelpalme)

Simon Zoubek, für die Einführung in die Landwirtschaft. (Ahorn)

Thilo Cubasch, der sich wohl in mein Leben gesungen hat. (Sommerflieder)

Ivo Doncev, du gute Seele! (Sonnentau)

Jakob Tscherne, für deine genialen Bilder. (Iris)

Romy Hausmann (Minze) & *Anne Freytag* (Vanda) für eure Zeit, Hilfe und eure offenen Arme.

Meine Testleser*innen:

Sarah Steinhäusler, deine Hilfe ist eigentlich nicht nur eine Pflanze wert. Deswegen … (Wald! Ein ganzer Wald!)

David Lindenmayer, dieses Mal sogar mit dem fehlenden »e«. (Preiselbeere)

Fiona Helena Sinz, für deine Geduld, deine Ratschläge und deine geniale Art! (Glockenrebe)

Und natürlich meine Familie:

Melanie Hadler, für deine Herzlichkeit! (Sonnenblume)

Elisabeth Fussi, für dein Verständnis! (Weihnachtsstern)

Sion Pichler, bei dem das *Bro* sogar stimmt. (Ribisel)

Daisy Spindler & ihre drei Kids (Lavendel), *Johanna Hadler* (Holunder), *Karin Kreis* (Schneeheide), *Dieter Kreis* (Rittersporn), *Jennifer Linda vom Stein* (Goldmohn), *Florian Kreis* (Vergissmeinnicht)

Zum Abschluss: Danke an das gesamte Team von *Planet!*, insbesondere an meine Lektorin *Larissa Rupp* (Passionsblume) und an *Silke Kramer* (Perlmuttstrauch).

So – lange Rede, kurzer Sinn, ich frage mich, wo ich grad bin? Es wird tatsächlich das Ende sein, nur bin ich da nicht ganz allein. Auch wenn Romy besser reimen kann, folg mir doch auf Instagram! Geht der Roman für dich echt klar, lass gerne eine Empfehlung da. Die Zeit läuft weiter, wir durchbrechen den Fluch – und sehen uns beim nächsten Buch.

Dein
Colin Hadler

Hadler, Colin
Ancora
Die Zeit ist gegen dich
ISBN 978 3 522 50720 2

Umschlaggestaltung: Frauke Schneider unter Verwendung von Bildern von Unsplash.com (@ eberhard-grossgasteiger-4406335; @ max-saeling-9_OejvA7ooI; @ micah-boswell-00nHr1Lpq6w; @ Lozi-3840Ã2160) und Depositphotos.com (183992334 (@ nblxer), 7361067 (@BestPhotoStudio)
Innentypografie: Kadja Gericke
Reproduktion: DIGIZWO GbR, Stuttgart
Druck und Bindung: CPI Books GmbH

MIX
Papier aus verantwortungsvollen Quellen
FSC
www.fsc.org
FSC® C083411